梦回唐朝 上

袁泓仁 韩帅静 著

新星出版社 NEW STAR PRESS

图书在版编目（CIP）数据

梦回唐朝.上/泓仁，袁帅，韩静著.—北京：新星出版社，2013.3
ISBN 978-7-5133-0599-0

Ⅰ.①梦… Ⅱ.①泓… ②袁… ③韩… Ⅲ.①长篇小说-中国-当代 Ⅳ.①I247.5

中国版本图书馆CIP数据核字（2012）第041084号

梦回唐朝.上

泓仁　袁帅　韩静　著

特约策划：许　侃
责任编辑：向小佳
特约编辑：王楷威
责任印制：韦　舰
装帧设计：笑笑生

出版发行：新星出版社
出 版 人：谢　刚
社　　址：北京市西城区车公庄大街丙3号楼　100044
网　　址：www.newstarpress.com
电　　话：010-88310888
传　　真：010-65270449
法律顾问：北京市大成律师事务所

读者服务：010-88310888　service@newstarpress.com
邮购地址：北京市西城区车公庄大街丙3号楼　100044

印　　刷：北京京都六环印刷厂
开　　本：660mm×970mm　1/16
印　　张：22.5
字　　数：356千字
版　　次：2013年3月第一版　2013年3月第一次印刷
书　　号：ISBN 978-7-5133-0599-0
定　　价：39.80元

版权专有，侵权必究；如有质量问题，请与出版社联系更换。

目 录

《梦回唐朝》制片人手记(代序)   1
楔　　子   1
第 一 章   7
第 二 章   21
第 三 章   39
第 四 章   53
第 五 章   69
第 六 章   87
第 七 章   103
第 八 章   119
第 九 章   135
第 十 章   153
第十一章   169
第十二章   187
第十三章   203
第十四章   219
第十五章   235
第十六章   253
第十七章   269
第十八章   287
第十九章   305
第二十章   321

《梦回唐朝》制片人手记（代序）

  《梦回唐朝》是我在制片人生涯中首次尝试投资制作的一部古装宫廷传奇剧，拍摄这部剧的机缘很巧合，制作的全过程也很曲折，个中甘苦自尝，眼泪与欢笑，唯有自己知晓。现在这部裹挟着太多人的梦想和艰辛的电视剧即将登陆湖南卫视，由《梦回唐朝》改编的同名小说也将由新星出版社出版发行，心中甚是欣喜，也盈满感动。制片方和出版社邀我写一篇制片人手记作为制作这部电视剧的纪念，于是便在这初春的深夜提笔回望起过去的三百多个辗转难眠的日日夜夜。

  很多人都说制作一部成功的电视剧靠的是实力，靠的是运气，我说实力、运气固然重要，但是能够开机拍摄一部剧，最重要靠的却是缘分。这话怎么讲？我是个比较具有现代性思想的人，喜爱高楼厦宇、五光十色的现代都市，多过古香古色的亭台楼阁。即便是偶尔回眸，最爱的也是那铁蹄声声，传奇重重的清朝宫廷，却不曾想一朝入梦便回到了一千年前的大唐盛世，体会了一回"北堂夜夜人如月，南陌朝朝骑似云"的大唐盛景。《梦回唐朝》是在我们2011年孵化的数个项目中最后一个启动的，却是第一个成行的，想来一切皆是上天注定的缘分。

  当我们第一次来到涿州影视拍摄基地，看着斑驳的场景在美术师傅的手中渐生颜色，流苏、步摇插上了女演员的发髻，一个个现代美女在宽袍翠袖中摇身一变成了唐朝美人儿的时候，才恍然，"穿越"的魅力原来真的很大。每到黄昏时分，伴着剧组工作人员的忙碌之声，漫步于这拱桥长廊中，看着远处夕阳下参天古树的剪影，心便一下子安静了下来，方才醒悟，原来长安古意比起喧声鼎沸的步行街，亦是毫不逊色的好风景。

　　《梦回唐朝》的故事设想源于两年前热映的美国电影《盗梦空间》，人人都说穿越好，其实不过是痴人说梦。我们热爱历史，希望一探历史长河中的点点滴滴，因缘际会，其实到头来不过是在自己的脑海中重新撰写了一个故事而已。每个人心中都有对于同一段历史的不同理解，就像每个人的心中都有一个不同的哈姆雷特一样，所以我们常常做梦，梦见自己成为了历史的主人，主宰着人世浮沉，悲欢离合。

　　拍摄一部电视剧的过程是辛苦的，这种辛苦不仅来自于每天日夜颠倒的拍摄生活，更多的还来自于自己心理上的压力与期许。一部电视剧就像是自己的孩子，在出生之前总怕他会有什么先天性的残缺，出生之后又怕他成长得不够茁壮。前期筹备中总是担心主创阵容不够强大，场景不够大气，服饰不够华丽，剧本不够吸引人，所以我们用最大的诚意邀请最优秀的演员，最出色的制作班底，加入《梦回唐朝》的大家庭，最终形成了内地、港、台，三地联合的强大制作阵容。所以，我们一遍遍地修改着服装、场景，在三伏天气的正午时分，站在御花园的大太阳下，流着汗水指点江山，直到2012年的春节前夕，我们还奋战在机房一线，只是不希望放过任何一个哪怕再微小的细节，力求让观众看到最美的画面和最动人的故事。

　　在这里，我很想借这一方笔墨纸砚的天地说一句感谢，感谢所有参与《梦回唐朝》摄制工作的工作人员，不论是导演、编剧、演员、摄像、灯光还是服装、化妆、场记、司机，哪怕是每天坚守在摄制现场的场工们，我在这里衷心地感谢你们为这部剧所付出的辛苦与努力。感谢给予我们关爱的领导和同仁们，谢谢你们的信任和支持。

　　现在《梦回唐朝》经过了这么多日日夜夜的孕育终于要与广大的观众和读者见面了，忽然就忘了曾经经历的艰难困苦，内心充满着喜悦和感动，我们用心制作的一部剧，只愿与君共赏。电视剧制作这条路还很长远，我和我的团队会带着激情与梦想不断前行，为广大的观众和读者献上更多盈满爱意和温暖情怀的电视剧作品，希望广大的观众和读者朋友能够与我们一路相伴。衷心地祝愿每一位观众、读者，祝福你们平安喜乐！

张维　2012年3月20日于天津

楔 子——

　　李宇凡想起前日晚上的梦,就觉得头痛得不得了。也不知是不是最近一段时间一直在研究武则天墓出土的那批文物,他尽做些稀奇古怪的梦。梦里冰荷成了武则天,差点把教坊使的大刚给杀了,直把他从梦中吓醒过来。

那是一个直立的陶俑。

体形圆胖，面容丰满，双手拱在胸前，咧着嘴憨厚地笑着，仿佛刚说完什么逗趣的话一般。陶俑带着自然的陈旧感，全身上下满布的土锈述说着他跨越千年的沧桑。

"停停停停……喂，大刚，你看那陶俑跟你长得真像。"李宇凡突然喊停，手肘拐了下身边的胖子道。

胖子哈了一声，不舍地将目光从正在放幻灯片的美女身上收回，快速地瞟了一眼，又移了回去，心不在焉地说道："天下胖子不都一个样？有什么像不像的。"

"我是说真的，你给我看仔细了。"李宇凡扭头看到大刚那一副花痴样，恨铁不成钢地伸手拧住他的耳朵，将他的脸使劲掰了回来，又对前面的美女道："姐，你看像不像？"

那美女，也就是李宇凡的姐姐李冰荷，人如其名，冷冷冰冰的，闻言仔细看了一会儿，然后淡淡嗯了声。

听到这声"嗯"，大刚一个机灵，立即将十二分的注意力都投在了屏幕上，只是一眼，立即跟打了鸡血似的，手指哆嗦地点着那个陶俑，道："宇凡，你说，他会不会是武则天最宠爱的面首啊，要不怎么会跟她葬在一起。"

"噗……"李宇凡正拿了水在喝，顿时一口呛出，边咳边捶打身边的罪魁祸首，想挖苦偏偏又咳得说不出话，脸憋得通红。连素来冷冰冰的李冰荷也不由露出了淡淡的笑。

"他身上穿的是教坊使的衣服。"她道，身为博物馆的研究员，又对唐朝文化尤其感兴趣，这点常识还是有的。

大刚脸红了，哦哦了两声，没说出话来。连他自己也奇怪，平时说话挺顺溜的自己为什么一到李冰荷面前就犯结巴，明明已经认识了三年多，见到面还是会紧张得直哆嗦。

见他尴尬,李冰荷善解人意地将话题转开,严肃地说道:"这次文物展的唐朝文物皆出土自武则天墓,极其珍贵,又是由陕西博物馆出借,绝不容有失。大刚,你作为仓库管理员,尤其要小心。"

"是!"听到她喊自己的名字,大刚忙大声答应,中气十足。他的眼睛一刻也不舍得从她身上挪开,只觉她无论是冷着脸还是笑起来都美得让人心跳加速。

奈何美人对他火辣辣的注视毫无所觉,又继续去研究幻灯片。旁边的李宇凡看到大刚那副痴情傻瓜样,不由气得一巴掌拍在他后脑勺上,心想让你表白你不表白,光看有屁用。

"我只要这个。"

酒店的豪华客房里,男人拿笔点着电脑上的陶俑,冷淡却不容置疑地说道。与他语气不相符的是,盯着唐俑的那双眼睛流露出的狂热光芒。

他身后穿着华贵长裙的美艳女子攀在他肩上,盯着那矮胖的唐俑看了半天,娇笑道:"你真舍得为了这么个玩意儿,放弃那些价值连城的宝贝?"

男人抓住她细白的手在唇边吻了下,看向房间里另外一个穿着黑色POLO衫、露出臂上纹身的强壮男人,见到他眼中也有明显怀疑的神色,不由微微一笑。

"你不是已经在墨西哥联系买家了?等货到手,只要你们不动那唐俑,其他事我不会干涉。"说到这儿,他神色一转,冷硬地说道:"但如果谁敢打那唐俑的主意,别怪我韩正平翻脸不认人!"

"行了行了,这种东西也就你才当成宝贝疙瘩。你别防贼似的,咱们以后还要合作呢。"女人直起身,不耐烦地摆手,然而眼睛却不由又多瞟了几眼那个并不引人注目的陶俑,心思有些浮动。"你的计划。"

韩正平拿起之前放在旁边的酒杯,转过椅子,对着两人举杯示意。

"这次陕西博物馆运来天津展出的文物十分珍贵,保护措施非常严密。我已经以文物展投资商的身份介入了天海博物馆,拿到了他们关于文物运送的所有资料。我们唯一的时机,就是文物交接之时!"

"但机场保安严密,随时能调动大量警力。"女人不客气地指出其中关键。"

韩正平露出从容的笑："蛮干从来就不是我韩正平做事的风格。我已经和负责安排这次文物运送的李冰荷接触过，我会利用她，更改运送文物的航班号，让博物馆的人晚两个小时才来机场接收。你们只需要假扮成天海博物馆接送文物的工作人员，按照合理流程安然接收文物就行了。"

另外两人闻言，相视而笑。

"两个小时，足够我们做很多事了。"

两日后，正午一点左右，李冰荷姐弟开着车不急不忙地赶往机场。

"姐，你说你就算不喜欢大刚，也不用在梦里宰了他吧。"李宇凡想起前日晚上的梦，就觉得头痛得不得了。也不知是不是最近一段时间一直在研究武则天墓出土的那批文物，他尽做些稀奇古怪的梦。梦里冰荷成了武则天，差点把教坊使的大刚给杀了，直把他从梦中吓醒过来。

李冰荷没好气地白了他一眼，抬手按了按额角，没有回答。这一次的文物展由她全权负责，连接待赞助商也是由她亲自出马，着实忙坏了。如今又是航班延迟，又是有人偷博物馆工作人员的衣服，还伤了大刚，这些乱七八糟的事全挤在一起来，还嫌她不够焦头烂额似的，连梦都来凑热闹。

而最让她头痛的是，她和宇凡是孪生姐弟，彼此之间有些特殊感应倒也没什么，偏偏还经常做同样的梦。为这事，小时候父母还带他们去看过医生，当然没什么效果，否则也不至于两人现在还常常陷入同一个梦境当中。

她不回答，李宇凡也不生气，一边开车一边喃喃抱怨："孪生什么的真是不好，连一点隐私都没有。你说万一哪天我不小心做了春梦，姐你可记得要捂上眼睛……"

"你敢！"李冰荷凤眼一瞪，作势就要敲打他。

李宇凡赶紧偏头躲避，嘴里告饶："不敢不敢，姐，我这在开车呢。"

两人正闹着，手机突然响起，李冰荷轻轻敲了下李宇凡的头以示警告，这才拿起电话接听。片刻后，脸色变得难看至极。

"陕西那边说文物已经有人在机场签收了。航班并没有延迟。"挂断电话，她极力保持平静地对李宇凡道："快去机场。"

她一边说，一边拨通了报警电话。

李宇凡也着急起来,忙加大油门。正在这时,迎面驶来一辆大卡车,闪避不及,两车对撞在一起。昏迷前一刻,李宇凡看到开车的那个男人手臂上文着一条青龙。

第一章

　　收拾好包袱，殷浩推开门，发现教坊司里的人竟然都聚在了院子里，显然是来给他送行的，连他师父也来了。抹了把脸，他挥去心里的沉重，露出大家已经习惯了的温厚笑容。

昔者庄周梦为蝴蝶，栩栩然蝴蝶也。自喻适志与！不知周也。俄然觉，则蘧蘧然周也。不知周之梦为蝴蝶与？蝴蝶之梦为周与？

他叫殷浩，是大唐的教坊使。他生活在中原大地有史以来最强盛的王朝，与所有大唐子民一样享受着贞观之治带来的安定和繁荣，享受着四夷臣服的荣耀。但是，他只是一个教坊使，只是一个会弹唱逗趣供皇宫内苑娱乐的小人物而已。

会进入教坊司，最终成为教坊使，是因为两个人。一个是他的师父，大唐的太史令李淳风，第二个就是他的发小，唐皇赐名武媚的武才人。

人的一生中总会遇到这样一个人，让你心心念念都放不下。幸运的话，或许能与之相伴相守，容你为其细挑白发。只是在这世上，幸运总是不多的。他想，他得不到幸运，但至少能为她守护幸运。所以，他也来了，来到这四处皆是污秽的地方。原本，他只想要几亩田，种点菜种点粮，这一生也就够了。

来到长安已经十二年，在这十二年里他尽展所能取悦皇子后妃、王公大臣，只希望能以微薄之力护住那纯真无邪的笑靥。即便经过漫漫岁月磨砺，斯人已不复如初。

认识南昌王也不是一天两天，只是以往也就是将他当成一般的皇子王爷看待而已，就如他也从未曾将他这样一个伶人放在眼中一般。然而，在那日圣上的大寿之筵上，南昌王看他的目光却与常时不同，并没有淡漠地扫过，而是透露出一种含带着惊喜讶异的熟悉感，仿佛看到久别重逢的故人似的。

后来，南昌王告诉他，这一切都是他的梦境。梦境之中，两人是好友，而媚娘是他的姐姐。

梦境，谁的人生不是一场梦境。

他无法明白南昌王话中真正的含义。只是自那一日起，宫廷中波澜渐起，所有人的命运都在悄悄改变。而他一个小小的教坊使，不，如今暂充尚食局的厨役，却与南昌王真的成了莫逆之交，也算奇事一件。

说起这个南昌王，倒是很有点意思，感觉与普通的王公贵族不太一样，没有架子，面对身份低贱的内臣和仆役也不会露出丝毫的轻蔑，在他的眼中似乎并无贵贱高低之分。大约是因为这个原因，殷浩才会对他以诚相待。

至于殷浩，会由一个可以与皇帝以及后宫直接接触的位置被贬至厨房杂役，这里面有个原故。圣皇五十大寿那日，武媚娘被人发现身带护身符，皇宫之中最忌厌胜符咒之物，发现必予以重罚，加上国师袁天罡在旁极力怂恿，若非李淳风以善言相谏，殷浩以智相驳，只怕已被处决。但是也因此牵出殷浩与武媚娘的过往旧事，圣皇大怒，虽然李淳风尽力周旋开脱，仍落得一人下狱一个遭贬斥的结果。

不管怎么说，没人丢命，就算是好事。

收拾好包袱，殷浩推开门，发现教坊司里的人竟然都聚在了院子里，显然是来给他送行的，连他师父也来了。抹了把脸，他挥去心里的沉重，露出大家已经习惯了的温厚笑容。

看着人们欲言又止的表情，他笑了下，打趣道："不过是几条街的距离，啃个葱油大饼的工夫就能到，别整得跟生离死别似的。我老殷没什么别的爱好，就是有些贪嘴，这次可算是因祸得福了。"说到这儿，他还咂巴了下嘴，作出一副馋涎欲滴的样子。

一番话说得所有人哄堂大笑起来，一扫之前的沉郁气氛。

啪一下，李淳风一巴掌拍在他脑门子上，没好气地道："为师怎么养出你这么个吃货！"

殷浩顺势像只大犬一样蹭了蹭李淳风的掌心，嬉皮笑脸地说道："师父，你以后要常来尚食局看徒儿啊，徒儿给你留好吃的。"

李淳风语塞，其他人却起哄起来，嚷嚷着"大人不要偏心，我们也要"一类的话。殷浩笑眯眯地嗯嗯点头，算是答应。虽然都知道此地一别，就算是同在一个皇城里，以后想见面也不是一件易事，但终究不似之前那般难过了。

就在大家说说闹闹地往外面走的时候，一个瘦猴子似的少年推开人群挤到了殷浩身边，眼泪汪汪地看着他。

"师父，你走了，徒儿怎么办？"

就像李淳风拿殷浩没有办法一样，殷浩拿这个猴子精似的小葫芦也没办法，明知他那一脸哭像是装出来的，他还是忍不住心软愧疚起来。

"圣上会派新的教坊使大人下来，以后你就跟着他……"看着小葫芦的眼中露出谴责他将自己推给别人的神色，殷浩的声音越说越小，最后求助地看向李淳风，正想开口让他帮自己带着这孩子，哪知小葫芦已先一步截了他的话：

"小葫芦是师父你的徒弟，又不是教坊使的徒弟。师父你去哪儿，徒儿自然要跟到哪儿。"

"胡闹，为师是被贬到尚食局当厨工，你跟着去是怎么一回事儿？何况，这宫里岂是你想去就去的？"殷浩皱眉道。

小葫芦被训斥得一扁嘴，作出一副泫然欲泣样，嚷嚷道："一日为师，终身为父。覆巢之下无完卵，父亲有难，孩儿岂能独善其身？"

四周有人偷笑。殷浩伸手按住额头，无奈，"什么乱七八糟的，你想跟就跟，但这事为师做不得主。"说着，拿眼偷偷地瞄了下旁边的李淳风。

小葫芦何等机灵，一点即透，立即转向李淳风，扑通一声跪下，"师公，葫芦求你，也安排葫芦进尚食局吧。师父他一点也不会照顾自己，连洗脸水都不会打，更别说梳头洗袜子倒马桶……"

殷浩黑着脸一把捂住小葫芦的嘴将他拽了起来，要让这小子继续说下去，自己还不得成一个四肢不勤坐吃等死的废人。他转过头看向正笑吟吟等着小葫芦继续往下说的李淳风，告饶："师父，麻烦你了。"

殷浩一边说一边用空着的手跟大家挥了挥，然后拖着仍在唔唔挣扎的小葫芦急急慌慌地离开了教坊，连李淳风的回复也不等了。再不走，这张老脸还往哪儿搁啊！

拉着小葫芦，殷浩并没有立即到尚食局去报道，而是拐了一个弯，去逛了圈皇城大街，在里面大包小包地买了不少东西。而这些东西都挂在葫芦手上，他不乐意了。

"师父，咱们不是被贬过去的吗，为啥还要买礼物？"

殷浩背着手，慢吞吞地走在前面，闻言连头也没回，摇头摆脑地道："俗话说，吃人嘴软，拿人手短，为了以后的日子好过点，这些花费还是要的。你还小，不懂这里面的道道，学着点。"

看他一副老气横秋的样子，葫芦撇了撇嘴，而后贼兮兮地一笑，推开旁边的路人凑了上去。

"哎呀，师父，徒儿身上没钱买不了礼物怎么办呢？惨了惨了，要不，你先借几个给我，我也到处打点打点。"

"有我老殷吃的，还能让你小子饿肚子？"殷浩佯怒地瞪了小葫芦一眼，感觉被他这一连串的胡搅蛮缠，心里郁气着实消散不少。感动于他的用心，不由伸出手揉了揉那一头干枯的黄毛，声音放柔："你进教坊也有几年了，怎么还是这么一副精瘦猴儿的样，莫不是小时候吃不上饭亏了身子？这次去尚食局，为师一定要把你养得肥肥壮壮的。"

"就像师父一样？"葫芦笑嘻嘻地看了眼殷浩圆滚滚的肚子，说完立刻跑远。看到殷浩一扫罕有的慈父样，又立眉竖眼，配上他胖乎乎的脸，有趣得不得了，不由哈哈大笑，正想再说点什么，突然闻到一股香气，鼻子抽了两下，两眼放光地在四周寻找起来。

只见不远处一个小摊贩在火上架着锅子，旁边摆着和面的器具，正煎烤着金黄色的油饼，浓郁的香味正是由那饼子散发出来的。

"哧溜——"葫芦吸了口快掉到地上的哈喇子，兴奋地跳到殷浩面前，欢叫道："师父师父，是老麦家的羊肉馕饼！"

殷浩挑眉斜睨着他，慢条斯理地道："师父何时成了老麦家的羊肉馕饼？"

葫芦僵住，兴奋劲儿一下子消了大半，但肚子里的馋虫却闹腾得更凶了。他又吸了吸鼻子，一把拽住殷浩，边往饼摊那边拉，边小心翼翼地绕过殷浩的问话，一脸严肃正经地道："老麦家的羊肉馕饼揉了胡麻油，羊肉加了胡椒，皮酥馅香，地道得很。咱们进了尚食局，就不能像在教坊那么随便了，以后想吃也不见得能吃到。小徒记得，以往买的时候，师父也是很喜欢吃的。嗯哼！师父，你看咱们要不要……"说话间，两人已经站在了饼摊前。

殷浩无奈，人都被拖到这儿了，不买的话，还不得给旁边的人笑死。何况，正如小葫芦说的那样，他自己其实也挺喜欢吃的，之前不过是卖个关子逗这小子而已。

敲了下小葫芦的脑袋瓜子，他凑上前，"老板，来两个饼。"

之前因为一直在跟葫芦说话，所以两人都没注意到摊子前面还有两个人，其中一个还是水灵灵的大姑娘。

见他这样，那姑娘不乐意了，没好气地斜了两人一眼，嚷起来："哎哟喂，这位大哥，没见到人家在这里排队吗？怎么插队啊？"

殷浩这时才注意到旁边的老人和少女，刷地一下，冷汗悄悄顺着背就滑了下去，忙道："抱歉，姑娘，我们赶时间，能不能通融一下。"他自认语气还算好的。

哪知那少女却将手往腰上一叉，冷笑，"你赶时间，老板赶时间，前面这位大叔赶时间，这里谁不赶时间呀？姑娘我只是不像你这么没礼貌，插人家队伍，合该乖乖排队的人倒霉是吧？"她的声音清脆灵动，好听极了，但语气却咄咄逼人。

一连串的话说得殷浩哑口无言。小葫芦见师父吃瘪，于是提着大大小小的东西吃力地挤上去，抱不平："这位姑娘，你这是得理不饶人啊，你这口气未免也……"

小葫芦呆了。他没想到会看到一个芙蓉为面柳为眉的少女，尤其是那双眼睛，仿佛会说话似的，就算是叉着腰，也并不让人觉得粗鲁，反而更觉娇俏。小葫芦觉得他这一辈子都没看到过这么美丽的姑娘，一瞬间只觉心跳加快，呼吸困难，脑子糊成一团。

那位少女本来就不高兴，此时被小葫芦那双贼亮贼亮的眼睛看得更加恼怒起来。

"未免也怎么样？姑娘我就是天生嗓门大，怎么样？看什么看？瞧你獐头鼠目的样子，就知道不是好人！"

任是殷浩的好脾气，在这一通不分青红皂白地抢白下，也有些不悦。

"姑娘，我是真心跟你商量，你怎么不讲理，骂起人来啦？"

"哟，倒变成我不讲理了，到底是谁先理亏啊？你这是做贼的喊抓贼啊！告诉你，要就排队去，姑娘我就是不让。"少女冷笑，寸步不让。

"你……你这婆娘,真是不可理喻!"殷浩大怒,指着少女,气得磕巴起来。

眼看着两人越闹越僵,周围渐渐地围起了看热闹的人,小葫芦这时才如梦初醒,赶紧拉住殷浩就往外面拖。

"算了,师父,咱们不买了,咱们走吧……"

"对,还是快走吧,省得待会儿我叫街坊来评评理,咱们再来瞧瞧是谁不可理喻。"那姑娘看着两人拉拉扯扯地就要离开,竟是得理不饶人,还一个劲儿地在后面挖苦。

殷浩恼怒,回头大嚷:"现在是我徒儿拉着我,我告诉你,你最好别让我再遇到,否则下回绝饶不了你。"

"下回要是再遇到,谁吃亏还不晓得呢!"少女见两人越走越远,弯眉笑了起来,大声地回应。

殷浩正好看到,忍不住心中气闷,露出一个不屑的表情。

那少女也不甘示弱,吐舌做了一个大大的鬼脸。殷浩冷哼扭头,甩袖与小葫芦大步离开,不再理她。

两人这梁子算是结下了。如果殷浩知道以后会发生的事,绝对会后悔自己没忍住一时之气,以至于为此吃了不少苦头。

等两人拎着东西到达殿中省的时候,已经过了午。殿中丞高大人也已经收到李淳风的推荐信,吩咐陈公公给小葫芦在尚食局安排了个跟殷浩一样的职务。

收下殷浩孝敬的那份礼,陈公公眉开眼笑,亲自带着两人前往尚食局。

"这里就是尚食局了,以后你们就在这里做事,凡事想着多做少说这几个字准没错……"陈公公难得地提点了几句,见每说一句,两人就恭恭敬敬地应一句是,心里颇为满意。

探头看了眼空荡荡的院落,他有片刻的疑惑,"怎么没人出来?你们先在这儿等着,我去叫你们管事的来。"

直到陈公公离开,殷浩看着眼前陌生的一切,终于深深叹了口气。落到这里,只怕很快便会被皇上遗忘,哪里还有机会离开。他倒是不怕做什么厨役粗活,只是担心以后再没机会看到她。如今她身陷囹圄,除了依靠师父,他又有什么能耐能够救她出来？

小葫芦没他师父那么重的心思，好奇地打量着周围，只觉得这里其实也没什么不好。

脚步声响，陈公公回来了，身后跟着一个翠色衣衫的女子。及至人从后面露出脸来，殷浩和小葫芦都不由傻了眼。

这才分开多久啊，竟然又见面了！

"这位是尚食局的小掌膳，名叫春喜，以后你们就听她命令，跟她做事，懂了吗？"

春喜看到两人，先也是一惊，而后唇角缓缓扬起，笑容越来越灿烂，最终在殷浩开口的那一刹那变成哈哈大笑。

"怎么会是你？"殷浩脑袋有些发懵，他想到一句话：祸必重来也。

"我想是谁呢，没想到会是你们这一对不可理喻的无赖师徒。这可真是巧了！"春喜哈哈笑道，眉梢眼角都是欢悦得意。

殷浩抿紧唇，慢慢苦下脸。眼角扫到小葫芦脸上的惊喜与痴迷，恨不得给他一巴掌。

陈公公有些讶异，"怎么，你们认识？"

殷浩、春喜两人同时摇头。

"不认识。"殷浩回答得有些有气无力。鬼才想认识这个蛮不讲理的泼妇。

"不认识。"春喜笑眯眯地道。现在还不算认识，很快就要好好认识认识了！

陈公公狐疑地看了看三人，懒得追问，只想着赶紧办完事好回去复命。

"春喜，你听好了，殷浩本是教坊使，因获罪被皇上贬来这里当厨役，以后皇上只怕还要召他去问话。你关照着些，活儿别派得太重了。"收了好处，自然要帮着说两句话。陈公公这话里算是明着暗示春喜，这教坊使随时都有可能官复原职，所以别可着劲儿地折腾人家，给自己也留点余地。

春喜仍然是笑眯眯地，也不知道是听懂了还是没听懂，只是点着头道："原来是原教坊使大人啊，还真有点看不出来呢。陈公公放心，春喜一定会好好地照顾他们两人的。"说到照顾两个字的时候，她还刻意加重了语气。

陈公公没听出来，小葫芦也没听出来，殷浩却全身竖起了汗毛，暗道这下完了。

因为是下午才到的尚食局,安排食宿告知规矩等杂七杂八的事一弄完,已经到了晚上。春喜并没有为难他们,让他们吃完饭就回房睡了。

然而不知是换了新地方,还是心里挂着事,殷浩翻来覆去地睡不着,一闭上眼便是武媚娘在两仪殿上被押走的情景。旁边小葫芦鼾声如雷,吵得人心绪异常烦躁。

殷浩一个翻身坐了起来,放弃在床上继续烙饼。等眼睛渐渐适应黑暗后,他抬手在旁边的窗上轻轻推开一条缝,凉风吹进来,让他精神一振,微扫之前的气闷。窗外阒静无人,只有几盏灯笼照着空荡荡的院子。

殷浩心思有些浮动,看了眼正含混不清说着梦话的小葫芦,最终下定决心,轻轻掀被下了床。披上衣服,穿好靴子,他悄无声息地推开门迅速闪了出去,又将门轻轻带上。

以往做教坊使的时候,经常有机会在宫中行走,因此对皇宫的布局他算是比较熟悉的。他轻易地避开巡逻的羽林军,来到大牢外面。

然而大牢外看守森严,根本不可能让他钻到空子进去,他蹲在旁边阴暗处,挠着脑袋,叫苦不已。难道不睡觉冒着被发现的危险来到这里,就只为看一眼这牢门和外面的守卫吗?

就在他愁得快把头发都揪光的时候,一个最不可能出现在这里的人闯进了他的视线。他有些怀疑自己的眼睛,不由抬头看了眼黑漆漆的天色,想确定时间。正在此时,远远地传来打更的声音,连着两声,却是二更了。

这么晚,太子殿下怎么会来这里?

太子李治穿着一身锦蓝色便服,散着发,未戴幞头,显然出来得仓促。相较于圣皇的英武雄霸,太子显得儒雅文秀,以仁厚为百官所称道。

但是,太子怎么会来?而且还是在这个时候。殷浩想不通。看着太子身后提着灯笼追来的王公公,以及口里嚷嚷的话,可以推测出太子是临时起意,连最贴身的内侍都不知道他来此的意图。

守卫看到太子到来,立即跪地行礼。

"开门!"李治示意他们起来,然后道。

守卫一愣。

王公公大惊,惶恐地试图劝阻:"殿下不可啊!这里是关押武才人的地方,如果皇上知道殿下来过这里就不好了……殿下,求你跟老奴一起回去吧!"

李治不为所动,看向守卫,目光冷了两分,"开门!让本王进去!"

守卫虽然疑惑,却不敢违抗,乖乖打开了门。

李治略显急切地走了进去。王公公无奈,只能回头叮嘱守卫,不准他们泄露出太子来过此地的事。

殷浩躲在暗处看着这一切,心中隐隐觉得有些不安。

媚娘和太子……他不敢继续想下去,再待在这里已经没有用处,于是起身悄然离开。对于不可知的明天,他心中首次浮起不确定的感觉。

殷浩一直认为媚娘是他捧在手心的宝,那么,春喜绝对就是他生命中的劫。

自从一大早被她以魔音贯耳叫醒之后,他便没歇过气。他真没歇过气!

劈柴挑水,什么活儿重什么活儿累,他就干什么,身后还总跟着根棍子……不,是个拿着根棍子的母夜叉,稍慢一点就会挨上两下。殷浩后悔了,当初怎么就没忍下那一口气,得罪了这个小女子。尤其是在看到自家徒儿优哉游哉地在旁边挑着菜,对他不时投来同情目光,想帮却又不敢的样子时,他真是后悔了。后悔怎么就为了两个羊肉馍饼惹上一个泼妇!

又挑了一担水回来,葫芦已经端着碗鸡汤和一碟点心坐在那里休息享用了。

殷浩看到,不由一愣,赶紧凑了过去。

"葫芦,你这些东西哪儿来的?"

"是春喜姐给的。"小葫芦笑得见牙不见眼,一脸掩饰不住的幸福让人看了碍眼得很。

不过殷浩决定暂时不计较这一点,他有些惊讶,那个恶婆娘竟然会这样好心?他往四周看了一眼,没发现人,于是又凑近了点,"快,给为师尝两口。"说着,就要伸手去拿点心。

然而还没碰到,便听"啪"地一声,火辣辣的痛感从挽着衣袖的赤裸手臂上传过来,痛得殷浩"唰"地一下缩回了手。

痛呼声中，他看到春喜手中拿着一根比之前还粗的棍子站在旁边，正努力做出一副威严的样子狠狠瞪着他。

"好啊，水没挑完，你就想偷懒？"

小葫芦吓了一跳，慌忙上前打圆场，"春喜姐，不干师父的事，是我让师父过来吃的。"

"这也不干你的事，闪开！"春喜却并不听，一棍打在小葫芦身上，然后把他推开。

殷浩之前一直禀持着息事宁人的态度做那些事，因此无论春喜怎么挑衅，他都没当回事儿，但是此时见徒弟竟然也被欺负，却无法当做没看见，当即就怒了，一把将扁担和桶扔到一边。

"谁偷懒了？我砍柴挑水了一整天……你倒好，整天就提着棍子跟在我后头找麻烦，你才是个活生生的懒鬼婆！"

春喜没想到他敢反抗，呆了下才反应过来，勃然大怒，"大胆！你这新来的，竟敢不听我的话？"

殷浩冷笑，并不惧怕，"我有名有姓，姓殷名浩，不叫新来的。况且，我来尚食局帮厨，是皇上亲派，你借机报仇，不让我入厨烧菜，只叫我劈柴挑水，当心我禀告皇上，让你吃不了兜着走！"

春喜闻言不怒反笑，上下打量了他半天，脸上毫不掩饰轻蔑之色，"在我面前提烧菜？也不称称自个儿的斤两，我倒要看看你有多少能耐？"

殷浩昂然与她对视，心里却是在一个劲儿地打鼓。

事实上，他从来没烧过菜。只是输人不输阵，怎么也要拼了，不然还不知被人踩成什么样子。

小葫芦狐疑地看着自家满脸自信的师父，不觉暗暗捏了把汗。

三人来到厨房。

桌上陈列着各种用途的刀子以及厨具，擦拭得银晃晃的，反射着慑人的寒光，耀得人眼花。

春喜的手隔空抚过那些刀具，脸上的神情就仿佛是在抚摸着自己的情人一样，珍重，怜爱，让人不由怀疑起那些东西并非死物。

就在师徒两人看得莫名其妙的时候，她的手突然看似随意地在桌上一拍，碰地一声，一把菜刀竟然单独弹了出来。

春喜右手抓住菜刀刀柄，左手抓了根萝卜扔到空中，唰唰数下，便削去了皮。萝卜回手，刀锋顺着萝卜外围旋绕，不断皮地削成一整块，放置砧板，刀子快速切丝。

"若要检视厨艺，必先观其刀法。殷浩，你若能把这白玉萝卜切得和我一样，就算通过考验了。"在两人震惊的目光中，春喜从容说道。而后话锋陡然一转，冷哼道："但若不能，哼，就乖乖地从基本做起，不得再有怨言。"

殷浩回过神，目光落在砧板上那一堆细如发丝、长短粗细均匀的雪白萝卜丝上。葫芦走上前，伸指捻起萝卜丝细瞧，片刻后退到殷浩身边，扯了扯他的衣角。

"师父，我看还是算了吧……"这个，他实在看不出两人之间有什么可比性。

殷浩一抬下巴，眼中露出不屈的光芒，"男子汉大丈夫最重要的就是争一口气。葫芦，师父今天就露两手给你瞧瞧。"

这一回不仅是葫芦拿不准他师父究竟懂不懂厨艺了，连春喜都有些惊讶，暗忖难道说人不可貌相，这人真有一两下？尽管如此，她还是在一旁说风凉话。

"做菜，可不是有志气就行的。"

殷浩挺起胸膛，睥睨着春喜，"你个小丫头懂什么？我殷浩当年在市井里打滚的时候，你还不知道在哪儿玩泥巴呢……不就是切个萝卜丝嘛，哪里能难倒我。"

说着，他推开春喜，面对着各类刀子，合眼，运气。脑子里想着刚才春喜击桌取刀的样子，然后蓦然一声大喝，出掌拍在桌上。

两把刀子弹出。

殷浩呆了下，然后迅速出手，一手一把接住。

没有手抓萝卜……

心念急转，两把刀出手，在萝卜堆里乱剁一气。那气势霸道至极，看得旁边两人都傻了眼。

不着痕迹地将两人的神情收入眼中，殷浩唇角噙上了一抹自信满满的笑，停下，两手旋转刀子。

"你们俩,看好了!"

春喜本来还一脸纳闷迷茫,突然瞪大眼,担忧地喊出声:"小心!"

殷浩吓了一跳,来不及有所反应,手中旋转的两刀相撞,交叉弹开,巧巧划过他的手指。

见血!

第二章

　　耳边是众人的七嘴八舌，殷浩隐隐觉得有些不安，不由仔细检查了一下，发现鱼缸边沿上洒着些许白色的粉末。他伸指抹下，放在鼻尖闻了闻，心中打了个颤，突然想起之前寻儿从缸中捡出筷子的一幕，不由啊地一声叫出来，抬头四顾，才发现那寻儿早已端着午膳离开了。

惨叫声几乎要掀飞屋顶，引来不少人围观，在看清是怎么回事后，又都窃笑地走开。转眼间，尚食局所有人都知道，殷浩一个堂堂男子汉切个萝卜都被刀削了手。被刀削了手倒还罢了，竟然包扎的时候叫得比女人还夸张。

当然，这事他是不知道的。就算后来发现那些人看他的目光十分古怪，也只当其他人眼睛出了问题，与他是无关的。

但是此时，他绝对不敢对正在发生的事视若无睹。

春喜在给他包扎伤口。甚至在他痛叫出声的时候，竟然还开口安慰他。虽然语气有些粗鲁，但里面绝对有着不容忽视的关切。

"好啦，忍耐点。"

她没取笑他。她竟然没趁机取笑他！

殷浩恍惚了，他觉得脚下像是踩在了棉花上，十分不踏实。然而，那姑娘的确是在给他包扎伤口，目光专注，下手轻柔而仔细。

于是，他忍不住挑起了眉，第一次认真打量起这个在他记忆中只留存着凶巴巴印象的丫头片子。

细白的皮肤，大大的杏眼，修长的眉……他怎么也没想到，春喜这丫头竟然长得还挺好看。尤其是唇上那粒小痣，实在给她增添了不少娇俏的风情。

"唉啊……"手上突然传来的剧痛，让他再次痛叫出声，嚷道："疼啊，你轻点不行吗？"

"谁要你直盯着女孩子家的脸蛋，也不害臊……"春喜咕哝，脸上不知何时轻轻染上了一层薄晕。

殷浩却没察觉，不以为然地笑了起来，"你，女孩子家？别笑死人了，哈哈哈哈……"

"你……"春喜心里有些难堪，深吸了口气，脸上露出怒容，"论在尚食局的资历,我怎么说都是你的前辈,你怎能这样说话?"

"那你就可以公报私仇,故意刁难我吗?"殷浩这一回倒接得快。心里其实已没什么怨怪之意,但还是不由自主想跟眼前的丫头斗嘴。

"我没有。"春喜矢口否认。

"那你为什么总要我做最重最累的活,还拿着棍子在后面敲打,这不是报复是什么?"

春喜无奈,难得好脾气地解释:"唉……尚食局负责圣上及诸后宫嫔妃的膳食,怎能马虎?无论你在当教坊使时多么有经验有成就,进了尚食局,就得从最基础的做起。体力都不够,还谈什么负责后宫一日三餐的膳食?更别提各类庆典以及接待外国使臣的大型宴席了。"至于拿棍子敲打一事,她不着痕迹地略过了。

虽然对于他们,她确实没存什么坏心眼故意整人。但是,小小的教训,还是不可避免的。春喜低垂的眸中掠过一丝狡黠,唇角带起浅浅的笑。

一番话,直说得葫芦连连点头,阵前倒戈。

"师父,春喜姐言之有理,怕是你误会人家啦……"

殷浩心中仍然有些怀疑,但又无法反驳,只能拍了下徒弟的头,没好气地道:"怎么,刚才那鸡汤里头加蜜了是吗?汗是我在流,点心却全给你吃进肚子里了,你当然要帮她说话。反正啊,这全是狡辩之辞,我是不会信的。"

"那你要怎么样才会相信呢?"春喜倒较起真来了。

殷浩有些意外,不由摸着下巴,心里暗笑:"要我相信你,很简单。我呢,当教坊使当惯了,喜欢热闹,就是耐不住静,老处在同一个地方,我会闷死的。让我快点当学厨,这样就可以去跟妃子商量菜色,我便能到处跑了!"有此机会,不提要求才是蠢蛋。

闻言,春喜脸上罕有地严肃起来。

"殷浩,你当过教坊使应当知道,皇宫禁苑处处是规矩,别说你们俩,连我都不能随意走动。我奉劝你啊,早日打消这个念头,先老老实实地把分内事儿做好。"

殷浩被说得哑口无言。他当然明白这其中的道理,只是心里终究有些不甘而已。

宫里传言圣上渐渐不好了。虽然上面极力禁止谈论此事，但私底下消息稍微灵通的，都心中有数。尚食局负责各宫膳食，自然比别处的消息来源更准确丰富。

殷浩在知道这个消息后，不知叹了多少气。当然，他不是为圣上的龙体担忧，他担忧的是怕圣上一去，媚娘就再也出不来了。

作为一个大唐男儿，不思建功立业，报效国家，整日围着一个女子打转，尤其这个女子还已经是皇帝的人，这事怎么看怎么荒唐。殷浩心里也清楚，但他天性就是这样一个人，耿直淳朴，喜欢摆弄乐器，作作词曲，说说笑话，对官场中的尔虞我诈踩着别人尸体往上爬的做法却无法忍受。他毕生最大的梦想就是带着媚娘去到一个世外桃源般的地方，种点田，种点花，简简单单地过日子。只是这个梦想从来就只能是梦想，以前不行，以后只怕更加是不可能的。

这日他和小葫芦正坐在院子里挑菜，他显得心不在焉，做事做得乱七八糟。这些日子以来他都是这样，连小葫芦都快看不下去了，正想开口劝解，南昌王来了。

南昌王竟然亲自来尚食局找他，这让他意外之余，又有几分高兴。他想，如果南昌王愿意出手，媚娘获救的可能性就更大了。

"我本来就在设法救她。"南昌王看着殷浩一脸讨好谄媚的样子，笑道。而后又叹了口气，"只是皇上下的旨，只怕还得由皇上亲自赦免才行。"

殷浩不由有些失望，想到武媚娘，心里仿佛被什么抓了一把似的，又疼又忧。

"那可怎么办，牢里环境那么差，万一媚娘患上风寒，或是受狱卒欺负……"

南昌王哼了声："我已经打过招呼，谅他们也不敢。"语罢，睨了一眼殷浩那神魂不定的样子，不由暗叹，心道这人真是无论在梦里梦外，对冰荷倒都是真心一片。

想了想，他又道："皇上重病在身，估计是离驾崩不远了……只要等到太子爷登基，媚娘就不会有事的。可我担忧的是，在这段时间只怕随时都会有变数……"

殷浩正在给他倒水，闻言差点打翻杯子，无语地抬头看了眼像是不知道自己说了什么的王爷，一时竟不知要如何回应。他很想说，王爷，那是你父王啊，你怎么能用一种期待他去死的语气来说这一番话。

"怎么了？"察觉到他的异常，南昌王讶然问。

殷浩两手将水奉到南昌王面前，然后小心翼翼地问："王爷，你为何如此关心媚娘？"太子至少还听媚娘有意无意提过几句，但是南昌王，他确实没有媚娘与之有过什么交往的印象。但是观南昌王如今这一副宁可老子死，也要救出媚娘的样子，实在是不像泛泛之交会做的事。莫不是……他心中浮起一个念头，只是还没成形，便被南昌王一掌给拍碎了。

那一掌重重地拍在殷浩的背上，直拍得他一趔趄。

"你少在那里胡思乱想。这事我以后有机会再告诉你，这次来就是让你留点心，在这非常时期别再添乱子。"

说罢，南昌王茶也不喝，摆了摆手，就这样走了。

殷浩有些傻，他觉得这南昌王跟他说话的语气，看他的眼神，简直就像是无话不说的至交好友。只是，自己和他……

还没想完，小葫芦跑了进来，满脸的崇拜："师父，你跟南昌王的关系什么时候这么好了？葫芦天天跟着你竟然都不知道。师父，你真厉害！"

"你不知道的还多着呢。"殷浩故作高深地一笑，背着手走出了门。

什么时候这么近了？他怎么知道。

殷浩没时间去想南昌王态度突然改变的原因，小葫芦也没机会追问，因为很快就要到午膳时间了，尚食局内忙碌了起来，他们这种打杂的小役更不可能闲坐。

各宫各苑取膳食的宫女内侍陆陆续续地来了。牢房的狱卒比其他人都早来一步，已等得有些不耐烦。

这时一位青衣俏丽的宫女走了进来，她一边走一边跟等着的人打招呼，一路上几乎没几个不认识她的。

"良娣娘娘的午膳，可准备好了？"她问尚食局的人，带着毫不掩饰的傲气。

良娣娘娘。南陵萧氏出身，太子最宠爱的嫔妃，素来不吝于显耀自己显赫的出身以及高贵血统，身为她贴身侍女的寻儿自然而然便也高了众人一等。

"快了，你请稍等。"春喜一边忙碌着，一边大声回应。

殷浩每天看着这些上等的下等的宫女太监来来去去，早已不当回事，他和小葫芦等人负责给护卫狱卒等发饭菜，瞟了眼无人注意，于是偷偷在托盘上放了两个鸡腿。

"大哥，你管理牢房辛苦了，我给你加菜。另外一只，就烦劳你带给武才人补补身子。"他小声叮嘱。

狱卒点头，正要离开。一个身影突然走了过来，堪堪撞到他身上，将他托盘上的筷子撞到了旁边鱼缸中。

"哎呀，对不住，瞧我莽莽撞撞的……我帮你捡！"原来是等在旁边的寻儿，她探身捡起筷子，放回狱卒的托盘上，又连声赔了不是。

她这样的人狱卒心知是惹不起的，加上那筷子是给牢中之人用，他也就没太在意，端着饭菜匆匆走了。

殷浩一直关注着狱卒，将这一切都看进了眼里，初时也没往心上去，直到葫芦惊叫的声音传来。

"这鱼怎么都死了！"

众人震惊，都围了过去。只见鱼缸里养着的鱼全都翻着肚皮浮在水面上，竟无一条活口。

耳边是众人的七嘴八舌，殷浩隐隐觉得有些不安，不由仔细检查了一下，发现鱼缸边沿上洒着些许白色的粉末。他伸指抹下，放在鼻尖闻了闻，心中打了个颤，突然想起之前寻儿从缸中捡出筷子的一幕，不由啊地一声叫出来，抬头四顾，才发现那寻儿早已端着午膳离开了。

"不好！"他不敢再耽搁，拔腿就往外跑，对于身后春喜和葫芦的喊声充耳不闻。

跑出尚食局，殷浩有一瞬间的迷茫，不知该去找谁。突然忆起皇上重病，此时太子以及各王爷当会近身伺疾。此时他已经管不了是太子还是王爷了，只要能救媚娘，就算让他担上擅闯禁宫的罪名立即去死也行。

一路直奔到皇上寝宫外面，因着以往当教坊使时常在宫中行走，大多数人都认识他，竟然没受到阻拦。正当他想要怎么才能见到太子或者王爷时，南昌王和伺候皇上的林公公从内一先一后走了出来。他大喜，冲了上去。

"林公公，父皇这几日身体状况不是太好，你须好生照看着……"南昌王正在叮嘱林公公，却突然被人一把拽住，他转过头，惊讶。"殷浩，你怎么在这里？"一边问，一边示意林公公回去。

林公公目光奇怪地看了眼胆大包天的殷浩，却什么也没说，只是对着南昌王行了一礼，便返回殿内了。

一直将南昌王拉着离开甘露殿一段距离之后，殷浩才一边走，一边将发生的事情以及自己的猜测简单几句说了出来。

南昌王听罢神色凝重起来，脚步不由加快。

然而等两人来到大牢前时，却被拦住了。

"你们没长眼睛吗，连南昌王都不认得了？还不赶紧让开！"殷浩心中发急，也顾不得狐假虎威了。他只知道多耽搁一刻，媚娘便多一分危险。

守卫额上不由汗出，却没让步，只是一个劲儿地鞠躬哈腰，"王爷恕罪，小的们也是奉命行事。太子妃吩咐过了，任何人都不得入内探视武才人。"

南昌王闻言大怒，喝道："好大的胆子！什么时候后宫之人竟然管到这牢狱之所来了？再不让开，休怪本王无情！"说着，昂然大步往里便闯。殷浩赶紧跟在后面追了进去。

守卫不敢拦阻，对视一眼，不着痕迹地退到了旁边。南昌王说得没错，历来后宫不得干政，太子妃地位虽然高，但终究不是皇后，话语分量怎么可能与一个可参与朝政又受皇上宠爱的王爷相比。只是无论孰高孰低，两人相争起来，吃苦头的还是他们这些小人物。他们犯不着为谁得罪谁。

方进得大牢，便听到一阵阵呕吐的声音，两人脸色都不由一变。

殷浩冲向关押武媚娘的牢房外，身后响起南昌王的喊声，他心中着急，并没听清楚喊的是什么。

里面一个女子正背对着牢门，撑墙而呕，看上去痛苦难当。

"媚娘……媚娘……你怎么样？"抓着隔开内外的圆柱，殷浩急道。

"还不打开门！"南昌王怒吼。

狱卒见状以为出了什么大事，不敢耽搁，慌忙掏出钥匙。

咔嚓声中，锁着牢门的铁链哗啦掉落。殷浩先一步冲了进去，扶住里面的女人。

"媚娘，你哪里难受？饭菜你吃了多少？"他急得眼睛都红了，若不是顾虑着男女大防，只怕已经给她揉胸拍背了。

那女子强忍住恶心的感觉，抬起头，只见她长得龙瞳凤颈，秀美绝伦，即便是身处这腌臜之地，也不减其风姿分毫。正是殷浩心中牵念不舍的武媚娘。

"……我没事，可能受了点寒，闻到油味，胸口有些不舒服。"她喘了口气，"殷浩，你怎么来了？"

殷浩定定地打量了她片刻，见她除了脸色微微有些苍白外，确实没看出有其他不对，这才稍稍舒出口气。

"你还没开始吃吗？"他不答反问，目光落在旁边未曾动过的饭菜上，见鸡腿落在一旁，没有啃过的痕迹，悬着的心这才落到实处。

武媚娘顺着他的目光看去，脸上不由浮起歉疚的神色，"对不起，殷浩，我不是不想吃，只是刚才拿起时闻到那油味，就开始反胃……"

殷浩倒不在意自己的心意被糟蹋，抬手抹了把额头上的汗，庆幸不已地直念叨："没吃好没吃好，幸好你没吃……"

武媚娘奇怪，正想开口询问，旁边突然有人说话。

"姐，你还认得我么？"

武媚娘转头看去，这才发现南昌王竟然也来了，还一脸期待地看着自己。回想他的问话，不由有些愕然。但是她仍然起身，在殷浩的搀扶下缓缓行了一礼。

"媚娘见过王爷。"至于姐姐什么的，她选择忽略，想着恐怕是自己听错了。

南昌王脸上露出失望的神色，自言自语地喃喃："这究竟是穿越还是做梦啊，怎么都不记得……"

殷浩这一回也听清了他的话，心中奇怪，但媚娘还曲着腿呢，忙咳了两声。南昌王回过神，挥手示意武媚娘免礼，但神情间终究还是显得有些落落寡欢。

武媚娘心思灵动，正想开口相询，就听到外面传来人声。三人往外看去，只见太子李治正大步而入。武媚娘的眼睛不由亮了起来。殷浩看在眼里，心中微微刺痛。

看到南昌王和殷浩也在，李治不由一愣，"十五弟，你怎么在这里？"

南昌王稍稍振作精神，笑着略略弯腰以礼，"臣弟见过太子殿下。"殷浩也赶紧跪地见礼。直到太子让他起身后，南昌王才缓缓道："臣弟听闻有人想要谋害武才人，故特来求证一下。"见李治果然变了脸色，又笑道："怎么说也是父皇亲自下令关押的人，要是就这样不明不白地死在牢里了，我天家颜面何在？"

"殿下……"一番话让事先毫不知情的武媚娘脸上露出惊慌之色，无助地望向李治。李治被看得心中又软又怜，如果没有旁人在，只怕已经将她搂进怀里好好怜惜了。

"这消息从何而来？确实否？"强力稳了稳心神，李治将目光从武媚娘身上移开，问。

南昌王看着眼前这一对，眼中露出无人能够明白的戏谑之色，然后，他给殷浩递了个眼神。

"回太子殿下，此事为小人推测而得。"如同南昌王一样，殷浩也将武媚娘与李治之间的暧昧暗潮尽收眼底，忆及那日李治夜探大牢，他心口顿时像被压上了一块巨石，憋得难受。当下大步上前，挡在两人之间，朗声道。

"推测？"李治面色微沉，"你由何推测而知？"若是换一个人，这两个字入耳，他只怕早已甩袖而去，听也不会听。但是事关武媚娘，即便是推测，他也不敢掉以轻心。

只要他能救媚娘就好。殷浩努力控制住心里翻腾的嫉妒，一遍又一遍地告诉自己。

"太子殿下、王爷，请看！"他从身上抽出一根银针来。他任职尚食局，人缘极好，虽然只是个打杂的，但要捞到一根验毒的银针却并不难。

银针插入饭菜之中，在其他人屏息以待时，取出。银针还是银针，并没有丝毫变化。

南昌王挑眉。武媚娘迷茫。李治的脸色已露出愠色。

"殷浩，你这魔术有些失败啊。"南昌王调侃，说的话让人不太听得懂，但语气中幸灾乐祸的意思却是明明白白的。

殷浩忍住抬头瞪他一眼的冲动，淡淡道："王爷，稍安勿躁。"说话的同时，手中银针在筷子上沾了一沾，便见那银针竟以肉眼可见的速度变成了黑色。

李治先是一惊，而后震怒。

萧良娣为兰陵士族萧氏出身，齐梁皇室后裔，姿容绝丽，又懂得曲意逢迎，十分得太子宠爱。加上肚皮争气，又给太子生了一子，地位自然水涨船高。

此时，她稳坐席上，身后跪坐着寻儿，坦然自若地面对满脸怒气的太子，以及闻风而来准备看好戏的太子妃。

"良娣，武才人与你无怨无仇，你为何要加害于她？"李治脸色铁青地看着自己最宠爱的女人，无法相信她竟然如此狠毒。

"殿下说什么，良娣听不懂。"她微笑，眼中露出些许惊讶的神色，顿了下，才缓缓问："武才人她不是被打入大牢了吗？她怎么了？"

如果不是事先曾亲眼看到，李治定然会被她这镇定的表情糊弄过去，但是此时却更加生气，怒喝道："你还狡辩！"挥手，南昌王和殷浩走了进来。

"殷浩，你说吧。"免去了殷浩的见礼，他硬声道。

"是。"殷浩拱手，"禀殿下、王爷，寻儿在武才人的筷子上下毒，还害得咱们尚食局水缸里的鱼全死了。"

听到后面一句，南昌王差点憋不住笑出声来，心想殷浩啊殷浩，你是不是缺根弦啊，提鱼干吗？

自从发现武媚娘没事之后，南昌王绷着的神经就放松了下来。他知历史进程，因此凡事并不强求，只将自己当成一个看客。

幸好其他人都专注于下毒这一恶性事件，没人注意到他古怪的神情。

萧良娣闻言震惊，回手就给了寻儿一巴掌，骂道："好大的胆子，贱婢，还不给我跪下！谁让你去做的这害人勾当？"

寻儿捂着脸，慌忙趋前跪伏于地，边叩头边喊冤："奴婢不敢，奴婢没有……太子殿下明鉴！良娣明鉴！"

萧良娣见状，脸上露出不忍和怀疑的神色，蹙眉看向李治，"殿下，寻儿平日连踩死一只蚂蚁都要难过好久啊，怎么会做出这等……这等……"她没说下去，而是狠狠地看向殷浩，"就算是筷子上有毒，又怎能说是寻儿做的？筷子可是从尚食局拿出的。"说到这儿，她颤抖了下，咬牙道："殿下，只怕是有人存心害我们主仆啊。殿下明鉴!"

看着微微俯下身,因为面带悲愤而显得楚楚可怜的女人,李治犹豫了。

"殷浩,除了鱼被毒死外,你可还有其他证据?"

"我……我……"殷浩语窒。他只是根据一些蛛丝马迹推测而已,要到哪里去找别的证据?

听到他说不出话来,萧良娣蓦然抬起头,怒视于他,恨声道:"你若不能证明此事是寻儿干的,那就是在诬陷我。依后宫规条,我可以摘了你的脑袋。"

殷浩吓了一跳,下意识地伸手去摸脖子,目光直往南昌王那里瞟。南昌王知道该自己上场了,干咳一声,正想开口说话,陈公公躬身走了进来,将一个瓷瓶呈给李治。

"太子爷,这是在萧良娣房里找到的。奴才已经请太医验过,证明这毒粉与武才人筷子上的毒粉是一样的。"

萧良娣大惊,终于沉不住气,厉斥道:"大胆奴才,竟敢擅自搜查本宫的寝宫……"

"闭嘴!证据确凿,你还有什么可说的?"李治打断她,心中升起遭人背叛的感觉,让他难过到极点。

殷浩松了口气,悄悄退到南昌王身后。

萧良娣眼中闪过慌乱的神色,而后潸然落泪,跪伏上前,"妾恐武才人牵累殿下,故出此下策……此事太子妃也是知晓的,请殿下体谅太子妃与妾的一片苦心。"陈公公是太子妃的人,他敢去搜自己的寝宫,自然也是奉了太子妃的命令,既然她要害自己,那谁也别想置身事外。

太子妃大惊,慌忙撇清:"妹妹,你别牵连我。殿下,我当时以为妹妹只是说说,哪里知道她这么狠心……我没有阻止,也是错了,所以才赶紧吩咐陈公公去找证据……"

李治看向陈公公,陈公公微微点头。李治心冷。

萧良娣垂着的眼中浮起浓烈的愤恨,她想起当初与太子妃讨论此事时的情景,心中暗悔为什么要去与虎谋皮。

"殿下,妾知错了妾知错了……"她跪伏于地,哭得全身颤抖,看上去真像是诚心忏悔,"望殿下看在节儿玉儿年幼的份上,饶恕妾身这一次……"

李治是真心宠爱她，此时见她哭成这样，又想到她为自己生下的一子一女，不由心软了，长叹口气。

"念你是初犯，就暂且饶过吧，但日后决不准再犯。"

"谢殿下恩典。"萧良娣泣不成声，心中刚要松口气，太子妃开口了。

"殿下，你身为储君，一举一动都有人看着呢。"太子妃微笑道，说着，目光在殿内众人身上扫过，"若不能赏罚分明，只怕难以服众啊。"

萧良娣心中蓦然抽紧，泣声微敛，几乎是屏住气等李治决定。

李治看了眼正炯炯盯着自己的殷浩以及笑得漫不经心的南昌王，心中即便不忍心，还是下了命令。

"也罢，死罪可免，活罪难饶。王公公……"

王公公应声而出。

"把萧良娣拉下去，打二十大板，以示警戒。"

"是。良娣，请吧！"王公公躬身领命。

萧良娣咬牙谢恩。在离去时，目光冷冷扫过笑得雍容端庄的太子妃，其中所流露出浓烈的恨意以及杀机让人不由心生寒意。太子妃心中一凛，垂下眼，唇角浮起一抹讥诮。

正当王公公领着萧良娣快要走出殿门时，林公公匆匆忙忙地奔了进来，哭嚎道："殿下……不好了……不好……"

在场诸人心中涌起不祥的预感，李治皱眉正待询问，林公公已经大哭在地。

"皇上……皇上驾崩了！"

李宇凡蓦然惊醒，满头冷汗，好一会儿才回过神。他环目四顾，发现四周一片雪白，空气中充满着消毒水的气味，冰凉的液体从手背的血管缓缓输进他的身体。

是医院……

他怔然，而后想起出车祸的事。

车祸……唐朝文物……姐姐……

姐姐？他只手按床刚起了半身，便感到胸口一阵剧痛，眼前发黑，差点又躺回去。闭眼忍了会儿，才勉强坐起。

这是一间三人床的病房，另外两张床都空着，看起来很冷清。

姐呢？他努力按下心中的不安，掀被想要下床。正在这时，门被推开，大刚那张肥得快要滴油的脸探了进来，见到他的动作，吓得砰地一下把门推开，冲了进来。门撞在墙上，发出"哐"地一声巨响，引来经过的护士不满的目光。

"哎哟，我的祖宗喂，你这是想干啥，快躺下……快躺下……"他手中抱着一个保温饭盒，看样子是去弄吃的了。

见到熟人，李宇凡心中微定，抬头看了眼墙上的挂钟，发现是上午十一点多。窗外阳光明媚，从窗子投射进来，让人心中微微明朗。

从大刚嘴里，他得知李冰荷在隔壁病房，除了头部受到撞击仍昏迷不醒外，便只有些许小擦伤。反倒是李宇凡，折了两根肋骨，如今一动就痛得呼吸困难。

就着大刚的手吃了两口饭，李宇凡便摇头不想再吃。看大刚顶着两个大黑眼圈在那里刨剩下的饭，李宇凡突然有些感动，不用想也知道，他昏迷的这两日，大刚一个人照顾他姐弟二人有多辛苦。

"被盗文物的事怎么样了？"他问。

听到这个问题，大刚停下吃饭的动作，脸上的表情有些古怪，像是无奈，又像是笑，好像还有几分高兴。李宇凡正试图从这表情中琢磨事情的进展时，就听到他说："我跟你说啊，你绝对想像不到，这事，嘿……真他妈像是撞邪了一样。"

李宇凡"嗯"了一声，莫名地并不觉得有多担心，反而因为大刚的样子不由自主地想到梦中的殷浩。那些事那些人究竟是不是真实的？或者说，只是他在做梦？

"那天跟你们相撞的大卡，里面装着的就是被劫走的文物。这一撞倒好，把一批文物大盗给撞落了网。"大刚没注意到李宇凡的异状，继续道，说到最后，忍不住一拍大腿，大声道："想不到啊想不到，那个韩正平看上去人模狗样的，竟然会是个贼。"

李宇凡被韩正平三个字给唤回神，细思自韩正平来后发生的种种，立时便觉得并非无迹可寻，只是被他文物展投资商的身份给蒙蔽住了眼睛。确切地说，他们是被金钱给蒙蔽了眼睛。只是终究人算不如天算，任你计划再周详，老天不给面子也是白搭。

想到韩正平，他就想到在梦里见到过的袁天罡。这两人竟然一模一样，真是古怪了，自己竟然会梦到一个没见过两面的人。

"那些唐朝文物都没事吧？"他问。

大刚刨了口饭，鼓动着腮帮子，点了点头，又摇头，含混地道："我没看到。但听馆长说，差不多都完好无损，好像只有那个唐俑碎了。"想到那个跟自己很像的唐俑就这样没了，他就觉得无比惋惜。他心思直白，这惋惜便表现在了脸上。

李宇凡本来也觉得可惜，但看到大刚的反应，又忍不住笑："怕什么，到时你只要换上衣服往里面一站，也能充充场子。"

大刚被噎住，给了他一个大白眼。

等大刚吃完饭，李宇凡坚持要去看看李冰荷。大刚拗不过他，只能一手提着输液瓶，一手掺扶着他，慢慢地挪到隔壁。

李冰荷静静地躺在那里，神色恬静，阳光落在她白净秀美的脸上，光斑随着树叶的摇动而轻盈地跳跃着，仿佛在织着一个美丽的梦。

李宇凡在床边坐下，伸手摸了摸她的头发，轻轻叹了口气。

"姐，赶紧醒来吧。博物馆那个大烂摊子还等着你收拾呢。"

大刚站在他身后，听到这句话，眼角不由有些红了。

自从先皇驾崩之后，新皇登基，媚娘被送到感业寺，南昌王又恢复了以往那高高在上的王爷姿态，看到殷浩时像不认识似的。只有殷浩仍呆在尚食局，被春喜那丫头片子压迫，苦哈哈地当杂役。

有好多次，殷浩都想混出宫，去感业寺找媚娘，然后带她离开长安这鬼地方。只是这念头方动，便被他师父李淳风警告了。

李淳风说，别说武媚娘会不会跟他走还是个未知，就算真的跟他走了，两人也只能一辈子躲躲藏藏，见不得光。这样的生活，他凭什么让媚娘幸福？

其实就算师父不说，殷浩心中也清楚，媚娘她在等一个人，但那个人不是他。所以，他仍老老实实地待在尚食局，这一待就是两年。

那几天，宫人间突然私下流传消息，皇后劝皇上将武媚娘接进宫，皇上已经同意了,并派南昌王亲自去迎接。这个消息传得沸沸扬扬,就是聋子也该知道了。

殷浩虽然是个尚食局的小杂役,对后宫里这两年发生的事却也算得上是了若指掌。自从太子登基为帝之后,依照古制,太子妃升为皇后,萧良娣同样升了一级,封为淑妃。那次淑妃谋害武媚娘的事因为先皇驾崩而不了了之,之后新皇对其仍然盛宠不衰。与之相比,给她使过绊子的王皇后便显得可怜多了。王皇后膝下无儿女,又学不会淑妃那一套柔媚顺从,怎么能留得住皇上的心。因此,在后宫之中,萧淑妃隐隐有临驾皇后之上的势头。这次王皇后主动提出接媚娘回宫,只怕安的不是什么好心。

殷浩眼睁睁看着媚娘又要被牵扯进这皇宫的争斗当中,哪里还坐得住,打听得南昌王去感业寺的日子,跟春喜又磨又缠地要了几天假,然后也偷偷跟了去。

一路倒也无事,却在回程的时候,在一个树林里遭遇到袁天罡带领的人马阻截。说来也怪,不知媚娘哪里得罪他了,他竟然一逮到机会就找她的麻烦。

殷浩躲在一棵树后,看到前面的轿帘掀了起来,南昌王探出头来,一脸的迷惑。低声问了身边亲卫几句话,而后露出恍然大悟的神情,唇角挂起一抹奇怪的笑。

这表情太熟悉了。殷浩抓住树干的手一紧,还没来得及细想,便听南昌王道:"韩正……咳,袁天罡,是吧,国师竟然亲自来迎接本王,本王实在受宠若惊哪!哈哈!"

就在袁天罡闻言脸黑的同时,暗处的殷浩乐了,心想,难道这南昌王又犯癔症了,这样倒好。

"王爷真会说笑。"袁天罡冷哼,手一挥,身后的人马立即上前,将南昌王方面的人马包围在内。

南昌王随行的亲卫自然也不甘示弱,"当啷当啷"拔出了配刀。

"王爷你带回先皇嫔妃,可有圣上手谕?"袁天罡沉声质问。

南昌王笑,"怪了,本王奉当今天子之命去接个人,难道也要经过国师你的同意?至于手谕,本王认为,那不是给你袁天罡看的。"

手谕什么的当然不会有。但是奉皇上之命去接人也是不假的,所以南昌王丝毫不怕。

这一番话听得殷浩大感痛快。但是痛快过后，却是要付出代价的。

袁天罡显然没想到南昌王会变得这样强硬，有一瞬间的错愕，而后脸色一沉，寒声道："没有天子手谕，就是私自带回前朝嫔妃，死罪一条！"说着，一挥手，"来人，拿下逆贼！抗者，格杀勿论！"

话音方落，两方人马交战在了一起。

"连本王都敢动，袁天罡你真是好狗胆！"南昌王眯眼，微怒。步下轿子，伸手从腰间抽出长剑，拿在手上试了试，又挽了个剑花，竟是顺手无比，唇角不由又浮起一抹兴致盎然的笑。

"来吧，袁天罡，先皇当年南征北战，助高祖得天下，本王岂可落了他老人家的面子。今日便让你见识见识我李家十五郎的厉害！"他剑指袁天罡，豪气迫人，若不是眼中流露出的兴奋泄露出他的真实想法，殷浩只怕真会忍不住拜倒在地。

袁天罡脸上露出不屑的表情，"凭你？不知死活的黄口小儿！"说话的同时，他背上长剑出鞘，凌厉地攻向南昌王。南昌王昂然不惧，移步翻腕，剑身刚好挡住刺过来的剑尖。

殷浩见两方人马打得不可开交，忙拽住一个南昌王的亲卫，在他大刀砍下来之前，急道："事态严重，你快回去传话给皇后说武才人有难！"

那亲卫呆了呆，竟认出了他，忙应声而去。

殷浩一边闪躲着不时往身上招呼过来的刀剑，一边往武媚娘的那顶轿子跑去，在半途上的时候顺手捡了一把掉落在地的无主之刀。

刀上还沾着鲜血，让他胸中涌起一股罕有的男儿豪气。他以前在市井中打滚的时候，也是会点拳脚功夫的，虽然比不上高手，但在此时也算派上了用场，至少不用哆哆嗦嗦地躲在一边。

一声女人的尖叫传进耳中，殷浩一惊，发现武媚娘已离开了轿子，正狼狈地躲闪着砍向她的腰刀。他登时血冲脑门，挥舞着大刀就杀了过去。

一刀架开腰刀，另一只手顺势将女人拉到了自己身后，护着她往安全的地方退去。

"殷浩，你怎么来了？"武媚娘惊魂未定，在看清护住自己的大块头时，不由又是惊讶，又是欢喜。

两人已经有两年多没有见过面，此时看到，却觉得眼前之人像是一直都站在她前面替她挡着风雨一样，并不曾有过分离。

殷浩回头冲她咧嘴一笑，"听说你要回来，所以特地来接你啊。"说话间，他"当"地一声挡开了另一把砍过来的刀，还不忘回头安慰，"媚娘，别怕，有我呢。"

媚娘不由捂嘴而笑，倒真的放下心来。连她自己都不明白，为什么只有在眼前这个男人面前，她才能彻底地卸下心防。

殷浩看到她的笑，不由有些愣神，而后便见她倏然变了脸色，一把推开他。同一时间，一把长剑刺过他刚才站着的位置，划伤了她的手臂。

武媚娘痛叫出声，殷浩脸色大变，奋不顾身地冲了过去，用身体撞开士兵，抢扶住她，着急地为她察看伤势。

"媚娘！媚娘！你没事吧？"他又心疼又担忧，还有说不出的懊恼。若不是他走神，媚娘怎么可能受伤。

武媚娘按住鲜血直冒的手臂，不想他担忧自责，忍痛道："没事……"

身后传来兵器破风之声，殷浩咬牙，迅速将武媚娘护在身后，正要出刀抵挡，突听一声怒喝，直震得在场诸人一阵耳鸣。

"住手！"

李淳风背负长剑，身着官服，骑于马上。目光威严地扫视全场，见都停了下来，他方缓缓道："本官奉皇后懿旨，特来接武才人回宫！如若有人胆敢不从，格杀勿论！"

袁天罡见李淳风带着大批兵马，形势于己不利，不敢再硬碰，于是示意手下都收起了兵器。

武媚娘见没了危险，心情一放松，立时失去了意识，软倒于地。

第三章

在看清监斩的人是袁天罡时,南昌王无语了。心说你一个出家的老道不好好地炼丹骗人,跟着这些娘们瞎掺合啥?他想到上次一战未分胜负,加上偷盗文物害他们姐弟出车祸一事,新仇旧恨可算是攒一块了,策马在原地来回走了两下,只觉牙根有些发痒。

殷浩身份低微,根本没资格随着众人入宫见皇上,因此只能对着自家师父千叮咛万嘱咐,让他替自己照顾武媚娘,差点没把李淳风的耳朵磨起茧子。

"怎么从没见你对师父这样关心过?"李淳风不耐烦了,噎了他一句。

殷浩讪讪,不敢再说,眼巴巴看着众人入了宫,才无精打采地回尚食局。这一夜自然是没有睡好的。

次日派发早膳的时候,他的耳朵竖得老高,既想听到甘露宫那边传过来的消息,又有些害怕听到什么不好的消息。那矛盾的样子,连葫芦都快看不过眼去。幸好,虽然不清楚媚娘的伤势怎么样了,但至少得知她在宫里安然留了下来。

阳光明媚,然而此时已入了桂月,这样的好天气只怕没几天了。

殷浩长叹口气,将洗好的锅子放进干净的水盆中,捞起,又洗……

"师父!你又在想武才人了对不对?"葫芦赶紧叫住他,无奈地道。

"是啊!媚娘替我挨了一刀,真不知道她伤得怎么样了?"殷浩停下,又叹了口气,没得到确切消息,总觉得这心里不是十分安稳。

"别担心!武才人在宫里不缺人照顾,不会有事的。"一个声音突然插入,吓了师徒二人一跳。

南昌王不知何时走了进来,正站在两人身后,笑眯眯地看着他们。

小葫芦心里都打了个突,暗道这王爷怎么突然又有兴致逛起了尚食局……他心里还没嘀咕完,便被殷浩拉了一把,慌忙跟着站起行礼。

"参见王爷!"

"免礼,免礼!"南昌王笑道,悠然打量着尚食局,一副久别的样子。

殷浩前一日已经注意到南昌王与这两年有些不一样,倒与媚娘入狱那段时间的感觉很相似,此时再见,心中越发肯定,便收起了惶恐之心,直接开口询问。

"王爷可曾见过媚娘了？她还好吗？"

"后宫之地，本王并不方便进入。不过，皇上、皇后都在武才人寝宫，也传了御医，你大可放心！"南昌王像是明白他的心思，也不卖关子，知无不言。

殷浩还是不太安心，突然双手合掌，祈求上天。

"菩萨啊！媚娘是个好人，请你一定要保佑她平安无事……"

南昌王看着他虔诚的样子，不由有些感慨，说了句无人能懂的话："无论梦里梦外，你对她倒都是一片真心！"

殷浩心中充满了对武媚娘的担忧，无暇去深究他的话中之意。

"殷浩，陪本王走走吧。"南昌王突然道。

殷浩收回落在天空的目光，侧头看向气宇轩昂的年轻王爷，只觉这人浑身上下都是谜。

殷浩跪坐在席上，面前是矮桌，矮桌上放着几碟小菜和一壶酒。

对面是南昌王。南昌王并没像他那样规矩地跪坐着，而是懒散随意地半躺在席上，一脚曲起，一脚伸直。

旁边是栏杆。越过栏杆可以俯视长安城最繁华的街道，以及街旁波光粼粼的河渠和岸柳。

殷浩没想到南昌王会请自己出来喝酒，在长安城最好的酒楼里，就算他以前身为教坊使时，也进不来的地方。

南昌王伸手拿起壶，给两人斟上酒。

"不敢！"殷浩惶恐地微掩酒杯。

南昌王手微顿，撩起眼皮看了他一眼，笑："你殷浩要真不敢，又为何要心心念念地想着武才人？明显得所有人都能看得出来。"

殷浩脸色微变，"王爷莫要胡说，我与媚娘之间清清白白，天地可鉴！此话不可再提，以免有损媚娘清誉。"虽是这样说，他还是放开了捂着杯口的手，看着南昌王缓缓将酒液注入。

"你不用紧张。我与你们休戚相关，怎么可能害你们。"南昌王慢吞吞地道。放下酒壶，改为端起杯子，隔空向听得满头雾水的殷浩虚邀了一下，然后仰头饮尽。

殷浩也端起杯子喝了。酒入口,有些微苦,而后转为辛辣。

南昌王龇牙露出一个难喝的表情,想要批评,又忍住了,看着殷浩似乎没什么反应,不由有些失落。

"殷浩,你可知,当你身边之人都不识得你时,有多么寂寞。"

"啊?"殷浩不解。不,是完全听不懂。

南昌王苦笑。揉了揉脑门,才又开口:"我若告诉你,这发生的一切事都是在我的梦境里,你可相信?"

殷浩怔怔地放下酒杯,没有回答。事实上,他心里猜测这南昌王大约是在私底下学了道,否则怎会说出这样似清醒又似糊涂的话。

"我的意思是,你是活在我梦里……"南昌王想继续解释,说了一句,感觉到自己都有些混乱,不由狠狠拍了下额头,"事实上,当我梦醒的时候,你是我最好的朋友大刚,而媚娘则是我的姐姐冰荷,只是你们都不记得了。"

殷浩默默地拿起酒杯,给两人斟上。良久,在南昌王期待的眼神中,他想了想,道:"王爷,你想让我做你的朋友直说就是。"又不是什么丢人的事,何必拐弯抹角。当然,最后这一句话,他识趣地没敢出口。

南昌王颓丧地一头叩在桌子上,发出响亮的碰撞声。等再抬起头,竟又恢复了之前的神采。无论如何,憋在心里的秘密说了出来,人自然便舒坦了,有的时候并不是真要让人明白。

"行啊,以后你殷浩就是我的朋友了,下次再见面,别忸忸怩怩的,跟个姑娘家似的。"

殷浩语塞,暗忖自己什么时候忸怩了。只是这南昌王时而亲热,时而疏远的,实在让人捉摸不透啊。

与南昌王分道之后,殷浩心里一直在反复想着他那些醉语。他当然是不信的,但是却又觉得有那么几分道理。也许人生真是大梦一场呢,只是有的人清醒地知道自己在做梦,像南昌王,有的人却不知道,像他……

啪地一下,肩膀被人拍了下。殷浩吓了一跳,转头,春喜正背着手笑吟吟地看着自己,旁边是推着空推车的葫芦,不远处还有持戟配刀守卫森严的羽林军。原来不知不觉间,他竟已经走到宫门之外。

"殷浩，想什么呢，这么出神？"春喜问。

"没。"殷浩挠头，让他怎么说，难道要告诉她自己受到南昌王影响，在想人生与梦这样高深的问题？说出来，估计要被她笑死。"春喜姐，你们这是要去哪儿？"自从在春喜手下吃过亏、又丢过面子之后，殷浩就学乖了，跟小葫芦一样恭敬地喊春喜姐。

"当然是出宫采买。"春喜横了他一眼，怪他没眼色。"走吧，既然遇到了，你就跟我们一道。"

殷浩正被南昌王突然抛出来的那一番话搅得头昏脑胀，听说要去采买，当然是点头不迭。人多好啊，人多就不会胡思乱想了。

"怎么，你很高兴？"春喜斜睨着他，为他出乎意料的兴奋反应。她原本以为他已在宫外跟南昌王鬼混了那么久，一定是没兴趣去采买的。

"当然，能跟春喜姐一起出宫采买，可是尚食坊每个人求都求不来的好差事啊。"殷浩连连点头，还不忘拍马屁。

春喜这边欢喜了，小葫芦却朝天翻了个白眼，心说师父，你是觉得跟春喜姐去采买，吃玩都可以不自掏腰包吧，竟然说得那么冠冕堂皇。

果然，就听殷浩继续道："而且，采买时还能品尝到各种坊间小食，实在是……"咕嘟，他咽了口唾沫，不知道是想到蟹黄毕罗，还是想到了胡麻饼。

春喜气结，不由插腰瞪眼佯嗔道："殷浩，你身在尚食局，竟然还眷恋坊间的食物，怎么？是嫌本姑娘手艺不好？"

"不是不是，我市井出身，街坊味道吃惯了，所以……"殷浩赶紧辩解，话未说完，突见数辆马车疾驰而来，眼看就要撞到春喜，慌忙伸手一把抱住她往旁边闪开。

那些马车从三人身边呼啸而过。

殷浩凝目，发现那些马车都是朝中大臣所有，不由有些奇怪。

"早朝都过了，这些大人匆匆忙忙地去宫里，难道发生了什么紧急之事？"

他这边发呆，却没注意到怀里还抱着春喜。春喜缓过神之后，见他还不放手，不由羞红了脸，又捶又推他，嚷道："你……你快放开我啊！"

殷浩收回目光，低头，看到春喜满脸通红地被自己搂在怀里，暗叫不好,慌忙放开手退后一步,还故作无事地抬头看看天,道:"这太阳真大啊,看把春喜姐你的脸晒得跟个猴子屁股似的。"说罢,唰溜一下往前面窜去,身后传来春喜恼羞成怒地喊声。

"殷浩——王八蛋,有种你别跑!"

殷浩大步如风,心想不跑的才是傻蛋。

葫芦看着狼狈逃窜的自家师父,以及紧追在后气得头顶快要冒烟的春喜,不由同情地叹气。

师父啊,你难道不知跑得了和尚跑不了庙吗?

为了以后的日子好过,殷浩最终决定贡献出自己的耳朵,让春喜拧了一顿。因此回到尚食局时,竟然还被打赏了一盘美味无比的点心。

"春喜姐,你的手艺越来越好了。"葫芦见到,抢先拿了一块丢进嘴里,另一只手还抓了块。只见他眼睛蓦然睁大,露出一副香得差点没将舌头都吞下去的样子。

春喜笑道:"这不是我做的,是干娘做的。"说着将盘子递到仍在摘菜的殷浩面前,"殷浩,你也快尝尝啊。这是各宫里分配剩下的,平时可吃不到。"

殷浩接过盘子,先没吃点心,反而好奇地问:"你干娘?你干娘是谁?"

"我干娘是金尚食,改天介绍你们认识认识。"

"什么?"殷浩惊讶,不由上下打量了春喜,像是不认识似的,直看得春喜又悄悄红了脸,瞪起眼来,才道:"我来尚食局这么久了,怎么都不知道金尚食是你干娘?"

春喜撇嘴,"我和我干娘处事向来低调,哪像你?什么事都要出风头!"

"别这么说嘛!你也知道我以前是教坊使,习惯热闹……"殷浩不好意思地挠挠头,而后眼睛一亮,道:"既然你干娘是金尚食,那能不能帮我提一下,让我早点进厨房做料理,别再做这些杂务了?"

春喜皱眉,露出为难的神色。

殷浩见她没有一口回绝,便知有戏,忙凑上去又求又拜,只差没整个人黏上去。

"少吃我豆腐,本姑娘年轻貌美,会是你姐姐?"春喜没好气地白了他一眼，顿了下，禁不住心软，"不过呢，看在你最近表现不错的份上，有机会我再向我干娘提提看啰……"说起来殷浩师徒二人进尚食局也两年多了，要进厨房学做膳食也不是不行。

殷浩大喜，连忙道谢。

这时有宫人来取点心，春喜让她们等着，然后喊上葫芦跟着自己去拿。

两个宫女干等无事，免不了说几句闲话。殷浩原本也没放在心上，却蓦然听到武媚娘三个字，不由一惊，耳朵自然而然便竖了起来，吃点心的动作越来越慢。

"唉，说来那个武媚娘还真倒霉，才刚进宫就性命不保……"

"是啊，淑妃娘娘可不是好惹的，武媚娘得罪她，当然是死路一条……"

"听说那武氏已经被押往刑场，待会儿就要问斩了……"

啪！糕点掉落在地，殷浩一把推开面前的菜筐，起身拔腿就跑，连整盘糕点打翻都无心顾及。

春喜和葫芦闻声追出来，正看到他的背影消失在院门口，正狐疑着，又见他风一般卷了回来。

"春喜，快把出宫的腰牌借我。"

春喜呆了下，一边取腰牌，一边问："出什么事了？"

"回来再跟你说……"殷浩心急如焚，不敢有丝毫耽搁，从她手中一把夺过腰牌，转眼又冲了出去，只留下春喜和葫芦站在原地面面相觑。

出了宫，殷浩一路狂奔，原本想直奔刑场，心念一转，改了方向。以他一己之力根本不可能救人，必须找人相助。大约是早上才见过面的缘故，最先想到的不是师父李淳风，而是南昌王。

到了南昌王府，等不及通报，便硬闯了进去。路上随手抓了个丫环，问清南昌王正在后花园，就这样屁股后面拖带着几个追上来拦阻他的侍卫直奔而去。

南昌王跪坐在花园凉亭内的席上，面前是一张矮案，上面摊着雪白的宣纸，正在那里练字。见殷浩火急火燎地冲进来，后面几个侍卫追得着急上火加胆战心惊，不由扑哧一笑，挥手示意侍卫退下去。

"殷浩，这才分开没多一会儿，这么快又想本王了？"他调侃。

殷浩哪里有心情跟他说笑，扑上去拽着人就往外拖。

"放肆！"站在旁边的侍墨太监色变喝道，正想上前阻止，被南昌王以眼神制止了。

"王爷，媚娘要被处斩了。求你快救救媚娘……"殷浩急得几乎是带着哭腔嚎出来。

南昌王一惊，"怎么可能？"虽然是这样说，他还是跟着殷浩急步往外走去，同时吩咐人备马，让王府亲卫整装待命，又让人持他的腰牌入宫通知皇后。

赶往刑场的路上，从所知有限的殷浩嘴里得知，此事与萧淑妃有关，他不由皱眉，心道这萧淑妃屡次三番想杀武媚娘，也难怪日后落得醉骨的凄惨下场。这后宫之人真没一个省油的灯。

快马加鞭，一路疾驰，行人避让。

刑场远远地出现在前面，越过围观的人群，两人看到监斩官将令牌丢到地上，刽子手举起了大刀。

殷浩急得大叫，双腿使劲夹马，偏偏距离太远，根本无可奈何。

眼看着大刀就要砍下武媚娘的头，南昌王突然拔出腰间佩剑，隔空掷了过去。剑划过刽子手举刀的手腕，痛得他大叫一声，大刀脱手。只是这片刻的耽误，一队人已经排开看热闹的人群，进入了刑场。

"谁敢动手！"南昌王大声喝道。

在看清监斩的人是袁天罡时，南昌王无语了。心说你一个出家的老道不好好地炼丹骗人，跟着这些娘们瞎掺合啥？他想到上次一战未分胜负，加上偷盗文物害他们姐弟出车祸一事，新仇旧恨可算是攒一块了，策马在原地来回走了两下，只觉牙根有些发痒。

忍了忍，他决定救人要紧，于是跳下马亲自去给武媚娘松绑。

"武才人，你没事吧？"

鬼门关走过一趟，武媚娘只觉双腿软得几乎难以站稳，却仍然摇了摇头，感激地道："没事……"

"南昌王，你身为皇族后裔，竟敢做出劫法场这等目无法纪之事！"袁天罡见又是南昌王，怒不可遏，厉声指责。

南昌王将武媚娘拉起护在身后，这才看向袁天罡，冷笑道："袁天罡啊袁天罡，本王还真是看不透你，你整日算计武才人，到底是何居心？"连累自己也不得不跟着伤神费脑，真是罪不可恕啊。

"我奉淑妃娘娘旨意，监斩武媚娘，谈何算计？却不知南昌王屡屡相护，又有何居心？"袁天罡眼中厉色闪动，说得正气凛然，突然一挥手，喝道："来人啊！立刻把武媚娘给我斩了！"

南昌王从脚边捡起佩剑，横剑而立，哼笑："天罡兄，那就试试看，谁的剑利吧。"想到沉睡不醒的冰荷，还有跟袁天罡长着同一张脸的韩正平，他就一肚子气，不见袁天罡的血实在难咽下这口鸟气。

袁天罡所率领的侍卫拔出兵器，蠢蠢欲动地逼近南昌王和武媚娘。南昌王的侍卫不等命令，立即靠拢过来，将南昌王和武媚娘围在中间。

两方人马一触即发。

南昌王笑吟吟地看了眼怒容满面的袁天罡，突然挥剑，拉开了战斗的序幕。

兵戈相交，四周人群怕被累及，都远远地避开了。

南昌王本来是冲着袁天罡而去的，却不想袁天罡并不与他正面交锋，而是让手下侍卫缠住了他，自己则直奔武媚娘，不由心叫不妙。

正当袁天罡挡开拦路的侍卫，挥剑刺向惊恐后退的武媚娘时，一个人影突然从斜刺里冲了上来，巨大的冲力将袁天罡撞开，自己也跌倒在地。

那人又迅速地爬起身，对武媚娘露齿一笑，而后双手高举，朗声道："住手！我奉皇后之命，前来阻止行刑。谁敢违抗懿旨？"他一字一句铿锵有力，颇有震慑人心的作用。

交战的双方都不由停了下来。

袁天罡眼中闪过一丝疑色，而后伸手掸了掸衣摆，不以为然地冷笑："皇后之命，本官自然会从。"说到这儿，语气倏然转厉，"但敢问懿旨何在？"

殷浩一凛，力持镇静，故作从容地道："事发突然，皇后娘娘下的是口谕，来不及颁发懿旨。"

"哼！你口说无凭，本官无法取信！但本官可是奉淑妃娘娘之令将武氏斩首……"袁天罡见状心中微松了口气，亮出萧淑妃手谕，冷声道："你最好速速退下，否则本官连你一块杀！"

武媚娘此时也看出殷浩恐怕是假传皇后之命，心中刚升起的希望立即破灭，只道周周转转仍然逃不过一死。之前跪在刽子手的刀下时，因为事出突然，她除了绝望还没太深刻的感觉，此时却是尝过了死里逃生的滋味，却又再次被打进绝地，巨大的恐惧立刻涌了上来，让她不由开始哆嗦起来，紧紧靠向殷浩。

"殷浩……"

殷浩被她柔弱颤抖的声音激得心中豪气直涌，不由一挺胸脯，安抚道："别怕，有我在，谁也别想杀你。"说着，目光往四周仍在观望形势的兵士看了一眼，索性嘴硬到底。

"总之我奉皇后之命保护武媚娘，你们要是轻举妄动，皇后娘娘怪罪下来……"他厉眼横扫全场，"小心你们个个人头不保！"

众侍卫毕竟不是袁天罡的人，闻言不由有些畏缩起来，毕竟违抗皇后懿旨的罪名可不是他们能担当得起的。

袁天罡见状心知不好，不敢再拖延，大喝道："别被他给唬了！殷浩假传懿旨，阻碍行刑，乃死罪一条，都给我杀！"

令下，无人再敢迟疑，立即蜂拥而上。

冷眼旁观的南昌王摇头，见殷浩身陷重围，又是赤手空拳。于是三两招夺了一把刀过来，隔空掷过去。

"殷浩，接着！"

殷浩正手忙脚乱，闻声抬头，见到刀飞过来，忙伸手抓住。刀入手，立时精神大振，挥舞开来，将自己和武媚娘护在刀影之中。奈何敌众我寡，很快他便有些疲于应对了。但是即便如此，他仍紧紧抓住武媚娘不放。

袁天罡阴戾的目光扫过，唇角浮起轻蔑的笑，一招挡开攻向自己的侍卫，突然朝武媚娘扔出长剑。

武媚娘见一把剑向自己直直飞来，闪躲不了，不由惊叫出声。殷浩正挥刀砍中一名侍卫，闻声急忙回刀去挡。却不想飞剑力道极大，不仅将他手中的刀撞飞，还划伤了他的手臂，鲜血汩汩而出。殷浩咬牙忍住疼痛，欲弯腰去捡掉落的刀，数把刀已先架在了他的脖子上。

殷浩大气不敢喘，缓缓站直身子，恨恨地瞪着眼前的袁天罡。

袁天罡却并不理会他，脚尖一挑，一把刀翻上空中被他接在手上，他的目光落向殷浩身后被架住的武媚娘。

"袁天罡！是条汉子就别动媚娘！要杀就冲着我来！"殷浩大急，怒吼道。

"你以为你能逃过吗？"袁天罡看也没看他，阴鸷地道，手腕一翻，就要砍向已经闭上眼的武媚娘。

南昌王一惊，飞脚踢开挡住自己的侍卫，想要救援已是不及。

正在此时，一道人影突然自空而落，挥剑挡住袁天罡的刀，将之用力别开，剑尚未出鞘。来人正是李淳风。

"师父！"殷浩大喜。

袁天罡后退一步，见到来人，不由大怒："李大人！连你也想反抗淑妃娘娘旨意？"

李淳风并不理会袁天罡，见殷浩身染鲜血，不由皱眉，走过去挥开架住他的侍卫，问："臭小子，死得了不？"

殷浩咧嘴傻笑，也不介意师父恶劣的语气，头摇得跟个拨浪鼓似的，连连说死不了死不了。

袁天罡被人无视，不由怒气攻心，喝道："李淳风，你……"

"皇后娘娘驾到！"同一时间，一个阴柔尖细的声音传了过来。

随着这声高喊，皇后凤辇至。

将武媚娘送回寝宫，王皇后又安慰了她几句，然后就带着李淳风离开了。殷浩和南昌王也一道跟了来，两人却并不急着走。

武媚娘经历过此次死里逃生，殷浩与她一同长大，感情深厚自不必说，对屡次护她的南昌王，心中虽觉奇怪，却仍感激不已，也亲近了许多。听到他问起事情起因，便毫不隐瞒地说了。

原来自她回宫之后，萧淑妃便屡屡找她麻烦，后来甚至煽动群臣，以有悖伦常有违祖制的理由逼皇上将她送回感业寺。在王皇后力保之后，又趁着皇上头痛昏睡之际，竟然起先斩后奏之心，可谓无所不用其极。

那萧淑妃看上去柔媚可人，却想不到手段如此狠辣果断。南昌王和殷浩听罢，都不由皱眉。

这些皇宫的龌龊事南昌王并不想参与进去，但对着跟自己姐姐长得一模一样的武媚娘，却又无法不管她死活，这让他颇为烦恼。

最主要的是，他还是有些弄不清这梦里的一切是不是正在真实发生着，自己又怎么会连续做这个梦，如果武媚娘死了，对他的姐姐会不会有影响，这一连串的疑问让他不敢掉以轻心。目前他唯一肯定的是，武媚娘不能有事。

殷浩见他沉吟不语，也不知在想什么，并不打扰他，而是看向因受惊而显得有些憔悴的武媚娘，心中怜惜："想不到这宫中杀机重重，你无依无靠，又心思单纯，我真担心……"

此次有惊无险，却让他深刻地体会到后宫的可怕。在他看来，武媚娘心地善良纯真，早晚会被啃得连骨头也不剩。想带她离开的念头再次强烈起来。

只是他话尚未说完，武媚娘已经打起精神，笑道："你没听过大难不死必有后福吗？放心啦，殷浩，我以后会更加小心的。"

南昌王闻言回过神，留心看她，发现她眼中流露出坚毅和倔强的光芒。心中不由微动，知这个女子绝不会是轻易放弃的人。

殷浩却没注意到，只是看到她故作的坚强，心中益发柔软，突然涌起一股冲动，让他脱口而出："媚娘，其实有个秘密在我心里已经深埋好久了，我……我真的很喜欢你……"语罢，他心口怦怦跳得厉害，有些期待有些害怕，却一点也不后悔。经历过此次之事，他突然知道，有的话如果不及时说出来，只怕就再没机会说了。

南昌王惊愕，而后暗自在背后竖起了大拇指，心道，殷浩你可比大刚有种多了。却又觉得好笑，这人怎么不会看场合呢，这不还有自己这个外人在呀，武媚娘怎么可能给他回应。

就见武媚娘闻言甜甜一笑，神态大方自然，"我也很喜欢你啊……"

看到殷浩欣喜若狂的样子，南昌王忍不住抚额。这个笨蛋！

果然，就听武媚娘继续道："咱们一起长大，你就跟我亲兄长一样。"

殷浩僵住，南昌王别开脸，不忍目睹。

"自小你就处处维护我，我也是最喜欢跟你在一起玩儿的。"武媚娘托住下巴，似乎回想起幼时，脸上挂着孩子气的天真。

"可是……"殷浩着急，还想解释。

"要不这样吧。"武媚娘眼睛一亮，打断了他，"既然咱们情同兄妹，以后不如以兄妹相称，这样更亲近一些。"说完，不待殷浩回应，就先叫了声殷大哥。声音甜美娇腻，让人不忍拒绝。

殷浩呆若木鸡，一时竟不知要如何反应。

"殷大哥不愿意吗？"见他如此，武媚娘脸上浮起受伤的神情，小心翼翼地问，而后低声道："也许……媚娘自作多情了……"

殷浩缓过神来，忙强笑道："不，怎么会呢。我很高兴……很高兴有媚娘你这样好的妹子。"他以为自己掩饰得很好，却不知那笑容比哭还难看。

南昌王看不下去，起身告辞，顺手把殷浩也拉走了。临去前，不由扫了眼武媚娘，恰巧将她松了口气的表情纳入眼底。

看来，她不是不知道殷浩的感情啊。

"喝酒去？"出得武媚娘的住所，南昌王看殷浩一脸深受打击的样子，试探地提议。

殷浩心思有些恍惚，过了片刻才听清楚，脑子里不由自主地浮起早上两人一起喝酒的事，以及这位王爷的一番梦论，顿时精神过来，急忙摇头，生怕晚了又被拖去。

"不去不去，要是被春喜抓到我又偷溜出宫，又要挨训。"说着，像是突然想起什么重要的事，一拍额头，叫道："我得赶紧把腰牌给她送回去……哎哟喂，惨了惨了……"说着，撒腿就往尚食局的方向跑去，连道别也忘了。

南昌王站在原地，看着他胖墩墩的身体以飞一样的速度迅速远离，不由抬手摸了摸下巴，脸上露出似笑非笑的表情。

第四章

伸手揉了揉有些发紧的额角,他觉得有些头痛。他想不明白自己怎么会做这样的梦,而且跟连续剧似的,还真实得不可思议。难道真跟研究武则天墓的文物有关?但他自认还没入魔至此。又或者这个梦其实不是他在做,而是冰荷的?

殷浩受了很严重的打击。这个事实连鱼都知道。

在他不可计数次舀鱼缸里的水淘米，不时将偷食的猫或者洗好的刀具扔进里面之后，虽然因有人及时发现，没造成生命损失，但养在缸里的鱼儿也知道这人是个移动的危险品，在一感觉到他靠近时就赶紧贴向缸壁缸底，尽量减弱自己可能受到的危险。

既然连鱼都知道，尚食局的人自然也知道。为了大家的脑袋着想，春喜不得不禁止殷浩靠近御膳房五十步之内。于是好不容易熬到只做轻闲活儿的他，又回到了担水劈柴的位置上去。

劈柴这活儿他倒是做得极好，那叫一个狠准快，看得周围的人胆战心惊。春喜在确定他不会劈柴劈到他自己腿上也不会打水打得掉进井里之后，又嘱咐小葫芦看紧了，才放心地走开。她知道殷浩心中有事，只是也知道他虽然平时一副嘻嘻哈哈不正经的样子，其实嘴巴比蚌壳还紧，不想说的事谁也问不出来。

春喜走后，葫芦蹲在院子里一边清洗炊食具，一边留意着殷浩。看他将积年的柴都劈了出来，像是不知道累似的又去拿桶担水，想喊他休息一下。谁知连喊几声，殷浩都没听到，人已出了院子。

葫芦叹气，心里越来越担忧，心不在焉地擦拭着器具。过了一会儿，殷浩无精打采地拎着一个桶走回来，竟是把扁担和另一个桶都弄丢了。葫芦不得不跟着又是一通忙乱地寻找，最后还是被一个小内侍给送了回来。原来殷浩路遇送洗净的马桶回宫的小内侍，两人相识，闲聊了两句，就这工夫，他就把水桶跟扁担给落在了推马桶的车上。

竟然把水桶和马桶放一块，这事要让上面的人知道了，那还得了。小葫芦塞了点银子，千恩万谢地送走了小内侍，但却再也不敢让殷浩去挑水，只是拉着他跟自己一起洗食具。

一静下来，殷浩的脑子里就不由浮起那日武媚娘的话。

她说她也喜欢他，却只是像兄长那样喜欢。她说要跟他结为异性兄妹……

他不由叹了口气。他其实宁可被严辞拒绝，也不愿她对他是这种感情，让他想舍不能，不舍却又难受。

"师父，你自从救了武才人回来之后，就一直唉声叹气的……"葫芦终于忍不住心中的疑惑和担忧，开口询问："究竟发生了什么事？师父你说出来，让徒儿为你分忧吧。总是闷在心里，别憋坏了身子。"还让大家都跟着神经紧绷。这后一句话他当然是咽在了肚子里。

殷浩放下手中碗，直起腰看向葫芦，好一会儿，张嘴，就在葫芦正要凝神细听并准备着怎么开解的时候，却听到他只是叹了口更深更长的气。

"师父？"葫芦不解，心道有什么事是这样难开口的。

殷浩看到他眼中的担忧，不由伸手拍了拍他的头，强颜笑道："你小孩子家家，懂什么？要真心为师父解忧，不如去拿些酒来。"说到这儿，他突然站起身，伸展手臂大大地伸了个懒腰，长吟道："何以解忧，唯有杜康啊……"

一提到酒，葫芦就不由想到凶巴巴俏生生的春喜，张了张嘴，有些为难。

"师父，你又不是不知道自己喝醉后什么话都说，与其那样，还不如直接告诉徒儿，咱们俩合计合计，兴许能找到解决的办法。一人计短，两人计长啊。"

殷浩失笑，给了他一个爆栗，"臭小子，是怕被春喜丫头给抓到吧。偏生出这许多说法来。"

葫芦摸着额头，吐了吐舌。

"什么都瞒不过师父你啊。"

殷浩被他这样一搅合，心情稍好，抬头看向澄澈的天空，眯眼。

"那当然，也不看是谁把你养大的。"他喃喃道，心思不由自主又转回到武媚娘身上，唇角浮起一抹苦涩。想不到自己一个大老爷们竟然也跟女人一样为情所困，难怪南昌王说他娘们唧唧的。

"师父都说葫芦是你养大的，为你分忧自是葫芦分内之事……"葫芦还不放弃，试图劝说，只是被劝说之人又陷进了自己的思绪之中，根本没听到他的话，反倒被别人听去了。

一声轻笑在两人身后响起。

"小葫芦你又不是美貌的小姑娘，怎么能解你师父的忧呢。"一句有些轻佻的调侃接了葫芦的话。

葫芦微惊回头，看到南昌王身着一袭雪青袍服站在两人身后，腰佩长剑，手摇折扇，当真是风流倜傥至极。

小葫芦慌得就要跪下行礼，南昌王伸出折扇一挡，阻止了。

"行了。你师父既然要喝酒，本王便好心一点，让他喝个够。"刷地一下，他收起扇子，走到站着都能发呆的殷浩旁边，伸手勾住他的脖子，就往外面拖。

"王爷……"小葫芦吓了一跳，有些不放心。

南昌王头也不回，空着的手向后面摆了摆，笑道："别担心，金尚食那里我已经打过招呼了。你这师父的心窍堵塞，喝点酒疏通疏通就没事了。"

说话间，两人已经走出院子。

葫芦傻愣愣地站在原地琢磨那心窍堵塞几个字，好一会儿才想起自己应当也跟着去，不由大叫一声，撒腿追了出去。只是这宫中之地没人引领又没通行腰牌，哪容得他横冲直撞。果然，没过多久，他又磨蹭着倒了回来，老老实实地蹲在原地洗刷炊食器具。

早在南昌王手臂勾上脖子的时候，殷浩就回过了神，只是听到能出宫去喝酒，便也就容忍了下来。至于南昌王那让人头皮发麻的梦论，在经历了数日辗转难眠后也再无法阻挡他对烈酒的渴望。

出了院子，在他开口之前，南昌王已先一步放开了他。两人并肩而行，一路无话，直到在酒楼里坐下，面前案上摆上烈酒。

"喝吧。"南昌王下巴一点酒坛，斜靠在栏杆上懒洋洋地道，他自己却似无意饮。

殷浩看了眼无杯盏的矮案，犹豫了一下，便不再客气，拿过酒坛，抠开封泥，就这样仰头灌了几大口。

烈酒入口，从喉咙一直烧到肚肠，让他精神不由一振。

南昌王并无丝毫劝解的话语，看了一会儿便转头去欣赏楼下的风景。

这里是西市，住的大多是平民百姓，卖的都是衣、烛、饼、药等日常生活品。西市商业比卖奢侈品的东市更繁华，是长安城的主要工商业区和经济活动中心，因此又被称为"金市"。

西市周围坊里还住有不少外商，他们来自中亚、南亚、东南亚及高丽、百济、新罗、日本等各国各地区，其中尤以中亚与波斯、大食的胡商最多。这些外国的客商以带来的香料、药物卖给大唐权贵，再从中国买回珠宝、丝织品和瓷器等。因此，西市中有许多外国商人开设的店铺，如波斯邸、珠宝店、货栈、酒肆等，还有许多西域姑娘为之歌舞侍酒的胡姬酒肆。

永安渠从不远处穿过，两旁杨柳依依，虽然此时已只剩下几片枯叶飘摇，却不难想象三春柳絮满城，盛夏绿荫照水的美景。

南昌王看着一条小船从桥下缓缓穿出，被船首排开的渠水如丝绸般荡漾向两边，在小船过去后又恢复平静，仿佛从来就没动过一样。

船过无痕。船过无痕……

伸手揉了揉有些发紧的额角，他觉得有些头痛。他想不明白自己怎么会做这样的梦，而且跟连续剧似的，还真实得不可思议。难道真跟研究武则天墓的文物有关？但他自认还没入魔至此。又或者这个梦其实不是他在做，而是冰荷的？

想到此，他心中一震，不由坐直了身躯。

冰荷虽然是唐朝历史学的专家，但是她却对唐朝的历史抱着怀疑的态度，特别是对武则天，她一直不相信书上写的关于武则天的很多暴行是真的，她总觉得一个女人不会那么心狠手辣，所以总是嚷嚷着想要回到过去看看历史的真相。难道这个梦其实是她的执著所造，否则怎么会从武则天还是一个小小的才女开始做起？

那他如今所经历的一切究竟是梦是醒？是真是幻？只怕这将成为终身难解之谜了。只是他李宇凡对这梦里的人来说，却定然是要如那船过的水一般，不留下丝毫痕迹了。

他们只会记得南昌王，而不知李宇凡。

身后传来酒坛落在地上碎裂的声音，南昌王无声地叹口气，压下心中的落寞，回头看向那个为情所累的男人。

殷浩双眼呆滞地看着被酒液浸湿一大片的坐席，以及上面酒坛的碎片，似乎不知道发生了什么事。然后，他突然伸出手拿起一片还盛着些许酒液的瓦片，仰头倒进嘴里。清亮的酒水多半洒在了外面，顺着他的嘴角滴落在胸前。

南昌王哭笑不得，怕瓦片的锐缘划伤他，于是倾身从他手中将瓦片夺了过来，又招来了店小二清扫狼藉，换了新席。整个过程中，殷浩都安静地靠着栏杆，没有撒酒疯。

新的酒馔端了上来，这一次只是一小壶酒。

南昌王将盏摆开，然后提壶注上半盏色如青竹的酒液，当他将其放置殷浩面前时，酒上的白花仍未消散。

"心断新丰酒，销愁斗几千。来来，殷浩，本王与你共醉。"说着，他端起自己的酒盏在殷浩盏沿上轻轻一磕，然后径自一饮而尽。

殷浩也默默地端起盏来喝了。

放下盏，见他仍然愁眉不展，南昌王长眸微眯，而后突然冷笑道："自从她入宫那一刻起，你和她便注定了永无结果。你若真心为她着想，她对你无男女之情方是好事，否则你让她在这深宫之中如何挨日子？"

人生最苦莫若明明相互心许，却不得厮守吧。若真似牛郎织女一般，还不如相忘于江湖。

听到他的话，一直沉默无语的殷浩终于有所反应，发涩的眼珠动了动，然后抬头看向对面的人。

"你不会懂……你是金尊玉贵的王爷，想要什么就有什么，怎么会懂这种想要好好珍惜一个人的感觉。"他苦笑，自动伸手拿过了酒壶，又为两人斟上。

南昌王挑眉，尚未开口反驳，就听他继续道："这皇宫之中如何，你身为王爷当比我更清楚。不怕你知道，若她真有心于我，我就算是死也要带她离开这污浊之地。"说到此，他呵呵笑了起来，笑声越来越大，最终竟似呜咽一样，"可惜啊……可惜……我等了十多年，得到的却是一声兄长，哈哈哈哈……"

十多年……这毅力可比大刚要强多了啊。南昌王并未介意殷浩的话，只是看到他似哭似笑的神态，不由生出些许怜悯之情。

"你对她如此……为何不在她进宫之前拦阻住？"从上次两人的交谈中南昌王就判断出他们在幼时就相识了，所以才会意外殷浩怎么会错过那么好的机会。难道是跟大刚一样因为说不出口而白白蹉跎了数年，最终让这段情陷进绝境？

殷浩笑至悲处，倾酒入喉，却惹出一连串呛咳。好一会儿平复下来，眉宇间却笼上一抹悲凉。

"我何尝不想……"他低喃，而后低叹口气，眼中浮起追忆之色。

"我幼时家中贫寒，父母早亡，与外祖母相依为命。"说到这儿，他停了下来，似乎在回忆那段为生存而挣扎的日子，神色平静下来。许久后才又继续，"虽然草屋漏风，食难裹腹，日子过得艰难，但每一天都充满希望。我努力地打柴到城里卖，希望能让外祖母过上好日子，谁想……子欲养而亲不待。"

他甩了甩头，将心中的遗憾抛开，而后淡淡道："那一次挑柴入城，在城外官道旁遇到一个被摔下马跌伤了腿的红衣小女孩。明明痛得小脸发白，头发也被汗水打湿了，她却硬是咬着牙不哼一声。"

"我送她回家，才知道她竟然是利州都督家的三小姐。媚娘自小淘气，那一次虽然躺了足足一个月，之后竟然又偷偷骑马出城来找我，说什么要报答我的救命之恩，其实不过是她贪玩罢了。"殷浩唇角浮起一抹宠溺的浅笑。"我不放心她，每次都要押着她回家。一来二去，便慢慢熟了。她见我家贫，却毫不嫌弃，还常常带着吃食衣物来给我和外祖母……"

"那个时候我就暗暗发誓，这一辈子都要好好照顾她，保护她，不让她受到一点儿伤害……"

南昌王并不插话，见他盏空了，便斟满。空气中流淌着酒食的香味，还有深秋特有的草木干爽香。楼外人声喧嚷，更衬得这一处所在幽静离尘。

大约是对往事的重温让殷浩暖了心肠，他胸中渐渐被柔情填满，再也不似之前的苦涩难言。

"后来武都督迁任荆州都督，那时我外祖母已故，我便也跟着去了。在那市井中混了两三年，得师父收入门中。然而我终究是出身微贱，又无家业，怎敢觊觎都督之女。我原以为只要我再努力几年，挣点功名产业，再跟她表明心迹，谁知一道诏书便断了人所有的念想……也是，她那么美丽善良聪慧过人，皇帝又怎么可能没听说。"

悠然长叹一口气，殷浩举盏而饮，回忆就此结束。

南昌王早已停盏，手指无意识地轻叩着案面，发出有一下没一下的笃笃清响。他知道如果这梦是真实的历史的话，殷浩这一生都是无望的。这事原本与他没什么相干，但谁让殷浩长得像大刚，他嘴皮子实在忍不住发痒。

"我说兄弟，以前她尚未入宫时你对她有想法倒还罢了，如今她已是皇帝的女人，你竟然敢对她表白，还想带她私奔，你这不是成了男小三儿了吗？"

"啊？"殷浩不解。

南昌王干咳一声，摸了摸鼻子，赶紧改口："本王的意思是，殷浩你可知你打当今天子女人的主意，会有何下场？"何况此女还曾经是前朝皇帝的妃嫔。无论哪一个身份，都够他喝一壶的了。

殷浩哑然失笑，目光落向槛外，见白云悠悠飘在巍峨雄奇的皇城之上，彰显着这盛世的气象。

"我自然是知道的。我怎会不知……"他突然顿了一顿，微微惆怅地道："其实知不知已经不重要了。"她对他无心，他还能做什么？

南昌王大笑，倾身拍了拍他的肩："大丈夫何患无妻，殷兄你能看开便好。"

殷浩摇头："除了她，我不会再娶别的女人。就算她对我无心，我仍然要护她平安周全，看她幸福快乐。我自小发过誓的。"说到后面，他原来还有些迷茫的眼神渐渐变得清明，而后坚定不移。

情圣啊……情圣。南昌王无语，心中有说不出的感慨。在这个男人都三妻四妾的时代竟然还有痴情至此的人，说不意外是假的。他虽然不赞同死守一个已有归宿的女人，但自然也不会去干涉别人的决定。

终究，他只是过客。

南昌王将微醉的殷浩送回了尚食局，正要离开，却途遇奉旨召他入宫的内监，于是便折回了紫宸殿。

紫宸殿里除了皇帝李治外，竟然还有在皇上面前最有地位的三个女人。

王皇后，萧淑妃以及武媚娘。还有一个却是满面风尘，连铠甲也没来得及换的武将。那武将还是第一次见，但那周身散发出的肃杀以及威凌之气，却让人一看便知这是位久经沙场之辈。

究竟是谁呢？南昌王一边给李治以及皇后行礼，一边在心中将唐初的实力干将都翻了个遍。

"末将苏定方见过南昌王！"当他站起身时，那人已先一步见了礼。

"苏定方……咳，是苏将军啊，哈哈哈哈……"南昌王没想到眼前之人竟然就是深得太宗和李治赏识与信任、屡屡委以重任的苏烈苏定方，一时惊讶脱口，幸好及时反应过来。"多时不见，苏将军风采依旧啊！"

"王爷亦风雅如昨。"苏定方回得简单。

南昌王听得一脸囧色，风雅啊……他不由自主瞟了眼自己手中仍拿着的扇子，腰上的长剑，加上自己满身酒味，当真是风雅无双啊！

正在他想要怎么回应这干巴巴的话时，唐皇李治已哈哈大笑。

"你们一个是朕的百胜将军，一个是朕所倚重的十五弟，不须如此客套。苏爱卿，此次青云关大捷，爱卿劳苦功高啊！"

"是啊，苏将军，皇兄天天念着你呢，就盼你早日凯旋还朝！"南昌王赶紧附和道。

"此乃皇上天威隆盛，微臣不敢居功。"苏定方忙躬身道，"番邦特别为皇上王后以及诸宫娘娘准备的礼物已抬至殿外，请皇上过目。"

李治微微颔首，"抬进来吧。"

王公公立即上前一步，高声传唤。

音落，四个士兵抬了两箱东西一前一后走进来。

王公公走过去，接了礼单，呈给李治。李治却并没接，而是示意士兵打开箱子。

箱中盛满奇珍异宝，几乎耀花了在场诸人的眼。苏定方垂着眼，不为所动。萧淑妃与王皇后虽然见惯珍宝，此时却也不由站起了身，实因那些皆是中原少见之物。

"哈哈哈哈……好！十五弟、皇后、爱妃，看看可有喜欢的，朕准你们挑选！"扰乱边疆之贼被平，李治自然很开心，至于这些稀罕之物他反而不是很在意。

他话音方落,萧淑妃与王皇后已经起身谢恩,走到箱子面前仔细挑拣起来。武媚娘慢了一步,加上她地位不能与前两位相比,因此只是站在旁边用一双妙目缓缓扫过那些珍宝,最终定在一卷画轴上。

南昌王不进反退,与苏定方静立在旁。倒不是他不贪心,只是因为他知道自己要了也没用,梦醒后什么也带不走。与其那样,不如一开始就不拥有。苏定方见他如此,原本疏远冷硬的眼神微微缓和。

李治也注意到武媚娘以及南昌王虽然谢恩,却并未真正上前,于是开口问:"十五弟,你怎不挑选?"

南昌王暗忖:让我跟几个女人一起挑东西,我还要面子不要了。虽然是这样想,他嘴里却恭谨地道:"能得皇上赏赐是臣弟的荣耀,便是一纸一墨亦是稀世珍宝,臣弟怕看花了眼,会连箱子都想扛回去。"

他明明说得好好的,后面却来上这么一句,让正为他前面的话而面露微笑的李治忍俊不禁,噗地一下哈哈大笑起来。

王皇后等几个女子见状,也都娇笑连连,王公公以袖掩了嘴,做出一副想笑又不敢笑的样子。

南昌王暗叹了口气,脸上却仍然得赔着笑,只是这笑未免有些僵硬。眼角余光不经意地扫过苏定方,突然发现其眼中似乎也隐含笑意,让他不由微愕。

"既然十五弟如此说,朕只好勉为其难代为挑选了。"不知是否真戳中了李治的笑点,他竟然连说话时都有些带喘,笑得带喘。

"谢皇上!"南昌王弯腰谢恩,其实是彻底无语。

李治从座榻上下来,缓步至箱前,仔细在里面挑选了半天,最终拿了一把通体漆黑却削铁如泥的匕首以及一匹镶嵌着光彩夺目宝石的玉马,着人送到南昌王府。而后,他方转向也没挑选任何东西的武媚娘,放柔了声音。

"媚娘,莫不成你也与十五弟一样让朕为你挑?"

他此话一出,原本还专注于满箱宝物恨不得能多捞点回去的两个女人都不由停了下来,齐齐看向独立于一旁的武媚娘。

武媚娘见自己引起了所有人的注意,慌忙屈膝施了一礼,语气却从容不迫。

"媚娘不敢。只是后宫以皇后为尊,媚娘怎敢僭越。"自上次差点死于萧淑妃与袁天罡之手后,她的态度就发生了微妙的变化,不再如初回宫时那样想两不得罪了。毕竟有的人,不是你避着让着,就能相安无事的。与其被人害死,不如奋起相搏。

她这一句话,立即让王皇后脸上浮起满意的微笑,也让萧淑妃目光一下子变得锋利如针。

李治却似不觉三个女人间的暗潮汹涌,哈哈笑道:"媚娘如此知礼谦让,朕心甚慰。来来来,朕陪你一同挑选。"说着,不容武媚娘拒绝,伸手握住她的手腕拉至盛宝箱前。

伸手拿起那一卷被冷落在旁的画卷展开,武媚娘眼睛不由一亮。李治又靠近了些看去,发现上面绘着的是一种前所未见的花,其花型大而重瓣,色泽晶莹如玉,素洁优雅,令人心生喜爱。

"苏爱卿,此为何花?"李治问。

苏定方看了眼武媚娘转过来的画轴,而后恭敬地道:"启禀皇上,此花名为金钩莲,由外邦传入,如今生长于大唐荒漠地区。然其极为独特,只在夜里绽放,且绽放时间极短,天明前便会谢去,故又有月下美人之称。"

"哦?"李治被勾起了好奇之心,"苏爱卿可曾亲眼见过?"

"微臣未曾有此荣幸。闻见过的人言,其色晶莹剔透,花香泄溢,弥漫四周,那幽幽淡淡之香,令人心旷神怡。"

见一直表现淡定的苏定方竟然露出向往之色,南昌王忍不住嘴贱,插话道:"没想到苏将军也是爱花惜花之人哪!"

苏定方语窒,片刻后方道:"不敢。王爷谬赞!"语罢,默然退后,又恢复了之前那种八风吹不动的冷硬表情,然而心里却在嘀咕:这南昌王似乎和以前见的有些不大一样,说话总不是那么正经。

李治干咳一声,微微转开了头,肩膀控制不住地耸动。他不得不承认自己似乎是越来越喜欢见到十五弟了。

"这花极妙,却又一现即逝。法华经有云:佛告舍利弗,如是妙法,诸佛如来,时乃说之,如优昙钵华时一现耳。依媚娘所见,这花当叫昙花才对。"武媚娘当然更不方便笑,只能转开众人注意力。

"昙花!"南昌王失声道,在发现所有人的目光唰唰唰一下子全落在自己身上后,忙讪讪笑道:"昙花这名字确实好听。"虽然昙花开花时间不定,又花期极短，但对他来说也不是什么稀罕物。只是听武媚娘说出这个后世众所周知的名字时，还是觉得有些怪异。

"哈哈，看来朕的媚娘当真聪慧过人啊！"李治伸手揽住武媚娘，笑得极为自豪，似乎那名字是他取的一样。

萧淑妃美眸微沉，而后笑了，袅袅娜娜地走过去，"什么花这么美丽，连皇上都忍不住赞叹，让臣妾也瞧瞧。"说话间，她扫了眼武媚娘，伸出手去。

然而武媚娘却仿似没看到，姿态从容而优雅地卷起画轴，笑道："不过是荒漠野花，哪里入得了看遍牡丹国色的淑妃娘娘的眼。"说着，她转向李治，语气中带了些娇昵，"皇上，可否将此画赐予媚娘呢？"

李治被她这样一撒娇，只觉心软如绵，正要答应，萧淑妃已先一步开口。

"且慢！"淑妃也不夺画，而是偎向李治另一侧，放柔声音道："皇上，这画是臣妾挑好放于一旁的，原打算稍后慢慢欣赏，不过是容武氏一观而已，可没想到她还想占为己有。"武氏二字毫不客气地指出武媚娘如今在宫中无名无份的尴尬身份。

说着，她终于将一直高高在上的目光落在武媚娘身上，唇角的笑掺上了一丝冷意。

"本宫虽然不屑穷乡僻壤的野花，然若连皇上也被这野花所迷，本宫便说不得也要见上一见了。皇上，你说是吗？"萧淑妃一语双关。

李治自然也听出了她话中蕴含的深意，不由自主瞟了眼面无表情的苏定方以及低着头像是在走神的南昌王，脸上露出愠色。

"淑妃，你既不是特别喜欢，就让给媚娘吧。"他尽量放柔了语气，心里却为淑妃总是在耳边提醒武媚娘的身份而开始不耐烦。

武媚娘脸上露出欢喜的神色，就要敛衽谢恩，然萧淑妃却不是这么容易打发的。她脸上露出委屈之色，不依地轻轻推了一下李治，撒娇道："皇上，臣妾最爱收集一些稀奇之物。武氏又是如此知礼谦让，自是不会跟臣妾相争。"这句话明显是针对之前武媚娘说不敢僭越之辞。

李治语塞，只觉额头隐隐作痛起来，他伸手按上。武媚娘心念急转，一时竟也无言相对，但要双手将画奉上，却又不甘。正在这时，一直冷眼旁观

65

的王皇后开口了。

"淑妃，君子不夺人所好。何况皇上都已说了赐给媚娘，难道你要让皇上言而无信吗？"说到这儿，她转向武媚娘，淡淡道："媚娘，你还不快谢恩。"

"是。"武媚娘机灵无比，立即顺势下梯，匆匆对着李治行了一礼，喜吟吟地道："谢皇上恩典。"转向王皇后，"谢皇后娘娘恩典。"然后又转向萧淑妃，"谢淑妃娘娘成全！"

李治不由松了口气，感激地看了眼王皇后，只觉自己这皇后当真善解人意至极。萧淑妃看着武媚娘满脸的欢喜，脸上温柔的笑再难维持住，撑得极为僵硬，心中的杀意也越发浓烈起来。

而一直努力将自己当成隐形人的苏定方与南昌王也都终于悄悄松了口气，下意识地对望一眼，似乎都在对方眼中看到了患难与共的感觉。

南昌王决定，以后有机会一定要请苏定方喝上一杯。

殷浩回到尚食局，却并不休息，而是一把抓住葫芦，一边拎着带回来的酒菜，非要闹着葫芦陪他继续喝酒。

葫芦知道他已醉了，劝一个醉鬼是一件不可能完成的事，又怕他闹出事来，只好相陪。于是师徒俩在两人住的房间外面找了个空旷无人的角落，将酒菜铺展开，对着夜色你一盏我一盏地喝了个不亦乐乎。什么时候睡着的也不知道，直到耳中传来吵吵嚷嚷着走水的声音，吓得两人腾地一下从地上弹跳起来。

四周倏然安静下来，朦胧醉眼茫然在黑夜中寻找着想象中的通天火光，看到的却是一个绿衣的俏丫头一手拿筷一手拿盘站在前面。见两人睁眼，她又拿着筷子敲了两下碗，慢条斯理地念了句："走水啦！"

师徒俩瞬间清醒过来。

"春……春喜姐……"小葫芦磕磕巴巴，不由自主拽着殷浩往后退了一步。

"两个好吃懒做的家伙……"春喜双手插腰，面色不善地瞪着两人，"这酒菜是从哪儿来的？你们看看自己像什么样子，像两头死猪一样瘫在院子里，要是被我干娘看见了，可有你们受的……"

殷浩脑袋还有些发木，对周围的一切危险反应迟钝，小葫芦不得已只好继续往下撑："春喜姐，这酒是南昌王见我师父心情郁闷，特地赏赐的……"

春喜眼中掠过一抹担忧，脸上却没表现出来，只是大咧咧地一挥手，手中筷子便在空中划过一条美丽的弧线。

"你们男人就是这样，一遇到事就知道喝酒。"她微微抬高了下巴，不屑地嘲讽，"以为喝了酒就什么事都没有了吗？懦弱！没担当！胆小鬼，笨蛋……"

被她一连串不着调的骂辞给刺激得渐渐清醒起来，殷浩甩了甩疼痛难当的头，苦笑："你个小丫头片子懂什么……男人的事情，你们女孩子家是不会懂的……"

春喜撇嘴："既然你们男人的事，我们女孩家不懂，那么我这里原本还打算告诉你们一个好消息，现在看来是用不着了。"说着，她一扭腰，转身作势欲走。

如果说两人之前虽然清醒却还有些醉意的话，在听到好消息三个字时，那剩下的两分醉意也立时散去。小葫芦自然不敢指望自己的师父开尊口示弱，忙冲上去拦住春喜。

"春喜姐你聪明伶俐，美如天仙，有什么不懂的……当然都是懂的。你刚才骂得真是太正确了，我们遇事怎么能逃避呢，逃避可不是大丈夫的行径……"

小葫芦只顾着谄媚春喜，期望从她嘴里掏出那个好消息，完全没注意到身后他师父的脸已经黑沉得像锅底一样。

春喜回头看到殷浩郁闷的样子，不由扑哧一声笑出来，终于决定不再捉弄两人。

"好啦，我干娘要见你们！"

"金尚食！"这一回，不仅是葫芦，便是殷浩也不由吓得一哆嗦，心道难道自己这几日因失常而造成的混乱已经传到金尚食那里去了？

见两人不仅没有如同预料中那样欣喜若狂，反而露出惊疑不定的神色，春喜略一思索便明白了。但她却并没开口解释，而是笑吟吟地示意心惊胆战的师徒二人去洗漱干净，然后跟自己走。

第五章

　　宴会是在前殿举办,里面果如那太监所言,已有不少大臣先到了,正三三两两地站在那里闲聊。他进去的时候,那些人纷纷见礼,少不得要你来我往地寒暄两句。在梦里混了也有一段日子,对于这些朝廷要臣也认识得七七八八,南昌王倒还勉强能应付自如。

金尚食的住所与别处都不同，除了极大外，还很阴森。没错，就是阴森。这种阴森是由各种枝叶浓密的植物所造成。庭院中，围墙上，甚至于走廊以及花窗上……凡是能种花草树木的地方都没有放过。即便是在这深秋时节，这些植物仍然绿叶葳蕤，仿佛这里的秋天比其他地方来得更晚一些。

小葫芦和殷浩两人战战兢兢地跟在春喜身后，越走越觉得身上发冷。殷浩不觉搓了搓手臂，正想说点什么壮一下胆，突然觉得好像有些不对劲。他心中一麻，抬头，一眼看到走廊顶上有一双寒光闪烁的眼睛正瞪着自己。

"鬼呀……"他失声大惊，想要跑却双腿发软。

他还没叫完，廊顶突然掉下一个黑乎乎的人形物，狠狠砸在他身上，将他剩下的半截叫声砸回了肚子里。

葫芦和春喜惊讶地看着地上摔成一团的两人，那个由上落下的人影竟是一个风韵犹存的中年妇人。

"干娘？"春喜失声道，心叫不好。

那妇人并没理她，反而怒气冲冲地压住仍趴在地上的殷浩就是一通狠揍。"你没事瞎嚷嚷什么？害得我的守宫都跑了，你赔我你赔我……"

春喜无奈，上前扶起金尚食，试图转开她的注意，"干娘啊，上个月不是才抓过守宫，怎么今儿个还来呢？"

金尚食闻言扁嘴，果然不再注意殷浩，"守宫能祛风、定惊、解毒、散结，这么好的东西，当然是多多益善。"

葫芦趁机将摔得浑身疼痛的殷浩扶起，悄悄给他揉着差点被砸断的老腰。

"再好的药也是药，干娘你又不做药材生意，只是自己用，哪需要得了那么多？"春喜柔声哄道。她其实知道自己的干娘只是单纯地喜欢养守宫玩，哪里是图它的药性啊。这尚食住处弄成这般，还不是为了吸引守宫前来。但知道归知道，这个事实大家心知肚明就好，绝对不能戳穿。

"你小孩子家家知道什么。等你年纪大了，就知道这守宫的好处了。"金尚食对守宫的执著就像饿死鬼对食物的执著一样，但可惜无知音。为这一点，她深深地引以为憾。

"是是，干娘教训得是。"春喜乖巧得不得了，直看得平时屈服于她淫威下的师徒两人下巴差点掉在地上。"干娘，这位就是我跟你提过的殷浩。"

金尚食最是拿这个乖顺听话的干女儿没办法，只好暂时抛开守宫，目光在殷浩圆滚滚的身体上扫过，然后缓缓地眯了起来。成天听春喜殷浩长殷浩短的，她还当是某个跟前教坊使同名同姓的英俊少年郎呢，谁想竟然真是这个她曾有过数面之缘、满身肥肉的胖子。这让她实在很难不失望。于是，对于殷浩的见礼她只是冷淡地嗯了一声，然后便将注意力放在了在场的另一个人身上。

小葫芦瘦归瘦，但是长相清秀，看着也机灵，尤其是他投在春喜身上的目光里也尽是爱慕。相比殷浩，她更满意这个孩子。

"小猴子又是谁？"她主动询问。

其他三人都愣了一愣，春喜不愧是最了解自己干娘的人，第一个反应过来，忙道："他是小葫芦，殷浩的徒弟。"

"厨役也有徒弟？这倒新鲜。"自家闺女喜欢师父，徒弟又喜欢自家闺女，这可不好办哪。金尚食摸了摸下巴，若有所思。

"回金尚食，葫芦是由师父带大的。"葫芦赶紧道。事实上他心中比殷浩更紧张，颇有点见未来丈母娘的感觉。

金尚食"唔"了一声，点头表示明白。对于难解的事她向来不耐烦多费精力，因此很快便对两人兴致缺缺起来，眼睛又开始往自己身上带着的小箱子中扫。再然后，索性正大光明地在里面点起数来。

小箱子里都是守宫，大大小小地扒在箱壁上，若是一般的女子看到，只怕要吓得尖叫起来。

"咦，十六只……糟了，少了一只。"金尚食着急起来，眼睛开始四处扫瞄。

殷浩自从进到这尚食院子之后就没觉得自在过，此时见状，不由自主地拉着葫芦就想往后退，嘴里还有些不满地嘀咕："不过是只守宫而已，怎么弄得跟个宝贝似的……"

葫芦心中一紧,正想让他小声点,就听到金尚食大喊:"你别动!"

殷浩僵住,他感觉到脚下软软的,好像踩到了什么东西。而前方,金尚食的手指仍遥遥指着他,眼里却慢慢被愤怒与不可置信填满。

殷浩心中叫糟,突然很想就这样化成石头,那脚就永远也不用移开了。

金尚食的手指颤抖了半响,然后抬手阻止了春喜想要打圆场的话,狠狠瞪着殷浩,咬牙切齿地道:

"你们跟我来!"

"嘭!"金尚食一把将挂在身上的箱子重重放在桌上,直震得箱中守宫四处乱窜,却又因为上面罩着的铁丝网而不得逃躲,过一会儿又安静地贴在了箱壁上。

"你该不会是属猴的吧?"金尚食不悦地看着殷浩,冷冷地问。想到被踩得肚破肠流的守宫她就不由一阵心疼,恨不得将眼前之人大卸八块。

"不,我生肖是鼠。"殷浩莫名其妙,虽然老实地回答了,目光却不由看向春喜。春喜站在金尚食的身后,也是一副噤若寒蝉的样子,显然并不看好他们。他摸了下鼻子,决定勇于承担责任,免得又被春喜骂没担当。

"啪!"金尚食一巴掌拍在桌上,将在场三人都惊了一跳。

"哼,算命的骗我,说我今年和猴犯冲,鼠是我的贵人。但你这只老鼠,一来就让我痛失一只守宫……"

"江湖术士所言,本就不应轻信。"殷浩本在思考着要如何补偿,听到金尚食的话,忍不住附和了一句。

春喜暗骂笨蛋,正想悄悄示意他稍安勿躁,忍耐为上,金尚食已经大怒发作。

"你还敢插嘴?本来我干女儿跟我求了老半天,想破例让你们这两个兔崽子进膳房去学作膳食,这下子你们甭想了,滚回去吧!"语罢,她低下头去逗弄箱子里的守宫,不再理会诸人。

听到有进膳房做膳食的机会,殷浩和小葫芦惊喜地对望一眼,完全没注意金尚食后面的话。春喜却是急了。

"干娘,殷浩虽然有点莽撞,可其实是很机灵的,又胸怀大志……"

"大什么志？踩死我所有守宫的大志吗？"金尚食抢白，提到这个，她不由揉了揉胸口，觉得那里又痛了。哎哟，心疼死她了。

春喜语室，讷讷地想要再辩解两句，却也知再说好话，恐怕自己都要被赶出去。

"干娘……"无奈，她只好使出杀手锏撒娇。

"少来这套，去去去…"金尚食心情大坏，不吃这一套，站起身推着三人就要往门外赶。

殷浩这时才算缓过神，好不容易有了机会学做膳食，他怎肯如此轻易就放过。

"且慢！"他伸手止住金尚食赶人的动作，在她没得及说出其他抢白的话之前一口气不停地迅速道："我有法子能让你有用不完的守宫……"

果然，金尚食愣住了，虽然她眼中流露出的是完全不信的神色，但也停下了赶人的动作。

"我轻功盖世，三天也只捉到十六只守宫，凭你……"她上上下下打量着殷浩胖墩墩的身体，脸上是明显的轻蔑。

"上兵伐谋。我若做到，你待如何？"殷浩一挺胸脯，傲然道。越是遭遇鄙视，他斗志越是昂扬。

上兵伐谋……其实他的意思是暗骂自己是一个只会以武力硬来的愚妇吧。金尚食笑了，笑眯了眼。

"行啊，你要是能做到，这进御膳房学做膳食的事本尚食便允了。只是若不成……"她顿了一顿，让人产生了足够的心理压力之后，才缓缓道："若不成，你就乖乖地卷铺盖走路，尚食局容不下只会动两片嘴皮子的人。"

"干娘……"春喜呆了一下，不明白原本好好的事怎么会变成这样有生无死有死无生的局面。她知道此时就算殷浩示弱退让也已来不及，金尚食虽然很多时候都像个小孩子，但平生最恨懦弱无能的男人，所以现在只能期待殷浩真能有什么好办法。

"一言为定！"殷浩似乎胸有成竹。

"自然。"金尚食眯眼笑，长长的睫毛遮住了眼底的兴致勃勃。事实上，相较于惩罚殷浩，她更感兴趣的是终于有人跟她在守宫上较劲了。

"师父？"小葫芦在殷浩身后轻轻拉了拉他，心里满是担忧。

殷浩回手拍了拍小葫芦的手背，然后举步走至桌边，目光隔着铁丝网仔细看着箱子里的守宫。里面的守宫普遍较小，连女人的手掌大都没有，其中有一只尾巴特别粗，这让他精神一振。他拉开铁网，伸手进去把那只粗尾守宫以及另一只看上去比较精神的抓了出来，用茶杯盖在桌上。

"这儿刚好一雌一雄，你若好生喂养，以后自然不愁没有守宫。"他语气肯定地道。

"你如何分辨出来的？"金尚食质疑，眼中却隐隐有些期待。若他真懂这个，那自己也算遇到知己了。

"很简单，守宫的尾巴很别致。雌的较雄的粗，咱们市井间戏称萝卜尾。"殷浩将自己小时候玩泥巴那点见闻都倒了出来。事实上他也只是道听途说而已，真相究竟如何，他又没养过守宫他怎么知道。能混过眼前这一关就好了，至于金尚食能不能养出守宫来，他可管不着，女人不是还有能生孩子不能生孩子的嘛。

听到他的话，春喜忍不住心中好奇，小心翼翼地拿起茶杯往里面看，然后惊喜地叫道："真的呢，干娘，这里面有一只尾巴特别粗，肯定好生养。"

小葫芦凑上去看了眼，自豪地道："我师父什么都懂，当然不会错。"

殷浩噗地一声，差点笑出声，幸好他及时反应过来，以袖掩面连咳了两声，才算没失态。

金尚食看了他一眼，突然哈哈大笑起来。

"不错……不错，我以前怎么就没想到这么有趣的法子呢。聪明、聪明啊……哈哈哈哈……"

见她神色畅快，显然心情极好，殷浩暗暗松了口气，知道这一关是过了。

"好。明日皇上要设宴为苏将军庆功，你们卯时初在膳房等着，本尚食有话交待。"金尚食道，然后示意他们回去。

春喜欢喜地搂着金尚食撒了一会儿娇，方才领着殷浩他们走了。直到走出很远，他们都还能听到金尚食大笑的声音，春喜免不得又赞了殷浩几句，为他能哄得她干娘如此开怀。殷浩自是更加得意，而小葫芦则对他的师父崇拜得五体投地。

他们不知道的是，房中金尚食正拿着那两只守宫，掀起它们的尾巴，一边看一边大笑。

那两只守宫的尾根处都有两个圆圆的隆起，再上去两后腿间则有一排凹陷的圆孔……明明都是公的。她倒要看看把它们放在一起，要如何下崽。

不过，自己培育守宫，她倒真没做过，一定比抓来玩有趣。

卯时一刻，天尚未亮，整个尚食局却是灯火通明，如同白昼。

殷浩和小葫芦因为马上就能学做菜肴，显得异常兴奋，比旁人都来得早，难得规矩老实地等在膳房中。片刻之后，司膳、典膳、司饎、典饎、掌饎都陆陆续续地来了，看到两人等在里面，都不由露出奇怪的神色。正待询问，金尚食走了进来，身后跟着春喜。众人弯腰行礼。

见到春喜，殷浩和小葫芦都忍不住心中兴奋，冲她小动作地挥了挥手。春喜努力装出的稳重老成样立即瓦解，俏丽的小脸露出顽皮的笑容。

金尚食假咳两声，脸上因为强忍笑意而显得有些扭曲，显然又想到了那对所谓雌雄的守宫。见到两人迅速收回手，老老实实地站在那里，她才清了清嗓子，道："殷浩与葫芦来到尚食局也已经两年多了，从今儿起，本尚食决定让他们两个入膳房开始学做菜肴，劳烦各位照应着些。至于他们原本所做的杂役会有其他人顶上……"

众人应喏，终于明白这两个原本打杂的为什么会出现在膳食房了。得以正名，殷浩和小葫芦不由挺直了腰。

金尚食满意地点点头，继续道："今日之庆功宴是圣上为苏大将军所设。苏大将军为我大唐守卫边疆，抵御外贼，我们方得安享太平。能亲手为苏大将军准备庆功宴，实乃我尚食局的荣幸。望大家尽心尽力，绝不容许出半点差错。否则，莫说皇上怪罪下来，本尚宫第一个饶不了你们。听明白了吗？"

"听明白了。"众人大声道。

金尚食"嗯"了一声，转头对春喜道："春喜，今日殷浩和葫芦就由你带着，时间到了把做好的菜肴验过毒，然后传给负责上菜的公公们，其余人照我之前的吩咐即可。"

"是。"春喜应了一声，示意殷浩两人到自己身边。

金尚食又嘱咐了几句才离开，众人立即风风火火地开始忙碌起来。

在这个时候两人都做菜肴是根本不可能的，因此春喜只是让他们在旁边看着整个程序以及规矩，不时打打下手。

"你们既然进了这里，要学的就不仅仅是做膳食，最先应该学的是规矩。"春喜一边亲自动手切菜，一边对两人道。"规矩不出差错，就算偶尔做得味道不太好，也不会有大问题，顶多被斥责一顿而已。但若在规矩上犯了糊涂，严重的怕小命都保不住。"说着，她还拿着菜刀在脖子上虚划了一下，吓了小葫芦一个哆嗦。

"那春喜姐你赶快跟我们说说都有什么规矩吧。"他求道。

唰唰唰，春喜动作熟稔地将一个梨子削成了一朵晶莹洁白的花，回眸看到两人赞叹的目光，不由有些得意。

"这规矩啊，说多不多，但说少也不少。做菜有做菜的规矩，上菜也有上菜的规矩，甚至宴席不同，招待的人不同，规矩也会不同，这些东西就算我一下子全部告诉你们，你们也记不住。你们只要记得睁大眼睛看，用心思量，不该碰的别碰这几点就好，时间久了自然会明白。"

"那还要春喜小掌膳你多多提点才是。"殷浩做出一副谄媚样。

春喜被逗乐，故意吊着嗓子长长嗯了一声，然后道："那得看你们拿什么孝敬本掌膳了。"

小葫芦立即奉上一把芹菜，"春喜姐，请笑纳！"

春喜看着小葫芦拿着那几根洗净了的芹菜在自己眼前摇晃，忍着笑，美眸一瞪，正想教训他两句，殷浩已先敲了小葫芦脑袋一下，"为师怎么教你的？这种时候你当说，春喜姐你既为掌膳，当然只有这云梦之芹方才配得上。"

春喜一听，果然眉开眼笑。她既深研厨艺，自然知道厨圣伊尹，伊尹曾说过"菜之美者，有云梦之芹"。殷浩这样说，当然是拐着弯子夸赞她。

"可是……"小葫芦迷茫，心想不都一样，怎么自己说春喜就瞪眼，师父说她就眉开眼笑。

"咦？我刚刚洗好的芹菜哪里去了？喂，你们谁连芹菜都要偷吃，饿不死你们……"

小葫芦还没可是出什么来，就听到身后不远处一个大嗓门在叫，吓得唰一下将芹菜藏进怀里，睁大眼睛装出一副无辜地样子摇晃着走到那人背后，趁她不注意赶紧将被揉得有些蔫败的芹菜放回原处。

四周扑哧扑哧之声连响，很快便转成哄堂大笑，只有那寻找芹菜的高壮妇人被笑得莫名其妙，然后立即反应过来，于是大骂一声臭小子，又是一阵鸡飞狗跳。

春喜笑得脸都酸了，好不容易止住，目光落向仍在开怀大笑的殷浩身上，见他终于不再像前一段日子那样郁郁寡欢，眼中不由浮起一抹温柔。看来自己求干娘让他进膳房学做菜肴的做法是正确的。

"瑞烟深处开三殿，春雨微时引百官。"

唐朝诗人张籍曾在《寒食内宴》中这样描述盛唐时期唐大明宫麟德殿的盛景。南昌王这还是第一次参加在麟德殿举行的宴会，因此分外留意这堪称唐代建筑经典之作的殿堂。

麟德殿本身由前、中、后三殿聚合而成，故俗语有"三殿"之称，除中殿为二层的阁楼外，前后殿均为单层建筑。在中殿左右有二方亭，亭北在后殿左右有二楼，称郁仪楼、结邻楼，都建在高七米以上的砖台上。自楼向南有架空的飞楼通向二亭，自二亭向内侧又各架飞楼通向中殿之上层，共同形成一组巨大的建筑群。在前殿东西侧有廊，至角矩折南行，东廊有会庆亭，数座殿堂高低错落地结合到一起，以东西的较小建筑衬托出主体建筑，使得其整体形象更为壮丽、丰富。

南昌王站在殿前广场上，面对着这恢弘大气的建筑物，也不得不赞叹古人超绝的智慧。

"南昌王到……"内监宣唱名字的声音一层接着一层地往殿内传递进去。

声音响得突然，南昌王惊了一下，看向那首个报名的内监。那内监脸上赔着笑，道："南昌王请，里面已经来了不少大人。"

南昌王哼了一声，迈步往里走去。

宴会是在前殿举办，里面果如那太监所言，已有不少大臣先到了，正三三两两地站在那里闲聊。他进去的时候，那些人纷纷见礼，少不得要你来我往地寒暄两句。在梦里混了也有一段日子，对于这些朝廷要臣也认识得七七八八，南昌王倒还勉强能应付自如。

没过多久，苏定方也来了。他是此次宴会的主角，自然是一进来便被众大臣包围了起来，恭贺话语不断，直到皇上驾到的声音响起。

李治身着常服走了进来，身后跟着打扮鲜丽的王皇后以及萧淑妃。让众人意外的是，武媚娘也在其中，她紧跟在王皇后侧后，如同一个侍婢一样。有人抽气，有人低语议论，然而当李治登上主位之后，便都安静了下来。

　　众人叩拜毕，起身，再次愕然。

　　只见王皇后与萧淑妃一左一右坐于李治身旁席上，武媚娘则居于王皇后与李治之间略为靠后的位置，像是专门为服侍两人而来。但却又与萧淑妃身边跟着的寻儿不一样，她面前竟然单独设有一席，昭显着她在皇上心中非同一般的地位。

　　诸文武大臣对李治重迎武媚娘入宫这事均持反对意见，因此见到李治竟然正大光明地将她带出来，心中滋味自不可言喻。

　　"皇上，武氏乃先帝……"长孙无忌首先开口。然而不等说完，李治打断了他。

　　"舅舅，今日之宴为庆苏将军凯旋，至于不相干的事，他日再谈吧。"他语气温和，但却坚定，摆明了不想让人在武媚娘身上作文章。

　　长孙无忌无奈应是，然后退后坐入席中。其他人见国舅爷都不说话了，自然也没人再出头惹皇上厌烦，各自入了席。

　　南昌王见状，心道这李治在武媚娘之事上当真是坚持至极，也不知是因为这人本性就是个多情种子，还是因为武媚娘有什么特别的魅力。他自己是无法体会了，就算武媚娘比现在更美丽百倍，但毕竟和冰荷长得一模一样，这让他实在没办法升起丝毫遐想。

　　李治又说了些场面话，无非是褒奖苏定方抗敌有功之类，赏赐了一些东西，然后便示意开宴。

　　燕乐响起，舞伎身着彩衣翩翩而入，两队太监端着菜肴从大殿两侧进入。

　　目不转睛地看着体态丰腴却柔软婀娜的舞伎，南昌王突然有些手痒，很想摸上一把，思讨着感觉应该相当不错。南昌王自己也是有妻妾的人，以及数不清的没有名份的婢女舞伎，但他终究觉得自己不是本尊，加上所受的教育影响，面对着那些可由他任意采撷的女子实在有极大的心理障碍。他严重怀疑这梦要是继续做下去的话，他的审美观恐怕要发生巨大的转变。

　　就在他胡思乱想的当儿，金尚食带着殷浩走了进来。原来这李治有个怪癖，就是喜欢边上菜边听人报菜名，然后才正式开宴。以往每每都是金尚食担当这份工作，此时她竟然带着殷浩进来，联想到殷浩以前的职位，就不难想象金尚食带他进来的用途了。

果然，当李治笑着询问今日有什么菜的时候，金尚食道："启秉皇上，殷浩在尚食局表现尚佳，今日已入厨房学做膳食。他此前是教坊使，口齿伶俐，不如，让他来报菜名吧。"

"哦？"李治露出惊讶之色，而后转为新奇。"既然金尚食大力推荐，殷浩，那就由你来吧。报得好，朕有赏！"

殷浩应喏。目光迅速扫过坐在皇上身旁的武媚娘，见她垂着眼，并不与自己的目光相接，心中不由黯然，但想到自己昨日所下决心，他又振作起来，上前一步，清了清嗓子，稍稍拔高声音到不会被音乐湮没的程度，开始报菜名：

"凡物各有先天，如人各有资禀。皇上九五之尊，配万字麻辣肚丝、寿字五香大虾、无字盐水鸭肉、疆字红油百叶，愿吾皇万寿无疆。"

殷浩边说，太监边上菜。他语调抑扬顿挫，加上说的又都是些吉祥话，直听得李治龙颜大悦。其他人都还罢了，首次见识到他嘴皮子能耐的南昌王也不由惊讶了，暗忖这小子实在比大刚高明了不止一倍两倍，只可惜在感情上比大刚也惨了不止一倍两倍。大刚至少还有点希望，他却是一点希望也没有了。想到此，欣赏之余不免又有些同情他。

"皇后娘娘统领后宫，让圣上没有后顾之忧，配龙凤呈祥。武才人才智出众，脱颖而出，得沙舟踏翠。苏将军大胜西突厥，扬我大唐声威，是宜长春鹿鞭汤。"

这第二轮菜名报上，除了李治越听越高兴，王皇后仍然笑意吟吟外，余人皆变了脸色。殷浩不仅当众提及武媚娘这个妾身未明的人物，以武才人称之，甚至还将她排于王皇后之后，这种做法实在于礼法不合。

南昌王不由暗暗摇头叹气。刚刚还以为这小子机灵，却没想到净做蠢事。他这样做不是明摆着给武媚娘招祸嘛。抬头往武媚娘方向看去，发现她果然满脸无奈。殷浩却浑然不觉，犹自报得兴起：

"萧淑妃身着华衣，是为凤穿金衣。南昌王大富大贵，配有富贵鸡。最后，压轴好菜献予各位，祝大家丝丝（事事）如意。"

报毕，殷浩躬身退到金尚食的身边，有些得意地看向她，原本以为会看到赞赏的表情，哪知会对上一张黑沉的脸。不由有些发懵，不知道自己又哪里惹到这位奶奶了，难道她怪自己抢了她的风头？

心中正寻思着，上面传来李治欢悦的大笑声。

"报得好！殷浩你虽然离开教坊多时，这功夫却没落下啊。来人，赏金二十两。金尚食荐人有功，赏金二十两。等等，再把朕那只爱学嘴又吵得人头疼的红毛绿鹦哥拿给殷浩，让他们俩互吵去。"

殷浩和金尚食慌忙谢恩，然后退出宴会大殿。

"众爱卿，来来，为了青云关大捷，为了我大唐的长治久安，朕与众卿干一杯。"李治拿起酒盏，抬手示意。

底下众人慌忙起身，拿起酒盏相迎。

一盏酒罢，李治让众人不必拘礼后，便转身去与身旁的武媚娘说话。大抵是因他的态度轻松随意，文武群臣也不觉慢慢放开来，气氛很快便热络起来。

南昌王端起酒盏，看了眼面色阴郁的萧淑妃，以及努力做出一副专心倾听李治与武媚娘说话的王皇后，起身走至苏定方的席边，借敬他酒的机会顺势留在那里与他攀谈。

虽然苏定方不善言辞，为人又冷硬刻板，但南昌王却偏偏喜欢跟他相处，可能是因为其性格耿直刚毅的缘故。相处得久了，苏定方的态度也稍稍变得柔和了些许，虽不能说是每问必答，但多数时候还是会有所回应的。

间中与会的大臣都轮流来敬了酒，南昌王见苏定方不胜酒力，怕他在御前失态，帮着挡了一些，更赢得了他的好感。

这种宴会其实吃不了什么，精心制作的菜肴多成了陪衬，倒是李治对这几道寓意深远的菜极感兴趣，一样一点都尝了个遍，还一个劲儿地劝武媚娘王皇后等人也尝尝。

什么时候上点心的，其他人都没太注意，但吃菜吃得有些腻的人倒是挺喜欢，多吃了两块。

殿心有歌舞助兴，四周群臣因为有了南昌王的开头，加上皇上全心扑在身边美人身上不会注意到自己，都侧身与旁席的同僚一边对饮一边闲聊。正值宴会气氛达到高潮的时候，王皇后脸色突然大变，一手按腹，侧转身似在强力忍耐什么。

武媚娘第一个注意到她的异常，正想询问，突觉腹痛如绞，肠胃翻腾，忙以手捂嘴，以免当众吐出来。

"媚娘，你怎么了？"李治的注意力一直放在武媚娘身上，见状不由大吃一惊，倾身过去抱住她，着急地连声追问："媚娘，媚娘……皇后……你们怎么了？来人，快给朕来人！传太医……传太医……"

大殿中立时一阵忙乱，南昌王见乐工和舞伎在那里无所适从，索性挥退了他们，以免在这里碍手碍脚。就在此时，一道娇柔却略显凌厉的女声突然响起。

"皇上，莫不是这菜里有毒？来人，快把端菜的人抓起来！"

众人微愕，抬头看去。只见萧淑妃已从席位上站起，正镇定自若地指挥羽林军将有嫌疑的人都抓了起来。南昌王心中一凛，暗忖这女人真不可小觑。反观李治，却一心抱着武媚娘大步往内廷走去，并不管其他，将皇后以及众人都撂在大殿中。另有内监见机，趋前背着王皇后紧随在后。

众臣面面相觑，并不敢离开，只好在原地等待消息。只是再不复之前的轻松，气氛凝重而安静，就算偶尔要说话，也都极力压低了声音。若真是食物中有毒，一旦查证，只怕又是一番腥风血雨。

南昌王想了想，低声对苏定方说了两句，又去同长孙无忌打了招呼，然后也跟去了内廷。现场有元老重臣坐镇，又有兵权在握的武将防守，出不了什么乱子。倒是内廷那边，却要防着有人趁机搅浑水。

陈太医为两女诊过脉，施针催吐，再另开了药令人立即去煎，然后又去麟德殿验了食物。面对探听情况的众大臣，他只是说了句无妨，便转回内廷复命，再多却不肯说。

"回皇上，皇后娘娘与武……才人乃食物中毒所致。毒物已经排出，剩下只需要用药清除余毒休养两日即可，并无性命之虞。"陈太医顿了一下，余光扫到萧淑妃不悦的目光，知她心里默默流泪，却权作不知。这夹在皇帝与妃子间左右不是的活儿不好做啊！只是单纯一个称呼就要得罪人了。

李治一听是食物中毒，勃然大怒，立即下令要将尚食局一干人等全抓起来。

陈太医慌忙道："陛下，微臣已检验过，食物中并无毒素……"

李治呆了一呆，心想有毒也是你说，无毒也是你说，你逗朕玩儿呢？正想发作，萧淑妃已先开口怒责："陈太医，方才明明是你亲口说食物中毒，如今为何又矢口否认？莫不是你与那下毒之人有私？"

对于这项莫须有的指控陈太医倒还不觉得，一直旁观的南昌王却不由哑然，心道这萧淑妃顺棍就上的能耐当真是练得炉火纯青啊。

"回皇上，回淑妃娘娘，确实是食物中毒，但席案上的食物中也确实无毒。"陈太医不急不忙地道。

"哦？此话怎解？"李治微奇。

"回皇上，若单论其中任何一样菜肴点心，确实都是无毒的。"陈太医拱手道，不等追问，继续往下说："经微臣验查，皇后娘娘和武才人均食了一种馅料为栗子的点心，据在殿上侍候的公公所言，主菜中有一样为鸭肉所做。鸭肉与栗子相忌，二者同食可致中毒。"

李治面色数变，而后蓦然对王公公道："传朕旨意，将金尚食以及尚食局今日侍宴的一干人等皆打入天牢，等候审问！尚食局暂由薛尚食一人掌管。"

"皇上，金尚食精通厨艺，更掌管尚食局内外大事，不可能不知道这两样同食会致命。人证物证皆在，还审什么，这事明摆着是有人想要谋害皇上以及诸位臣工，其心可诛，决不可恕！"

"皇上……"陈太医心中一惊，暗忖自己可没说会致命，就算不吃药也不过是难受两天罢了。他怎能让淑妃刻意扭曲事实，若因此而害死数条无辜的人命，他可就罪孽深重了。当下就想解释。

"陈太医，这里已经没你的事了，你下去吧，好好医治皇后娘娘，若皇后有个好歹，本宫第一个饶不了你！"萧淑妃抢先打断他，厉声道。

陈太医看了眼李治，原本指望李治会开口说两句，哪知李治心情正不好，也无心理会他，挥了挥手示意他退下。

陈太医无奈，离去前看了眼一直沉默不语的南昌王。南昌王正好也看过来，两人目光相撞，就见他微微点了点头。虽不能确定南昌王点头的意思是否如同自己所想那样，但陈太医的心仍稍稍安定了下来，出去后并没走远，而是借口要观察皇后的病情留在了侧殿静等。

83

陈太医离开后，李治沉着脸许久没说话，显然正踌躇难决。要一下子处决掉那么多人，他委实不忍，但若不加以制裁，这谋害君臣的罪名可不是随随便便打几下板子就能解决的。

"皇上，尚食局众人今日敢以相克之物奉上宴席，他日便能在给皇上的膳食里投毒。皇上，切莫纵容这等风气滋长啊！"萧淑妃见状，忙在旁边继续鼓动。

南昌王冷眼看着，实在想不明白，尚食局的人哪里得罪她了，竟然要被她这样处心积虑地赶尽杀绝。见李治神色有所松动，他心叫不妙，慌忙上前一步，道："皇兄！请听臣弟一言！"

李治正想如萧淑妃所愿下旨，然而心中终究有所不忍，此时见南昌王出来，不由暗自松了口气，脸上甚至带上了些许笑容。

"十五弟，你有何意见？"

南昌王暗叹，这李治之所以会优柔寡断，其实是因为心地仁厚，此品德为人原本不是坏事，但若为君，就极易受人利用。

"皇兄，正如淑妃娘娘所言，若今日有人敢在御宴上下毒，那么他日便有可能发生行刺皇兄以及朝廷重臣的事，我等必须防微杜渐。"

听他这样说，萧淑妃不由有些愕然，显然没想到一向与殷浩走得近的南昌王竟然会附和自己。而李治却有些失望，他还以为南昌王有什么不同想法呢。

南昌王像没注意到他们的神色细微变化，继续道："因此，此事定然要调查个水落石出，找出幕后主使。否则，只是杀几个无关紧要的人并不能解决问题。"

"什么叫无关紧要？依本宫看，那金尚食还有殷浩便是主使……"听到此，萧淑妃终于明白南昌王是作的什么打算，不由有些急了，竟胡乱编排起来。

南昌王懒得理她，只是定定看着李治。他知道李治肯定会站在自己这一边。

果然李治脸上露出不悦之色，伸手扶住额头，轻喝道："够了。十五弟说得没错，这事必须严查，在捉到幕后主使之前，尚食局的人暂押狱中。难道你要百姓骂朕是一个滥杀无辜的暴君吗？"他头又开始痛了，这事还是早了结早好。

见他发怒，萧淑妃不敢再说，但是看向南昌王的一双美眸却流露出恶毒不甘之色。

南昌王心中一动，难道这事与她有关？

"那么此事就交予南昌王彻查。"李治道，语罢，满眼期待地看着南昌王恭身领旨，郑重地道："切莫让朕失望啊，十五弟！"

除了"臣弟定不负皇兄所托"外，南昌王还能说什么？

第六章

　　武媚娘倚坐在厅中榻上，背后靠着软枕，脸色有些憔悴，倒让她更显得楚楚动人。南昌王不由地想到昏睡不醒的冰荷，心中不由一阵酸楚，看向武媚娘的眼光登时柔软了许多。见到他进来，武媚娘作势欲起身见礼，他抬手阻止了。

告退出来，南昌王找来陈太医，询问点心的事。

"下官只验了皇后娘娘与武才人吃过的食物，其余尚未来得及检查，不知是否都是一样。"陈太医回。

南昌王眉微皱，当即带着陈太医赶往麟德殿，只希望宴上食物还没人动过，否则要查起来就难了。

麟德殿长孙无忌一干人早已得到消息，虽然神色仍然凝重，却并没再如之前那般不安。南昌王来时，宴席上的食物仍原封不动地放在原处，现场有条不紊，让他不由对这一干先皇遗留下的重臣有了一个新的认识。有这帮人的辅助，也难怪性格仁厚得略嫌懦弱的李治能缔造出有贞观遗风的永徽之治。

南昌王一边让陈太医将所有席上的点心都验一遍，一边将情况大致跟几个元老重臣说了，态度谦恭。虽然有圣旨在手，但能取得这些大唐肱股之臣的认可，之后要行起事来，自然大大地方便，至少明里暗里的阻碍会少许多。

"启禀王爷，除了皇上皇后，武才人以及淑妃娘娘席上的点心是栗子馅外，余者皆为豆沙馅。"陈太医验了一圈回来。

此话一出，众人皆惊。看来已不能以尚食局一时疏忽不知食物禁忌来解释此次事件，这明摆着是有目的地想要谋害皇上与后妃。

"此事就仰赖殿下了，若有需要，微臣当竭力相助。"长孙无忌郑重地对南昌王道。李治是他一力扶上位的，他自然比别人更关心其安危。

"有舅舅相助，小甥定尽快将事情查个水落石出。"南昌王忙道谢，然后转过头问陈太医，"那鸭肉与栗子同吃可会致命？对人体有何危害？可会落下什么后遗症？"

看似随意的几个提问，却能从其中判断出此次事件的性质，是真想谋逆，还是另有用意。

"回王爷，此二物同吃，并不会伤及性命，只是胃肠反应较为严重，易让人误以为中了剧毒。若治疗修养得宜，当能彻底痊愈，不会留下后患。"这一连串话是他在李治面前就想说的，奈何没有机会，就算南昌王不问，他也会找机会说出来。

听完此话，长孙无忌等人纷纷缄默不言，等南昌王表示出在场诸人可离开的意思后，便都告辞而去，没人愿意再留下。明眼人都知道，这必然又是一场后宫之争，他们若牵扯进去，只怕就要夹缠不清了。

南昌王站在原地，不由揉了揉额角，看着空荡荡的大殿中只有几个宫人在那里收拾残藕，一瞬间有些许恍惚，像是自己正处于一个永远也醒不来的梦中一样。摇头，他将这种不太舒服的感觉甩开，但心中却突然有些后悔，也许他真不该掺和进来的，至少那样的话他还能知道自己是在做梦，而不是像现在这样完全分不清是现实还是梦境。

尽管如此想，他仍然让人将栗子馅的驴打滚封存了起来，以备后用。

天牢里，尚食局众人既惶恐又茫然，不知道究竟是哪里犯了错。一大早天还没亮便开始忙碌，在宴会快结束的时候正想好好歇息一下，如果皇上高兴的话，说不定还有赏赐。哪知等待他们的竟是意图谋逆的罪名以及阴暗潮湿的牢房，这样的转折无论是谁都接受不了，胆子小的已经哭了起来。

"你这个丧门星，是不是你走到哪里就要祸害到哪里？"因为殷浩在大殿上所为一直想发作的金尚食终于不再忍耐，拎住他的耳朵就是一阵痛骂。

"干娘，又不是殷浩的错，你干吗怪他……"春喜看殷浩被骂得一脸沮丧，忍不住道。

"你闭嘴！我还没怪你这丫头死赖活赖地把这个倒霉的小子塞给我……这小子有多霉，你难道不知道？先帝当初为什么会贬他到尚食局？不就是因为他自以为正义凛然地为武才人出头，结果不仅他自己被贬斥，还连累得武才人也入了狱。"金尚食身为尚食局首席女官，宫里每次宴会的菜肴酒食都是由她主持操办，对于这些事自然清清楚楚。她一直觉得这小子虽然嘴皮子利索，又多才多艺，但人却有些一根筋，在自己在意的事上不知变通，这也是为什么他进了尚食局两年，她却从来没打算过提拔他的原因。

春喜呆了呆，隐约记得似乎有这么一件事。只是她与殷浩太熟了，几乎已经忘记他原本是被贬到尚食局来的。

"可是，这次……"

她还试图将两件事分开谈，殷浩却被武才人几个字给刺激得先忍不住，也不顾自己耳朵还在人手里，嚷道："武才人没犯错却要被处斩，我不为她出头，谁为她出头？"

"哟，你还英雄了是不是？"金尚食气极而笑，手上又加了两分力，还拧了一转，只疼得殷浩直叫唤，但他始终没求饶。"你说你今天在大殿上逞什么能，那么多元老重臣不提，偏偏把武才人的名字给报了一道菜名，还越过淑妃娘娘以及宴会的主角苏大人排在皇后娘娘后面。武才人如今的身份是能让你这样正大光明地称道的吗？你这是找不自在是吧？你这是给本尚食找不自在是吧？啊？啊？"

其他人噤若寒蝉，都下意识地摸了摸自己的耳朵，总觉得也跟着隐隐作痛起来。

"可是皇上也很喜欢哪，不是还赏赐了东西。"殷浩小声嘀咕，其实是想要暗示金尚食因为自己表现得好也沾了光，得了二十两金这件事。

"啊呸……"金尚食没想到他竟一点没做错事的自觉，不由有些无力，松手放开了他的耳朵，却又有些不甘地踹了他屁股一脚，只踹得殷浩一个踉跄，"你这个蠢蛋混球，给老娘滚远点！谁挨着你活该谁倒霉！"

小葫芦这时才敢上前扶住殷浩，心里又怕又有些同情。怕的是莫名其妙被关进天牢，也不知会不会掉脑袋，同情的自然是自己师父凄惨的遭遇。

殷浩被金尚食一顿数落，倒也不是如何生气，只是觉得自己似乎真是有点带霉运，沾着挨着自己的人多少都会受点影响，而其中又以他最在乎的武媚娘最惨，又是下狱，又是被下毒的……

想到此他沮丧起来，推开小葫芦独自缩在角落里反省，却又忍不住嘴贱。

"不愧是母女啊，这凶悍劲儿春喜小丫头比起来实在差得远了……"

有靠得近的听到，扑哧笑出声。小葫芦却紧张起来，赶紧扑上去捂住了自己师父的嘴，回头发现金尚食与春喜母女不知何时已悄无声息地靠了过来，脸色绝对算不上好。他不由叫苦不已，正想着是要与师父站在同一阵线,还是识时务地闪到一边去。这时牢房外传来了脚步声,所有人都不由心中一跳,往外面看去。

南昌王挺拔的身影出现在牢房间的空道上,身后跟着一个神色谄媚的狱卒。

殷浩见到南昌王,立即双眼发光,直接扑到了牢门边。

"王爷,媚娘怎么样了?要不要紧?"他焦急地问。之前一直由着金尚食打骂教训,虽然偶尔回上一句嘴,但其实并没真正往心上去,就是因为他心中一直担心着武媚娘的情况,根本没心思计较其他。

"她有御医看着,不会有事的。"南昌王挥退狱卒,眼睛缓缓扫过牢中众人,在与金尚食坦然的目光对上时顿了一顿,淡淡道。

"能让我见见媚娘吗?"殷浩左右看了看,压低声音道。

南昌王皱眉,收回视线,看到殷浩满脸担忧与自责,不禁叹了口气:"殷浩,我真是服了你!都这个时候了,还有空担心别人。"这人是不是少一根筋啊,一个身居后宫,一个为阶下囚,两人是那么容易见到的吗?

"能不担心嘛?媚娘在我面前活生生地出了事!唉,我真没用!"殷浩越说越觉得是自己的错,忍不住给了自己一耳光。

有人轻呼出声,金尚食见状,实在无法忍受世界上有这么蠢的人,插话道:"王爷,可否劳烦你将这货给弄到别的牢房里去,再跟他待一块儿,我担心我手底下的孩儿们也会跟着变蠢。"这人以为挂念皇帝后宫的女人是件多么值得炫耀的事吗?竟然丝毫不知避讳。

春喜眼中有担忧之色,但这次却并未求情。

南昌王以拳抵在唇边咳嗽了两声,当真答应了,还立即叫来狱卒将殷浩师徒换到离尚食局众人较远的一间牢房,勉强能保证两人的谈话别人无法听到。

"武媚娘跟王皇后现在才刚解了毒,正歇着呢。她有皇上撑腰,何须你来操心。"双手环胸靠在牢柱上,南昌王不愠不火地提醒道。

"我怎能不操心?她孤身一人在这危机四伏的皇宫之中,无依无靠的,若连我也不照顾着她,她还能依靠谁?"殷浩气急,连他也说不上究竟是因为听到武媚娘有皇上撑腰而心生嫉妒才强言反驳,还是因为确实是真心这样认定。

南昌王啧啧了两声，明显表现出他的不以为意，在殷浩继续用话语坚定他自己的立场前，道："然而依本王所见，眼前你的处境比武媚娘惨多了，先帮本王想想怎么抓出真凶，把你们的小命保住才是真的。"

他这算是语重心长的劝告，却不想殷浩不知被刺激到了哪根神经，竟使起性子固执了起来，嚷嚷道："媚娘比我的命还重要！"

"我说殷浩，你们给人安上下毒的罪名，自己都死到临头了，还担心武媚娘呢！好！等你死了我就把情圣二字刻在你墓碑上，这样你可满意？"南昌王只觉一股火气直窜上头，神色变得有些严厉。

他这一发怒，殷浩立即缓过神，态度自然而然便放软了下来。

"我……我只是太过担心媚娘而已。而且，我现在脑袋里一团乱，什么都想不出来啊。"

南昌王见他恢复正常，勉强能听得进人话，这才长长吐出口气，放缓了语气："也不用你出什么了不得的主意，你只需要将今日所做的事回想一遍，看看可有什么异常之处没有。"

"这没问题。"殷浩爽快点头，果真努力从早上起床开始回忆起来。"金尚食答应今天让我和小葫芦进御膳房学做菜肴，我们高兴得一晚上都没睡着，所以早早就到了膳房等着，那个时候其他人都还没来……"

正在他努力苦思，而南昌王听得专注的时候，牢房的角落里突然传来一阵细细的抽泣声。两人对望一眼，只道小葫芦被吓坏了，都不由叹了口气。

"葫芦，师父知道你害怕，别担心，为师一定会设法救你出去。"殷浩回头安抚。

"徒儿不是怕，徒儿只是担心万一要是师父死了，身后无人，所以干脆先帮师父哭丧，呜呜……"小葫芦头也不抬，边哭边道。

南昌王人囧，心道当真不是一家人不进一家门啊，这师徒俩可真算得上是一对活宝。

"呸呸呸！童言无忌！童言无忌……为师没让皇上赐死，也先给你气死了！"殷浩色变，指着小葫芦就骂起来。

南昌王苦笑，觉得要像这样下去，都不知要耗到猴年马月，赶紧抬手打断了殷浩。

"好了、好了……殷浩，你师徒俩在这里好好想想，我先去问问其他人。"他一边说一边往关金尚食一干人的牢房走去,末了又回头加重语气强调道:"你们给本王好好地想,待会要是想不出有用的线索,别怪本王用刑。"对这两人不强硬点是不行的。

殷浩与小葫芦苦哈哈地对望一眼,果然老实了。

南昌王让狱卒在刑讯室摆上坐榻,然后便在那里一个一个地召见尚食局之人。他并未表现得疾言厉色,每个人都控制在五分钟之内,问得还都是些无关紧要的问题,比如在尚食局是做什么的,累不累,待遇好不好,金尚食为人如何之类的,如同是在关心民生疾苦而非审案一样,直问得那些人一头雾水。

直到金尚食进来,他才收起一副笑眯眯的样子,单刀直入。

"金尚食,你可知为何被打下天牢?"

"回王爷,小人知道。但小人万不敢谋害皇上以及诸位大人,请王爷明查!"金尚食不卑不亢。

南昌王眯眼,对上金尚食毫不避让的目光,不由暗赞。这金尚食倒真有些风骨。

"那菜单可是你安排的?"

"是。"

南昌王见她回得干脆,不由笑了,却没继续追问,只是悠然地喝了口狱卒送上的茶。

见他如此,金尚食只好继续道:"小人自先帝爷在位时便入得尚食局,数十年与厨房打交道,不敢说精通厨事,但食物相克之道却是熟记于胸的。此次庆功宴的菜色,小人曾反复研究数遍,确认无丝毫问题方才定下来,并无栗子馅点心。望王爷明查!"早在知道是因为鸭肉与栗子同食导致皇后与武才人中毒被下狱之后,她就一直在思索问题究竟出在哪里。若真是她的疏忽,她也就认了,但若是想让她背黑锅,没门!

"哦,那依你看,是否有可能是你手下阳奉阴违?"南昌王问。

金尚食摇头,"点心是由小人监督着所做,每一样材料都亲自验看过,不曾有错。那豆沙馅的驴打滚甚至是由小人亲手做成,旁人就算想动手脚,也没机会。"

"所以……"南昌王心中顿时敞亮,笑吟吟地道。

金尚食有些无奈,觉得这王爷真够懒的,明明知道问题出在哪里,偏偏还要听别人亲口说出来。但谁让人家是王爷,自己是阶下囚呢。然而什么该说,什么不该说,身处后宫多年的她还是知道的,因此只是神色恭谨地道:"小人不敢妄加猜测,王爷英明决断,自不会冤枉无辜之人。"

南昌王嘖了一声,倒也不为难她,这事明摆着就是有人偷换了给皇上几人准备的点心。其目的究竟为何?是冲着皇后和武媚娘,还是冲着金尚宫?

他阖眼,想起安然无事的萧淑妃以及事后她激动的反应,以她跟王皇后与武媚娘的关系,不是应该在旁偷笑么?只是,杀了尚食局这许多人,对她又有什么好处?

思及此,他蓦然睁开眼,看向仍站在原地的金尚食。

"你与萧淑妃可有过节?"

没想到他想了这么久会突然冒出这个问题,金尚食愕然,片刻后才回道:"回王爷,小人不过是一个无足轻重的厨工,怎会与淑妃娘娘有什么过节?"说完,她似乎想到什么,不由顿了顿,又补上一句:"只是……淑妃娘娘曾数度赏赐一些贵重之物给小人,小人无功不敢受禄,所以没收。"

看来是拉拢不成便想除去了。南昌王摸着下巴沉吟,半晌似乎才记起金尚食仍在,于是道:"今日备宴时,你可发现有什么异常之处?"这是每个人离开前他都会问的问题,得到的答案也形形色色,但却都没太大用处。

金尚食想了想,摇头。南昌王便挥手让她下去了,同时让负责验毒与传菜的进来。

进来的是春喜,相较于金尚食的镇定自若,春喜便显得稚嫩了许多,眼里流露出明显的惶恐不安和委屈。

南昌王虽然对这个丫头印象不坏,但该问的还得问。

"你身为尚食局的掌膳,也应该清楚食物相克之事,为何会在验毒时没察觉异常?还是说,那栗子馅其实是你趁机换上去的?"他故意道。

春喜呆了呆,原本心中还有些害怕,此刻登时被这样的污蔑给冲散得干干净净。

"你……你血口喷人!你虽然是王爷,但也不能这样胡乱冤枉好人啊。那些点心装得好好的,我又不能试吃,怎会知道里面馅子换了……"从被打进天牢开始就一直堵在胸口的气在这一刻瞬间爆发,她越说越激动,不觉把手插在了腰上,点着南昌王嚷道:"你穿着衣服,我能看到里面是白是黑吗?你以为……"

南昌王噗地一声,满口茶喷了出来,心道这丫头真是什么都敢说啊,要换了这个身体的本尊来,只怕要吃不少苦头。

春喜却并没察觉自己说了什么,还在那里继续嚷嚷:"你以为那么多人看着,想换就换的啊?你以为另外再做几盒一模一样的点心是那么容易的?本姑娘从天没亮就开始忙起,连喝口茶的功夫都没有,哪里有时间去捣鼓什么栗子桃子。而且我弄这个吃不死人的东西来害我自己害我干娘害殷浩他们好玩么?"

看她那一副气势汹汹的样子,南昌王真有些担心她会激动地扑上来,忙抬手打断她。

"行了行了,我知道你无辜,你最无辜!但是如果抓不到真正的下手者,你再无辜也保不住脑袋!"

哪知春喜一听不仅没被吓倒,反而瞪大眼语气严厉地质问:"王爷你不是在负责查办此案吗?难道你打算敷衍了事?还是想玩忽职守徇私枉法草菅人命……"

南昌王突然有些明白殷浩为什么会怕春喜了,他揉了揉被吵得发痛的太阳穴,颇感无力地道:"你再不说点有用的,就没机会说了啊。"

春喜见他这样也没生气,反而不好意思起来,想了想,摇头:"我验过毒,又点过数目,就交给殷浩他们,再由他们送到殿外给传膳的公公。忙得晕头转向,并没注意到有什么不对劲的地方。"

南昌王唔了一声,示意她可以回去了。

春喜却并未立即离开,而是有些迟疑地道:"王爷,那个……之前,嗯……"

南昌王没想过像根小辣椒一样的春喜也会有吞吞吐吐的时候,不由扬起眉,好奇地看向她。

春喜不好意思地笑了下,指头卷了卷垂在胸前的发丝,道:"之前我说那些话是无心的,你别放在心上。我知道你是好人。"说完,就蹦蹦跳跳地跑了。

南昌王无语地抬头望向屋顶。这算不算阿谀奉承啊？或者是打一棍子再赏两颗糖？

不知道是不是被上刑两个字给吓倒了，等南昌王再招见殷浩和小葫芦的时候，小葫芦终于想起了一点异常。

"上最后一轮点心的时候，有一个小典膳在半路急冲冲地追上我，说我拿错了，圣上和各位娘娘的点心与大臣们的是不一样的，然后他跟我换了一个食盒。"

殷浩心中"咯噔"一下，不由拽住小葫芦就要狠揍。

"春喜亲自交待过的还会有错吗？你小子平白长了一副机灵相，就这么好唬弄，是不是人家把你卖了，你还要喜滋滋地给别人数钱……"

小葫芦抱住脑袋，大约也想通了问题出在自己这里，心里又悔又歉疚，由着师父教训并不敢回话。

"行了，殷浩，别浪费时间。"南昌王无奈地叹口气，看着想哭又不敢哭的小葫芦，不由生起恻隐之心，不过是个半大小孩，只怕要被自己这次无心闯的弥天大祸给吓坏了。

他放柔了语气问："你还记得那小典膳长得什么样子吗？"

小葫芦小心地看了眼殷浩，急得眼泪已经在眼眶里打转，却还是摇了摇头，"我看他着急得不得了，以为他是在为差点上错点心而后怕，也没敢多问，就提着他给我的食盒走了。那时忙，也没看清长相，就是知道以前在尚食局没见过。"

"你连人都没见过，竟然敢……"殷浩气急，挥手想打，却又下不了手，只能恨恨地背过身自己在旁边生闷气。

"他……他穿着典膳的衣服，我还以为可能是大伙儿忙不过来，薛尚食的人也来帮忙了。"小葫芦带着哭腔道，现在回想起来，才发现自己有多蠢。

南昌王抬手在额角上轻轻揉按着，他知道这事不能完全怪小葫芦，师徒两人在尚食局这还是第一次参加筹办宴席，对整个过程都很生疏，很容易就让人钻了空子。别说是小葫芦，就算换了殷浩，只怕也要着了道儿。

"王爷，你看这事？"殷浩见南昌王半天不说话，沉不住气问。

南昌王扫了眼正眼巴巴看着自己的小葫芦，方才看向殷浩，缓缓道：

"有了线索就好办。你们且回去,有需要相助时我会随时来找你们。"

"那一切就拜托王爷了!"殷浩躬身行礼,然后拽着无精打采的小葫芦就往外走去,却在门边时又停了下来,回头道:"王爷,劳烦你帮小人多看顾着些媚娘。她太单纯,只怕……"

他没说完。

南昌王微微颔首,算是应允。等两人走得没影后,他才小心嘀咕一句。

"单纯的人能当上中国唯一一个女皇帝吗?"

掌膳衣服,食盒,栗子点心的来源,对宴席菜单了若指掌……

南昌王知道自己并不擅长查案,思维做不到缜密无遗,所以将怀疑到的点一一列在纸上,然后希望能从其中寻找到破案的契机。

说来也奇怪,自从成为这个南昌王以来,除了没有原主人的记忆外,身体却仍保留着原主人的某些能力,比如挥洒自如地使用毛笔写出遒劲雅逸的字来,再比如那一身刀剑以及马上功夫……明明不是自己的,使用起来却无一点障碍,那种感觉实在奇怪到极点。也只有这种时候,他才能够真真切切地感觉到自己在做梦。

想了想,他又在上面补上薛尚食、萧淑妃两人的名字,再画了一个没有五官的人脸。

整件事看上去似乎很简单,似乎是萧淑妃拉拢金尚食不成,所以利用这样的机会将她和她的从属铲除掉。这样一来,与金尚食名义上并列但能力与威信却不止逊了几个等级的薛尚食就能顺理成章地统管尚食局,就算后面来了新尚食,也绝对越不过她的老资历。薛尚食感念萧淑妃的成全,又或者其实两人早就勾结在一起了,在这之后,自然对她更是死心塌地,任由驱策。

这只是一个假设,而这个假设的前提是建立在薛尚食也在这里面插了一脚的基础上。这样就能解释他们怎么能提前知道菜单,并有足够的时间备好点心替换了。

但假设在没有确凿的证据之前,就仍只能是假设。要怎么搜罗出证据,又要怎么才能摆脱萧淑妃在这里面会产生的影响以及不良后果,这些都是问题。

南昌王想得头疼,伸笔在那无脸的人头上画了个圈,便将笔一扔,伸手按额。这李氏家族是不是有遗传的头风症啊，李治时不时就闹头疼，他这个身体也是，只要一遇到比较繁杂的事就害头疼。烦哪！

"王爷，宫里有人传来消息，武媚娘想要见王爷一面。"常伺候左右的泰常悄无声息地来到他身边，怕惊了他似的，将声音放得极轻。泰常是只忠诚于南昌王的人，对于其他人从不放在眼中，别说是现在还没什么身份的武媚娘，便是萧淑妃和王皇后，他也不会有更多的尊重。

南昌王抬起头，有些怔愕，"武媚娘要见本王？"

"是。"

"她见本王做什么？"南昌王疑惑。但想到自己答应过殷浩的事，仍站了起来，往外走去。

"奴才不知。"泰常恭谨应，然而平静地开口叫住了自家王爷，"王爷，你可擦把脸再去。"

相处多日，南昌王已知道泰常绝不会说多余的话，不由顿了顿。走到屋内那一整面铜镜前，铜镜打磨得光滑可鉴，在那一团昏黄朦胧间，他倾身靠近，然后就看到自己额头上印着两个大大的墨黑指印。

南昌王抬手，发现手指果真是黑的，也不知是什么时候沾的墨。他神色变了变，回头看向正让人端水进来的泰常，不仅对其就算是泰山崩于前必然也不会改色的功力大感佩服。

泰常对于他灼热敬仰的目光浑若不觉，只是有条不紊地指挥着人将水放到盆架上，然后亲自去拧了帕子。

"我进宫这段时间，你去查查这长安城里有几家卖栗子馅驴打滚的店铺，再将他们今日的售卖记录抄一份回来。离皇宫越近的，越要仔细。"南昌王道。这种事也只有交给办事妥贴的泰常他才放心。

"是。"泰常无波无澜地应，仿佛接到的任务与平常所做的没什么区别。

匆匆洗净脸，又换了套衣服，南昌王便带着几个侍卫出了府。

李治对武媚娘确实宠爱，虽然是以皇后婢女的身份接入宫，但却给了她一座独立的寝宫居住。

明月殿原本叫清心殿，是武媚娘进去后才改的名字，里面包含了她出家时的法号。在这深秋时节，明月殿的桂花却尚未脱枝，花香暗行，将整座宫殿氤氲于中。

然而偌大的一处所在,却没有几个宫人,大抵是目前情势尴尬,李治不敢过于明目张胆地让武媚娘与宫中品级较高的妃嫔享有同等待遇,以免招人劝谏。将这清心殿拨给她,还是以让她有一个清静之处以便给皇后抄经诵佛为借口,再多就不行了。

有的事,明明所有人都心知肚明是怎么一回事,但就是不能做到明面上来。

南昌王因为奉旨查案的缘故,得到特许能自由出入内廷,与后宫嫔妃接触并不算违禁。

侍候武媚娘的侍女柳儿正等在殿门外,见到南昌王来,慌忙引入。

武媚娘倚坐在厅中榻上,背后靠着软枕,脸色有些憔悴,倒让她更显得楚楚动人。南昌王不由地想到昏睡不醒的冰荷,心中不由一阵酸楚,看向武媚娘的眼光登时柔软了许多。见到他进来,武媚娘作势欲起身见礼,他抬手阻止了。

"武才人身子不适,不须多礼。"

"媚娘失礼了。王爷请坐。"武媚娘也不坚持,回头嘱柳儿烹茶待客。

南昌王脸色微变,他实在喝不惯这时的茶,忙道:"琐事缠身,不得久留。茶便不必了,才人有什么事直接说吧。"

武媚娘呆了呆,神色有些黯然。她自回宫,除了王皇后和殷浩外,周围的人都视她如洪水猛兽,不是想极力陷害践踏,便是避而远离,只有这个南昌王让她无法看懂。若说他讨厌她,偏偏他又屡次救她性命,但若说他对她有亲近之意,他却又始终保持着相当的距离。隐隐地,她总觉得他像是透过她在看着另外一个人。

"媚娘闻听皇上已将此次下毒之事交由王爷查办?"她想了想,找了个合适的话题切入。

"是。"南昌王坐在席上,手指无意识地转着大拇指上的翡翠扳指。想到眼前看上去柔弱无依的女人终有一天会成为中国历史上唯一的女皇帝,他就觉得怪异无比。他想,此时正处于四面楚歌的她对那个至高无上的位置必然还未产生觊觎之心吧。

武媚娘若知道他心中所想,只怕会被吓得无心再想其他,但也正因为她不知道，才能如此从容地问出："敢问王爷可有线索？"

"应当是中途有人换了点心。"南昌王看了她一眼，淡淡道。"我正派人在查。"

武媚娘"哦"了一声，道："若有用得上媚娘的地方，王爷尽管吩咐。"而后顿了顿，有些迟疑地道，"媚娘记得，开宴后不久，好像有一个人将淑妃娘娘身边的寻儿姑娘叫了出去，回来后她就一直显得有些心不在焉。不知这对王爷有没有帮助。"

"任何在场之人的反应以及行踪对查明此案都有用处。"南昌王打了个太极。武媚娘一脸的无辜，却利用寻儿的异常轻易地就将他的注意力引到萧淑妃身上。这让他原本对萧淑妃产生的怀疑反而减弱了两分。倒不是萧淑妃就没有了嫌疑，只是他不想成为别人手中的刀子。

武媚娘点拨的目的达到，也就不再继续谈论此事，转开了话题。

"王爷，听说殷大哥被打下了天牢，他可有事？"

殷浩在第一眼见到自己时就问起武媚娘，甚至不惜为了她连命都不想要，反观武媚娘，却是在完成自己的目的后才想起这个人，是真的不将殷浩放在心上，还是为了避嫌？

南昌王不着痕迹地打量武媚娘，见她眼中关切不似作伪，这才暗暗吐出一口气，心中为殷浩升起的不满稍平。

"暂时无事。但是他很担心你，你……"他想说的是你可想去见见他，然而话未说完，武媚娘已抢先道："王爷，我想见殷大哥一面，可否请王爷帮忙？"

南昌王怔了一下，点头，心中对她的观感略改。突然觉得自己是不是受了历史书的影响对她抱有成见，虽然因为其长相与冰荷相似的缘故而不得不伸手相助，但其实一直都不相信她，不相信她会毫无心机地对一个人好。

也许现在的她正如殷浩所言的那样，还是善良纯真的吧。

第七章

　　那人跟了进去,在屋内灯光映照下,可以看出是一个十七八岁的少年,五官墩厚老实,但一双乌黑的眸子幽暗沉着,一看便知是个心思坚定的人。他是袁天罡收养的孤儿,也是其唯一的弟子阿光。

禀奏过皇上，南昌王将尚食局的一干人等都放了出来，但却让羽林军将尚食局人员的住所严密看管起来，限制住他们的行动，直到案子侦破。

对此，最高兴的莫过于金尚食了。她担心自己长久出不去的话，自己的那些小宝贝会饿死。因此对南昌王也不由另眼相看起来。

其他人当然也很高兴，呆在自己的屋子里就算不能四处走动，也比阴暗潮湿的天牢好上不知多少倍。何况在里面还要被狱卒呼喝，整日听着重刑犯哀叫的声音，那种心理压力可不是平常人能承受得了的。

放人的那一天，南昌王带着一个小公公来到尚食局找殷浩，说是要问一些话，还喊了小葫芦在门外守着，不准人靠近。

南昌王返身去关门，那小公公拿下帽子。

"王爷，你……"殷浩被南昌王这一连串神秘而郑重的举动弄得惊疑不定，正想开口询问，突然发现那小公公拿下帽子后竟露出一张令他魂牵梦萦的脸来。

那脸秀美绝伦，此时正满眼含笑地看着他。不是武媚娘是谁？

"媚娘！"殷浩大喜，想要扑过去却又不敢，不由伸手往自己脸上掐去，发痴梦呓般地呢喃："你怎么来了？这怎么可能……我这不是在做梦吧？"

南昌王双手环胸背靠在门上，看着这傻子的反应，想起大刚对着一只脑门上贴着冰荷照片的沙皮狗表白的样子，唇角忍不住浮起笑意。

武媚娘被他的反应闹得有些尴尬，正色道："别闹了，殷大哥。"

殷浩被自己掐得痛叫出声，精神却大振，又意外又高兴，激动得连说话都结巴了："我……我没想到你会来看我……我真高兴……真的很高兴。媚娘……媚娘，真的是你……你身子好点儿没？身上的毒可解了？"

"我不碍事了。"武媚娘见他真心为自己担心，也不由有些感动，放柔了声音道："倒是你，也被牵扯进这件事，要是抓不到人，你……你们只怕脱不了身。"说到这儿,她眼圈有些红。

看到她如此情动的样子,殷浩心中涌上一股难言的激动,忍不住抓住武媚娘的手道:"媚娘,我是被人陷害的,你相信我吗?"只要她相信他,只要她相信……他就能对即将面临的困难与绝境充满信心。

"我当然信。这深宫大院的,我能信的人,就是殷大哥你了。"武媚娘连犹豫也不曾,斩钉截铁地道。

那一刻殷浩只觉自己就算立时死了也是甘愿,抓着武媚娘的手不由紧了紧,眼眶有些发涩:"媚娘,都怪我这个兄长没把你照顾好……我……我恨自己!我怎么这么没用!"说到这儿,他忍不住抬起一只手狠狠地敲打起自己的头来。

南昌王眯眼,然后转开了身,走到窗子边负手而立,透过窗上的条格空隙看着外面空旷的院落。

"殷大哥,你别这样,现在要紧的是找出真凶。"身后传来武媚娘劝解的话,内中含着让人不能忽略的关切。

南昌王想,她说她能信的人只有殷浩了,也许并非谎言。

"凶手……"殷浩有些茫然,转头看了眼背对着他们的南昌王,讷讷地道:"与小典膳打上照面的人根本不是我,是葫芦,可是葫芦根本没看清对方的样子……媚娘,要是咱俩再也不能相见,你得好好照料自己,人在宫中,别逞强,知道吗?这样你会过得很辛苦。"

武媚娘听得心中一动,这些查案的细节南昌王并没跟她说,或许现在查到的东西比她想象得还多,可是她又不方便打听,只能强忍下询问的冲动,责备殷浩:"无缘无故地你说这些话做什么?"想到这个一直默默陪伴她给她支持的男人也许终有一天会消失,她突然觉得无法忍受。

"现在不说,我怕往后没机会说了……"殷浩低叹,早已泪流满面。

武媚娘不爱听他说这些生离死别的话,不由恼了:"你胡说什么!"顿了顿,稍稍放缓语气道:"殷大哥,你别放弃,一定会有办法的,你好好想想,也许有什么蛛丝马迹遗漏了……"说到这儿,她看了眼始终没插话的南昌王,道:"何况王爷英明刚正,定然不会冤枉好人。"

这句话明着是恭维,但实际上是想以这样一顶大大的高帽套住人,让人不得不尽力找出真凶。然而南昌王却像是没听到似的,并不接话。该怎么做，他自己心里有数，并不需要别人来鞭策评断。

武媚娘有些沮丧，觉得这南昌王就像一个铁饼一样，让人找不到入口。

殷浩却没察觉，抹了把脸上的泪，觉得自己一个大男人这样哭实在太丢脸了，然而眼前的人是媚娘，似乎又没那么难堪。"还能有什么办法？昨日我……"他带着鼻音，正想将昨日乐极生悲的事重复一遍，外面传来吵闹声，南昌王蓦然大步走了出去。

两人对望一眼，最终武媚娘仍留在屋内，殷浩虽然想留下来陪她，但最终抵不过她的催促，不甘不愿地跟出去查看情况。

"谁偷了俺的衣服？他奶奶的王八羔子，俺就一天没回来，谁就把俺的衣服偷了？你们他娘的自己没衣服是吧？"一个小典膳扒着门在那里冲着院子里大骂。

大约是被关了一天，心情都有些郁悴，见有热闹看，人们都不由从房间里走了出来，聚集在院子里议论纷纷。

"什么事？"南昌王站在殷浩他们的门口问。

他一出现，周围立即安静下来，那小典膳讷讷地不敢再骂，只是神色间仍有些气愤不平。

南昌王示意众人都散了去，这才走过去。"发生了何事？"他再次耐心追问，虽然心中已有所猜测。他请求皇上放这些人回尚食局自己再紧跟而来的目的就是在此，只是没想到会这么快就有消息。

小典膳仍穿着昨日筹办宴席的那一身衣服，在牢里呆了一夜，又臭又狼狈，此时南昌王逼近，他不由往屋里缩了缩身体，小声地道："回王爷，小人……小人的衣服少了一套，肯定是……肯定是有人看到我昨日忙，所以趁机偷走了。"说到后面，他声音越来越大，显露出心中的气愤。毕竟每人只有两套衣服，下次要做也是明年开春了，他被偷了一套，在这期间只能一直穿身上这套，怎么不叫他郁闷。

"哦？你可看清楚了？"南昌王压下心中的激动，面色平静地问。大约是过于刻意，反使得这平静中透出了一股严厉之意。

小典膳看得害怕起来，着急地为自己辩解："是真的不见了，小人不敢说谎欺骗王爷……王爷不信可以进来搜查。"

南昌王笑了一下，"那就再搜搜吧，别是放错了地方，免得冤枉了别人。"说着，他回头看向跟来的殷浩，让他去叫两个禁卫进来。

小典膳傻眼了，没想到这王爷真的要搜，虽然不情愿让人翻查自己的东西，但事已至此也没办法。

很快就来了两个人高马大的禁卫，南昌王一领首，他们便开始利落地在房间里寻找起来。那样子倒不像是在找衣服，反而更像是在查看什么蛛丝马迹。

小典膳苦着脸看着自己叠得整整齐齐的衣服被翻乱，心里那个后悔啊，真恨不得自己开始没叫嚷过。

就在一个禁卫查完衣箱直起身的时候，腰上的牌子突然被衣箱盖裂了缝的一角挂住，因为起身时力道过大，牌子竟然啪地一下掉了，落进衣箱后面与墙壁的夹缝中。

那禁卫不得不蹲下身，伸手到箱子后面的缝隙中去摸，但因为缝隙太窄，手掌伸不进去，他只好去抬衣箱。然而一使劲，竟然抬不动，不由愕然。

小典膳不好意思了，走过去抱出所有的衣服，又掀起一层木板，从下面搬出几块黑灰色的石头来。他抱得吃力，看起来重量不轻。

"可以了。"他说，脸红扑扑的，在众人惊奇的目光中窘着解释："俺这箱子是从家乡背来的，俺爹亲手给俺做的……"

亲手做的又如何？为什么放几块石头在里面？难道是什么稀罕的宝贝？在场几人心里都冒出同样的疑惑。

小典膳挠了挠头，更腼腆了，硬着头皮继续道："俺怕人偷，所以找了这种很重的石头压在下面，别人就搬不走了。"

一个禁卫涨红了脸，忙别过头去，肩膀却忍不住耸动。掉了牌子那个倒还好，只是弯腰去搬箱子的时候有点使不上力。

南昌王干咳一声，微笑道："你父亲有一双巧手。"竟然在箱子里安了机关，如果真在里面藏什么重要的东西，别人还未必找得出来。但这小典膳竟毫不避讳地在众人面前揭开，可见心胸坦荡。

听到父亲被赞扬，小典膳脸上露出欢喜而自豪的神色。

那禁卫却被这句话给惊了一下，想到自己之前就没搜到下面的隔层，还把腰牌掉了，心中惶恐，手下立即有了劲，一下子将衣箱搬开。

"咦?"小典膳趋前给他捡牌子,突然惊讶地叫出声,"怎么有两个?哪个才是你的?"

等禁卫放下衣箱,接过小典膳递过来的两个牌子,将自己那块收了起来,又将另一块呈到南昌王面前。

殿中省。腰牌上印刻着这三个字,再无其他。只有殿中省里低等的杂役才有这样无其他特别标识的腰牌……

南昌王抬头看向一脸疑惑的小典膳:"你识得殿中省的人?"

小典膳迷茫摇头,见他露出若有所思的目光,着急道:"小人平时连尚食局都不能出,怎么会认得殿中省的人。这腰牌……这腰牌从来不曾见过,不是小人偷的……"

南昌王倒真没怀疑他,因为如果真是他偷来的,又怎会藏在那下面,方才又毫不犹豫地帮着抬开箱子,而且偷这么个小杂役的牌子又有什么用?连宫门都出不了。

"会不会是平时来你这玩的人掉的?"他问。

小典膳连连摆手:"不可能不可能,跟俺玩得好的人都是尚食局的人,没见他们拿这个东西出来玩过,更不可能掉到俺衣箱后面,除非他们去打开衣箱拿俺的衣服……"说到这儿,他停了下来,显然想起自己衣服失窃一事。

他能想起,别人自然也能想起。南昌王笑了:"本王会让人再给你发一套衣服。腰牌之事你们谁也不准将风声漏出去,否则按私通案犯论处。"

在场几人连忙应喏。

南昌王往门外走去,突然想起什么,回头问:"你衣服上有什么标记没有?"

在他回头那一刻,小典膳心头猛跳了一下,以为这王爷又要找他的麻烦,听到发问没反应过来,傻愣愣地道:"俺在衣襟那里绣了俺的名字。俺……俺的名字叫武……武大。"

别人倒还没反应,南昌王却噗地一声笑了出来,上下打量了他一眼,然后扬长而去。小典膳被笑得莫名其妙,好一会儿才想到也许人家王爷是在笑他一个大男人竟然做女人才会做的绣活这事,脸不由红了个透。他哪里知道人家王爷是在笑他的名字。

将武媚娘送回明月殿,南昌王又转身回了尚食局,他之前派出去的两路探查消息的人早已等在金尚食那里。

这还是他第一次进金尚食的住处,见到满院茂密的植物,不由觉得神清气爽。金尚食坐在厅中榻上,面前案上摆着一盒驴打滚,还有两个食盒。

金尚食起身见过礼,然后将食盒推到南昌王面前。

"王爷,请看盒底的标记!"

殿中省四。殿中省六。

又是殿中省。南昌王眯眼,一个侍卫已开口解释。

"属下按王爷的吩咐去查尚食局的食盒,在其中发现了这两个与其他的不一样,所以拿了出来。"

南昌王点了点头,没有说话,那侍卫退到一边。另一个则是专门将武媚娘他们未吃完的点心送到金尚食这来,让她判断是出自什么样的人之手。

"禀王爷,小人已仔细尝过,这驴打滚并非出自我尚食局之手。"金尚食道。

南昌王依然没出声,不说相信也不说不相信,只是缓缓地用拇指摩挲着手上的扳指。见他到了此刻还能忍住不开口询问,金尚食一面有些佩服这青年王爷的沉着,一面又有些无奈,谁让她现在还等着人家给她平冤呢,他不问,她却不能不说。

"这点心虽与我们尚食局做出的无论形状大小还是味道都极为相似,但确实非我尚食局能做出来的。"她再次重复,顿了顿,有些不甘愿地承认:"至今为止,我尚食局还无人能做出这样的点心来,小人也不能。"

"哦?"南昌王似乎直到这时才被勾起了兴趣,"依本王来看,似乎并无不同。"

金尚食叹了口气,眼中浮起一抹崇敬之色,"王爷有所不知,厨艺之道,易得其形,难得其神。这点心若是细品,可尝出一股淡淡的青竹之香,其味悠远清雅,让人一尝之下便难以停止。这是小人苦研了数十年也没能做出来的。"

南昌王讶然,被说得都有些想吃了,但手指刚动,就想到吐得一塌糊涂的王皇后以及武媚娘,立即食欲大减。

"依金尚食所见，这点心是何人所做？"

金尚食想了想，似乎在判断说出后会造成什么样的影响，过了一会儿才道："上一任尚食，也是本尚食的师父，穆尚食，这天下间只有他才能做得出这点心来。"

"穆尚食如今在何处？"南昌王不容她思索，紧跟着追问。

"家师告老出宫后，一直住在长安城里，在东市开了家点心作坊。"金尚食既然说出了自己师父的名，便没再打算隐瞒其他。然而末了，还是不由补上一句："家师素来不会掺和进后宫之事，也曾如此要求小人，所以此事他必然不知情。"

"此次宴席的菜色事先可有人知晓？"南昌王想了想，问。

"此菜单虽是由小人拟成，但因为要提前准备材料，所以并不曾保密。尚食局的人大都应该知晓。"

南昌王"嗯"了声，在心中将薛尚食的名字轻轻划过一道斜杠。又问清了那家点心坊的名字，想想再无它事，便着人收好食盒以及点心起身告辞。

他虽然没查过案，但也知道像这类案件越早破案越好，时间拖得久了，只会给罪犯提供充裕的时间将证据销毁，那时就算能推断出整个案件的首尾始末，也无法拿出切实的证据来，最终只怕要弄得功亏一篑。

离开尚食局，他先遣随自己入宫的侍卫带着自己的腰牌出宫去寻泰常，找到人后让其先查金尚食提供的那家点心坊，查毕立即入宫到殿中省找他，他自己则带着两个侍卫拎着食盒慢悠悠走向殿中省。

不久，这三人便来到了殿中省监事房。

"海公公，本王给你送两个盒子来。"南昌王一走进去，笑吟吟地对正恭身向他行礼、眉发皆白的老太监道。

海公公呆了呆，忙让身边的小内监将食盒接过来，脸上却一片茫然："王爷，你这盒子是？"

南昌王悠然在席榻上坐下，笑道："海公公自己验验，这可是你殿中省拿出去的？别给人栽赃了。"

听到栽赃两字，海公公白眉一颤，应了声是，着小内监拿过那食盒来，眯着眼看了半响，然后抬头："不错，这是我殿中省的食盒，王爷是从何处得来?"

"是就好。"南昌王笑眯眯地道,却并未立即回答他的问题,目光扫了眼整理得雅致整齐的监事房,"一直听说海公公讲究,这处果然与别处不同,一进来便让人感到眼前一亮,神清气爽啊!"

"哪里,哪里,陋室简堂不敢当得王爷如此赞誉。"海公公谦恭地应着,心里却在打鼓。这南昌王一向无事不登三宝殿,今日来,必不是专门为送食盒或者品评殿中省的布置而来。

"哦,对了。"南昌王像是这时才想起某事,停下四处打量的目光,回头看向恭立于一旁的海公公:"既然这食盒是你殿中省的,那么尚食局的盒子你赶紧找人送回去吧,免得他们那里不够用。"

海公公是个人精,一听汗就滴下来了,联想到之前在庆功宴上发生的事,忙道:"老奴这就派人去找,若真是有哪个不成气的东西干出这等事,老奴绝不敢包庇。"语罢,立即招随身伺候的小内监上前吩咐了几句,那小内监便匆匆去了。

南昌王满意地点点头,在屋内转了两转,然后在榻上坐下。"本王早就听说海公公棋艺不凡,你我来手谈一局如何?"

他虽然是询问的语气,但实际却没给人留拒绝的余地,海公公除了老老实实地拿出棋枰外还能干什么。

只是一个心神不宁,一个慵懒散漫,这局棋下得零零落落。一局未完,泰常到了,在南昌王耳边低语了几句,南昌王唇角浮起笑意。

"海公公,昨日殿中省可有人出宫办事?"

海公公见问到自己,忙将眼睛从棋局上收回,道:"回王爷,有几人。"说着,不等吩咐,已起身去将记录的册子找了出来,双手奉上。

南昌王也不客气,接过来翻了翻,目光在给国师府送药那人的名字上顿了下,才重又合上递还给海公公。就在这时,去查食盒的小内监也回来了,手上拎着两个盒子。

海公公见状,心沉了下去。

那两个食盒果然是尚食局皇上后妃御用之物。

"事已至此,海公公,本王便与你直说了罢。"南昌王推棋而起,食指在那食盒上点了一点,"昨日庆功宴上那事必与你殿中省的人有关。你准备准备,明日本王会带小葫芦和清和坊伙计,以及……一只灵犬来认人,自现在开始,无腰牌之人一律不准出宫。"

"灵……灵犬?"海公公不解,还有关于腰牌……他殿中省便是最下等的杂役也是有腰牌的,王爷这话太让人匪夷所思了。

南昌王抿唇一笑,神色间有些得意:"实不相瞒,本王的人在尚食局拾到你殿中省腰牌一枚,必是那换点心之人所有。腰牌被那人长年带在身上,已带有他身上的气味,本王有一只灵犬,可通过气味辨认出物主。任那人如何乔装改扮,总改不了自身的体味,哈哈哈哈……"

海公公听得冷汗直流,心想这南昌王虽然看着和和气气的,但若有人不长眼小看他,定然要吃足苦头。

他不敢怠慢,忙将南昌王所说的话毫无遗漏地交待下去。

"海公公如此配合,本王定当上禀皇上,对公公治下不严之罪从轻发落。"南昌王笑声微敛,道,说到皇上两字的时候还向两仪殿的方向拱了拱手。

平白遭这无妄之灾,海公公心中苦笑,却还不得不赶紧道谢。

南昌王府。天尚未全黑,屋里已经点起了灯,一个手拿书卷的人影倒映在窗子上。

门吱地一声推开,有人脚步轻悄如猫地走了进去。

"王爷,有一个人到海公公那里主动承认自己的腰牌不见了,被海公公派人看押起来。"

"哦?"然后,又安静了下来。

"还有一人,去找海公公办一张紧急出宫公文,说家里死了人,要立刻赶回老家。还塞给海公公一百两银子。他身上倒是有腰牌。"

"这人死得倒是巧。"那人影放下手上的书,语气含笑地道。"一个小小的宫人出手就是一百两……连皇上昨日赏赐殷浩和金尚食都才二十两,这小宫人倒比皇上还阔绰。泰常,你说这有趣不有趣?"

"是。"泰常的回应一如既往的平板无趣。"海公公已如王爷的意思,收了银子,并没为难他。此时他已经出了宫,奴才让人在后面跟着。"

"这是在那宫人的屋内搜得,请王爷过目。"

泰常递上一件有过焚烧痕迹的典膳衣服。那衣服只有下摆的位置烧缺了一块,其他地方或多或少有几个焦黑的破洞,看上去才烧没多久,便又被扑熄了。衣襟处倒完好无损,能清清楚楚看到上面绣得极漂亮的"武大"两字。

没想到那小典膳的绣工还不错。南昌王再次噗地笑出声。

泰常对他素来与正常人不太一样的反应早习以为常,继续道:"与他住同一间屋的另一个人正是丢失腰牌的杂役,听那杂役说昨晚他收工回房时,曾闻到过一股布料烧着的味道,他还以为是哪里被油灯烧着了,四处查看了一遍,并没发现被火烧过的痕迹。"

南昌王唔了一声:"那出宫之人是否是昨日曾送药去国师府的那人?"

"是。"

"泰常,如果这事牵扯上国师又或淑妃娘娘,换做你,当如何做?"

"回王爷,萧淑妃深得皇上宠幸,国师为皇上分忧解劳不辞辛苦,自不会做出谋害皇上之事。"泰常面无表情地道。

南昌王呆了呆,苦笑:"是啊。他们自然是不会做这种事。"就算真能证明他们做了又如何?既不是真的下毒,又没出人命,如何能动他们一分一毫?何况,还不一定能找到足够的证据。既然动不了他们,不如一开始就不要去动。

只是袁天罡,在这里面究竟扮演了个什么角色?若真是他,他又为什么要做这种吃力不讨好的事?他想害谁?

"王爷,那人先去了国师府,如今正想出城。"泰常留下的一个侍卫匆匆回报。

果然与袁天罡有关。南昌王赫地站起身,努力平复了一下略微有些激动的情绪,沉声道:"备马,本王要亲自捉拿他归案。"

小狗子牵着马来到城门口,马匹上挂着两个包袱。城门正缓缓合上,他见状,忙牵着马一边喊一边快跑过去,然而等到他气喘吁吁到达时,"呼"地一声城门已紧合上。

"两位大哥,帮帮忙,我有急事,必须现在就出城。"他着急地道,一边说一边将出宫公文拿给守城的兵将看。

其中一人扫了眼,不耐烦道:"你那是出宫公文,不是出城公文。城门关了,除非有上头特令,否则不能再开。"说罢,不再理他。

"快走开走开,你这是没事消遣咱们爷们,早去哪儿了。"另一人道,手挥得像是赶野狗似的。

"两位大哥,通融一下吧!我娘过世了,我急着回去奔丧啊!"小狗子赶紧从包袱里拿出一锭银子,塞给士兵。

那士兵看看钱,神色和缓了少许,但仍旧没松口:"这事不行,放你出城,被上面知道,我们可担待不起,你还是快走吧,明早城门开了再出去!"

说着,两人并肩走了,任小狗子怎么喊都不再理会。

小狗子虽心急如焚,却也无可奈何,只能折返,想着找一家客栈歇宿一晚。

街上行人寥寥,他牵着马独自走在上面,马蹄清脆的声音不紧不慢地响着,他想起之前在国师府袁天罡对他所说的话,突然又是懊悔又是迷茫。如果当初没有贪图一时之利主动投向国师的话,也许他现在仍安安稳稳地睡在殿中省的房间里,虽然苦了点,但却不用提心吊胆,也不用连带着自己与家人的命都落在别人的掌握中。

正胡思乱想之际,前面突然出现一队人马,为首之人肩系深紫色披风,身姿俊拔,却是南昌王。

小狗子一见,下意识地转身就跑。

只是如何跑得掉,身后马蹄如雷,转眼便将他包围在了骑阵之中。

"给本王拿下!"南昌王冷冷看着眼前这个长得普通得扔在人堆里就认不出的小太监,终于知道葫芦为什么说认不出人了。就算是他像现在这样仔细看过,备不住转过身便忘记了。袁天罡真会选人。

"为什么要抓我?我又没犯事,你们为什么要抓我?"小狗子慌了,大声嚷起来。

"本王已查出,昨日是你调换了皇上以及诸宫娘娘的点心,以致皇上娘娘与武才人因食性相克而中毒,你说你犯没犯事?"南昌王微微俯低身体,声音极其柔和地道。之后无论小狗子怎么喊冤,他都不再理会,只是冷眼看着他被禁卫按翻在地。

"王爷。"一个侍卫将一包银两与一个黑色的盒子呈到南昌王面前。

打开盒子，里面是一粒黑色的药丸，散发出淡淡的甜香。

小狗子挣扎着抬头，看到南昌王捏到手指上正眯眼打量的药丸，脑海中突然浮起走之前去见袁天罡时他说的话。

这个长乐丹给你。你若被抓，熬不住的时候就吃了它。该说什么，不该说什么，想想你在扬州的家人，明白了吗？

那一刻他也不知是哪来的力气，疯一般挣脱按着他的禁卫，冲上去一把抢过那粒药丸就塞进嘴里。

南昌王心叫不好，他想起以前在武侠小说里看到过的任务失败的杀手，会咬破藏在牙缝里的毒药自尽，这小狗子怕也是在做同样的事。

想到此，他连思索也没有，一个俯身掐住小狗子的脖子，禁止他吞咽。小狗子被捏得直翻白眼，却咬紧牙死活不肯吐出药丸。

只是总这样捏着也不是办法，只怕药没弄出来，倒先把人捏死了。

"王爷，让奴才试试。"泰常从马上翻身而下，走上前，伸指在小狗子喉咙某处按揉了两下，就听到小狗子喉咙里咕嘟一下，南昌王放手的同时，他也哇哇连声将药丸连带着隔夜饭都吐了出来。

恶心得南昌王拉扯马绳赶紧往后退了好几步，瞪了一眼泰常，埋怨他事先不说清楚。

泰常依然一副木头疙瘩的样子，吩咐人将小狗子绑了，又塞了坨东西在他嘴里，防止他咬舌自尽。一人拎了小狗子坐在自己马上，然后众人策骑而返。没人注意到有个人影一直在街角窥视着，等被暮色笼罩的街上再次恢复成一片寂静的时候，那道人影也转身离去。

夜色已深。国师府的门被人擂响，一声一声嘭嘭嘭沉浊的响声在静夜中远远传出去，惊起一连串的狗吠，让人惊心动魄。

过了一会儿，拔门栓的声音响起，正门旁的一道供人进出的小侧门从里面打开，一个睡眼惺忪的人探出头看了眼，便让开了身，来人闪了进去。

从门房那里拿了灯笼，那人径直地往主院走去。看他熟门熟路的样子，显然与此处主人关系匪浅。

主院正房的灯火还未熄，那人刚走上台阶，门就打开了。袁天罡披衣散发站在那里，看样子是准备就寝。

"师父!"那人弯腰将手上灯笼放到地上。

"不是让你跟着小狗子,你怎么回来了?"袁天罡转身,走回屋里,语气中满满的不悦。

那人跟了进去,在屋内灯光映照下,可以看出是一个十七八岁的少年,五官墩厚老实,但一双乌黑的眸子幽暗沉着,一看便知是个心思坚定的人。他是袁天罡收养的孤儿,也是其唯一的弟子阿光。

"师父,小狗子被南昌王抓了。"阿光恭敬地站在袁天罡身后,将当时的情形说了一遍。

"你说小狗子没死?"袁天罡本来还在伏案看东西,闻言蓦然转过身,眼中射出厉光。

"是。徒儿本来想等他出了城之后,找一个僻静的所在才做。谁想……他们人多,徒儿根本找不到机会下手,小狗子本来吞了师父给的药丸,但也被人施手段吐了出来。"阿光一脸自责。

"没想到那姓李的小子手下倒也有一两个能人。"袁天罡剑眉皱了起来,英俊的脸浮上一层阴郁。

"师父,现在要怎么做?"

"无妨,谅那小子也不敢乱说话。"袁天罡沉声道,末了却还是转身走向内间,"不行,既然那人能施手法让小狗子吐出吃下的东西,那么自然也有手段让人说出不想说的话来,为师必须马上入宫一趟。阿光,你去给我查清楚那人是什么来历。"他是国师,有随意出入禁宫的特权,这为他行事提供了相当大的方便。

说话间,他已梳好发,又穿戴整齐。阿光让人备好马,师徒俩一先一后自国师府中出来,马蹄声踏入夜色当中。

第八章

　　南昌王忙谢恩，直起身时，萧淑妃已经递还案卷，面色复杂。南昌王接过，告退前看了眼武媚娘，发现她面带温柔的笑，似乎一心都扑在李治身上，对于自己的来去以及案件的真相都不在乎。再想起昨日她问起案件一事，并状似随口提及萧淑妃的情景，他突然有些明白，为什么各方面都占优势的萧淑妃会败在她手下了。

翌日，天下起了绵绵细雨。

这是入冬后的第一场细雨，预示着连绵阴冷的冬天正式来临。太液池畔临波阁中，炭火暖暖，炉香冉冉。

一身桃红宫装的萧淑妃与一身翻领小袖圆裙胡女装扮的武媚娘正临轩对弈。一人侧坐，一人斜倚在栏杆上，姿态闲散慵懒。王皇后一如既往地端庄秀雅，她挨坐在武媚娘身旁，落在棋盘上的目光比两位对弈的人还要认真。

香筠，柳儿和寻儿三个侍女则在旁边燃炉煮茶，然后奉到各自的主子面前。

窗外丝雨密密，落进碧波无尽的太液池中，为其笼上了一层若烟若雾的朦胧，屋内茶香袅绕，诸美争艳，李治位于其中，几疑身处蓬莱仙境。

萧淑妃重重地落下一颗黑子，脸上露出得意的笑。李治看着，只觉可爱至极，忍不住开口赞道："淑妃好棋！"果然，萧淑妃脸上那份得意便更浓了一些，连着弯弯的眉尾都似乎要翘了起来。

李治眼中浮起一抹宠溺。所有人都以为他喜欢的是萧淑妃的柔顺妩媚，却不知他更爱的是她这种带着小女儿情态却又未至骄横的飞扬。

"谢陛下夸奖！"萧淑妃笑着偎向坐于她身旁的李治，然后挑衅地看向武媚娘："媚娘，你这盘棋气数已尽！本宫劝你早早降了，尚可留你一盘残局。"

武媚娘不急不躁，淡淡一笑，那柔美却不失自信的模样让李治心中不由一动，恍然想起当初为父皇侍疾时与她初见的情景，又想到感业寺青灯下，她珠泪盈盈轻解素袍的样子，心口一时又酸又软，恨不得将她揉进怀里再也不放开。

"未至最后一刻，媚娘都不会言弃。"武媚娘语气轻柔地道，然后从容落下一子。

棋势突变。原本陷入绝境的白子因为这巧妙落下的一子，恍若拨云见日，前景一片光亮。

萧淑妃面色大变，王皇后已掩袖而笑。

"陛下，依我看，武才人这步棋，落子之后棋势生生不息，后着源源不断。淑妃之棋，则犹如困兽之斗，虽看似凶猛，却时不久矣。"

李治见武媚娘不动神色地便反转劣势，眉眼间仍笑意盈盈，不骄不狂，只觉越看越喜欢，听到王皇后之言，立即重重点头赞同。

"皇后所言极是，媚娘这着棋下得极妙，朕有赏。"说着，对如同隐形人一样站在角落的王公公道："你去让人将朕心爱的玉露瓶送到明月殿去。"

王公公应声而出。武媚娘赶紧起身谢恩，眼中终于露出了一丝欣喜。李治见状，不由更加喜欢。

萧淑妃心中怒极，脸上却仍是一副柔媚的笑，她看向在旁伺候的寻儿，道："寻儿，这茶凉了，给本宫换一碗热的。"说着，将放于一旁被冷落多时的茶碗端起递了过去，起身间，袍袖扫过棋面，不意带翻了棋盘，棋子哗啦啦落了一地。

她惊呼出声："哎呀！臣妾实在是太不小心了，请皇上降罪！"说话间，她已盈盈跪地。

李治叹气，挥了挥手，眼中有着惋惜之色："无妨。只可惜了这局好棋。"

几人的侍女赶紧上前，将掉落在地的棋子拾进棋钵中。

若自己赢不了，便要鱼死网破吗？王皇后冷冷看向萧淑妃，也许别人不了解这个女人，但与她斗了十多年的自己怎会不知道她是故意的。正想开口斥责，刚出去的王公公又转了回来，身后跟着南昌王。

在南昌王进来的那一刻，萧淑妃的背不由微微紧绷起来。

南昌王看了眼正蹲在地上拾棋的侍女，还没见礼，李治已经笑了起来，"十五弟，你怎么得闲来了？"

"启禀皇兄，昨日庆功宴中毒一案已破，罪人已缉拿归案。"南昌王微垂着眼，目不斜视地道。

"哦？这么快？"李治不由看了眼情绪似乎有些低落的萧淑妃，伸手安抚地拍了拍她的手背，道："是何人如此大胆？"

南昌王踏前一步，将手中的卷宗呈上，"皇兄请过目。"

那是整个案件审理的过程，证物，证人名字和证词，以及犯人画了押的供词。李治仔细看毕，突然哈哈大笑。

众人莫名。就见他转头对萧淑妃道："淑妃，朕就说你爱胡思乱想。十五弟岂是那种听信谣言，人云亦云之辈。"说到这儿，他又沉下脸，神色不愉地道："这小狗子也太过狠毒，竟然为了些口角之争，便要害人性命，甚至不惜牵累多人。这样的人，若不严惩，我大唐法令还有何威严！"

听到他这一番话，南昌王不由看了眼神色愕然的萧淑妃，心想这女人倒会恶人先告状，若非有泰常事先提点，自己只怕真要闷头撞到枪口上，就算不会怎么样，斥责一顿却是少不了的，事情或许还会变得更复杂。

"回皇兄，那小狗子自知犯了重罪，无法幸免，昨夜在牢里已经撞墙畏罪自杀。"心里对萧淑妃的警惕更深了一层，他面色不变地回答。

听到这话，李治不由皱了眉头，恼怒："像他这样恶毒之辈，这样死倒真是便宜了他……"

"皇上，可否让臣妾看看？"萧淑妃心里疑惑，忍不住道。

李治随手将卷宗递给了她，想到差点因一个小小杂役的恩怨便枉杀尚食局一干无辜之人，心里不舒服到极点，头便隐隐作痛起来。"十五弟，连宫里一个小小的杂役都能翻出如此大事来，你说朕这皇帝是否太过无能？"

听到他如此说，南昌王不由一惊，忙道："陛下切不可如此说。若非陛下仁厚，爱民如子，尚食局一干人等早成刀下亡魂，臣弟又怎能查出真凶来？"事实上，一个小小的杂役就算有心，也确实无能也无胆翻出多大的事。他只不过是在小狗子能在宫里横行无阻的原因上面做了少许淡化而已。何况现在就算把那原因摊在眼前之人的面前，眼前温和正直的帝王也不会相信自己至尊至贵的淑妃与地位尊崇的国师为了取尚食局一个无品无位小厨工的命而如此大费周章。

听到他如此说，李治好过了些，但头疼并未丝毫缓解。武媚娘见他抬手按额，立即善解人意地绕到他背后，伸出双手轻轻给他按压额角。

"陛下，既然此案已经查清，那么尚食局众人是否可以解除禁制了？"南昌王趁机道，目光却不着痕迹地扫过正专心看着案宗，秀眉轻蹙如笼了团轻雾的萧淑妃，脑子里不由回想起昨夜小狗子所说的话。

123

国师让我换的点心，并带话给淑妃娘娘让她不要吃有鸭肉的菜肴。再等其他人出现不适时，喊出有毒，让人抓住上菜的人。

国师知道传菜的人中有殷浩，国师想借此机会除去殷浩。

袁天罡想除的不止是殷浩吧，只怕还想顺势陷害眼前这个看似精明的女人一把。否则就是以王皇后与武媚娘两人都中了毒，而她却安然无恙这一点，就足够让人怀疑到她身上，何况后来她还表现得那么急迫地想要除去尚食局众人。至少他最开始便将所有注意力都投在了她身上。虽然也不能说有错，但终究与真相相去甚远。

"嗯。也罢，传朕旨意，撤回禁卫军，尚食局一干人等各归其位。但金尚食与葫芦疏忽职守，罚三个月俸禄。"李治的声音在屋内响起。

南昌王回过神，见李治靠在武媚娘怀里，微阖着眼，神色放松。

"南昌王办案有功，赏帛五十匹。"

南昌王忙谢恩，直起身时，萧淑妃已经递还案卷，面色复杂。南昌王接过，告退前看了眼武媚娘，发现她面带温柔的笑，似乎一心都扑在李治身上，对于自己的来去以及案件的真相都不在乎。再想起昨日她问起案件一事，并状似随口提及萧淑妃的情景，他突然有些明白，为什么各方面都占优势的萧淑妃会败在她手下了。

出得临波阁，面前是一道蜿蜒在太液池畔的曲折长廊。

南昌王深吸口清冷的空气，看着烟雨朦朦的太液池，心中的些许郁闷稍解。自昨夜审过小狗子，并做出不牵扯其他人的决定之后，他的情绪就一直处于低落状态。

虽然小狗子并非无辜，虽然这也是小狗子自愿，为了他家乡的亲人，虽然知道这样做是最明智的决定，而且他也这样做了，但他终究难跨过去心中的那个坎儿。明知道真正的幕后指使者是谁，偏偏不能动，这种憋屈的感觉让他十分难受。

不知不觉走完了长廊，一把伞刷地撑开，等在了阶下。

"泰常。"看着面无表情的近侍，南昌王笑了下，神色勉强。他并没走到伞下，而是直接步入了寒凉的雨丝中。

泰常趋前，将伞挡在了他头顶。"王爷，皇上怪罪了？"

南昌王无精打采地摇了摇头："办案有功，皇上赏帛五十匹。"他缓缓道，而后看向自己这从不多话的近侍，"泰常，你说我是不是做错了？"问完这话，他突然怔住，想到之前李治也曾经这样询问过自己，不由囧了，暗忖难道自己真是他亲兄弟吗，竟然连问的话和语气都如出一辙。

　　泰常没有回话。他知道自家王爷其实心里明白得很，并不需要回答，不过是心里不舒服，想要说说话发泄一下而已。

　　久等不到他的回话，南昌王叹了口气，看着由近到远巍峨壮丽的宫殿群，低语道："也许我真不适合生活在这个时代。皇上也不适合……"

　　"王爷，去尚食局吧。"泰常沉不住气了，开口。一向在见过尚食局的殷浩后，自家王爷的心情都会很好。

　　果然，在听到这个提议之后，南昌王精神微振。"好。"

　　然而没走出几步，他又问了个荒谬的问题："泰常，如果我不是你家王爷，你可还会这样全心全意地对我？"

　　泰常顿了一下，似乎在认真思索，良久之后才缓慢而沉着地道："你是王爷。"虽然时不时表现得有些古怪，泰常心里这样想到。

　　南昌王愕然。

　　走出老远，他突然笑开。是啊，他不就是南昌王，否则还能是谁？

　　身边有一个能干、看什么都通透的侍卫果然还是好的。

　　金尚食亲自下厨做了一桌好菜，一为感谢南昌王倾力为他们洗脱罪嫌，再来便是为了庆祝大家重获自由，平安无事。

　　在将南昌王送到尚食局后，泰常就返回了王府。无人在旁边站岗提示着众人南昌王的身份，加上南昌王自己没什么架子，酒过三巡之后，众人便渐渐变得随意起来。

　　金尚食举杯敬过南昌王之后，便转头看向殷浩。

　　殷浩正式与她相识相处不过两个白日多一点，二十四个时辰未满。而在这二十四个时辰中，就被狠捶了两次。第一次是因为一只跑掉的守宫，再一次就是在牢里。虽然说要在这样短的时间里对一个人的心理形成威压，令之一见即怕并不是那么容易的事，但是很显然金尚食做到了。

　　因此，当金尚食目光转过来的时候，殷浩下意识地缩了缩脖子，心里则在快速思索着自己又哪里做得不对了。然而，出乎意料，金尚食并不是像前两天那样对着他就横眉怒目，反而笑逐颜开。她本来就风韵犹存，此时笑得灿烂，便似又年轻了十岁，在烛火下倒也风姿楚楚，让人不由得忘记了她凶悍的一面。

"殷浩，虽然我一向觉得你这人特别倒霉，还特别傻……我不喜欢你。"她笑着说出这么一番话来，在场的其他人都傻了，殷浩就算脸皮再厚，也有些抗不住，正想嘻嘻哈哈打岔过去，就听到她又重复了一句："我是真的不喜欢你。"

"干娘！"春喜看了眼窘得满面通红的殷浩，忍不住开口。

金尚食没理她，仍看着殷浩，继续道："但是我也知道你这人虽然憨，但靠得住。要真是喜欢上什么人了，便会一心一意地对她，一辈子都不会变。无论处境多艰难，都不会舍下她……"

殷浩心中一动，首次认真看向眼前这个长辈，他没想到第一个将他看得这么透的竟然是这个对他打打骂骂的妇人。莫名地，他鼻子有些发酸，看向金尚食的目光不觉便带上了委屈和孺慕。

金尚食拍了拍他的肩，苦笑道："你这样的人啊……我真是不喜欢……若你喜欢之人也喜欢你，倒还罢了，否则只怕不仅苦了自己，还要苦了那喜欢上你的人。"说这话时，她的目光淡淡瞟了眼正紧张地看着自己和殷浩的春喜，见她脸上染着薄薄的红晕，不知是因为醉意，还是因为心中情意。

殷浩没注意到，被说得有些不好意思起来，挠了挠头，赔笑道："尚食你放心，像我这样又胖又丑又没能耐的男人又有哪家闺女会喜欢，所以不会苦了别人哪。"

"这世上总有那不开眼的女娃啊！"金尚食没安慰他，反倒像是赞同他的自贬。

南昌王不太高兴金尚食这样说自己的朋友，忍不住插嘴道："金尚食所说的那个不开眼的女娃莫不是春喜姑娘？"说着，看了眼春喜，突然发现这个昨天在牢中还凶巴巴质问痛骂过自己的少女此时竟然一反常态地低垂了头，脸上隐有羞涩之意。心中突然一片敞亮，终于有些明白金尚食为何不待见殷浩了。当下不由有些后悔自己将这事点明，让人没有退路。

他此话一出，最先反应的不是金尚食或者殷浩，反倒是葫芦。

"什么?"葫芦惊呼,然后很快便发现这有可能是事实,心中不由大堵。

"王爷你别开玩笑啦……我又蠢又笨,春喜姐怎么可能喜欢我?"殷浩也被吓住了,赶紧道,一边说一边朝南昌王使眼色,让他别再继续这个问题。

春喜闻言,猛一抬头,才想要说话,却被金尚食抢先。

"蠢还是笨倒也没什么,只要你这榆木脑子能转过弯来,我就是把春喜交给你也无妨。""这……"殷浩不明白事情怎么会说到这个程度,有些尴尬,求助的目光往周围一扫,发现葫芦在自顾喝着酒,而南昌王已经将头转到了另一边去,春喜那边是不敢看的,转来转去,只好又回到了原处。

"怎么?"金尚食见状,不由沉了脸,"难道你看不起咱们母女吗?"她其实知道他心中的为难,在他数次以性命维护武媚娘之后,她就猜到了他的心思。只是在她看来那根本是一段无望的感情,所以,即便不赞成女儿的心思,但还是想要尽力撮合他们。

殷浩大惊,连忙否认:"小子岂敢!只是……"他一咬牙,决定豁出去了,"唉,实不相瞒,我心中已有喜欢的女子……只是,对方只把我当哥哥看待……"不想耽误别人,除老实承认自己已有心上人外,他找不到更好的拒绝方式。

南昌王暗中一竖拇指,突然发现殷浩在感情方面倒真是果断而坚定,喜欢就是喜欢,不喜欢就是不喜欢,绝不会拖泥带水。

金尚食心中松了口气,就算不能为干女儿达成心愿,但至少能让她看清自己所喜欢的人是怎么想的,这样也好。这事,便到此为止吧。

一直安静不语的春喜开口了:"干娘,你喝多了,看你胡言乱语的,害人家殷浩这么尴尬……"她似乎努力想扯出一个笑容。她性子素来直率,心中明明难过却还要作出笑脸,实在有些为难她,这扯出来的笑便显得有些难看而且僵硬。但谁也没戳破她。

然后,她转过头凶巴巴地瞪着殷浩:"你可别听我干娘瞎说,我春喜怎么可能会喜欢你呢?"

那双瞪得大大的眼睛里隐约有水光闪动,殷浩不敢对视,只能转开目光傻愣愣地一笑:"就是说嘛。"

春喜不理他,一边为自己倒满酒,一边豪气地道:"对吧!来,咱们再喝!不醉不痛快啊!"她对着众人端起酒杯。

南昌王第一个反应,将自己的杯子在她杯子上轻轻一叩。"好。干!"

其余三人也慌忙将自己的杯子举起来。而春喜已收回手,将杯中酒一饮而尽,然后又倒满酒,看向殷浩。

"来,我敬你还有你那位……"她顿了下,然后才又继续:"对了,还不知道你喜欢上的是哪家姑娘?"

殷浩心中叫苦不已,只能打着哈哈。南昌王并没如他说那样将杯中酒一干而尽,而是慢慢地品着,慢慢地看着这酒桌之上的明潮暗潮迭起。金尚食知道自己这样做伤了干女儿的心,但如果回头再来一次,她还是会这样做。与其不明不白地拖着,还不如给个痛快。小葫芦则显得异常沉默,一个人在那里自斟自饮,眉宇间有着与他跳脱性格不符的苦闷。

正当众人各怀心思的时候,一个窈窕的人影出现在御膳房外。她看到房内热闹的情景,不由一愣,犹豫了一下,便想转身离去。殷浩看到她,眼睛不由一亮,在自己反应过来前已追了上去。

"媚娘!你怎么来了?这大晚上的……"

南昌王顺声看去,也有些愕然,这武媚娘竟然只身来到御膳房。大约是这两天一直在查食物中毒的案子,他第一反应就是她来这里不会是想出什么妖蛾子吧。这个念头闪过之后,他才觉得自己太过敏感了。

"没什么事儿,你们继续吧。"武媚娘只好停了下来,有些不好意思,"我在宫里待着有些饿,所以想过来取些点心罢了。"

"怎么不让柳儿来?"殷浩有些心疼,走到她身边,"这大晚上的,你也不怕……走,我带你去拿。"

"好。"武媚娘应,向屋内的人颔首为礼,然后跟着殷浩往旁边的点心房走去。"柳儿脚扭了,怎好再支使她……"

武媚娘轻柔解释的声音越来越远。屋内几个人对望一眼,发现气氛一下子变得沉闷起来。而春喜则瞪着屋门的方向,抬起袖子狠狠地抹了把眼睛,放下时,眼睛红通通的,脸上再强撑不出分毫的笑。

南昌王觉得继续待下去实在不太好,当下起身告辞。金尚食也不挽留,几人起身相送。南昌王走出尚食局,发现泰常已等在了那里,心中不由微暖。

南昌王一走,金尚食也揪着春喜离开了。等殷浩送走武媚娘回转时,发现屋内只剩下小葫芦一人在那里喝着闷酒。他瘫倒在席上，既觉得松了口气，却又莫名地有些失落。

　　直到真正开始学厨之后，殷浩才发现自己这双手虽然在拉拨弹奏上毫无问题，但在做菜上真的没什么天份，甚至连小葫芦都比不上。
　　他可以想出各种各样堪称绝妙的花样搭配，但再完美的设想经这双手一调试，便只能落到让人敬而远之的下场。事实上，连最基本的功夫——切菜他都做不好，小葫芦已经能娴熟地切出均匀的细丝，他切出的片还能跟切块一个样。
　　春喜很无奈，除了骂他笨外，倒并没把他打回原形去当杂役，只是让他做些在宫内送点心宵夜之类的活儿。
　　那一夜虽然被当众拒绝，之后春喜却并没有什么不同，待他一如既往。这让殷浩大大松了口气之余，心里对她的愧疚反而愈甚。
　　那之后南昌王会不时来尚食局串串门子，捞点吃食。尚食局的人感念他的恩情，又见他性子随和，都很喜欢他，有的时候遇到金尚食在，她还会亲自做些拿手的小菜点心相待。南昌王也从来不客气，大家反而很高兴。他似乎又闲了，又或者说，除了上次查案，就没见他忙过。
　　因为送点心吃食，必然要常在宫里走动，除了能常常见到媚娘外，殷浩另外一个最大的收获就是，获得消息的渠道更多也更迅捷。
　　王皇后无子，将刘宝林的儿子李忠收入膝下教养，并奏请皇上立其为太子。但因有萧淑妃的强烈阻挠，此事暂无结果。萧淑妃育皇四子李素节，聪慧过人，素得皇上喜爱，想必这也是她为何大力阻止立李忠为太子的主要理由。
　　这后宫里的争斗总是一刻也不消停，只要不伤及武媚娘，立谁为太子，殷浩才不关心。他无事的时候，总是待在厨房里。虽然无数次事实都已证明他根本不是当御厨的料，但他还是想学会做菜，做出好吃的菜肴点心，那样的话便能亲手做给媚娘吃了。不然，他不知道自己留在这里还有什么用。
　　那日殷浩正在捣鼓一样酥炸点心，南昌王晃晃悠悠地走了进来。那时才过了午，入冬后难得地出了太阳，所以见到南昌王，他并不觉得意外。相处久了，大抵也摸清了这个人的脾气，所以他连头都没抬，只是小心地将捏好的饼扔进油锅里,看白色的糯米面团周围滋滋地冒起油泡,然后渐渐变黄,香味在厨房中弥漫开来。

"你这做的是什么?"南昌王问,也不嫌弃那起锅的东西怪模怪样,伸指捏起一块,吹啊吹地咬了一口,"唔……虽然卖相不好,但挺香……"说话间,一块就被消灭光了。

殷浩听到他的赞扬本来有些高兴,但一回头看到他的吃相,不由嫌弃起来。这哪是王爷啊,根本与叫花子没两样嘛。

见他又要伸手去拿,殷浩赶紧拿筷敲向他的手背,见他迅速缩回去,这才满意。"这是给媚娘做的,等端给她后,剩下的再给你吃。"

南昌王笑了一声,"这个样子,武媚娘才看不上眼。"话虽是这么说,他倒真没再动,而是在厨房中看了看,最终又走回门边,靠在门框上。他总是一副没骨头的样子,走到哪里都喜欢靠着。这厨房大约也就这扇门能靠靠了。

殷浩没理他,仍专心地炸着点心。

"喂,殷浩,你知道我从哪里来吗?"南昌王一边摸出帕子擦拭拿过油饼的手,一边漫不经心地道。

殷浩仿佛从这话里嗅出了点他感兴趣的事,终于转过了头,"媚娘那里?"有的时候他是嫉妒南昌王的,嫉妒他有能在禁宫里随意走动的特权。

"虽不中,亦不远矣。"南昌王笑,擦完手也不将帛帕放回去,而是拿在手里折啊折,不知要折出什么花来。

殷浩见他半天没下文,急了,走过去抢了他手上的帛帕,"你要折什么,我帮你。王爷你说你见到媚娘了,媚娘她在做什么?"

"折个猪头。"南昌王说,然后笑了下,"你知道皇后将忠儿收到了膝下吧?"虽是问句,他却并未等殷浩回答,就直接说了下去:"今日忠儿与皇后娘娘还有武媚娘在御花园里玩,结果忠儿落进了湖中,差点没了。"

殷浩脸色微变,脱口道:"媚娘不会做这种事。"

南昌王露出似笑非笑的神色:"我还没说是武媚娘呢,你激动个什么劲?还是说其实你以为是她?"

殷浩着急地解释:"你别乱说,我才不会这么想。我就是……就是怕其他人会这样想……"

南昌王点头"哦哦"了两声："你怕别人这样想啊？"说到这儿，他语气突然一转，变得严肃起来："殷浩，我可告诉你，就你刚才那句话，要让别人听到，就指不定能闹出多大的动静来。你要真心为她着想，就先把你这张嘴管好。"

殷浩心中虽然不服，但想他的话也是为媚娘好，便没辩解。"那后来呢？"

"后来？后来不就是忠儿被救过来，照看忠儿的那个太监理所当然遭了几下杖责。这事看上去是了结啦。"

"看上去？"殷浩疑惑。

南昌王实在拿这个在教坊使位置上坐了那么久，却一点也没学会宫廷复杂内斗之道的殷浩没办法，叹气道："以忠儿如今的身份，这事绝不只是小孩子贪玩落水那么简单。我来告诉你，就是让你留些心眼，武媚娘那里能少去就尽量少去，宫里不知多少双眼睛在盯着抓她错处呢。"

"可是，若我不时常去看看她，假如她有危险怎么办……"殷浩忐忑。

焦糊的味道自灶旁传过来，伴随着"嗞嗞"的声音，越来越浓，南昌王看向殷浩，发现他浑若不觉，手中拿着他的帛帕不知在做些什么，忍不住问："你在做什么？"

"折猪头啊。"殷浩茫然抬起头，心想不是你让我折的么。

"啊？嗯……"南昌王想起自己之前随口说的话，于是连连点头，"嗯嗯，折吧。"说着，他转身往外面走去。

走了两步，突然又折转来，狠狠在殷浩头上敲了一下："不就是折你这个死脑子的猪头嘛。你的糯米粑粑糊了，笨蛋！"骂完，一把抢过自己的帛帕，大步走了。

殷浩这时才想起自己还在做点心，不由惨叫一声，以与他体型不相符的速度奇快无比地窜回灶边，手忙脚乱地用竹笊篱将炸成焦黑的饼子捞了起来。

看着盘子里没几个好的饼子，根本没法送去给武媚娘，他登时心痛得不得了。

回到南昌王府，一眼看到泰常，南昌王便将自己的帛帕递了过去。

"你给本王折一个猪头来。"

泰常呆住,看了眼那帕子,没接,退后一步,垂眼道:"奴才不会。奴才马上去给王爷找会折之人。"对于这莫名其妙的要求他并未表露出丝毫异色。

"别。不会才是正常!只有殷浩那小子才会。"南昌王挥了挥手,一边嘀咕一边往书房走去。

泰常暗自松了口气,跟上。

"王爷,袁天罡的人在查属下。"

南昌王正要跨过门槛的腿又收了回来,转头,"是因为上次你助我查案之事?"

"大概是。"泰常垂首应。

南昌王眼微眯,没有说话,撩起袍子跨过门槛,走进书房中。在书架上找了一会儿,最后拿出一本志怪小说。

"竟然敢把主意打到本王的人身上,这袁天罡胆子越发大了。"他拿着书走向坐榻,冷哼道。"不过是个喜欢装神弄鬼,还企图干预后宫之事的神棍……"说到这儿,他顿了下,看向泰常:"泰常,你说真能炼出长生不老的药吗?"

"奴才不知。"泰常就是这样,知之为知之,不知为不知,这中间绝对没有丝毫含糊搪塞。

"那道家能修炼成仙,可真有其事?"对于这些只存于典籍中几乎全部遗失了的中国古代神秘文化说不好奇是假的,至少据传说,在唐朝这个时代还是出现过神仙的。也许,身处这个时代的人在这个问题上的想法与几千年后的人会不一样吧。

泰常不知道自家王爷为什么会突然问这样的问题,但他有问必答:"奴才没见过。"想了想,又指着南昌王手中的书,道:"王爷不正在看?"

南昌王默然。

他不说话,泰常自然也不会多说,只是稍稍往旁边站了站,如同一直以来那样尽量把自己的存在感减到最小。

"泰常,你家里还有人没有?"好一会儿,南昌王仿佛才想起两人之前正在讨论的话题。

"回王爷，奴才无家。"泰常本来只想说这几个字，但在南昌王愕然看向他时，便又解释了几句："奴才本不是中原人。年幼时随父母逃避战祸，进入关中。父母在途中亡故，奴才被当时为定襄道行军总管的李卫公收留，后便一直效命麾下。直至灭了突厥，奴才随卫公他老人家同返长安，后蒙先皇恩典，得以伺候王爷。"

跟随南昌王也有十多年，以前王爷对身边人的身世从来都不感兴趣，泰常也极少让自己回忆往事，此时重提，思及往昔岁月峥嵘，心中颇有唏嘘之感。

没想到泰常竟然曾经跟随李靖，还参与过唐灭东突厥一战，南昌王不由有些惊讶，而更多的则是崇拜敬佩。看泰常现在不过三十出头的样子，那也就是说当他才十岁出头的时候便已在枪林箭雨大漠风沙中驰骋了。自己那么大的时候在做什么？拿球砸教室的玻璃，用毛毛虫小老鼠吓女生……

南昌王难得地脸红了。所以说凡事不能对比，一对比就看出差距来了。

"王爷？"泰常被南昌王眼中毫不掩饰的炙热给看得局促起来。

南昌王回过神，发现泰常的耳根似乎有些发红，不由有些好笑，但也不忍调侃他，于是转开了话题："既然你已无家人，那袁老道要查便由得他查。"

老道……泰常沉默。在他的印象中，袁天罡似乎正值壮年，远远跟老道沾不上边。

"不过，总不能让人骑到头上也没反应，以为咱们是软柿子好捏。"南昌王继续道。

"是。奴才会有所安排。"

"还有，泰常，你去给我弄清楚一件事。"对于泰常的办事能力，南昌王是相当信任的，因此并不问他要作何安排，而是另外又吩咐了一件事。"你去查清楚袁天罡跟萧淑妃究竟是什么关系，明明两人看似沆瀣一气，为何袁天罡还要暗害萧淑妃？"

"是，奴才这就去办。王爷可还有其他吩咐？"泰常恭声应。

"没了。动作小些，别让人察觉了。"南昌王想了想，道。等泰常走到门边，突然又叫住他："泰常，你是曾为大唐护边靖疆的铮铮汉子，本王视你如师如友，毋要再自称奴才。"

泰常身体微震，回头深深地看了他一眼，没有说话，只是原本因恭敬而微弯的腰弯得更深了一些。然后，他退出了书房。

南昌王无声地叹了口气，隐然觉得这泰常虽然弯着腰，但却比一些直挺着腰板高抬着头丝毫不肯示软的人更要劲拔遒直。

只是他记得在这个时期，中原地区并无自称奴才的习俗，泰常为何会如此自贬身份呢。

第九章

　　他终究还是这样,无论在这官里生活了多久,见识了多少阴谋诡计,都还是一如既往地纯粹耿直。武媚娘看着他脸上毫不掩饰的担忧与不解,心中暗叹。大约这也是她会毫无保留相信他的原因吧,因为像他这样的一个人,就算她伤了他,他也不会背离她。

自那日南昌王来说了那些话之后，殷浩果然连着几天都强忍着没敢出现在武媚娘面前，但他的心里却像有一只猫爪子一直在挠着，让他无法安宁下来。

这一日他终于熬不住，决定晚膳时借送膳食的机会去看武媚娘一眼。他对他自己说就只看一眼，只要看到她好好的，他转身就走，不跟她说话也没关系。

下了这个决定之后，他顿时轻松起来，做活充满了干劲，只盼着时间快快过去，傍晚快快到来。连大大咧咧的春喜与自从知道春喜喜欢师父后便一头扎进厨艺里心无他顾的小葫芦都感觉到了他的不同。

"殷浩，你去把这个切成片。"春喜实在受不了他一直在耳边哼着听不出调子的曲儿。他虽然是教坊使，但这种小声的哼哼唧唧实在显不出他的才华，反倒像有大群的蚊子在周围打转，让人浑身直痒痒。

她拿给殷浩的是一种番邦进贡的红皮圆形的大葱头，叫什么名字不知道，只知能一层层剥开，生的味道像中原的葱，但更浓烈刺激，煮熟了却极甜。

"好嘞！"殷浩回答得轻快，端起一筐已经洗好的圆葱头走向砧板。

春喜唇角露出一抹狡黠的笑，正在和面的小葫芦见状，眼中流露出同情之色，然后端着面盆离他远了点。

一刀下去，大红葱头被劈成两半，显出里面一层包着一层的心状纹路。

放平其中一半，一刀接着一刀，很快便切成了片。

切到第二半的时候，殷浩觉得眼泪和鼻涕都好像有要往下流的冲动。他屏住气，半眯着眼，继续努力，直到眼前一片朦胧，终于忍不住抬手去揉眼睛，然而越揉眼泪流得越厉害。

"哎哟，我说你这是怎么了？想到什么了，切个菜把你切得泪流满面的，那么感动啊!"春喜像是才发现似的,故作惊讶地道。

殷浩放下刀转开脸,闭着眼直摇手:"辣死我了!辣死我了!番邦进贡的什么菜啊这是,可真够味的!"说着大大吸了下快要淌下的鼻涕,"春喜姐你就饶了我吧,别再呛我了,再呛我可真该哭了!别看我平时不哭,我要哭起来,那可是滔滔江水,山崩地裂,谁也挡不住啊!"

他想睁眼,奈何刚张开一条缝,光线还没进来眼泪倒抢先夺眶而出,慌得他不得不重将眼紧紧闭上,又要拿手去揉眼睛。

"啪!"揉眼的手被春喜打下。

"你这张嘴啊,就会贫!"春喜又是好笑又是心疼,舍不得再折磨他,于是道:"别用手揉!我去找湿帕子给你擦擦!"

她说着就要出去,不想一回身竟看到武媚娘正站在门边好奇地看着他们,也不知是什么时候来的。

"武才人。"春喜微讶。

武媚娘冲她微微点了点头。

殷浩一震,也顾不得脏了,抬起袖子胡乱擦了擦眼睛,睁眼一看,门边站着的不是自己朝思暮想的人是谁。

"媚娘你怎么来了?"他疾步走过去,问道。

"我有些事想找你商量商量……"武媚娘微笑道,注意到他发红的眼睛,以及还有些遏止不住的眼泪,不由皱起了秀眉:"你怎么了?谁欺负你了?"说着,她的目光轻轻扫过厨房里唯一的一个人春喜。

春喜蓦然瞪大眼,头摇得跟拨浪鼓似的。"不是我不是我……谁敢欺负他啊,只有被他欺负的份!"

"没事,被葱熏的。"殷浩不在意地道,心里挂着武媚娘的话,"媚娘,你刚说有什么事?"

媚娘有些迟疑。

春喜反应过来,忙往外走去。"我突然想起来有些菜没收……你们慢慢聊。"

见她走了,武媚娘才走进厨房,想说什么,却又忍不住回头看了眼在院子里蹲在小葫芦身边说说笑笑的春喜,道:"殷大哥,你跟春喜姑娘……很好呢。"

殷浩哈地笑出声，"媚娘，你别说笑话了，谁跟那只母老虎好了。"

"是吗？殷大哥，你别这样说人家女孩子……"武媚娘目光中隐隐有些怀疑，但见殷浩神色坦荡，便又安下心来，轻责了两句，在他想反驳前终于说起来此的目的："殷大哥，最近发生了一些事，让我很不安。"

殷浩立即被她的话转移开了注意力，有些紧张地问："什么事让你这样不安？"

他终究还是这样，无论在这宫里生活了多久，见识了多少阴谋诡计，都还是一如既往地纯粹耿直。武媚娘看着他脸上毫不掩饰的担忧与不解，心中暗叹。大约这也是她会毫无保留相信他的原因吧，因为像他这样的一个人，就算她伤了他，他也不会背离她。他是那个唯一不会背离她的人，她如此肯定。

"这宫里就和湖水一样，表面看着风平浪静，内里却是暗涌不断。"她轻声道，"就好像前几日忠儿落水的事，我总觉得不是小孩子贪玩儿那么简单……"

殷浩微怔，喃喃："南昌王也是这样说，难道真的有人在捣鬼吗，谁这么狠心竟然想要一个孩子的命？"

听清他的话，武媚娘一惊，问："南昌王也这样说？南昌王都跟你说了些什么？"

殷浩回过神，看到她满脸的急切，于是将那日南昌王跟他说的话重复了一遍。

武媚娘若有所思，半晌，沉吟道："既然连南昌王都这样说，那定然没错了。今日我原本精心挑选了一些首饰送给刘宝林，结果到了她住处，首饰竟全变成了毒虫，把忠儿吓坏了……这事只怕也是有人在中间捣鬼。会是谁呢？是想害忠儿还是……"

殷浩被吓了一跳，"什么？怎么会有这种事？媚娘，你有没有被咬到？"一边说，一边就想拉过武媚娘的手检查。

武媚娘抬起光洁白腻的手在他眼前调皮地晃了晃，笑道："你看，没事啦，打开盒子的是贪玩的忠儿，忠儿只是被吓到了，并没被咬到，不然我哪能来找你啊。"

殷浩松了口气，脸上浮起坚毅之色，郑重地道："媚娘你别怕，不管发生什么事,我都会保护你的!"

武媚娘心中一暖,但看到他仍发红的眼睛以及脸上没擦净的泪水,又不由有些好笑。

"你啊……还说什么保护,切个菜都能成这样。"她佯嗔,却掏出手帕轻柔地给他拭去眼泪,然后小声语含关切地叮嘱:"那南昌王极厉害,又对你另眼相看,你以后当多与他亲近,他绝不会害你。"虽然眼前之人总是口口声声地说要保护她,她却清楚,要论在这后宫中的生存之道,自己比他强了不知多少倍。他这鲁莽的性子才真正让人不放心。

感觉着柔软的丝帕轻轻擦过脸颊,一股武媚娘身上特有的幽香自帕子上扑进鼻中,殷浩既想深深地吸上几口,却又忍不住屏住呼吸,一时也不知要如何是好,只能傻乎乎地笑了,心里甜如蜜糖。

屋外正与小葫芦说话的春喜回头看到这一幕,不由愣住,而后渐渐黯淡了眼神。

次日,皇上在御花园旁的听竹轩中举办家宴。虽说是家宴,能参与的也不过就是那么几个人。除了皇后外,便是极为受宠的萧淑妃和武媚娘,另外还有一个就是刚刚被皇后收入膝下教养的李忠的生身母亲刘宝林。她能出现,是由王皇后一手安排的。名义上是因为她是李忠的母亲,实际是想趁此机会让她在皇上面前露脸,若讨得皇上的欢心之后,提升个一两级,便能洗脱李忠出生卑微的名声了。加上诸大臣的支持,太子之位便唾手可得。

当然,这是后宫的事,殷浩是不知的。他唯一知道的就是,会有哪些人与宴,需要做些什么菜,以及传膳的时候要打起一百二十个小心。要再犯上次那样的错,他也不用活了。

师徒俩跟着几个掌膳提着食盒走向听竹轩,身后突然传来熟悉的喊声,回头,南昌王那熟悉的修长身影映入眼中,转瞬已来至身后。

"见过王爷。"小葫芦慌忙行礼。

殷浩已经皮实了,仍大咧咧地站着,问:"王爷,你怎么又进宫了?"真是让人嫉妒啊,他能这样大摇大摆地走在宫中。

南昌王让小葫芦免礼后,才道:"母妃让我入宫陪她用午膳。"

"哦……难怪太妃娘娘一大清早就派人到咱们尚食局特别点了一些菜色,

原来是为你准备的。太妃娘娘还特别嘱咐每份都按平时双倍的量来做,真看不出王爷竟然这样能吃呀……"殷浩打趣,呀字还特别上扬拉长了语调。

南昌王脸微红,而后挑眉,"怎么,你嫉妒?"说着,目光刻意地扫过他水桶般的腰身。

殷浩语窒,这真真是打趣不成反被打趣。小葫芦在旁边看着,忍不住干咳一声,转开了脸。

"对了,皇上今儿中午要宴请娘娘们,王爷你怎么不去凑凑热闹?"虽然很想承认自己就是嫉妒,殷浩还是生硬地转开话题。

南昌王没好气,也不为难他,"早跟母后约好的,怎么能失信?何况皇兄的家宴,我去算什么事?"说着,目光扫过殷浩手中提着的食盒,忍不住想去揭开盖子看看:"皇兄他们都吃什么好吃的?"

殷浩吓得身子一缩,急急往后连退两步,将食盒紧紧抱在怀里,急赤红眼地道:"你别看,别看……要出了事我可说不清。"

见他这样,南昌王忍不住失笑,大约也是想起之前食物中毒的事,上前一步正想说什么。殷浩却被吓得跟着退后一步,不想这一退竟撞到了人了。

女人惊呼响起的同时,南昌王抚额,他其实就是想告诉殷浩他身后有人过来了。不过那女人行色也太过匆忙,竟然连站在走廊上的几个大男人都看不见,就这样没头没脑地撞上来。

殷浩吓了一跳,赶紧转身扶起那摔在地上的女人。

那女人不过二十出头的样子,打扮鲜丽,姿容娟秀,只是眉宇间有着淡淡的愁绪以及不安。南昌王认识,此女正是李忠的母亲刘宝林。

刘宝林看清南昌王,不由一惊,慌忙见礼。

"免礼。什么事这么着急?"南昌王微笑道。事实上他对这个女人印象不坏,大约是被李治早已忘记的缘故,她并不争宠,只是守着一个儿子本分度日。只可惜如今李忠被王皇后收养,紧接着便会是太子之争,此女就算想置身事外也是不可能了。

听到他问,刘宝林神色有一瞬间的慌张,结结巴巴半天,才道:"是……我……我想找武才人一同去听竹轩,但她……她不在房内,八成是已经过去了。"

南昌王哦了一声,不再追问,只是温和地道:"别紧张。不过是跟皇兄吃一顿饭而已，不是什么大事。你看，菜肴还没送过去呢。"

"是。谢王爷。"刘宝林定了定神，感激地道。

"嗯，你去吧。"南昌王目光扫过她低垂的有些苍白的脸，道。然后看着她疾步而去，仿佛后面有什么在追着似的。转过脸，看向还在因撞了人连道歉也来不及而满脸愧疚的殷浩。

"你们还不去，晚了只怕又要被责罚了。"

殷浩似乎直到此刻才发现一起送膳食的典膳们已经不见，不由大急，匆匆告了辞，便拉着小葫芦往御花园跑去。

两人走后，南昌王看了眼刘宝林来的方向，不由摸了摸下巴。

"是从武媚娘那里来吗？"

杨太妃是南昌王的生母。她是除武媚娘外，先皇仍留住在宫里的唯一妃子，终身只育有南昌王一子。李治生母长孙皇后早丧，虽说先皇将他带在身边教养，但给予他母亲般温柔慈爱的却是当时极为得宠的杨妃，因此李治不仅视其如母，也与南昌王关系最为亲近，所以登基后仍将她奉养于宫中。

南昌王正在仁寿宫陪着母亲，一边进膳，一边说些坊间有趣的事逗她开心。突然有人来报，皇四子李素节误食蛇毒，皇上震怒，派人搜查宫闱，在武才人的明月殿中查获装有蛇毒的瓶子。皇上正前往甘露殿，打算审问武才人。

"什么？"杨太妃一把将筷子重重砸在案上，又急又怒："我那乖孙如何了？"

"回太妃娘娘，御医已施针为四皇子排除了蛇毒，说需再服三日汤药方可痊愈。"

"你们……你们这群没用的奴才……真正气杀本宫了，竟然这么久才来回报？"杨太妃气得大骂，颤抖着就要站起身。

南昌王慌忙上前扶住她，"母妃，既然没事，你就别去了。孩儿代你去便是。"

"不行，我得去看看节儿，不然我这心里放不下。"杨太妃坚持，"你这就去甘露殿，定要看着皇上将那狐媚子砍了，才准离开！"

南昌王无奈，只能让人准备车驾，送太妃去萧淑妃那里。他自己则赶往甘露殿。

他当然不相信武媚娘会做这种傻事，不过这种话不能当着太妃的面说，那只能让她更生气也更厌恶武媚娘。

他也并不想去趟这滩浑水，想想都觉得糟心。整天你害我我害你的，也没个消停的时候。要是能早点睡醒就好了，他真想念自己的电脑，博物馆里那一堆默默述说着历史却不会害人的文物，还有冷冰冰实际上是天然呆的冰荷以及没胆的大刚。

胡思乱想中，一个胖墩墩的大块头以风一般的速度冲到了他的面前，差点撞得他一个跟跄。不用看，他也知道是谁。也只有在这种时候，这有异性没人性的家伙才会主动来找他。

"王爷，你救救媚娘，你快去救救媚娘！"殷浩满头大汗，眼睛都急红了。

又是救！难道他做这一场梦，其实就是为了在武媚娘危难之际，能出一把力？那么等她登基之后，自己算不算开国功臣？

殷浩这边急得不得了，南昌王却是越想越不着边际了，不过还好回神得快。

"你别急，我……"

"我怎么能不急啊。皇上从媚娘房里搜出毒药的消息，已经传遍宫中，再加上刘宝林出面指认，媚娘这下百口莫辩了……"殷浩一边打断他，一边拖着他就往甘露殿那边走。

"我不信！媚娘一定是被陷害了！她昨日就跟我说过她觉得小皇子落水的事，首饰被换成蜈蚣的事都不是巧合。王爷，你不也提醒过我……这已经不是第一次了！媚娘一定是被人陷害了……走走，咱们快去救她！"殷浩越说越激动，越说越觉得自己有理，只恨不得背上长出双翼，好飞到两仪殿去把这些话都告诉皇上。

"殷浩，你冷静点，这些都是你的片面之辞，让人如何取信？"南昌王无奈，停下了脚步，任他再怎么拽都不再挪动分毫。"你能拿出证据来说有人陷害武媚娘吗？"

殷浩被他这样一说，加上又拉不动人，只好也跟着安静下来，站在原地陷入沉思。

南昌王松了口气，心道在这个时代生活，按这大脑运作的强度，只怕要未老先衰啊。难怪唐太宗这么伟大的帝王才活了五十来岁。

"对了！"殷浩惊呼出声，吓了他一跳。"今日一早，咱们有遇到刘宝林，她那时匆匆忙忙撞到我身上摔了一跤，你记不记得？"

南昌王淡淡嗯了一声："那又如何？"口里虽是这样说，心里却在想，你这总算是想到了，还不算太笨。

殷浩一击掌，兴奋道："那肯定是这样啦，她当时还说去找媚娘，我想，她一定是去栽赃媚娘，表情才会那么心虚……"

南昌王笑："刘宝林为什么要栽赃武媚娘，既是栽赃，又为何要出面指认？这只能让她自己也被拉下水。"

"刘宝林不是自己主动站出来指认的。是萧淑妃见其行踪鬼祟，逼问之下方知道毒是她下的。但她还指认，说是媚娘指使她去做的。"殷浩解释。

南昌王恍然，原来其中还有这一段啊。细细一想，却又觉得好笑。

"既然蛇毒都从武媚娘那里找到了，刘宝林为何又要承认是自己下的毒，这不是自找死路吗？"

"那肯定是萧淑妃唆使的！让她去陷害媚娘。"殷浩理所当然道。

"唆使别人在自己儿子的杯盘里下毒吗？"南昌王嘴里漫不经心地反问，脑子却高速运转起来。

殷浩被一个接一个的问题追问得急了，怒吼道："不管了！反正一定是她们两个之中有一个想害人，媚娘就是给人诬陷了！"

南昌王心中刚理出点头绪，便被他这一吼给吼没了，他无奈地道："是，是，她不会害人，她那么善良那么美好，怎么会害人呢！"

殷浩听不出他语气中的挖苦，还一个劲儿地点头，心里焦急起来："王爷，不能再耽搁了，否则没等我们想出办法，媚娘只怕就……我得赶紧去救她！"说着，也不再去拉根本拉不动的人，撒开腿就要往两仪殿跑。

南昌王伸手一把将他拽了回来，不悦地道："你去有什么用？你现在什么身份，能进得了甘露殿吗？"

殷浩呆了呆，颓丧地垮下肩，嘴里喃喃："这可如何是好？这可如何是好？"

南昌王叹口气，终究不忍看到他这副样子，拍了拍他的肩："你回尚食局等我消息。别再乱跑，要被抓起来，我可没空救你。"

听他肯帮忙，殷浩立即精神一振，连声答应。

南昌王苦笑。看来自己根本就是欠着他们所以入梦来还债的。

就在南昌王以为要打一场硬仗之时，事情的发展却大大地超出了人们的预想。他到达甘露殿的时候，审问已经开始了。

武媚娘和刘宝林跪在地上，李治龙眼含怒，面凝严霜。就连南昌王的见礼，他也只是冷硬地挥了挥手，没有再理会。

南昌王站于一旁，打算先将自己当个摆设。

"还要朕重复一遍开始的话吗？刘美人！"李治冷声道。

南昌王一惊，心想中午见面时不还是宝林吗，怎么这么快就升了一级了。升了级，还害人，陷自己于绝地，这算什么事啊。

"皇上，臣妾没有说谎，真是武才人指使臣妾这么做的……"刘美人毫不迟疑地道，面色镇定。

跪在她身旁的武媚娘俏脸上露出不可思议的神色，大声责问："你说谎！刘美人，我平常待你不薄，你为何要陷害我？"

然而刘美人并不看她，目视李治，机械式地复诵了一遍自己的说法。

"皇上，臣妾没有说谎，真是武才人指使臣妾这么做的……"

她咬定青山不松口的回答让现场气氛陷入一片胶着，李治脸色有些僵硬，手不自觉地又按上了额角。

南昌王皱眉，想了想，慢悠悠地开口："刘美人，今天本王看见你在走廊慌慌张张的，当时你还说是去找武才人，但武才人并不在。分明就是你栽赃嫁祸于武才人，你就不要再抵赖了，快点说实话吧！"其实这一点什么也不能说明，如果刘美人足够冷静聪明的话，甚至可以顺杆爬，直接由此指认说是去武媚娘那里拿蛇毒。但是他却笃定她想不到。她不是那么聪明的人，所以才会被人利用做出这种傻事。不错，他敢肯定她是被人利用了。只是这里面还有一个环节想不通，所以只能以此似是而非的话来试探。

李治闻言有些诧异，不耐烦地看向刘美人："刘美人！这事儿你又要怎么解释，赶紧从实招来！究竟是谁指使你陷害媚娘的？"只从这一句问话，所有人都能听出，他其实已经偏向武媚娘了。

刘美人闭眼，却难掩心中的难过与绝望。

"确实是武才人指使臣妾这么做的……"她硬声道。

李治怒，一掌拍在案上，却也拿她无可奈何。南昌王叹了口气，知道她其实撑不了多久，因为她的心中根本没有任何机巧变通，若被人引开话题，必然就要露出马脚。

"妹妹，你可是有什么难言之隐？只要你说实话，本宫会替你向皇上求情的……"王皇后说，语气温柔和蔼，让人忍不住想要相信。

刘美人看了皇后一眼，眸中隐隐有着感激，接着又看向武媚娘，面无表情地道："姐姐，既然皇后娘娘肯为咱们求情，不如咱们就一起认了吧……"

武媚娘傻眼，没想到刘美人会死咬着她不松口，一时竟又是恼又是想笑，不经意地抬头，恰看到南昌王也是一副似笑非笑的表情，更是怒极，厉声道："认什么认？好，既然你口口声声说是我指使你，那你说，我什么时候要你做这件事？对你说了什么？又是什么时候把蛇毒拿给你的？"

听到她一连串的质问，又见那凤眼含煞，倒真是有威慑人的气魄，南昌王不由暗赞了一声好，知道她终于要反击了。

果然，那刘美人一愣，眼神闪烁起来，语气不再充满肯定，甚至是有些迟疑。

"这……是昨儿下午，姐姐你把我叫到房里，说你之前受淑妃娘娘欺负，还差点被砍头，所以要妹妹替你出一口气，就把蛇毒交付于我，要我趁今日午膳时毒害节儿……"

武媚娘闻言，暗自吐出一口气，不再反驳，微微扬起了唇角，甚至还得意地看了眼南昌王。

南昌王微怔，正思索其中关窍时，便听到李治问："你确定是昨日下午？"

刘美人犹豫了一下，没有立即回答。

李治放松神情，耐心地轻问："好，朕再问仔细点，你昨日是什么时辰去见媚娘的？"

听到这句话，南昌王眼微眯，已然明白。只怕昨日下午武媚娘与自己这皇兄是在一起的，否则这两人的神情为何会一下子变得这么怪异而轻松。

可惜他明白了，刘美人却不明白，仍傻傻地往前走向无底深渊。

"应该是申……不，是……是未时……"她迟疑着道，在说到申字时发现武媚娘一脸轻松，于是赶紧改成未时。

"你果然在说谎。昨日未时，我根本没见过你。"武媚娘摇了摇头，脸上有着让人不安的悲悯神色，仿佛看着一个人茫然不知自己正走向绝境，旁人却怎么也叫不回来一样。

刘美人一凛，却仍是嘴硬地叫道："是真的！皇上，臣妾句句属实啊！"

李治忍无可忍，怒斥道："大胆刘美人！你根本就是谎话连篇！昨日整个下午媚娘明明都在寝宫与朕作陪。你说！你诬陷媚娘，究竟有何图谋？"

好么，整个下午！也就是说无论刘美人说申还是未，都是没用的。南昌王看着李治与武媚娘一唱一和便诈出了刘美人的破绽，不得不感叹，他们真是天生一对啊。

刘美人闻言，神色木然，不再强辩，只是道："臣妾无话可说。"

"看来你是不见棺材不掉泪！刘美人，你要再不吐实，莫怪朕对你用重刑！"李治既然得到了自己想要的结果，便失去了耐性，怒道。

王皇后被吓了一跳，忙动之以情，劝道："妹妹！毒杀皇子、诬陷妃嫔皆是死罪，你快说真话呀！你平日温良贤淑，怎么会犯下如此重罪呢？背后定是有人威胁你，是不是？啊？"

刘美人见皇后此时此刻还维护着自己，内心有些感动，但已回不了头。她深深吸一口气后，缓缓道："怎么会没理由？忠儿的太子之位，就是理由。一来，我怕萧淑妃的节儿将来会阻碍着忠儿，二来，我也怕武才人日后生出个皇子，会与忠儿争位……所以，臣妾才想出这个一石二鸟之计。"说到此，她幽幽地低叹道："为的全是我的忠儿啊……"

王皇后脸上露出震惊之色，一时竟不知要说什么好。李治却大为震怒，喝道："够了！朕都还没立忠儿为太子呢，他要是知道有你这般蛇蝎心肠的母亲，将来又该如何在宫中自处？你罪无可赦！来人，把刘美人押入大牢，明日处斩！"

王皇后一惊，忙求情道："皇上！请开恩啊！怎么说刘美人都是忠儿的生母……"

"皇后不必多言！"李治抬手制止了她，目光扫过站在旁边有些犹豫的两名太监，斥道："你们在做什么？还不快把人带走！朕永远不要再见到此人！"

那两名太监连忙上前要拉刘美人，一直呆怔的刘美人却突然挣扎起来，近似疯狂地道："等等！放开我，我还有话要对皇后说，放开我呀……"

那两名太监哪敢放开，只是使劲地往外拉人，偏偏刘美人不肯就这样离开，直挣扎得头发散乱，身体多处弄伤。

南昌王见状终于有些不忍，开口道："你们放开她！让她把话说完！"

两名太监本来也拖得很辛苦，只是没人说话，他们就得继续，如今南昌王开口了，他们当然乐得松手。

刘美人一得自由，立即跪在地上，对着王皇后连着磕了三个响头，一次比一次力大，直磕得额头红肿破皮。

"姐姐……"她麻木的眼睛在这一刻盈满了泪水，满含凄楚。

众人都有些震惊，南昌王不由微微别开脸，不想再看。

"妹妹，你这是做什么？"王皇后眼露不忍，惊问。

刘美人深深地抽了口气，方才缓缓开口："姐姐，妹妹这一去，忠儿就有劳姐姐照顾了……"说到此，她的声音哽咽难续，只能停了片刻，才又继续："请姐姐务必好好养育他成人，要是哪天他问起生母，就说妹妹是病死的吧，不要让他知道，我这个亲娘有多么丑陋不堪……"

王皇后有些动容，却也只能轻轻嗯一声，低声道："我会的……你……"她想说你放心去吧，但终究没说出口。

刘美人得到答复，脸上微露安慰之色，然后她又转向李治，道："皇上！犯错的是臣妾！请皇上千万不要迁怒忠儿……"

李治不理，微抬下巴示意太监将人拖出去，他的眼神中充满了对刘美人的厌恶。又或者说，他对恶毒之人皆深恶痛绝。尤其是这个人还企图谋害他最疼爱的孩子和他最宠爱的女人，他没对她施以极刑就算是宽容的了。

直到刘美人被拖出去后，殿中突然安静下来，他这才想起武媚娘仍跪在地上，不由心疼无比，就要亲自去扶她起来。

武媚娘却不肯起来，仍跪在原地，"皇上，恕媚娘斗胆，媚娘有一事相求，还请皇上成全。"

李治有些意外，又想到她所遭遇的一切，更多的则是怜惜，"你说，朕都答应你，快起来吧！"

武媚娘不起，神色郑重地道："皇上，刘美人是为了自己的孩子才会出此下策，其情可悯，还请皇上饶了刘美人一命！"

在场诸人皆有些诧异。南昌王收回落在殿外的目光，看向武媚娘，微感疑惑。

"刘美人陷害你，没想到你不但不记仇，还反过来替她求情？"李治惊讶地问。不仅不恼，反而有些喜悦。他真心宠爱的女人如此善良，让他怎能不喜欢。

武媚娘伏地一拜，沉静地坚持道："还请皇上网开一面，怎么说她都是忠儿的生母。"

南昌王心中一动，也踏步上前，"皇兄，武才人言之有理！还请皇兄饶刘美人一命……"一个女人，无依无靠，也无身份地位，她又能做出多大的事来？不过也只是别人手中的一粒棋子罢了。

李治沉吟了一下，虽然不是很情愿，但仍松了口："好吧！既然你都这么说了，那朕就免她一死，但死罪可免，活罪难逃。"说着，转头看向旁边的王公公，道："王公公，传朕旨意，改判刘氏三十杖刑，废美人名，打入冷宫！"

王公公领旨而去。

武媚娘舒了口气，再次拜倒，神色凝重严肃。

"谢皇上开恩！"

离开甘露殿，南昌王先去了一趟尚食局，时殷浩已得到消息，但仍让南昌王将现场情景再现了一遍，直听得他眉飞色舞，大赞媚娘聪慧善良。还非得让南昌王认同了他的话之后，才肯放人走。

南昌王终于逃出尚食局，喘了口气后，目光落向仁寿宫的方向，考虑是否要再过去一趟。太妃肯定也已经知道了结果，如果他现在去的话，只怕又是一顿狂轰滥炸，想想就让人头痛。最终他决定让人带话过去，托说自己临时有紧要事，先避开锋芒再说。

回到王府，南昌王左思右想都想不出幕后指使者究竟是谁。但若说只是刘美人自己的意思，打死他都不信。

"你觉得会是谁？"正巧泰常在身边伺候，他便将整个过程再复述了一遍，然后问。

泰常看了眼他写在纸上的几个名字：王皇后，萧淑妃，袁天罡，武媚娘。伸出手，在萧淑妃的名字上点了下。

南昌王微惊，他原本只是想听听泰常的意思，但没想到他会如此肯定。"怎会是她？"一个女人连自己孩子的命都舍得拿来利用争宠吗？如萧淑妃有这个胆识做到此点，又怎会输给武媚娘？

泰常沉吟了一下，似在思索最简洁明了的解释，而后道："他……"他指向袁天罡，"他与萧淑妃既联手共谋，但也互为制肘，绝不敢直接针对她。"

又指着王皇后，看向南昌王。南昌王会意，接道："表面看似于她最有利，然而武媚娘若除，初丧子的萧淑妃必宠冠后宫，这于她接武媚娘回宫的初衷不符。"

"而武媚娘……"南昌王笑了一下，"害节儿于她无丝毫好处，更遑论将她自己也拉下水。"想到自己连她的名字也列上去，可见是被宫廷斗争折磨得神经质了，觉得谁都是可疑的。再这样下去，他只怕连自己都要怀疑起来。

泰常微微点头，眼中有着赞许。

"但是你如何肯定是萧淑妃？"南昌王不甘地问。虽然他也认为这个可能性最大，但他无论如何都无法越过那条母杀子的心理底线。

泰常唇边浮起一抹似有若无的笑意，就在南昌王因他这罕见的笑而蓦然瞪大眼的同时，开口道："忠皇子落水，武媚赠送刘美人的首饰变成毒虫，宫中流言蜚语全指向武媚。刘美人对武媚心生芥蒂，必思除之。但她却毒杀节皇子，唯一的可能就是，节皇子让她感到了威胁。若只为太子之争，有王后支持，加上王后一脉的大臣，以及其地位的提升，她完全不必用此下下之策。所以，让她感到威胁的最初绝不是节皇子，而是节皇子的母亲，再由其母波及其子。"

他一口气说了这么多话，觉得意思说得差不多了，也不管别人明不明白，就停了下来，无意再继续。

南昌王听得脑汁都快要搅成一团了。好一会儿才回过味来，然后按泰常的话顺清脉络，眼前登时豁然开朗。不由一拍书案，叫道："我明白了。你的意思是说，萧淑妃通过导出一系列的事情诱迫刘美人谋害武媚娘，刘美人知自己若做了，必然不能幸存。所以她想在死前为自己的儿子除掉前途上的障碍。所以谋害节儿，嫁祸武媚娘，一箭双雕。萧淑妃在已从武媚娘房中搜出蛇毒瓶的情况下还能查出刘美人下毒，那只能说明她知道谁有蛇毒。而更大的可能是，这蛇毒其实是她给刘美人让其去害武媚的。只是没想到刘美人会将蛇毒反用到自己孩子身上。她十分聪明，虽然怒到极点，但仍选择将计就计！只需以忠儿的安危胁迫，还怕刘美人不出来指证武媚娘？"

他越说越兴奋，只觉这么复杂的问题都能被他想清楚，自己实在是太厉害了。

泰常平静地看着他神采飞扬口沫横飞的样子，忍了忍，终于还是抛出一句。"那是王爷你说的。"

"啊？"南昌王话声嘎然而止，茫然看着泰常，而后反应过来，泰常这句话是针对自己那句"你的意思是说"而发，不由哭笑不得。"泰常你真是……"

一板一眼得可爱啊！

第十章

街上已经聚了一堆人,武媚娘分开人群挤上前,便见街心一匹马翻倒在地,仍打着响鼻,却挣扎不起。一个风尘仆仆的士兵摔倒在地上,正痛苦地呻吟着,手中仍紧紧抱着一个木筒。离他不远处,小艾静静地趴在那里,无声无息,身周散落着刚赚得的几个铜板。

宫中接二连三地出事，导致皇上心情极为不好，宫中的气氛也前所未有地压抑，连尚食局都感觉到了。每个人说话行事都小心翼翼地，生怕动静大了惹来无妄之灾。

这日春喜正与殷浩一边商量着出宫采买之事，一边往外走，武媚娘的贴身侍女柳儿来了。

"殷浩，才人有事找你。"柳儿没有进尚食局，只是等在外面，叫住从她面前走过的人。

殷浩这时才看到柳儿，不由微讶，"你怎么在这里，柳儿，可是媚娘想吃什么？"

"才人有事找你，你跟我去一趟明月殿。"柳儿见他没听到自己的话，有些不高兴，但还是重复了一遍。

"哦，好……"听到武媚娘找自己，殷浩很开心，正满口答应，突然看到等在一边的春喜，这才想起自己正在做的事，不由有些为难。"可是我现在要和春喜姐出宫采买，柳儿，要不这样，你先回去，我采买回来就去找媚娘。"

"不行，你现在就跟我去，才人有急事。"柳儿不答应，强硬地道。

"这……"殷浩犹豫地看向春喜。

"好啦，你先去武才人那里吧。我在这里等你！"春喜心中已猜到他的选择，抢在他让自己换人之前，笑道。她倒不是非要他跟自己一起去，只是莫名地不希望他在武媚娘那里多停留。

殷浩自然不知道她那小小的心思，听到她这样善解人意，只差没感激涕零，"好，好！我会尽快回来的。"说着，已经大步如风往明月殿那边走去。

柳儿在离开前看了眼春喜，似乎想说什么，但最终什么也没说。

春喜看着两人的背影渐渐消失在回廊拐角，不由颓丧地靠向背后的墙壁,神色有些落寞。

　　殷浩跟着柳儿抵达明月殿的时候,武媚娘正跪坐在殿外院中方席上,怀中抱着琵琶,有一下没一下地拨弄着。
　　她穿着藕粉色长袖夹袄,下系青天流霞百褶裙,两截腰带在高高的胸脯下系成结,然后自然垂下,蜿蜒在裙裾上。青丝素挽,未点胭脂,却比以往任何一刻更让他觉得美丽。
　　他静静地站在那里,不忍打破这美好的一幕。
　　"才人,殷浩来了。"柳儿却体会不到他的心思,道。
　　武媚娘闻声抬头,看到殷浩,不由露出欢喜的笑容,"殷大哥,快来……坐这里。"她拍了拍身旁的空席。
　　殷浩也不客气,走过去脱了鞋坐了上去。
　　"好久没见你拿起过琵琶了。"他看了眼武媚娘怀中的琵琶,笑道,手突然有些痒。离开教坊时他并没带走任何乐器,算起来,他也有两年没碰这些了。刚开始说不会想是假的,只是都强忍了下去,后来便慢慢地习惯了。
　　"是啊,刘美人之事让皇上很不开心,所以我想为皇上弹一首琵琶曲,让皇上稍解心结。"武媚娘微微一笑,又低下了头拨弄着未成的曲调,眉间微微地拧着,似乎在思索。
　　殷浩看她如此用心,不由有些酸楚,强笑道:"那很好啊。"只是为什么要找他来,要告诉他这些,他心中不解。
　　"可我想不出弹什么曲子好,只怕弹首皇上不喜欢的,反倒更是让他心烦意乱。所以就让柳儿把你叫过来了,快帮我想想吧!"仿佛知道他的疑惑,武媚娘拨弄了半天才抬起头,有些苦恼地道。
　　殷浩微愕,缓缓垂下眼,然后认真地点了点头。她想做的事,他自然会帮她。哪怕是……哪怕是为了讨好另外一个男人。
　　过了一会儿,他扬眼,微笑:"月下曲。"
　　"月下曲?"武媚娘不解。
　　"对,是我以前做的一首曲子……"殷浩抬起头,透过高高的宫墙看着灰暗的天空,低喃,"为了一个人。"
　　武媚娘很少看到他这一面,不由有些好奇,"为了谁呀?"

殷浩不接话，径自拿过琵琶。

左手指按上久不碰触的坚硬弦丝，传来无法言说的生痛。他深吸口气，右手弹拨，清音响起。他的眼前仿佛又看见当初年仅十四岁的她，一步一步走进大唐的皇宫，走进圣皇的甘露殿……

正弹至高潮处，突然下起了雨，不大，淅淅沥沥地撒在琵琶和坐席上。武媚娘轻呼一声，示意他停下入殿避雨。殷浩正沉浸在音乐之中，浑然忘我，根本不予理会。武媚娘无奈，只能自己下席，将位置挪到了殿前檐下，又让柳儿去给殷浩撑起了伞。

一曲月下曲，由心而生，幽幽戚戚，伴着细雨沙沙之声，由欢喜到惆怅，可是她不明白。

便如她在檐下，他在院中，永远都只能这样隔着一层让人迷茫的雨雾。他愿意这样伴着她，也只能这样伴着她，看着她。而她想要的却是高坐殿堂。

殷浩同样不知道，就在明月殿外，久等他不回的春喜正站在院墙外，默默听着他的一腔心曲。

直到细雨湿透了她的发，她的衣，如同泪珠般滑落她的脸。

不过是个又傻又笨的胖子，有什么好的……我才不喜欢，才不会喜欢。他爱喜欢谁便喜欢谁去吧。她轻轻对自己说，然后悄然转身，离开了明月殿。

然而殷浩用心所成的曲子终究比不上一盆轻言许诺的月下美人。

当殷浩得知李治被萧淑妃以一盆尚不知在何处的月下美人从刚为他弹过琵琶的武媚娘面前活生生拐走的事后，不由一时无语。

萧淑妃应允李治几日后定让他亲眼见到盛开的月下美人，但她要他在这几日多陪陪她。李治大抵是心情抑郁，相较于平时惯听的琵琶，从未见过的月下美人自然要新奇许多。他此时就是需要新鲜的东西来刺激，萧淑妃这个宝倒是押对了，只是不知她是否真能兑现承诺。

武媚娘虽然有心，奈何对手强大，除了自己生闷气还能如何？

"那个萧淑妃真是可恶，一天到晚不是陷害我就是同我抢皇上。"吐苦水一般将整件事倒给了殷浩，她还是不解气，恼道。

"这皇宫里不就是如此……"殷浩低语,他想起昨日武媚娘学曲时的期待和用心,没想到他视若珍宝的东西在别人眼中竟然连一句空话也比不上。他不明白一个人的心怎么能分给几个女人,喜欢一个人不是该一心一意对她好,再也看不见其他人么?为何……为何李治要将媚娘从感业寺接进这危机四伏的宫中,却又不好好对她。只因为他是皇帝,所以可以毫不介意地践踏别人的一番心意吗?

与其让他这样伤害媚娘,还不如把媚娘带离此处。

想到此,殷浩精神一振,眼神发亮地看向武媚娘:"媚娘,我劝你早日离开皇宫吧。宫中明争暗斗,人心杂过尚食局那千百道的菜肴,你继续留在宫里,我可是餐餐食之无味,夜夜寝之难眠,无时不为你担心啊。"他虽然用的是玩笑似的语气,但心里却再认真不过。只要武媚娘点一下头,他便是拼着性命不要,也要带她离宫。

武媚娘被他诙谐的语气逗得轻笑起来,横了他一眼,转又神色认真地道:"你别逗我了……殷大哥,你知道我的性格,别人越是如此对我,我越要好好活在她面前!"

"我真不是随便说说的。你想想,从你入宫以来,历经过多少次劫难,虽然每次都从鬼门关前绕了回来,可是往后呢?"殷浩的神色也变得认真起来,苦口婆心地劝。

武媚娘的眉头微微皱了起来,不悦地道:"殷大哥,别说了,这些日子,我心里一直不舒服。今天找你过来,就是想听你说说话,解解闷的。以前你都能逗我开心,今天却一直在说这些我不想听的话……"她怎不知他在想些什么,可是,那根本是不可能的事。

既然已经说了,殷浩索性豁出去了,继续道:"媚娘,良药苦口,我还是得说。只要你在宫里多待一天,就多一分危险。你听我的吧,能离这里多远就多远,这才是上上之策!"

见他如此执著,武媚娘心中越发地不快,但却也知道他是真心为自己着想,便也不好发脾气。她索性抿紧了唇,背过身去,掩住耳朵,不愿意再听。

见她使起小性子,殷浩不由有些好笑,心中不由得就有些软了。

"媚娘……"

"殷大哥,别说了!我不会离开的。我在这里,还有很多事没有做完……"武媚娘大声打断他，然后语气突然一转，变得温柔起来，"更有一些人，让我无法割舍。"

听到她最后一句话，以及说这句话时脸上的深情，殷浩无法再说下去，心中除了浓浓的失望外，还有说不出的酸涩。这是他第一次知道她的心思，原来，对于那个人……她是真心喜欢的。这样的话，他还有什么理由劝她离开。

知道自己伤了他，武媚娘轻咬了下唇瓣，心里突然有些难过。

沉默了片刻，她脸上勉强浮起一抹笑，柔声道："殷大哥，我知道你的顾虑。以后我会加倍小心的，你就别再为我操心了。"

殷浩苦笑，除此还能怎么办。

"好……你自己小心，我不操心。"他机械地重复，顿了一顿，才又振作起精神，笑道："对了，不如找日我们溜出宫去喝酒，我带你重温过去的市井生活如何？"既然无力改变她的决定，那就只好尽力让她开心点。

武媚娘眼睛一亮，但很快又黯淡下来，迟疑道："这……我现在已经是皇上的妃嫔，后宫宫规不允妃嫔擅自出宫，只怕……"不得不说，殷浩这个提议让她很心动。

"你尽管放心吧，我自会安排好的，一定不会有事！"殷浩忙拍胸脯道。就算再难，只要能让她开心，他都会努力去办到。

武媚娘看着他一脸的兴奋和希冀，仍然有些担忧。

"你就信我吧！我让南昌王也跟我们一起，大家喝个痛快！"殷浩再次保证，这次还加上了完全不知情的南昌王。

听到南昌王几个字，武媚娘终于松口。

"那……好吧。"

殷浩向春喜求了一个出宫的机会，摸上南昌王府。以上次他横撞南昌王府的事以及最近数月南昌王到尚食局蹓跶的频率，南昌王府上上下下几乎都知道他与自家王爷交情极好，因此门房并未阻拦。只是一边请人进府，一边让人去通报。

因为下着雨，南昌王正披着蓑衣戴着斗笠蹲在花园的池子边钓鱼。见殷浩来了，他只是挥挥手，并未起身。

"你怎么有空来了？"他无精打采地道。事实上，自他成为南昌王后，几乎事事都在围着武媚娘转，而武媚娘这一生又跟宫廷斗争离不开，连累得他也要时时绞尽脑汁。他实在不喜欢这种感觉，所以这几日正琢磨着去外面游历一下，看看这古代的风貌。结果向杨太妃提起，却被训斥了一顿，说他整天不务正业，也不知为皇兄分忧，还被禁足三日。

虽然他性子来时，连他老妈都压不住，但在这里架不住杨太妃是他这身体的亲娘啊。而且在这个时代，以孝为根本，他除非想被唾沫淹死，才敢枉顾她的训诫任性出长安。何况，他还不得不承认，杨太妃对他真是好，好得让他稍起忤逆之心，都会自己先想掐死自己。

他现在正在禁足中，所以他很沮丧。

殷浩觉得他这一身装扮看上去很有些趣味，未语先就忍不住哈哈大笑起来。

南昌王终于回头，给了他一个大白眼。他觉得这个梦要再继续做下去，就算不被这群人给折磨得神经失常，只怕也要提前进入老年期。看看，连这么磨人性子的钓鱼他都能从中慢慢品出了滋味，以后还要怎么适应那快节奏的现代生活？

"你这个家伙无事不登三宝殿，说吧，又有什么事要麻烦本王？"反正躲不过，不如干脆点。他放下钓竿，站起身，伸了个懒腰。

"看你说的，我殷浩是那种人吗？"说得自己跟个滚动的麻烦似的，殷浩不乐意了。

"当然是。"南昌王毫不客气地道，慢腾腾往自己的房间走去。

殷浩扁了嘴，心想这人绝对跟金尚食是一伙儿的。

"你这可小看我了吧，王爷。"他快步跟上去，嚷道："我这是专门来请你喝酒的。"

"哟……转性了？大方了？"南昌王斜睨他一眼，刺了两句，然后果断地道："不去。"他殷浩的酒是那么好喝的吗？他殷浩就是一个到处晃的丧门星，这是金尚食说的。想起当初狱卒给他学金尚食痛骂殷浩的话，南昌王的心情突然好了些。

"别啊。王爷，我老殷一直喝你的，还没回请过你呢。何况你还帮了我那么多忙，怎么说你都要赏这个脸啊。"殷浩也不计较他没好脸色，笑嘻嘻地道。"而且媚娘也会去。"

两人已经走到檐下,泰常走了过来,帮着南昌王拿下斗笠,正解蓑衣,听到他最后一句,手不由微顿。

"什么?"南昌王瞪向殷浩,就知道有这小子的地方就没好事。

"喔,是这样的。媚娘这回虽然死里逃生,但我看她心情还是不太好,所以我想找个时间约上你和媚娘一起出宫去喝酒散心。"殷浩解释,丝毫不觉得自己这么做有什么不对。

"你疯啦?"南昌王皱眉,"后宫妃嫔怎么能随意出宫呢?"

"放心吧,我都安排好了!"

"你能有那么大的本事?"南昌王怀疑地看着他。

殷浩得意了:"那是当然,怎么说我曾经也是教坊使啊!可不只是一个小小的厨工。"

南昌王看他一脸得意的样子,不由"啧啧"了两声,摸着下巴想,这人要发疯,自己是不是也跟着他发一次疯呢。这日子过得真是……太规规矩矩了!

"既然你如此盛情邀请,那本王就赏脸答应了。"他故意作出一副高傲的样子。

"够朋友!"殷浩一巴掌拍在他肩上,直拍得他差点闪着腰。"就明晚吧。明晚我们宫外见!"

"明晚不行。"南昌王赶紧道。

"为什么?"殷浩不解。

"不行就是不行。"南昌王憋红了脸,"要去也得三日后。"开玩笑,被禁足这种丢脸的事怎么能说出来,那还不得被笑死。

殷浩挠挠头,猜想大约是王爷脾气发了吧。

"那就三日后吧。"他妥协,"我要赶紧回宫了,不然又要被春喜念叨……记住是酉时啊。"殷浩一边说一边告辞往外而去,临了还不忘回头大喊。

"行了!知道。"南昌王不耐地挥手。但却一直到人不见了,才转身回屋。

泰常跟了进来,但没说话。

"泰常，不会有事的。"南昌王先憋不住了，他之前不是没看到泰常不赞同的眼神，但是只要一想到能跟武媚娘以及殷浩两人一起喝酒，也许能从他们身上找到以前跟姐姐以及大刚在一起的那种感觉，找到自己为什么会做这个怪梦的原因，他就控制不住想试试，哪怕明知这样有可能招来灾祸。

泰常静静地看了他一眼，什么也没说。但是那一眼却仿佛能看穿他所有的想法，让他心中不由一紧，不安地猜测难道泰常知道了些什么？

做梦的事他只跟殷浩提过，他相信殷浩不会跟其他人说，那倒不是说殷浩嘴紧，而是那笨蛋根本不相信。那么泰常为什么会有这种仿佛能将他整个人完全洞彻的目光呢？

南昌王纠结了。而让他纠结的罪魁祸首，却安静地退了出去，仿佛什么事也没发生过似的。

当然，也确实是什么事都没发生过。

东市靠近皇宫，也靠近南昌王府，所以殷浩在这里的酒馆订了一个雅间。三人到达时，已经是傍晚时分。

天空仍然下着密密织织的细雨，将青砖铺筑的路面浸得湿透。长安城的排水设施做得极好，地面并不见积水，在这初冬寒湿的傍晚，街上仍然熙熙攘攘，可见帝都的繁华。

雅间在二楼临街的一面，若掀起挡着窗子的竹帘，可以看清楼下来去匆匆的行人。

南昌王坐着马车出来，然后在宫门外接了殷浩和武媚娘才折向东市。武媚娘的侍女柳儿也随了来，南昌王虽然有些讶异，但也没说什么。

雅间中燃着炭盆，温暖如春。

也许是环境，也许是因酒，雅间里的气氛显得很轻松也很融洽。只是……看着一盏酒之后脸上浮起薄晕的武媚娘，南昌王有些失望地想，只是终究没有跟大刚和冰荷在一起的感觉。

也许，殷浩与大刚，武媚娘与冰荷，本来就是完全不同的两个人吧，而不仅仅是迷失在梦中。看来，并不是所有人都像他这样幸运，平白捡来一世啊。

"王爷，你在想什么？来，喝酒……"武媚娘发现南昌王目光虽落在自己身上,心思却已不知跑到了哪个天边,不由有些不满,端起酒盏向他示意。她自认美貌,但这个男人却似乎从来没将她看进眼里。他这样,他的哥哥也是这样,还有他们的父亲……

南昌王回过神,看她已有醉意,正想劝她少喝点,免得回宫麻烦。

不等他开口,武媚娘已经转向殷浩:"王爷、殷大哥,媚娘真得多谢二位相助,才能让我顺利渡过多次难关……我先干为敬!"说着,仰头将满满一盏酒一饮而尽,脸上是说不出的畅意。

见她这样喝,殷浩不由有些担忧,劝道:"媚娘……别喝这么猛。歇息会儿吧,吃点菜。"说着,拿起筷子夹了两片卤猪舌放到武媚娘面前的碟子里。

武媚娘却扫也不扫那卤猪舌一眼,而是示意身边的柳儿将酒斟上,然后软软地靠在酒案上,手撑着头,眼波横斜,有些娇腻地道:"殷大哥,我的好兄长……今天就让我多喝几杯……妹妹我这几天真不开心!"说着,她幽幽叹了口气,面上泛起疲惫倦怠之色。

殷浩和南昌王互望一眼,殷浩想要开口劝慰,武媚娘已凑了过来,娇媚地问道:"殷浩!媚娘美吗?"这次她似乎忘记了喊殷大哥。

殷浩有些愣。心上人就近在眼前,吐息如兰,娇颜酡红,燕语呢哝地问他美不美。他心脏不由疾跳,一声快过一声,一声响过一声。要怎样克制才能不伸手去碰触她,不将她拉进怀中狠狠地抱住……

"美……当然美!"他几乎是屏息吐出这几个字,然后用尽所有的意志和力气,才让自己的目光从她脸上转开。

美不美,这还需要置疑吗?在他眼中,她又何止是美。在他眼中,这世上又有哪个女人能比得上她的美丽,比得上她的聪慧与善解人意。

他这边心思翻腾,难以平静。武媚娘却已转开了注意力,动作有些笨拙地靠近南昌王,"王爷!你觉得呢?"

南昌王不着痕迹地往后退了一些距离,心道你再美,也跟我姐姐长得一样。我从小看到大,早已审美疲劳了。虽然是这样想,他嘴里倒没有迟疑,笑道:"武才人的美可是天下公认的!本王认为,天下大概没有男人见到才人的美而不心动的吧!"

对于这答案,武媚娘似乎很满意。她点了点头,但接着又蹙紧了秀眉,有些悲伤有些迷惑地道:"那为什么皇上对我什么表示也没有呢?媚娘这么喜爱圣上……王爷,你是皇室出身……又是男子……你帮媚娘指点指点迷津吧。"

殷浩心中一沉,抿紧唇转开了脸,透过竹帘的缝隙看着已人迹渐稀的街道。

南昌王觉得有些头疼,打了两个哈哈,才干巴巴地道:"这……皇上的心思,本王也很难捉摸。"哪里需要多想,皇上想要什么样的美人没有,长情地只喜欢一个女人的帝王,似乎还没有……吧。他其实很想把武媚娘的脑袋敲醒,然后告诉她,如果她想要一个男人只喜欢她一个人,她干脆跟着殷浩走算了,就像当初他一力撮合姐姐冰荷与大刚那样。只可惜他知道那不可能,她还要当皇后,甚至还要成为历史上最了不起的女性。

"王爷,你知不知道,媚娘为了皇上……特地去将久未碰触的琵琶拿出来重新练习,又……又跟殷大哥学了新曲,然后……在御花园等皇上经过时弹奏……"武媚娘并不是很在意他语气中的敷衍,自顾道。"为了皇上,媚娘可真费了许多心思啊!"说到这儿,她脸上露出羞赧之色,却又忍不住甜甜地笑了。

殷浩喉结滚动了一下,然后给自己倒满酒,闷着头喝。

南昌王看着眼前两个为情所困的人,不由头大如斗,还不能不回应。

"你的一番苦心……皇上想必是瞧见的。"以后绝对不跟这两个人一起出来喝酒了。他真后悔没听泰常的话,泰常果真不会害他啊。

"才不呢!皇上听了只是嘴上称赞……但这三天下来全陪着萧淑妃那只狐狸精……我的寝宫他可是连一步都没踏进过!简直气杀我了。"武媚娘秀眉倒竖,恼道。语罢,仿似也将心中所有愁苦都吐了出来,脸上恢复一片空茫,安静了下来,不知在想什么。

南昌王不知该回什么,见状索性也沉默下来。

就在此时,外面传来一阵喧嚷声,像是发生了争执。就听"砰"地一声,雅间的门被撞开,一个十一二岁的小女孩摔了进来。

她跟跄几步方才站稳,一手按着额头,一手提着花篮。

屋中几人被这突发的情景惊呆,还没反应过来,那女孩已经提着花一瘸一拐地向他们走过来,脸上露出天真而讨好的笑:"客官、客官买些花送给姑娘吧……"说着，她看了眼武媚娘。

柳儿这才回过神，慌忙上前拦阻："不行啊，这地方你不能进来！"

"小艾，你没事吧？"门外传来一个有些沧桑的妇人声音，随着声音，一个三十来岁衣服打满补丁但却极洁净的妇人摸索着走了进来，却是一个瞎子。

"不行、不行……快点出去。"柳儿见又进来一个，不由急了，一个劲儿地想将人往外撵。

被从门口窜进来的冷风一吹，武媚娘有些清醒了，忙拦阻道："不要紧，柳儿！别吓着孩子了，让她们进来吧。"这一对孤儿寡母让她不由想到自父亲死后，自己和母亲相依为命的情景，心口不由软了。

她起身走到女孩面前，微弯了腰，柔声问："小妹妹……你叫什么名字？"

"我叫小艾。"女孩回答得爽快，又指向瞎眼妇人，"这是我娘，叫彩云。"

妇人慌忙问好。她眼睛看不见，只能依着声音的方向行礼。

见女孩天真烂漫，武媚娘微微一笑，伸手为她顺了顺发，然后取下头上发簪插在小艾发中。"这个给你，快带着你娘回家吧。"想了想，她又伸手从小艾花篮里拿出一束紫红色的菊花，"姐姐没银子，就用簪子换你的花，可好？"

那簪子上镶有珠玉，价值不菲。小艾并不懂，她甚至连簪子是什么样的也没看清，但仍然点了点头。"姐姐长得很美，戴着这花一定更好看！"她真心地道。

武媚娘见她眼神诚挚，不由心中更加喜欢，摸了摸她的小脸："小艾嘴儿真甜！天冷，快回去吧。"

小艾迟疑了一下，目光落向屋内两个没说过话的男人身上，期待地问："那你们还买花吗？"她显然还不知道自己已经做成了一笔大生意，就算以后再也不卖花，都够她和母亲过活了。

南昌王和殷浩对视一眼，不由失笑。

"好，这篮花我们要了。"南昌王先开口，然后掏了一块碎银给小艾。

小艾找不开，既不舍却又不愿占人便宜，正发愁，还是殷浩掏了十几文

165

钱来，才算把事情解决。

南昌王摸摸鼻子，只好又将那碎银收了回来。

送走两母女，一行人酒也喝得差不多了，于是结了账准备回去。

刚走到酒馆门边，就听到马嘶声惨叫声响作一团，那惨叫声稚嫩熟悉，众人心中不由一紧，迅速掀帘而出。

街上已经聚了一堆人，武媚娘分开人群挤上前，便见街心一匹马翻倒在地，仍打着响鼻，却挣扎不起。一个风尘仆仆的士兵摔倒在地上，正痛苦地呻吟着，手中仍紧紧抱着一个木筒。离他不远处，小艾静静地趴在那里，无声无息，身周散落着刚赚得的几个铜板。小艾的娘彩云跌坐在旁边着急地摸索着，声声唤着女儿的名字。

街上一片静默，益发显得彩云的呼唤声声震耳，凄凉悲怆。

武媚娘眼睛一酸，正想走上去，突然有两个士兵模样的人冲了进来，抢过地上士兵怀中的木筒撒腿就跑。

这突如其来的一幕让所有人都惊呆了，以为是有什么紧急的军情。

武媚娘定了定神，上前扶起彩云。

"小艾……小艾？"彩云先是一喜，随后立即发现不对。

"是我。彩云姐。"武媚娘道。

彩云听出是之前买花的那个女子，不由心中稍安，"姑娘……是你啊……你有没有瞧见我的小艾啊……"

"小艾在旁边，你稍等。"武媚娘放开她的手，走到小艾身边蹲下，心中怀抱着一丝希望地将她翻转过来。

然而只看得一眼，她便捂住嘴转开了脸，不忍再看，泪水顺颊缓缓而下。

小艾口鼻中仍在汩汩涌出鲜血，气息已绝，显然是被踏碎了内脏。原本清澈无邪的双眼大睁着，里面仍残存着死前的惊恐和迷茫。

"姑娘……姑娘，小艾怎么了？小艾，你应娘一声啊……"彩云久等无声，不由慌了，连声问。

武媚娘深吸口气，勉强保持平静的语调道："彩云姐放心……小艾昏过去了……让她休息一会儿吧。"

"小艾没事吧？"彩云仍然有些不放心。

"没事……她没事……让她歇一会儿吧。"武媚娘低声缓缓地道。

彩云终于松了口气，露出些许欣慰的笑，"没事就好……没事就好……这孩子要出了什么事，我可也活不下去了……"

武媚娘咬紧唇，强忍住抽泣的声音。连她自己都不明白，不过是萍水相逢，为何会如此悲伤难过。

这时，南昌王和殷浩久等武媚娘不出，也挤了进来。看见地上无人理会的士兵，忙走过去扶起。然而那士兵连靠着自己的力气坐起都不能，殷浩只能用身体撑住他。

"兄弟！你还好吧？撑着点！"殷浩急道。

南昌王回头召来马夫，让他赶紧去找大夫。

听到问声，早已奄奄一息的士兵，回光返照似的睁开了眼，张了张嘴，不知在说什么。

"怎么回事？什么事这么紧急？"殷浩忙又问了两句，希望自己能帮得上忙。

"淑妃娘娘……想看月下美人，我等……奉大将军之命，自大漠一路……护送月下美人而来……"士兵深喘了两口气，才勉强发出声音。

殷浩和南昌王对视一眼，南昌王黝黑的眸中隐隐有怒火开始燃起。殷浩低下头，轻拍着士兵的脸，叫道："兄弟，你再撑一会儿，大夫马上就到了。"

"我……我不要紧……一路上好几个弟兄都累死了……我能把花送到这儿……总算是……不负将军所托……"那士兵咧嘴一笑，感激地看了他一眼，然后无力地阖上了眼，神色中有着安祥，还有着些许不甘。大约是对自己不是死在沙场上而不甘吧。

殷浩黯然地将士兵的尸体放到地上，抬头，看见南昌王木着一张脸，脸上看不出分毫情绪。

武媚娘走到殷浩身边，手上握着送给小艾的那支簪。她颤抖着手将簪子轻轻插回自己头上，美眸里闪动着悲愤不已的火光。

第十一章

　　南昌王直到打猎回来才知道武媚娘被打入冷宫之事,那个时候他恍然明白,泰常劝自己出城散心,估计就是怕他脾气来了一头撞上刀口。就算自己是皇上最宠爱的弟弟,带着皇上妃嫔出宫喝酒这种事还是让人忌讳的,尤其这个嫔妃还曾经伺候过他们的父亲。

南昌王让马车先送殷浩与武媚娘、柳儿回宫,他自己仍站在原地,胸中充满了悲愤。

有几个军中的将士来收尸体,他不让动。他要将那士兵的尸体带入皇宫中去,让李治亲眼看看,却被一直在暗处保护他们的泰常阻止了。

泰常也不知使了个什么手法,便将他手中抱着的士兵尸体夺了过去,然后交给在旁边不知所措的将士,让他们先离开,他自己则反身招架住疯狂扑过来的南昌王。

"让开!"南昌王也不知自己为什么这么愤怒。他觉得心中充满了浓烈的杀意,让他想就这样冲进宫里,冲到那个萧淑妃面前,然后将她按跪在这将士的尸体和小艾的尸体前面。然而越是愤怒,他出手越没章法,比不会武功的人好不到哪里去,轻易便被泰常抓住了衣襟,反制住了手臂,动弹不得。

"王爷,你看!"泰常压低声音,示意愤怒得失去了理智的男人看向仍茫然站在原地寻找着自己女儿的瞎眼妇人。

南昌王一怔,面对着不知所措的彩云以及地上已无生息的小艾,理智稍微回笼。

"泰常,放开我!"他想过去,却才发现自己还被泰常抓着衣襟拧着手臂,不由有些无奈。

泰常仔细打量他,见他已有所冷静,方松开手,恭谨地立于一旁。

又来这一套!南昌王没好气地看了他一眼,没说什么,直接走到彩云身边。

"小艾娘,我是刚才买过你花的其中一人,你可记得?"他先自我介绍,以免被人当成心怀不轨之人。

彩云听到一个年轻男人跟自己说话,先是有些紧张,听完之后,便渐渐放松了些,欠身行了一礼,"记得,公子拿的是银子,小艾找不开。"她眼睛看不见,听觉便异常敏锐,一般听过一次之后便能记住。

听她重提这事,南昌王原本该感到尴尬的,此时却想到前一刻还对他们笑得天真无邪的女孩儿此时已变成冷尸一具,心情不由变得异常沉重。

"嗯,是我。你家住何处,家中……还有何人?我们送你回去。"若由得这一瞎眼妇人独自待在这又黑又冷的街头,他如何安心。

感觉到他的一番好意,彩云又欠身行了一礼,道:"不敢劳烦公子,我家离此不远。"迟疑了一下,她还是说出了地名,"在平康里。我与小艾相依为命,家中已无他人……公子,能否让我摸摸小艾,我想背她回家。"后面一句她用的是乞求的语调。

平康里乃妓者所居,这妇人看上去容貌娟秀,谈吐知礼,只怕年轻时……南昌王没有继续猜想下去,而是看了眼地上早已没有气息的孩子,迟疑了一下,才道:"小艾她……"平生第一次,他不知该如何办,不由下意识地看向泰常。

"小艾她怎么了?"彩云紧声追问,连称呼都忘记了,可见心情有多急迫。也许她心中已隐隐感觉到发生了什么事,只是不愿意去相信而已。

南昌王支吾两声,正想用虚言敷衍过去,泰常已踏前一步,冷冷地道:"小艾死了。"语气平静,无任何感情。

彩云身体一震,厉声尖叫道:"你骗我!我不认识你……"她秀丽却满布沧桑的脸上浮起凄厉的神色,摇着头,状似疯狂:"你是什么人……为什么要诅咒我的小艾?你走开……走开……"

见她精神似要崩溃,泰常欺近,一个手刀砍在她颈侧,将她劈晕了过去。

"泰常,你……"南昌王微惊,有些不悦。

泰常一手将软倒的妇人扛上肩,又弯腰去抱地上的稚子尸身,"王爷,可要回王府?"他起身后才看向自家王爷,眼中是绝对的恭敬。

南昌王看着四周并不见减少的人群,除了点头还能怎么办,难道要一直留在此地让人当猴子看?

深夜,南昌王府书房的灯仍未熄。

南昌王靠坐在榻上,手中拿着一卷地理志靠放在半曲的腿上,却是阖着眼并没看书。看不进去，却也无法入睡。

自到了这个世界，他面对的都是一些宫廷内的争斗，无论谁死谁生，都算得上是咎由自取，选择这条路必然要承担的后果。所以他很厌烦，一直都想逃开，不想与他们任何一方掺合在一起。

然而，今日眼睁睁看着两条鲜活的生命倒在自己眼前，其中一个是初发的稚芽，另一个本该是在沙场浴血的汉子，这两个完全不相干的人却因为一株没有任何用途的月下美人，因为一个女人想讨帝王宠爱的心，就这样无辜地惨死在煌煌大唐帝都最繁华的长街上……

南昌王握着书的手指收紧，关节隐隐有些泛白。就在此时，叩门声轻响，不等他回答，来人已推门而入。

这样无声无息的脚步声，除了泰常，不会有别人。

"王爷，已将那妇人安置好了。等她醒来，再收葬小艾。"

"嗯。"南昌王无精打采地应。不得不承认，泰常这种处理方式是正确的。妇人家中已无人，就这样送她回去，她一个瞎子要如何过活？

"泰常，苏将军怎能如此糊涂？"缓缓睁开眼，他不解地问。在他印象中，苏定方一直是刚直不阿的形象，怎会为一个后宫女人如此兴师动众。

泰常恭立在榻边，面无表情地应："因为皇上想要。"这世上没有第二个魏征，也没有第二个太宗皇帝。

南昌王沉默下来，但也没让泰常下去休息。

过了一会儿，他看向泰常，低声道："泰常，如果什么都不做，我会很难受。"

一向波澜不惊的泰常听到此话，眼中首次露出讶异之色。在他印象中，这个王爷以往整日耽于享乐，从不关心民生疾苦，也不参与朝政大事，虽然这一段时间有所改变，但也只限于帮帮朋友。此时见他如此在意这件事，不由让人感到十分意外。

"王爷是想上谏此事？"他小心翼翼地开口。

南昌王嗯了一声，然后蓦地坐起，在书案上开始翻找起来。泰常知他是在找书写谏言的纸，却并未上前帮忙。

"王爷，月下美人已送入宫中，皇上只怕也已赏过。你上奏此事，除了让皇上心生不快外，还能有何用处？若只为发泄一时愤怒，何不进宫去直接指着皇上的鼻子开骂!"

"我倒是想啊,那不是被你拦住了吗?"南昌王停下翻找的动作,一脸哀怨地瞪向总在旁边泼凉水的泰常。但仔细想想也是,就这样上谏,以皇上的性子除了会责备两句外,定然不会将萧淑妃怎样。到时倒霉的也许是苏定方,也许是自己。

他烦躁地扒拉了一下头发,在屋内走来走去。不行,他一定要想出个办法,让萧淑妃老实点,别动不动就拿别人的命不当一回事儿。

泰常突然意识到这个王爷真的是不一样了,似乎明白自己的良苦用心,无论自己说什么,语气再无礼,都不生气。再想起那日他说自己不是奴才的话,他的面色不由微微柔软下来。

"后宫之事风云瞬息,王爷何必急于一时。"

听到泰常难得用这种温和的语气跟自己说话,南昌王意外之余,心情似乎也好了些。再想到不久以后萧淑妃的下场,突然觉得或许那就是报应不爽吧。

见他显然听进去了自己的话,泰常于是又道:"王爷,你很久不曾打猎了,何不去山中别庄散几日心。"

听到自己还有别的产业,还能打猎,南昌王精神不由一振,连忙答应。

果然还是喜欢游猎的。泰常见此事就此揭过,不由暗自松了口气。希望这几日别庄之行,能让王爷避开灾祸吧。

自返回尚食局之后,殷浩就一直不安。他原本是想带着武媚娘出去散心的,却没想到会遇到这么一场事,反而让她的心情更坏了。

一夜辗转反侧,直到快要天亮才迷迷糊糊地睡过去。梦里又看到那士兵明明已经成了白骨还抱着盛开的月下美人在马上飞跑,又看到小艾再次被踏在马蹄下……

醒过来头痛得厉害,耳边仿佛还能听到梦里人的尖叫和哭泣。他扒拉了一下头发,腾地坐起来。外面天色已经大亮,炕的另一边冷冰冰的,小葫芦显然早已起身。

穿好衣服,又梳洗罢,他也赶紧到膳房帮着准备早膳。就在那时,他从来领膳的宫人口中听到一个让他头皮发炸的消息。

武媚娘出宫的事情暴露了。

说起事情的原由也很简单。武媚娘忍不下心中那股悲愤，回到宫后便直闯萧淑妃的寝宫，不仅打扰了李治的兴致，还摔碎了那盆用数人性命换来的月下美人。她当着李治的面控诉萧淑妃滥用皇恩，视边防军备为儿戏，害百姓家破人亡。却被左右为难的李治问及她如何得知此事，于是便揭出了私自出宫之事。李治为此大为震怒，将人羁押了起来，准备今日处置。

事情是由殷浩而起，他一听到这个消息，立即慌了。赶紧出宫去找南昌王求救，却不想南昌王一大早便出城了，几日之内都不会回来。他又去找师父李淳风，结果也没找到人，最后只好心急如焚地回到尚食局。

火烧火燎地走进厨房，一眼看到正在挑拣午膳时所需要的菜的春喜，如遇救星，赶紧扑过去，眼泪都快掉下来了。

"春喜姐！"

春喜被他的反应吓了一跳，后退两步，无奈地道："说吧，又有什么事儿要我帮忙的？"

"果然是春喜姐，你太了解我了！"殷浩脸上立即堆出谄媚的笑。

其实不用他说，春喜也隐约猜到了一点，看他心神不宁地晃悠了一早上便知。但她绝不会主动说出相帮的话，而且以她的能力，又能帮什么忙。

"别说没用的。到底什么事？"她语气不是很好。

殷浩赶紧道："春喜姐，我想求你帮我去打探打探媚娘的消息。"

闻言，春喜脸色一变，不快地道："我就知道！你活该，谁让你胆大包天，竟敢带皇上的妃子出宫去喝酒！你也不怕被皇上一怒之下斩了脑袋！"除了她与小葫芦以外，其他人并不知道与武媚娘一起出宫的还有殷浩，否则哪还有他在这里到处乱窜的机会。

"哎，谁知道会被发现呢！"说到这一点，殷浩也有些懊恼。他明明安排得好好的，根本没可能被发现。只是没想到媚娘会这么冲动，结果不仅没打击到萧淑妃，反而害了自己。

"哼！不关我的事，我不去打听，你另请高明吧。"春喜转过头，不再理他。手上狠命地揪断葱根，就仿佛那是殷浩的头似的。

"春喜姐，求你了，王爷又不在，我真只能指望你了！"殷浩在旁边急得团团转，此时他也没心思讲什么志气了，但凡能知道媚娘的消息，让他叫奶奶都行。

"行，行，行，行，瞧你那样儿，在这儿等着。"春喜终于看不过眼，无奈地松口。

"是！"殷浩大喜，声音应得那叫一个响亮。

春喜没好气地白了他一眼，将手上没处理完的菜交给他，便匆匆走了。

春喜去了都一个多时辰了，殷浩已经将该做的能做的事都做了，连灶台都擦得干干净净，却还是没等到人回来。他又不敢出去，怕与春喜错过，只急得在尚食局前面的院子里走来走去，一刻也不安宁。

葫芦坐在台阶上看着，觉得有些头昏。

"师父，你把葫芦的头都转晕啦，别走了！"他终于忍不住出声。

"啊……"殷浩停下，抓着胸口痛苦地吼了出来，把小葫芦吓得一瑟缩。"我心里有把着急的火烧着，要是春喜再不把媚娘的消息带回来，我就要爆发啦！"

小葫芦心里有些同情，又怕他真爆发，最先遭殃的肯定是自己，忙安抚道："你别急啊，春喜姐即便是掌膳，也不能在皇宫内苑里随意走动。师父就再给春喜姐一点时间，再等等……等等吧。"

殷浩也知道他说的是事实，不由叹了口气，嘴里碎碎地念道："唉……自从咱们师徒俩进了尚食局，我不只看到媚娘的机会大减，连这样的紧要关头，都不能保护她……"

你以前也不能保护她啊，小葫芦心里嘀咕，但当然也只敢在心里嘀咕。而后，他忽然想到什么，眼睛一亮，故作神秘地道："师父，你别难过，我知道这宫里头有个职位，不只让你可以在皇宫之中任意穿梭，还有数不尽的油水可抽。"

殷浩一听，立即来了兴趣，催促道："是什么？你小子别卖关子，快说！"

看了眼自己师父满眼的期待，小葫芦站起身，自信满满地道："当太监。"

殷浩先是一愣，而后脸色立时变得狰狞，大掌提起，"啪"地一下拍在葫芦头上。

"哎哟!"虽然不是很痛,葫芦还是大大惨叫了一声,见将师父的注意力成功转移,终于有些安心。

"男子汉大丈夫顶天立地,岂能轻易舍去雄威之风。"殷浩昂首道,而后眼珠一转,看向葫芦:"不过……你这还真是个好主意。"

葫芦没注意到他眼中的危险,还兀自揉着被拍的脑袋,理所当然地道:"对吧,我就说嘛,当公公的好处可多啦。你不只每天都能见到武才人,还能跟在她身边呢!这么好的职位去哪儿找啊。"

"是啊……"殷浩拖长语调,笑了一下,"但我怎么看,你这个小滑头都比我适合。"

葫芦揉头的手一顿,警觉地看向殷浩。

殷浩不怀好意地笑着,默默逼近。他逼近一步,葫芦就后退两步,还不忘颤抖着声音道:"师父……别啊……"就仿佛哪家快要落入魔掌的良家妇女一样。

就在此时,春喜走了进来,葫芦一眼看到,如获救星,尖叫一声,冲了过去。

殷浩因为是背对着大门,并没看到春喜,见小葫芦跑过来,就要去拦:"别跑!"

"春喜姐救我!"小葫芦哪里管他,环周一绕,便到了春喜的身后。

殷浩一回头,差点撞到春喜。

春喜慌忙闪过,双手叉腰,有些不满。"我在外头辛苦半天,你们倒在这里逍遥自在……真不晓得当初是谁一把鼻涕、一把眼泪地哀求我啊……"

看见她,殷浩一喜,也顾不上小葫芦了,赶紧求饶。

"春喜姐,你别气,我就和葫芦玩玩,没什么的。你探听到什么,赶紧说吧。"

春喜也没心情与他计较,神色变得有些凝重。"武才人现在被关在上阳宫里。"

此言一出,殷浩顿时脸色大变。小葫芦却不知道上阳宫是什么地方,从春喜身后晃出来,一头雾水地道:"上阳宫?很厉害的地方吗?"

"岂只厉害,那根本是后宫嫔妃最害怕的地方。"春喜皱着秀眉道。

"为什么?"小葫芦不解。

"上阳宫就是俗称的冷宫！位在禁苑之东，专门关那些失宠、犯错的嫔妃。传说只要有人住进去，那就再也出不来了。更可怕的是，不分白昼或黑夜，只要经过，就能听到尖叫、啜泣或是大笑的声音传来。"春喜好心地解释，说完，自己却不由打了个冷颤，可见上阳宫恶名之甚。

殷浩听着，脸色越发沉重。

小葫芦还不太懂，撇嘴道："若有人经过咱们尚食局，也能天天听见我和师父尖叫、啜泣跟大笑的声音，这有什么好怕的？"

殷浩心情不好，听到这话有些不耐，轻斥道："蠢货，春喜的意思是，只要被关进上阳宫，就会丧失心智，变得疯狂。"一想到媚娘要待在那里，他的心就不由地揪了起来。

小葫芦闻言脸色大变，看向春喜："春喜姐，这是真的吗？"

春喜点了点头，压低声音道："还有，那些管事的公公们一个比一个势利。若没有人去疏通，只怕……"说到此，她偷偷看了眼殷浩布满担忧和自责的脸，不敢再继续说下去。

小葫芦不知想到了什么，不由叹口气，感叹道："难怪市井之间常说，宫闱多憾事，如花佳人空对镜，渐逝韶华。原来就是这样啊……"

春喜"嗯"了声，忍了下，还是没忍住，道："是啊。前一刻你还集万千宠爱于一身，多少人想巴结都不得其门而入。可是，只要你落入冷宫，不但无人问津，还……"

"你们都别说了！"殷浩突然打断他们，大声道："都怪我！都怪我擅作主张，提什么要带媚娘出宫喝酒，才惹出这么多事来！害得媚娘被关进上阳宫！我真是没用！真是没用……"

春喜一惊，赶紧上前捂住他的嘴，又急又怒地道："你疯了，你以为你这样就能救出武才人？除了把自己的脑袋也送上，还能干什么？"骂毕，心中一动，轻咬下唇，突然问："殷浩，你为何会这么在意武才人呐，该不会……"她其实是知道的，那日在明月殿外时就知道，只是想亲口听他说出来。也许那样她就能真正死心吧。

殷浩僵住，不敢看春喜，眼神有些闪烁。旁边，小葫芦已经大力地点了点头。

"没错，春喜姐你真是神准。"

春喜没有看小葫芦，静静看着殷浩，沉默片响。

"你的心上人真的是武才人？你难道不知道武才人先后伺候过两朝皇帝吗？"她轻轻问，仿佛大声一点，自己最后一点希冀就要长翅飞掉。

殷浩容不得别人说武媚娘半点不是，闻言也不再隐瞒，断然承认道："我当然知道。我是很喜欢媚娘，但我没有别的非分之想，只想这一生一世都能在她身边保护她，照顾她，她能幸福，我就觉得够了。唉，眼下我只想让媚娘快点离开上阳宫。为此，我愿意赴汤蹈火。"

看到他的神情如此坚定，春喜仿似听到有什么破碎的声音，眼眶不由有些发红，微微侧开了脸，淡淡道："那恕我，不能再帮你了。"语罢，疾步而去。

殷浩傻眼。

"春喜姐，你要去哪儿啊？春喜姐……"小葫芦呆了呆，突然撒腿追了上去。

殷浩伸手想抓他，结果捞了个空，不由喃喃骂了句不肖徒！然后只好自己一个人孤零零地蹲在院子角落里，苦思救人之法。

南昌王直到打猎回来才知道武媚娘被打入冷宫之事，那个时候他恍然明白，泰常劝自己出城散心，估计就是怕他脾气来了一头撞上刀口。就算自己是皇上最宠爱的弟弟，带着皇上妃嫔出宫喝酒这种事还是让人忌讳，尤其这个嫔妃还曾经伺候过他们的父亲。

想到这里面的复杂程度，他就不由觉得牙根发酸。武媚娘没供出他和殷浩来，且不说她是怎么想的，就这做法也比一般男人还有担当，说什么他也得救她一救。

思及此，他在打回的猎物中挑选了半天，最后提出一只活着的锦貂，在怀里揣了，又让泰常拣几件肉质比较鲜嫩的猎物送到御膳房给皇上加餐，然后便自己一个人骑着马晃晃悠悠往宫里走去。

就在快到宫门口的时候，突然看到一个女子被守宫门的禁卫军推了出来，他微皱眉，勒停了马。

"你别没事找事，军爷们忙得很，没空理你。"守宫门的禁军将领不悦地嚷道。

"军爷，我求你啦，就让我见媚娘一面吧……"那女子还在那里苦苦哀求，然后从怀里拿出一锭金想要塞到禁军将领手中，低声下气地道："这虽然少了点，却是我仅有的盘缠，你尽管拿去吧。"

那将领见状，不仅没收，反而一把推开女子，怒道："干什么？你当我一个堂堂的将军是宫里头的公公吗？这是我最后一次警告你，若你还不走，咱们就不客气了！"

女子被他一推，立足不稳，摔跌在地。

南昌王在马上坐不住了，翻身下马，上前将女子扶起。那将领这时才注意到南昌王，慌忙上前见礼："末将李珺拜见王爷！"

"李珺将军怎的对女人如此粗鲁啊。"南昌王笑着调侃道。

李珺老脸微红，尴尬地解释："回王爷，这名女子不知什么来历，死活不肯离开，在这里干扰弟兄们做事，末将才……"

"好了，我知道了。这件事情就交给我吧。"南昌王打断他。他如果没听错的话，这个女子有提到媚娘，便是冲着这个，他也不能坐视不理。

"是。"见有人接下麻烦，李珺松了口气。

等李珺回到自己的岗位，南昌王才示意那女子跟着他走到离宫门较远的地方。

"你是谁？找媚娘有什么事情？"他单刀直入。这时才看清女子长得眉目如画，竟有几分武媚娘的影子，当然也就有一些冰荷的影子，他心中不由升起些许亲切之意。

那女子见他问起，又听那守城禁军将领对他毕恭毕敬，心中不由升起希望。

"王爷你认识媚娘吗？小女子姓武，单名一个顺字，是媚娘的姐姐。"

南昌王不由有些惊讶，又仔细打量了武顺两眼，心道难道这就是历史上很有名的韩国夫人吗，怎么会是这样的出场啊。

大概是他的眼神太过怪异，武顺更加局促起来，暗忖别撞上登徒浪子了吧。

南昌王回过神来，看到她眼中升起的防备，不由有些好笑，想了想道："你知道殷浩吗？"

武顺眼睛一亮，点头。她虽然已经嫁人，但殷浩是媚娘儿时的玩伴，她自然也是识得的,只是不曾像媚娘那样深交罢了。

"我先带你去见他,有什么事到时再说。"省得到时又重复一遍。

武顺求之不得。有相识的人在身边,总比一个人在这举目无亲的地方四处碰壁好,也比跟着一个陌生的不知道品性的王爷到处乱找好。

南昌王摸了摸怀中拱动的小锦貂,心中还是奇怪,武顺这会儿来,竟然不是武媚娘最得宠的时候,那还有没有机会跟皇帝来上一腿啊。

武顺要知道他心里想的什么,估计恨不得扒下他一层皮来。但是此时她不知道,只是又紧张又感激地跟在他身后,顺利地进了宫。

"我的大爷哟,我日盼夜盼终于把你给盼回来了……"

殷浩一见到数日不见的南昌王,便如狗见到骨头一般扑了上来,那热情兴奋劲让南昌王不由汗毛倒立,赶紧侧身避开。开玩笑,要让这胖子扑上,自己怀里这只小貂鼠还要不要了。

"喂,殷浩,你悠着点,小心闪了腰!"他小心地绕到一旁石阶边的葫芦旁边,也不顾地上腌臜就这样坐了下来。

"王爷……"殷浩腆着脸又要凑过去。

"别来这个,殷浩,本王消受不起。你先看看,你有故人来了。"狠狠搓了一把手臂上的鸡皮疙瘩,南昌王用下巴点了点仍站在院子门边局促不安的武顺,道。

小葫芦注意到他怀里鼓鼓的似乎有什么在动,但又不好直接去扒开看,只能有一下没一下地往那里瞅,眼里尽是好奇之色。

殷浩闻言微愕,回头看到武顺,眼中不由浮起迷茫的神色。他什么时候有这么美貌的故人了?

武顺倒是记得他。殷浩也不知是怎么长的,虽然家境并不好,但从小就带着这一身肥肉,让人一见难忘。

"殷浩,我是媚娘的姐姐武顺。"她上前欠身行了一礼。

殷浩啊地一声,差点跳起来,指着武顺,又指向南昌王,结结巴巴地道:"你……你们怎么在一起?"

这问的什么话?南昌王咳了一声,没有理他,反而看向一个劲儿往自己胸前张望的小葫芦,温和地问:"我又不是女人,有什么好看的?"要是泰常在，必然知道自家王爷爱捉弄人的劣根性又犯了。于这种情况下，最好是一板一眼地回应他。

但是小葫芦不知道，被他这样一问，慌忙转开头，涨红了脸，"没……没有看。"他这才知道，相比起来，师父有多么善良。

南昌王扑哧一笑，觉得这孩子逗起来太好玩了，伸手入怀，将小貂鼠掏了出来塞到他手中，笑道："拿好。只给玩会儿，准摸不准亲，这是要送给太妃的。"

小葫芦只觉一个软呼呼的小东西落在手里，一惊，低头看到竟然是只紫黑皮毛的小貂鼠，眼睛不由变得亮晶晶的，喜欢得不得了。

南昌王一笑，注意力转到武顺身上，只听她说道："我娘听说媚娘被打入冷宫，担忧出病来了，让我来宫里探探情况。多亏在宫门外遇见南昌王，要不我现下还在外头不知该怎么办才好呢。"

"举手之劳而已。"他淡淡道。

见他这样一副不冷不热的样子，武顺心里还有话，却不好说下去。殷浩因她是武媚娘的姐姐，便待她与旁人不同，和气地道："媚娘的事我也正在想办法，你们也别太担心。"说着转头看向南昌王，却一眼看到在那里抱着锦貂玩得不亦乐乎的小葫芦，目光不由多留了一会儿。

小葫芦感觉到了，生怕他来同自己抢，连忙背过身去。殷浩气得那个牙痒痒啊，暗道有好东西也不跟为师共享，等事情解决了再来找你这小子算账。他心中记挂着武媚娘之事，于是向南昌王道："王爷，你可有什么好的办法让媚娘从那鬼地方出来？"

南昌王想也未想就摇头。目前的情况他都没完全搞清楚，能想出什么办法？

殷浩心中却早有定计，见他摇头，立即道："我有办法，但需要你帮忙。你说过咱们是好兄弟，这忙你一定要帮。"

南昌王眨眼，努力回想自己什么时候说过他们是好兄弟了，但看殷浩虽然说得轻松，神色间却隐隐透着紧张，也就不在这事上捉弄他，道："先说来听听。"

见他没一口拒绝，殷浩略略放松了些，看了眼四周，见没人，才凑近了点道："我想了很久，现在皇上心意已定，而后宫之中能与皇上抗衡的，就只有皇后娘娘了。"

南昌王挑眉:"你的意思是让我去找我九嫂?你难道不知道这宫闱中,就算是我,也是要避讳的吗?"这小子为了武媚娘可算是费尽心思了,连这都能让他想出来。

殷浩也不虚伪作态,很干脆地嗯了一声。

"原本我是想去求我师父的。师父跟皇后娘娘私交很好,若他出面,定然能劝得皇后出手。可惜师父奉圣旨勘察地脉去了,这一段时间都不在京中。如今只能依靠你了!"

南昌王摸着下巴,沉吟片刻,方道:"我试试吧。但不一定成。"做之前话不可说太满,这是处世的基本道理。虽然他已早有打算。

听他答应,殷浩和武顺都欣喜不已。

"行了,我要去看母妃了,武娘子就交给你了。"南昌王站起身,拍了拍衣摆,从恋恋不舍的葫芦手中接过小貂鼠,摆摆手就要往外面走去。

"王爷!"武顺突然鼓起勇气,叫住了他。"王爷,我还有个不情之请。"

南昌王站住,回头。

"我想见媚娘一面,确定她是否安好。"见他不开口,武顺只好硬着头皮继续道。

南昌王皱眉。冷宫,是能随便进入的么?不过,进去看看武媚娘是否安好,这确实是需要做的,以免给人弄坏在里面了。历史在他这梦里究竟靠不靠得住还很难说,这险不能冒。

想到此,他微微颔首。

"等我消息。"

因为宫里接二连三出些让人堵心的事,杨太妃这一段时间心情都不太好。见到久不入宫来见自己的儿子,原没给好脸色,但当那只紫黑色腹部有白毛的小貂鼠窜入怀中时,她先是吓了一跳,而后便忍不住露出了欢喜的神色。

"你却是去哪里弄来这么一个小东西?"她爱怜地抚摸着貂儿厚软的背毛,放软了声音问。

南昌王见她喜欢,心中也高兴。挨到她的坐席上,带些撒娇意味地靠着，笑道："孩儿不懂事惹母妃心烦，自然要想办法赔罪。这不前几日解禁之后，便去了山里，直守了五天，才将这小东西活蹦乱跳地弄回来。母妃可喜欢？"

见他这样有心，杨太妃自然更为高兴，却伸指点了点他的额头，嘴里道："你只要常常入宫来看看母妃，母妃就很知足了。"

南昌王当然不会把她的话当真。女人都是要哄的，尤其是上了年纪的女人。

"不知母妃可喜欢街坊上的小玩意儿，下次入宫来我好带些。"南昌王伸手为杨太妃轻轻按摩着肩膀，突然想到自己的父母，眼中不由浮起思念之色。他和姐姐都在外地上班，一年也回不去几次，这次车祸姐姐昏迷不醒，若让二老知道，不知要怎么担心。

"行了。你自己喜欢就行，我这老婆子什么没见过……说起来，当年你母妃年少未入宫时，这大街小坊也是常常逛的。我还跟兄长去过那胡人开的酒肆里，看大眼睛高鼻子的胡姬跳舞唱歌……"不知不觉，老太妃开始回忆起少年时代的事来，经过岁月沉淀而变得平和沧桑的美眸中露出深幽浓烈的怀念。

年纪大了总爱将往事拿出来一遍又一遍地重温。南昌王知道老太妃平时也没个说话的人，那些从她入宫时便陪伴着她的侍女都逐一故去，她变得越来越寂寞。此时听她主动提及往事，自然做足了姿态专心聆听，不时还追问上一两句。

看她将少女时代以及入宫后发生的种种美好以及不美好的事轻声细语地道来，南昌王突然想到，她年轻时不知是如何的风华绝代，能让先帝圣宠不倦。

直到说得有些累了，老太妃才停下来，眉宇间的郁结之气却是消散了许多，显然这一番倾诉还是有用的。

先伺候她休息下，南昌王也没留下等着用午膳便离开了。由始至终，他并没跟她提起武媚娘之事，以免让她心情不好。他对太妃如此用心，其中固然有想借她之力救武媚娘出冷宫的打算，但更多的还是想替这个身体尽一份孝道。

谁知道自己要占这身体多久？老太妃年事已高，指不定哪日就去了。子欲养而亲不待这种事,他并不希望是自己给别人造成的。

  好吧,不得不承认,他已经没办法把自己现在的处境当成在做梦了。这里面每个人都是那么鲜活,也会有笑有泪,有情有义,他既然身处其中,又怎么可能做得到冷眼旁观。

  真实的人生是怎么过的,那么他在这里也必然要怎么过。

第十二章

虽然看不甚清,但仍能看出是一个女人将另一个女人压在床上,手中拿着把闪烁着寒光的利刃正要刺向下面的人。下面的女人双手挡着,却渐渐不支,眼看着利刃就要刺透下面女人的心窝。殷浩哪敢再仔细辩认,立刻冲上去一把将上面的女人推开。等慌乱的心稍稍平稳下来,才看清被自己所救的女人,不是武媚娘还能是谁。

王皇后所出身的太原王氏，乃所有尊贵的世家大族中最为尊贵的五支之一，父母皆是名门显贵，自是比萧淑妃更胜一筹。她初嫁给李治时，两人感情极好，也曾有过如胶似漆的时候，然而只可惜她久不生育，以致李治的感情最终转向了当时的萧良娣，一直到他登基为帝之后，仍然盛宠不衰。这让她既嫉妒又苦恼，最终想出接武媚娘入宫以削夺萧淑妃专宠的办法。

如今目的没达到，武媚娘却先进了冷宫，她如何甘心。因此当南昌王派人送来他打猎所得的一张灰熊皮以及几只野味，并提及他在入宫时遇到来看望武媚娘的武顺时，她便也顺水推舟地卖了个人情，状似随意地说自己晚上要去上阳宫查阅记录名册。

然而当她晚上看到跟在南昌王身后的武顺和殷浩时，还是被吓了一跳。

"怎么来这么多人？"她皱眉。原本以为只需要带武顺一个人进去，哪里想到不仅南昌王亲自来了，还带上一个显眼的拖油瓶。

"皇嫂！嘿嘿……"南昌王摸着鼻子，傻乎乎地笑，也不多做解释。

武顺和殷浩赶紧行礼。

王皇后无奈，只好妥协。"看来，这名册不查也不行了，你们可不准给本宫闹出事来。"只能说服自己带一个也是带，带三个也是带了。谁让她这小叔子既得圣宠，又得太妃娘娘的宠呢。

贴身侍女香筠打着灯笼，一行人沉默而无声地往上阳宫走去，在快要到达的时候，王皇后示意他们三人隐到暗处。就算她是皇后，也总不能正大光明地带着两个大男人进冷宫吧。

看守上阳宫的刘公公和小陈子远远就见到有人走来，近了才发现竟然是皇后，慌得赶紧行礼。

"皇后娘娘千岁千岁千千岁！"

"起来吧。"皇后淡淡道，然后径直往冷宫中走去。"你们俩跟我来！"

刘公公和小陈子对望一眼，心中惶恐，只以为萧淑妃来过的事被皇后知道了，要责罚两人呢。

"这么晚了，娘娘怎么不先派人过来给小的递句话儿，小的好去迎接您啊。"刘公公小心翼翼地试探。

王皇后斜睨了他一眼，不紧不忙地道："本宫夜里睡不着，起来散步，走着走着就来这儿啦。刘公公何故如此紧张，难道上阳宫里头发生什么事情了吗？"萧淑妃来过的事她何尝不知道，只是她又怎么可能与其在这种事情上较劲。她如今除了这个名义上的正宫之位，还有什么地方可以胜过萧淑妃的呢？

"没有、没有，一切安好，娘娘尽管放心。"刘公公赔笑道。

王皇后冷哼一声，似有不信："是吗？本宫还怕自己许久没来，你们两个奴才会胡作非为呢。"

陈公公和小陈子心中本来有鬼，闻言急忙跪下，异口同声道："小人不敢！"

"行了。"王皇后不耐烦地道，"本宫想要看看记录名册，你们俩在旁伺候着，本宫随时有话要问。"

"是。"见并不是真要来清算他们，两人都悄悄松了口气，站起身。

"娘娘，这边请！"刘公公在前引路，小陈子跟随在后，转眼一行人全进了执事处。

南昌王三人这时才从隐身处闪出，悄然潜入上阳宫内。

上阳宫内漆黑一片，三人不敢点灯，只能摸黑行走。也不知这宫里是怎样的布局，一不小心就会绊到点东西，发出"乒砰"又或"咔嚓"的响声，惊出人一身冷汗。

除此以外，上阳宫里也并不安静，不时能听到哀哀的哭声以及凄厉的叫声。不知是不是心理作用，空气里似乎都流动着腐烂衰败的气味。连南昌王和殷浩这两个大男人都感到毛骨悚然，更别说武顺了。她哆哆嗦嗦地紧紧拉着自己身前人的衣服，也不管是王爷还是殷浩了。

好不容易摸索到走廊上，三人都不由喘了口气，这时才发现之前一直都是屏住呼吸。

目光渐渐适应了黑暗，看着眼前与灰蒙蒙的天空相交的连绵屋脊，以及走廊旁一个又一个或沉寂或传出凄凉哀号怪声的屋子，三人都有些傻眼。

"没想到上阳宫这么大，这要如何找起……"南昌王不由感叹。话未说完，夜空里突然传来一声尖叫，与冷宫里其他叫声混融为一体，并不会引起早已听习惯的刘公公和小陈子的注意。

但是三人却是一惊，而后大喜，因为那声音对于他们来说实在是太熟悉了。

"是媚娘！"殷浩道。

"好像是那个方向……"武顺指着不远处的一个房间，尚未说完，殷浩已率先撒腿往声音传来的地方跑去。其余两人紧紧跟在后面。

一阵急奔，等殷浩奔到声音传来的房间时，便听到里面传来武媚娘急促说话的声音。

"你冷静点，别这么冲动……"

不好！媚娘有危险！殷浩想也未想，一脚踹开房门，被入目的情景吓了一跳。

虽然看不甚清，但仍能看出是一个女人将另一个女人压在床上，手中拿着把闪烁着寒光的利刃正要刺向下面的人。下面的女人双手挡着，却渐渐不支，眼看着利刃就要刺透下面女人的心窝。殷浩哪敢再仔细辩认，立刻冲上去一把将上面的女人推开。等慌乱的心稍稍平稳下来，才看清被自己所救的女人，不是武媚娘还能是谁。

"殷浩……"武媚娘感觉自己被带进一个厚实而安全的胸膛，那熟悉的气味让她从惊吓中缓过神来，讶然道。

"媚娘，你有没有怎么样？"殷浩关切地问，只觉整个心怦怦急跳着，尚有余悸。

武媚娘摇头，正想说没事，一个女子突然跑了过来。

"妹妹，还好吗？"却是武顺。

武媚娘从殷浩紧窒的怀抱中挣脱出来，愕然看着怎么也没想到会再看见的人，诧异地道："姐姐？"她困惑不解，"你怎么会在这儿？"

三人乍见，一惊一喜，完全忘记了还没去除的危险。

就在武顺想要说起缘由的时候，身后突然传来女人凄厉的叫声："武媚！

拿命来吧!"随着叫声,之前那个女人已拿着匕首扑了过来。

武媚娘和武顺同时惊叫起来,殷浩措手不及,只能将两女抱住,以身相挡。就在自以为无法幸免的时候,就听"嘭"地一声,然后再也没有了声响。

殷浩呆了片刻,松开两女,莫名其妙地回头,就见那女人正挨着门板慢慢滑下,再也没力气站起来。却原来是危急之下被南昌王一脚踢飞了出去。

武媚娘大惊,推开殷浩跑了过去。

近了才看清,那匕首竟是反插进了女人自己的身体中,血正源源不绝从她瘦削的身体中流出。

"刘氏,你别怕,我去叫御医来。"武媚娘心中一沉,就要起身,却被那刘氏伸手拉住。

刘氏摇摇头,无力地道:"对不起……当娘的,为了孩子,什么都做得出来。我是,淑妃娘娘也是。我不敢……不敢奢求你的原谅……"

南昌王和殷浩靠近,这才发现竟是被打入冷宫的刘美人,见她落到此等地步,都不由心中黯然。

"咳咳……"刘氏嘴里流出鲜血,滴落在武媚娘手上。

"姐姐,别这样说。"武媚娘想要制止她。

"不能不说……再不说……就迟了……"刘氏喘了口气,露出一个凄然的笑,显然是早已把生死置之度外。"我的命自己知道,你日后……千万要提防淑妃娘娘。然后,帮我照顾……忠儿。"

"姐姐……"武媚娘心中涌起一股悲凉之感,不由反握紧刘氏的手,郑重承诺:"若我能顺利离开上阳宫,我会的。"

刘氏心事既了,脸上露出淡淡的笑,抓着武媚娘的手松开,就这样断了气。

武媚娘静静跪坐在她身旁,半晌没有说话。物伤其类,她何尝不是从刘氏身上看到了自己的影子。但是她绝不甘愿落得这样的下场,所以这上阳宫,必须出去!

将刘氏送回她自己的房间。

刘氏躺在伴了她近一个月的破旧床上,面色苍白,表情却安静而祥和,似乎终于能从这让她无法喘息的地方离开，这对她来说未尝不是一种解脱。

武媚娘静静地对着床拜了三拜。死者为大，其余众人见状，也跟着拜了拜。

"武才人，你为何要把刘氏送回她房里？"回到武媚娘的屋子，南昌王问。他还以为以武媚娘眼中揉不得沙子的性子，定然会顺势将事情闹大。否则当初她又为何会为了一盆月下美人冲动地跑去李治面前痛斥萧淑妃，结果害得自己被打进冷宫。难道这几日冷宫日子，便将她的性子磨得平和了？

"是啊，咱们真该把事情闹大，让皇上知道那个萧淑妃是多么险恶的女人！"殷浩也道。

武媚娘轻轻叹口气，道："我是故意要营造刘氏自杀的假象。倘若此事真相大白，惹怒了皇上，那可是会株连刘氏九族的啊。"

殷浩没想到武媚娘到了这个时候还在为别人着想，不由皱眉道："媚娘，你可是为了方才答应刘氏照顾忠儿的约定？"

武媚娘点了点头。"一是为了忠儿，二来也是为了皇后娘娘。"

"媚娘，你的心地实在是太好了……但是这么一来却便宜了萧淑妃！我真搞不懂，她怎么运气这么好，每次要害你都能顺利逃过责罚……"殷浩又气又无奈。

南昌王正安静地听着两人说话，闻言不由心虚地摸摸鼻子，不得不说，有一次是他故意放的水。不过打击敌人如果不能一击致命，那最好还是不要轻举妄动的好。就像萧淑妃对付武媚娘，屡屡陷害不成，结果倒给自己弄出一个最可怕的对手来。

"她那不叫运气好，而是城府深。你想，即使咱们把萧淑妃供出来，在没有证据的情况下，谁能定她的罪？"武媚娘倒是看得明白。

南昌王直听得暗暗点头。殷浩答不上来，只能静默。

武顺一直在旁边静静地听着他们的对话，此时不由有些感慨，拉住武媚娘在床上坐下，道："妹妹，这些年不见，你长大了不少啊。"

"还不是被岁月磨的。"武媚娘微笑。见到许久未见的姐姐就在身边，方才因为刘氏死而低落的心情稍稍好了点。

离得近了，虽然光线黯淡，武顺仍然看清武媚娘的唇有些肿胀，不由大惊。

"你的嘴唇怎么这样肿？是让刚才那个刘氏弄的吗？"一边说一边还将她拉到光亮处仔细打量，越看越是心疼，差点没落下泪来。

武媚娘眼神有些闪烁，支支吾吾地道："不是。这是…这是给……给我自个儿撞的。"语罢，赶紧转开话题，"姐姐，你怎么能进到皇宫里的？"她怎能告诉他们那是萧淑妃让人给她灌滚烫的胡辣莲子汤给弄的，那样只怕几人又要担心了。

南昌王皱眉，怎会相信。反倒是不了解后宫人心险恶的武顺与一根筋的殷浩信以为真，虽然心疼，却也不再追问。

武顺看了看南昌王和殷浩，道："这都多亏了王爷和殷浩。宫里绣房的管事是咱们的同乡，她回家省亲，到咱家做客时说起你被打入冷宫的事，娘听到，就担忧出病来了……"

"娘病了？"武媚娘急问。

武顺拍了拍她的手，安慰道："别担心，只是心病，等我把你的消息带回去，自然会好的。"

"那就好……"武媚娘稍微安了点心。

"娘还要我叮咛你，要你别像以前那般善良，别让恶人骑到你头上。今日见你一面，听你一席话，我也就放心许多。"武顺继续道。

武媚娘苦笑，神色黯然，低声地道："我虽然懂了，但现在在这上阳宫里，叫天不应、叫地不灵，又有何用呢……"

殷浩一听，赶紧道："媚娘，你别灰心，我和王爷会想办法的。"事实上他一直都在想办法，只可惜师父不在，就算师父在，这后宫之事他老人家只怕也不会干涉。如今只能依靠南昌王了。想到此，他偷偷拐了下一旁沉默了许久的人。

南昌王无奈，只好道："不错。"

武媚娘轻轻"嗯"了一声，心里却丝毫没底。入了这上阳宫，从来便没听说过有谁能出去的，她真能成那例外吗？

"夜深了，你们快走吧，要是被巡房的刘公公瞧见可就糟了。"顿了顿，她想到此时处境，赶紧催促道。

武顺有些不舍，拉着她的手不愿松开。"妹妹，我还有好多话想跟你说呢……"

"我也是……"殷浩在一旁点头附和。事实上自进来后,他便没能与武媚娘说上几句话,叫他怎舍得就这样离开。

"今日能见到你们,我已经很知足了。"武媚娘强笑道,起身推着姐姐和殷浩往外走去,"快走吧,再晚有人来若吵闹起来就走不掉了……"

南昌王先一步闪到门外,看清周围无人,才向里面点点头。

殷浩犹自不舍,却也知不能再久留下去,皇后那里只怕快要拖不住。走到门口,他突然回身抓住武媚娘的手,语气坚定地叮嘱:"媚娘,你不要放弃希望,我一定会想办法救你出去。"

武媚娘点了点头,他才松开手。直到三人消隐在黑暗中,武媚娘才将门关上,背靠着门,心中一片迷茫。

李宇凡蓦然睁开眼,脑子还处于混沌状态,好一会儿才清醒过来。

这是醒了?他"唰"地一下从沙发上坐起来,看向病床。

病床上空荡荡的,冰荷竟不知所踪。他心中一紧,跳起身就往病房外冲去。

走道上,病人家属以及医生护士来来往往,却不见冰荷身影。李宇凡心中有些慌,赶紧跑到护士站,抓住一个正在做护理记录的护士问:"护士小姐,请问212病房的病人呢?"

那护士抬头看见他,脸不由微红,不着痕迹地抽出自己的手,往旁边的病床卡上看了一眼,说:"哦,你说李冰荷小姐啊,家属带她到花园里晒太阳去了。"

家属?晒太阳?李宇凡疑惑,心不在焉地道了谢,往外面走去。

晒太阳……他心脏怦怦急跳,想到一个可能性,便再也耐不住性子,撒开腿就往花园跑去。过走道,下楼梯,再穿过大厅……

直到在花园看见大刚正推着轮椅中仍然昏迷的李冰荷慢慢在草地上散步时,他那一声即将脱口的姐字被生生地咽了下去,安心的同时几乎被一股强烈的失望感吞没。

还是没醒吗?他颓丧地垮下肩。这个时候才感觉到胸口传来的剧痛,他肋骨断裂还没完全好,经这一趟疾跑,只疼得人喘气困难。他慢慢弯下腰,双手撑住膝盖,努力调稳呼吸,以缓解疼痛。

"宇凡！"大刚转弯时一眼看到他，忙招手喊道。

李宇凡不敢用力呼吸，又缓缓直起腰，用手搓了搓脸，露出一个笑，慢悠悠地晃了过去。

"你带我姐来晒太阳，也不告诉我一声，吓死我了。"他抱怨，阳光炙热，心里却冰凉一片。

"我看你一直在睡，不想打扰你，就带冰荷下来晒晒太阳，呼吸一下新鲜空气。她总睡在床上也不是回事儿！"大刚不好意思地摸了摸头，呵呵傻笑着解释。

李宇凡伸手扒拉了一下他的大头，心里涌起暖意，这时才真正有些回到现实中的感觉。有时候梦做得太久了，人就会变得无所适从。

"我睡了多久？"感觉很久没看见他们了。明明是梦，为何会像真的经历了那么长的时间。

大刚嘿地笑了声："睡糊涂了？"说着他指了指快沉到西边的太阳，"看，你小子一个午觉就睡到太阳落山，真够享福的。"

李宇凡一只手放在轮椅背上，眯眼往落日看去。

他这回是真的完全清醒了。上次醒来发现自己在医院后，他又住了几天院，便撑着回博物馆收拾一堆烂摊子。哪知馆长并未如意料中那样大发脾气，反而和蔼可亲地慰问了他的伤势和冰荷，甚至还给他放了一个月的病假，让他好好待在医院养伤。

他虽然觉得奇怪，但有假不休，那才是傻子。于是收拾收拾，窝回了家，开始跟大刚轮流在医院守冰荷。

上次的梦他并没放在心上，只是隔了几天后还接着做同样的梦，这就不得不让他重视了。

是否姐姐也正陷于那梦中不得醒转？低下头，李宇凡看向李冰荷，见她秀眉紧蹙，似乎睡得极不安稳，可是却又无法醒转。他伸手抚平她的眉头，若有所思。

"大刚，我刚刚做了一个很奇怪的梦，梦里好像经历了数月那么长。"他低声道。

"啊？"大刚正给冰荷将盖在身上的薄毯往上拉了一些，闻言，抬起头。那一瞬间，从他这个角度所看到的李宇凡，仿佛换了一个人，让人产生很微妙的奇怪感觉。就像是一个……一个气度雍容闲适的风雅贵公子。又或者是古时候的王孙公子。大刚不是很确定地形容,他甩了甩头,直起身。那种感觉只是转瞬即逝,眼前还是他所熟悉的李宇凡。

"你做什么梦了,让你这么忧郁?"他不无好奇地问。觉得自己刚才可能眼花,又可能是阳光斜照所造成的错觉。

"好长的梦啊!"李宇凡大叹一口气,想要伸懒腰,手才张开一半,立即疼得他倒抽一口气,赶紧又缩了回来。

"痛死你活该!"见他这么没病人的自觉,大刚没好气地骂,但仍小心地伸出手摸了摸他的胸壁,看肋骨有没有错位。

"没事没事……"见不得大刚像对待一个娇滴滴小姐那样对自己,李宇凡一身鸡皮疙瘩地挥开他的手,两手都撑在冰荷的轮椅背上,眯着眼看周遭翠绿的树木。

树叶反射着落日的余晖,还是能晃晕人的眼。这是夏天啊……还是夏天好!

"梦里已经是冬天了……"他缓缓道。

悠长的梦境却只是三两句便说完,又或者他并不愿去仔细回想。但即便是如此,大刚仍听得张口结舌,看着他的目光都钦佩起来。

"行啊,小子,连做梦都梦得这么高级。"大刚打趣道,"当王爷了这是,我说感觉怎么不一样了呢。"

"什么?"李宇凡茫然。

大刚将刚才自己突然间产生的感觉说了出来,末了道:"我说王爷,你也提拔提拔兄弟吧!"说着,还怪模怪样地打了个千儿。

"什么乱七八糟的啊,唐朝这么行礼的吗?"李宇凡被他耍宝的样子逗笑,精神好了点儿。

见他不再心事重重,大刚也笑眯眯地道:"你都能穿越到唐朝了,还不兴唐朝王爷穿到清朝吗?"

李宇凡伸手摸了摸下巴,认真地点了点头:"爱卿言之有理!"

大刚瞠目,拍开他:"去去去,你再这样往上升,我在你跟前腿还能直着走啊?"

李宇凡莞尔,仰头看向澄澈碧蓝的天空,觉得还是醒过来好。

如果姐姐能醒过来，那就更好了！

大刚一大早就拎着一保温壶热粥和一盒小笼包走进李冰荷的病房，刚一进去，就被震住了，只见满沙发都堆着各种关于植物人和精神昏迷疾病的书。李宇凡正窝在其中翻着一本书，闻声抬起头来时可看见双眼布满血丝，显然是一夜未睡。

见是他，李宇凡激动地举着书站了起来。

"大刚！我刚刚发现了一份资料。资料上说，美国有个病人昏迷过两年之久，突然有一天被唤醒，却告诉医生说她只是做了一个梦。也许冰荷也在做梦……我和冰荷从小就经常做同一个梦，我想一定有办法让我在梦中帮助冰荷醒过来！"

"你是说你们都在做唐朝的那个梦？"大刚这次反应倒是快，一边将东西放到桌子上，一边问。

"对，我是这样怀疑。现在正在找有没有科学的依据可以证明这一点！"李宇凡情绪昂扬地道。

"先吃早餐……你是不是一晚都没睡？"大刚将一次性筷子掰开，示意道，倒没他那么期待，那些事情如今科学有几个能解释的。

"嗯。我去刷牙。"李宇凡跑进洗手间，迅速地刷牙洗脸。

"你知不知道自己现在也是病号啊，这样折腾，你还想要命了不？"大刚扯着嗓门冲他喊。

"我白天睡了，睡不着。"李宇凡含着牙膏泡泡，一边刷一边探出头来回应。他没说的是，害怕一睡下又开始做那个梦。虽然在那边是锦衣玉食，每个人都得给自己几分面子，但是累得慌。那种累不是身体上的，而是心理上的。

大刚又哼哼了两句，才算饶过他。然后自己也蹲进书堆里，开始翻找起来，连李宇凡洗好脸回来开始吃东西都没察觉。

匆匆吃罢早餐，又等着医生查过房，护士给冰荷将营养袋吊上。两人商量了一下，无论他们再怎么查，都比不过钻研这个领域的医生，因此决定去问问医生的意思。

听罢李宇凡的话，医生沉吟了片刻，道："你的这个设想很有趣，长期昏迷患者苏醒的确切机制是什么，目前还没有权威的答案，但确实有许多病例是依靠亲人的帮助而苏醒的，比如英国就有一位妇女生产的时候陷入昏迷，三周以后竟被自己孩子的啼哭唤醒……"

"那请问医生，孪生姐弟会不会有类似的心灵感应，比如做梦？"李宇凡问。

"孪生姐弟之间，的确有些科学无法解释的紧密联系，或许的确有可能发生两人做同一个梦的事情，但……"医生斟酌着合适的用词。

李宇凡有些受不了医生模棱两可的话，打断道："可我觉得应该就是这样子的！你知道吗？我姐姐虽然是唐朝历史学的专家，但是她却总是对唐朝的历史抱着怀疑的态度，特别是对武则天，她一直不相信书上写的关于武则天的很多暴行，她总觉得一个女人不会那么心狠手辣，所以老是嚷嚷着要是能回去看看历史的真相是什么样的该有多好。或许我从梦中醒来只是因为到了某个节点，让我的情绪产生了特别大的波动，那如果我能够再回到梦中，帮姐姐把梦境继续造下去，帮她看到武则天一生的变化，应该就能等到解开姐姐心结的时机，唤醒她，让她从梦中苏醒！是不是这样，医生？"这是他苦思了一夜的结果。

对于这种自己心中其实已经有所认定，根本不可能再接受不同意见却还要来征询医生意见的病人家属，医生感到很无奈，但仍耐心地道："关于梦境的解释，并不是一个医学问题，但我能确定的是，无论你用什么办法，只要能够加强她的自我意识，对唤醒她就十分有利。"

李宇凡与大刚对望一眼，认真地点点头。

"谢谢医生。"他想他知道该怎么做了。

回到病房，李宇凡给李冰荷细细将脸和手都擦了，又不顾胸口疼痛弯腰给她翻了个身，并按摩四肢。

大刚在旁边看着，心里莫名地感到一股离愁别绪。

"宇凡，你觉得你还可能接着做那个梦吗？"他问。虽然也有听人说过会做连续剧似的梦，但那并不是人为能控制的吧。

"嗯……我就是试试。"李宇凡垂着眼，一边仔细地做着手上的动作，一边沉声道，"如果行，那么就证明我的猜想也许是对的。但如果不能，我也就死心了，好再想其他办法。"

那一瞬间，大刚仿佛在李宇凡身上又看到了那个唐朝王爷的影子。隐隐地，他觉得李宇凡自昨日下午梦醒后就变得有些不一样了，似乎比以往沉着许多。

"大刚，这次入梦我也不知道什么时候会醒，你……我姐就交给你了。"李宇凡继续道。

"去，说得跟生离死别似的。咱俩谁跟谁啊！"大刚拍了一下他的肩，故意笑得一副没心没肺的样子，"何况，你不是不知道我对冰荷……"

李宇凡拍了拍他搁在自己肩上的手，微笑，"希望我只是睡一晚而已，明早就能来替换你。"

被他这样一说，大刚脸上强装出来的笑立时也有些撑不住了。

其实只是睡觉做梦而已，对吧，没什么大不了的。谁不睡觉做梦啊！他在心里一个劲儿地安慰自己。

回到家，李宇凡洗了个澡，如同以往那样上网玩了一会儿游戏，又查了些资料，直到眼睛快要睁不开了，才躺上床。

无论他潜意识中怎么抗拒，这梦还是要做的。希望进去的时候武媚娘已经出了冷宫吧。

南昌王睁开眼，发现自己正躺在暖阁里，光线暗沉，三盆炭火在目光所及的地方闪着明灭不定的红光，有莹白的光芒透过窗隙射进来。

他记得入睡的时候还没燃这么多火盆，怎么……想到一个可能性，他站起身，赤足踩在厚软的毡毯上，步至窗边。推开窗，外面果然一片雪白。

竟然已经落雪了吗？他不知心中是什么感觉，他又离开了多长时间，在这丢失的一段时间里又发生了什么事？

"泰常！"他喊。在这里，只有泰常最值得他全心信任。倒不是说殷浩不可靠，只是殷浩心思太过单纯憨直，又一根筋地爱着武媚娘，这样的人什么事都敢做，实在让人无法放心。

暖阁门"吱"地一声开了，进来的人却不是泰常，而是内侍瑞和。

"王爷，可是要梳洗？"瑞和微弯着腰问，神色恭谨中还隐隐透着些许畏惧。

南昌王一怔，皱眉，"泰常呢？"以往只要他没特别吩咐，泰常都会随侍左右，尤其是在王府的时候，从来没有缺过一天，甚至是一个时辰。"

　　瑞和神色有些微微凝室，但很快又恢复之前的恭顺柔和，"回王爷，泰常在马厩看马，可要老奴去唤他过来？"

　　"什么？"南昌王僵住，心里有不好的预感。"你给本王说清楚！"

　　瑞和小心翼翼地咽了口唾沫，不知道今日又有谁要倒霉了。"王爷，泰常正遵照您的盼咐，在马厩照看马匹。可是要老奴去叫他？"他将声音稍稍放大了一点。他到现在都没弄明白，前几个月极得王爷倚重的泰常怎么会一下子落到这个地步。

　　南昌王脸色变了又变，突然道："不用，我自己去找他。"

　　说着，转回卧榻开始穿衣服靴子，瑞和见状慌忙上前服侍。南昌王虽然已渐渐适应了这唐朝男人的衣服，可是穿起来毕竟还不是很利落，便也由得瑞和帮忙。

　　一穿妥当，连发也没梳，他便匆匆往外走去，瑞和赶紧拿起一件狐皮斗篷给他披上。

　　当脚踩在雪上发出的"嘎吱嘎吱"的响声传进耳中时，南昌王的心也随着那声响渐渐沉了下去。

　　马厩里打扫得很干净，有着淡淡的干草味与马臊气。为了怕冻着马儿，马厩里烧着炭火，十多匹马儿在里面安详地吃着草，又或者悠闲地踱着步。外面雪下得越大，越显得这里面温暖舒适。

　　但是来回走了一遍，却没看到人，只有马儿亲昵地探出头来嗅闻他。

　　南昌王看向瑞和，瑞和心惊胆战，结结巴巴地道："可能……可能在屋子里。"

　　马厩旁有个小屋子，是专门给照料马匹的人住的。南昌王还没走近，便听到一连串咳嗽声从里面传出来，似乎要把心肺都咳出来，让他心中一惊。

　　瑞和正要喊，被他抬手止住了。

　　悄然推开门，并不大的屋子一眼望尽。一张床便占了近半空间，剩下那一半只靠着床放了个脱了漆的半人高旧箱子，然后再无它物。屋中并没有任何取暖的物什，冷如冰窖，连马厩都比不上。此时泰常正趴在床上，咳得惊天动地。但即便是这样，在听到门开的瞬间，他仍然警觉地看了过来。

　　"谁……"语气未落，已看清来人，慌忙就要滚下床行礼。

南昌王赶紧上前按住他，"你别动！"

泰常身上只穿着薄薄的一层夹衣，南昌王的手按上去，立即感觉到手下的身体难以觉察地一缩，他心中一突，突然伸手去掀泰常的衣服。

"王爷……"泰常被他的举动吓了一跳，差点弹跳起来。

夹衣下是一层棉布的里衣，只是再也掀不起来。南昌王看着那新旧血迹交杂的里衣，呆了半晌，然后缓缓给泰常将衣服整理好，又扯过被子盖在他身上。

泰常被他这一系列的行为给惊吓住了，挣扎着想要起身，"王爷，奴才……"

"让你躺着！"南昌王冷喝道，语罢，蓦然起身大步走出了那间屋子。

泰常微抬起身体看着他僵硬的背影，脸上浮起一抹若有所思的神情。

南昌王越走越快，瑞和最后不得不小跑着跟在他身后。

"是我做的吗？"南昌王突然站住，手紧握成拳垂在腿侧。

瑞和一呆，没反应过来。

"泰常身上的伤，是本王做的吗？"南昌王再次重复，一字一字咬得清清楚楚。

瑞和脸色微变，想来想去都不得不回，只好战战兢兢地道："回王爷，是……是泰常犯了错，王爷惩罚是应当的。"

闻言，南昌王抿紧唇，好一会儿，紧捏的拳头缓缓放松。

"你去让人将泰常抬回原来的房间，再找大夫来给他瞧瞧，让人好好伺候。"他努力将语气放得柔和。就在瑞和应了一声就要去办事时，又叫住他，"还有，没我的吩咐别让任何人来打扰我，你也是。"

"是，王爷。"瑞和连忙答应。然后就见南昌王迈开步子，往暖阁的方向走去。

瑞和不由自主摸了摸自己的脑袋，隐约觉得事情似乎又有了变化。这一个多月里所有人都生活在恐惧当中，生怕哪里做错了惹来一顿责罚。连行事历来谨慎、让人找不出一点差错的泰常都无缘无故地受了重罚，怎叫他们不提心吊胆。

只是今日的王爷，似乎有些许不同。

第十三章

　　不得不说他最初想得简单，只把这当成一场梦就得了。要来就来，要走就走，丝毫没去想过别人会如何。他以为不过是一场梦，他醒了，梦里的人哪里还会存在。

南昌王将自己在暖阁里足足关了一天一夜，直到次日傍晚，外面的人都快急疯了，他才打开门走出来。身上还穿着昨天那身衣服，已略略有些发皱，眼睛布满血丝，显然一直没阖过眼。

见他出来，瑞和终于松了口气，赶紧上前伺候他梳洗。

"泰常怎么样了？"他闭着眼由着瑞和给他梳头，语气恢复了惯常的柔和。

不得不说他最初想得简单，只把这当成一场梦就得了。要来就来，要走就走，丝毫没去想过别人会如何。他以为不过是一场梦，他醒了，梦里的人哪里还会存在。直到在那马厩旁的小屋里看到身上带着鞭伤的泰常，那个他一直很敬重的泰常时，他才突然明白自己有多自私。

他走了，别人还得继续生活，继续承担他出现在此地时做过的一切所造成的后果。泰常如此，南昌王府的人如此，还有殷浩、武媚娘，甚至是那个失去了女儿的瞎子彩云……

本来的南昌王怎么会接受自己的属下和奴仆对一个占据了他身体的人如同对待他本人一样忠诚？又怎会接受与殷浩为友？

既然他必须借助梦境让姐姐醒过来，自然也该承担起进入梦境所造成的后果。这个梦他会一直造下去，直到这具身体不再存在。说他自私也好，他管不了原主人怎么样，他只希望这些关心在乎他的也被他所关心在乎着的人一世安好。他既然有能力护住他们，为什么不去做？

想通了说起来简单，但没想通之前，他着实在现实与梦境中纠结了很久，纠结得他差点以为自己要一夜白发了。如今想通了，立时觉得浑身舒泰，连以前抗拒入梦的感觉也没有了。

"回王爷，大夫来看过，说泰常是受了伤又感染了风寒，但他身体壮实，只要好生休养几天就好了。"听到说话的语气，瑞和心情似乎微微振奋，不觉带上了一丝期待。期待什么,他却是不敢细想的。

"嗯。你让人熬点粥,做几样小菜,早膳本王同泰常一起吃。"南昌王吩咐。泰常是他最看重的良师益友,他怎能容忍他受丝毫委屈。

"是。"瑞和急忙应道,眼睛开始发亮。也许他的预感是正确的。

南昌王以为泰常就算不敢对他生气,至少也是会刻意疏远的。哪知泰常不仅没有推拒与他一同用膳,甚至在吃了一会儿之后,脸上还露出了些许笑意。

泰常笑了!这个事实让南昌王如受雷击,一下子将筷子戳到桌面上。

"泰常……"他开口,却不知要说什么好。是道歉?但那并不是他做的。问他为啥笑?这不是少见多怪吗。南昌王纠结了,泰常的反应让他觉得不踏实。

"奴才在。"泰常脸上那罕见的笑意收敛,又是一片木然。

见他这样,南昌王更纠结了。他突然悲哀地体认到一个事实,身边有一个完全看不透心思的属下实在是一件让人头痛的事。

"泰常,咳……如果以后你发觉我有些不对劲的话,就想办法离我远点。"想了想,他还是决定先给人打个预防针。虽然他不会再抗拒入梦,不代表他能一直做完一生,这中间若醒转,至少让他们也好有个心理准备,免得糊里糊涂又撞上枪口。

"是。"泰常唇角的笑又悄然浮了上来,只是他低下头去喝粥,南昌王没看到。

不过听到他的回答,南昌王悬着的心多少也放下了一些,点了点头,这才开始认真吃饭。

"其实,王爷你现在比较不对劲。"突然,一句淡淡的话飘进耳中,惊得他一口粥呛进了喉中,差点没咳背过气去。

泰常眼中浮起歉意,就要起身,南昌王抬手阻止了他,然后一边掏出帛帕捂住嘴猛咳着一边站起身走到门外。不过是呛着而已,难道还要一个病号伺候吗?

瑞和一直等在外面,见状赶紧上前给他拍背。

南昌王一张脸涨得通红,也不知是咳的,还是窘的。脑子里一直在反复琢磨泰常冒出的那句话，莫非他其实已经猜到了？以泰常那双洞彻一切的眼睛，这不是不可能。

南昌王就是带着这种疑惑结束了惊心动魄的早膳，然后入宫去给杨太妃请安。只是大大出乎他的意料，杨太妃竟然不肯见他。

他究竟离开了多久，为什么一切都变得不一样了？

茫茫然离开仁寿宫，他转向尚食局。

尚食局里还是一如既往地忙碌，春喜在那里大声地指挥着各人做事，殷浩拿着刀在追小葫芦，小葫芦的尖叫声几乎要把屋顶掀翻。

南昌王暗自松了口气，幸好这里还是一样。

"啊，师父，南昌王来了！南昌王来了！"小葫芦眼尖，一眼看到南昌王，如遇救星，大叫着一溜烟跑了。

殷浩呆了呆，唰地一下将刀收到背后，站在远处隔着一段距离上下打量着他，眼中充满狐疑。

"殷浩，跟本王喝酒去！"南昌王笑吟吟地道。除了在什么事都不动声色的泰常面前，其他人对于他来说还是不在话下的。

殷浩本来就不算大的眼睛慢慢地眯成了一条缝，下一刻猛地冲了过来，一巴掌拍在他身上，兴奋地道："好小子，终于又癔症了。"

南昌王被他拍了个跟头，然而让他打跌的还有那句话。

癔症？你才癔症了，你全家都癔症！他心里大骂，脸上却还笑眯眯的，"怎么，想爷了吧？"敢骂爷神经病，爷恶心死你！

哪知殷浩却并未如他所料那样被窘到，而是眼睛发亮地猛点头，"是是是，想，想极了。"

南昌王不由倒抽一口冷气，就听他继续道："你要再不发病，媚娘就要在冷宫里待到老了。"果然还是为了武媚娘啊，他还以为这小子改变性向了呢。

武媚娘还在冷宫里，殷浩精神还不错，这么说来，时间过的也许并没像他想象得那么久。想明白这一点，他心里舒畅了。或许是在这里已经待久了的缘故，他不再像初来时那样什么都无所谓，而是总在下意识地寻找着自己熟悉的一切，甚至不希望错过太多。大概，他对于这里，在自己察觉以前，已经有了归属感吧。

南昌王伸手揪着殷浩的衣襟将他拉至一边，然后压低声音问："殷浩，我那啥……正常了多久？"既然人家非得当他现在是发癔症，那他也只好用他们能明白的方式来形容了。就如泰常说的，他现在才是不太对劲。

听到他这句话，殷浩忍俊不禁，乐了。

"哎哟，我的王爷，你原来真的是发病啊……"瞅到南昌王脸色有些不太好，他赶紧识趣地打住，老老实实地回答："两个月呀，王爷，我都快愁死了。求你快想想办法救救媚娘吧，万一你哪日又正常了，媚娘不是又要在里面多待很久？"

"不会。"南昌王抿紧唇，想着自己只走了两个月便发生了这些让人糟心的事，他哪还敢轻易离开啊，何况他本来就要让这个梦继续下去。"我会尽快想办法。你现在先给我说说我离开这段时间发生了些什么事。"

殷浩哪敢不从，当下跟春喜请了假，然后把南昌王带到自己住的屋子，将自己所知的一切毫无保留地都告知了他。

那个时候南昌王突然很感谢殷浩的直肚肠和率真，也只有这样的人，就算自己离开再久，回来时他仍能一如既往地相待。

南昌王从殷浩那里出来，终于有一种回归本位的感觉，不像之前那样总觉得整个人都虚悬在空中，怎么也落不着地。

还没出宫，就听到皇上召，忙匆匆赶到两仪殿。进去时才发现皇上并不只是召了自己一人，还有王皇后、萧淑妃、李淳风、袁天罡和教坊使。算起来他也很久没看到李淳风和袁天罡了。李淳风去外面勘察地脉数月，人虽然瘦了些，看上去却更精神了。袁天罡这小子一直龟缩在他那窝里，不知有心还是无意，就算是来见圣上，也都是与他错开的。看着他那张道貌岸然的皮，南昌王就禁不住想冷哼。

教坊使是一个瘦高的内监，因为没怎么接触过，印象不深。总体来说，没有殷浩那圆滚滚的身材扎眼。

没让久等，李治走了进进来。

"叩见……"众人正要叩拜，便被他挥手制止了。

"众爱卿都免礼了。"他的语气中隐隐透露出些许疲惫。

南昌王正在琢磨这个多情帝王是不是又想念武媚娘，却又找不出办法放人出来时，就听到李治道："唉，今日朕召各位爱卿前来，其实是有件事需要大家替朕想想办法……"说到此，他脸上露出担忧的神色，"太妃不久前得了风寒，现在虽痊愈了，不过……"

南昌王心中一紧，突然有些懊恼自己开始没坚持见上老太妃一面。

"自此太妃便老是觉得胸口闷，食欲不振，易感疲惫，整日闷闷不乐，对任何事都提不起劲儿。她已经把自己这样关在寝宫快一个月了，现在甚至连吃东西都会吐，朕怕再如此下去，太妃的情况只会更加严重。"李治忧心地道。"如今连太医们也全都束手无策，所以朕才会召来众爱卿，看看有没有什么好法子能解决。"

连太医都没办法了，其他人还能胜过太医么？众人面面相觑，倍感棘手。

南昌王正皱眉思索，突然见到王皇后对李淳风使了个眼色，心中大奇，不由留意起来。却才发现王皇后的目光正瞟向袁天罡，即便因太妃的病而心情不佳，见此景，他仍禁不住暗笑起来。

就见李淳风踏前一步，恭声道："禀皇上，请恕臣愚昧，暂时想不到妙计良方。不过微臣倒是可向皇上推荐一人，此人天赋异禀，无所不能，想必一定能解决太妃的病症。"

李治闻言立即来了兴趣，"喔？李大人所言何人呢？"

李淳风不怀好意地看了眼袁天罡，袁天罡立即警觉地回望，便见他笑道："那就是上知天文，下知地理的袁天罡国师……"

袁天罡知道李淳风是故意找他麻烦，十分不悦地瞪了李淳风一眼，连忙推脱："承蒙太史令看得起本官，可惜本官并非如同太史令所言那般无所不能……"

南昌王见状，心道这人满肚子坏水，总得让他也吃一次鳖，于是趁机在旁边煽风点火："国师客气了，素闻国师炼丹有术，像太妃这种症状，相信一定也有办法才是吧？"

袁天罡一凛，都被逼到这份上了也不好拉下脸，只能硬着脾气直说："依臣所见，太妃娘娘的症状应当是心病造成的，心病还得心药医……这点，恕微臣无能为力。"

听到他这话，李治不悦，冷哼道："你倒是连想都不想就说无能为力啊!"

袁天罡低下头不敢回话,萧淑妃赶紧打圆场:"皇上,国师已经点出问题所在啦……既然太妃心里郁结不开,那咱们想办法逗逗老人家开心不就好了?"

李治闻言大喜,立即忘了责备袁天罡,对萧淑妃道:"嗯,爱妃这话有道理……"萧淑妃刚刚露出得意之色,就听他继续道:"那淑妃可有甚么好法子,能逗母妃开心?"

萧淑妃僵住。她没想到不过是多一句嘴,这事就摊到自己身上了。

"啊……这……"她心思急转,目光从众人身上扫过,突然停在了教坊使身上,优雅地笑道:"教坊使向来负责宫中娱乐事宜,把这事交给教坊使办不就成了?"

教坊使愣住。不等他想出推脱之辞,李治已经点头露出赞同之色,开口道:"嗯,不错……教坊使听令!"

教坊使肩膀一垮,满心无奈地跨步上前。"微臣在!"

"朕命你筹备一场特别的歌舞,若能让皇太妃露出笑容,朕有重赏。反之,若是你无法逗太妃开怀,那就证明你的才能不足以担任教坊使一职,到时,朕就革你职,贬你为平民,明白吗?"

除了接旨外,教坊使还能说不吗?

南昌王看着一脸为难的教坊使,虽然心生同情,但想到只要能让母妃开怀,让他们费点心也是应当的,否则坐在这个位置上有什么用?

连他自己都没察觉,他的想法越来越接近这个时代的人了。

之后南昌王又去了仁寿宫几次,都被太妃拒之门外,硬闯都不行,直急得他团团转。安心养了几天,泰常的身体已经大好了,不愧是从军队里摸爬滚打过来的。自此后,南昌王又让他回到了身边,他倒还是一如既往地尽心尽力,没有丝毫懈怠和怨恨。

"你说太妃为什么不肯见我?"某日,他问泰常。

对于这个问题泰常似乎不太好回答,沉默了片刻,就在南昌王以为他会像以往那样说奴才不知时,却听他道:"王爷有一日进宫,回来时大发脾气,可是被太妃责罚了?"他用的是询问的语气。

但南昌王却立即明白过来，原来是这个身体的原主人跟太妃发生了矛盾，估计把太妃气得够呛，竟然怎么都不肯见自己。再想到也是这人把泰常打成那样，他就觉得这身体本尊实在是太可恨了，若是有机会定要好好教训他一顿。

只是，泰常这话说的……他眉突然一挑，若有所悟地道："泰常，你知道了吧？"

泰常低眉垂目，平静地道："奴才不知道。"他甚至没问南昌王知道什么。

南昌王看着他那副我明明知道但我偏偏就要说不知道的样子，不得不败下阵来。

没等知道了实情的南昌王想出请罪的办法，就收到了李治邀请他入宫参加皇室家宴的口信。

说是家宴，其实就是想借此机会逗太妃开心，南昌王自然义不容辞。等他到达承庆殿时，李治与王皇后都已经到了，只有萧淑妃尚未来。

因为是家宴，所以没那么多礼节，南昌王叫过皇兄皇嫂之后，便自行落了坐。

"淑妃呢？今日的家宴是特别为皇太妃办的，她怎么能不来？"李治见除了主角外还有人没到，于是问伺候的太监。

王公公赶紧上前回应："回皇上，老奴已经让人去请娘娘了，想来是白天陪节儿皇子读书耽搁了，这就到了。"

李治"嗯"了一声。

王皇后却有些不满，忍不住道："皇上你看，淑妃妹妹真是越来越不懂这后宫的规矩了，你……"

李治最怕这些女人间的碎言碎语，一听到就头痛，赶紧打断："好了，好了，今天大家都该高兴，皇后，这些事就不提了吧。"说着，向南昌王使了个眼色。

南昌王会意，一边心中暗笑，一边道："是啊，是啊，皇兄所言甚是，教坊使，来，先奏乐吧。"

教坊使应声示意，乐工轻拨琵琶横吹笛，悠扬的乐声响起，在大殿中飘荡袅绕着。

没过多久,太妃扶着一个侍女的手走了进来,李治和南昌王还有王皇后赶紧起身相迎。

太妃不着痕迹地避开南昌王的搀扶,坐进了最上首的席位中。南昌王摸了摸鼻子,只好自己坐回原位,看来想要让老人家释怀,他的前路漫漫啊。

"母妃,今日教坊使专门为你排了许多歌舞,你可要好好欣赏欣赏啊!"李治笑道。

太妃眉宇深锁,一脸的意兴阑珊。"原来皇儿邀我来这儿是看戏啊,我没兴趣,皇儿你自己看吧,我乏了,想要回去歇着……"

李治极有孝心,即便是如此,仍然好脾气地安抚道:"母妃,今天这表演跟往常不一样,是教坊使精心策划的……"

一旁的王皇后也赶紧搭腔劝道:"是啊,母妃,既然你人都来了,不妨就看一看,何况这也是皇上的一片孝心呢。"

南昌王知道症结所在,所以没敢多嘴,怕自己越说,老人家走得越快。只能默默地在那里投以可怜巴巴的目光,冀望太妃心软。

也不知道是劝阻起了效果,还是他的目光起了效果,太妃终于不再坚持要走,而是耐住性子坐在那里。

殿心的乐伎退到一旁,换上翩翩而入的舞伎。

舞伎很美,舞跳得也美,然而除了皇上与王皇后看得比较专注外,南昌王和杨太妃都没什么心思。一个想着那个本尊与老太妃之间到底发生了什么,导致太妃如此生气。亲生母子哪还有隔夜仇,如今这样只能证明太妃被气得很了。原本这摊子轮不到他来收拾,但谁让他已把太妃当成了半个母亲呢。

另一个则精神不济,根本看不进去。勉强坐了一会儿,杨太妃就受不了了,竟然打起哈欠来。当下也不再坐着,起身便要走。

李治大惊,极力挽留,太妃却只是摇头,扶着贴身侍妇就往外走。众人无法,只能起身恭送。就在此时,姗姗来迟的萧淑妃带着侍女匆匆走了进来,因为走得太急,并未注意到正要离去的太妃,竟然就这样直直撞了上去。

就听得一声痛呼,太妃往后摔倒在地。

众人震惊，在李治反应过来之前，南昌王已抢步上前将太妃抱了起来

"愣着干什么，快传太医！"他冲着旁边被吓到的内侍大吼，然后就往仁寿宫大步而去。

在经过呆愕地站在那里的萧淑妃身边时，他冷冷看了她一眼，眸中流露出从未有过的狠意。

萧淑妃被看得不由自主打了个寒战。

将杨太妃送到仁寿宫，刚放下人，太妃立即挥开他的手。即使她痛得面色发白，额头上大颗大颗的汗水往下滚，仍然没忘记生他的气。

"老身不过是一个孤寡婆子，别污了王爷你金贵的手！"她冷冷道，声音因疼痛而微微发着颤。

没想到她这个时候还在生气，南昌王又急又怕，劝道："母妃，孩儿知错了，你……"

哪知杨太妃根本不听，厉声喝道："出去，谁是你母妃！这么快……就忘了你自己说的话吗？"

说的话？南昌王呆了一呆，心里发急，这本尊到底说了什么混帐话啊，让他背这个黑锅。

就在他停顿的片刻，杨太妃已再次颤声道："你忘了，老身可没忘……老婆子做不得你的母妃，滚……滚出去！"

"母妃……"南昌王还想再说点什么，太妃身边的贴身侍女已低声劝道："王爷，你先出去吧，别让太妃娘娘气坏了身子。"

见太妃越来越激动，南昌王无法，只好叮嘱了旁边的人好生照料着，便退出了太后的寝殿。张太医这时才到，显然是被人拉着小跑过来的，在这寒冬季节竟是出了一头大汗。见到南昌王等在外面，就要行礼。

"免了，快进去看太妃吧。"南昌王心不在焉地道，还在想着太妃刚才的话。他虽然性子跳脱，但梦里梦外活了二十多年，也从没惹父母生过这么大的气，甚至说出不是他母亲的话。那混帐究竟说了什么啊？他烦恼地直想抓头。

张太医不敢耽搁，忙走了进去。

这时皇上和皇后才到，见到等在外面的南昌王不由有些奇怪。李治正想

开口问他为何不进去，南昌王已抢先一步道："皇兄，那萧淑妃撞伤母妃，你可处置了？"

李治怔愕了一下，王皇后眼中浮起嘲讽的冷笑。

不敢去看南昌王的眼睛，李治别开眼嗫嚅道："朕已经让她闭门思过了！"

南昌王脸色微变，闭门思过，这算什么处罚？正想怒责，李治已转开了话题："母妃怎么样了？"

南昌王冷哼一声，像是没听到似的，转身走得远了些。

李治尴尬，想发作却又有些理亏，只好悻悻地走进寝殿内。王皇后看了眼南昌王，眼中浮起若有所思的神色。

过了一会儿，有侍婢从里面出来，南昌王赶紧抓住询问太妃的情况。

那侍婢看向他，眼神有些奇怪，但仍然老老实实地回答："太医说太妃摔折了腿，要休养很长一段时间。此时正要给太后接骨……"

仿佛为了印证她的话似的，里面传来太妃的痛叫声，直听得南昌王心里一阵抽紧，心不在焉地挥了挥手，让那侍婢去忙了。

大约是张太医手法不错，太妃也只是叫了那一声，之后只是细微的呻吟，还夹伴着李治和皇后安慰的声音。

那一瞬间，南昌王心中浮起浓烈的沮丧感，从来没有如此深刻地感觉到自己不过是一个外人。

等到张太医出来，又问过太妃的病情，南昌王才郁郁地离开仁寿宫。

不知不觉就来到尚食局，站在外面发了好一会儿呆，他才迈步走进去。

"什么？你说，皇太妃摔断了腿？"殷浩惊呼。看南昌王罕有的闷闷不乐，他和小葫芦在旁边逗了好久，才听他说出原由，却没想到会是这个。

"还是被淑妃娘娘撞的？"小葫芦大叫，叫完才反应过来，忙看了看四周，发现没人留意，这才压低声音又道："皇上还没处罚淑妃娘娘？"

南昌王听他们将自己的话又重复一遍，心情愈发不好了，无精打采地嗯了声："原本是想她老人家开心的，没想到这么一闹反而让事情变得更糟了。"

"那王爷，太妃娘娘现在怎么样？还好吧？"殷浩也不是没眼色，赶紧问。

"除了腿外倒没其他事，只是心情更加不好了。"南昌王低垂着头看着桌面，手无意识地把弄着殷浩他们喝水的碗，顿了顿，又委屈地补了一句："我还是被赶出来的。"

殷浩师徒对望一眼，终于明白他为什么心情这么坏了。两人也不知该怎么劝，便跟着沉默下来。

过了一会儿，殷浩突然也跟着叹了口气。

"哎，这下完了。"

小葫芦蓦然看向他，突然觉得自己这师父什么时候变得这么不会说话。"师父，说什么呢你？"

"你想啊，太妃娘娘这一摔啊，皇上肯定无心过问冷宫里的媚娘了，要想让媚娘从冷宫里出来，就更难了。"殷浩揪着头发，开始着急起来。

小葫芦暗自翻了一个大大的白眼，真是服了你了！人家南昌王还在担心自己的母亲，你倒好，不仅不安慰，还说这种话，不是讨打吗。

果然，南昌王闻言一下子抬起了头，狠狠一巴掌拍在殷浩的大头上，怒道："你那个脑子里，除了武媚娘还能装下什么？"虽是这样骂，但被这样一打岔，倒真没那么难受了。

殷浩缩了缩脖子，揉着被拍痛的脑袋，咕哝道："还有你们啊。要不我干嘛在这儿费着劲儿给你解闷。"

听他这么一说，南昌王没言语，又沉默下来，自顾玩着碗。听到这话说不感动是假的，回想起之前两人在旁边一唱一和跟要猴儿似的样子，他的脸色渐渐和缓下来。其实在他心中也是相信他们的吧，否则怎么会在不开心时下意识地来到这里。

"我会想办法救武媚娘出来的。"缓缓地，他开口，一字一句，虽然不响亮，但却清楚地传进两人耳中。救武媚娘，不只是为了殷浩，也是为了教训萧淑妃。

殷浩没想到他会突然冒出这么一句，先是一愣，而后眼睛立即亮了。就如南昌王相信他们一样，他也是毫无理由地相信着南昌王。

用不着他说感谢的话，南昌王又道："殷浩，你帮我一个忙。"

"嗯！王爷你尽管吩咐！"听到能救武媚娘，殷浩立即狗腿起来。

"你去帮我探听一下,我……本王正常那段时间,跟太妃是为什么事起了冲突。"南昌王低声道。这事他不方便自己打听,若不弄清楚,他怎么都无法安心。只能依靠殷浩了。

"这个可能有点难……"殷浩皱眉,仁寿宫那边他并不是很熟悉。但是看到南昌王始终没解开的眉头,他还是豁了出去,"行吧。王爷你就等小人的消息吧!"

南昌王终于勉强扯出一抹笑,伸手拍了拍殷浩的肩。直到他走了,小葫芦还在思索一个让他难解的问题。

"师父,王爷为什么说他正常的那段时间啊?难道现在不正常吗。"

哪知不但没得到师父的解惑,反而遭到了警告。

"这事不是你小子能问的,用塞子把你那葫芦嘴给塞好了!"

难得看到师父这么严肃的时候,于是小葫芦知道了,南昌王正常与不正常的问题是不能到处乱说的。

回到王府,南昌王又将自己在书房里关了半天,连午膳也没用。

瑞和一众王府下人开始着急起来,生怕他又变回前两个月的样子,不知该如何是好。泰常让膳房准备了几样南昌王爱吃的菜,又盛了碗米饭,然后用托盘端着去了书房。

见有人出头,众人都舒了口气。

哪知泰常刚一敲门,门就从里面被拉开了。让人不由又是感叹又是嫉妒,王爷对泰常就是不一样啊。但是想想泰常的能力,倒没人不服。

"泰常,你快过来看。"南昌王伸手想要拉泰常,这才发现他手上端着的东西,不由顿了下,不好意思地收回手,却仍然一脸期待地看着他。

"王爷,你还没用午膳。"泰常目光扫过案桌上铺开的纸,上面似乎画着什么东西。想必王爷是要让他看那个,难道将自己关在书房里半天就是为了弄这个东西?

不得不说,泰常在发现事实真相的时候暗自松了口气。其实他也如其他人那样,有些担忧王爷又会像上次那样性情大变。

"我不饿。你快放下,来帮我看看,有没有什么地方需要改善的。"南昌王兴奋地道,就仿佛一个孩子在向大人展示自己的宝贝一样。

泰常犹豫了一下,按他的性格本该主人说什么就是什么,但是想到这个天气,就算有罩子罩着,只怕刚出锅的饭菜也会很快冷掉。

"你吃饭。我看。"他迅速找到折中的办法。

"我待会儿……"南昌王想说待会儿再吃,结果一抬眼看到泰常眼中的坚持,只好妥协,"好吧,你赶紧去看。"

泰常嗯了一声,将那纸和书都推开了一些,空出地方来。然后放下托盘,揭开罩子。幸好饭菜还冒着热气。

不用他伺候,南昌王迅速拿起了装着饭的碗和筷子,开始吃起来,眼睛却还巴巴地看着泰常,仿佛在说你赶紧看赶紧看!

泰常无奈,只能将那纸拉平了,先是随意地扫了一眼,而后微怔,不由仔细看起来。

见他神色认真,南昌王得意起来,几口将饭刨完,一扔筷子便凑了过去。

"怎么样?"

泰常没有回答,再过了一会儿,才抬起头,先是看了眼已经空了的饭碗以及没怎么动的菜,不好再说什么。

"这椅子是给太妃坐的?"他沉吟地开口。

南昌王没想到他能一语中的,不由又是吃惊又是佩服,还有些许得意。"是啊。你看太妃会不会喜欢?"

泰常沉默,而后道:"如是由王爷你送,可能会被砸烂。"他实话实说。

仿佛被当头泼了盆冷水,南昌王的一腔兴奋瞬间化为乌有。他之前一直在想要怎么让太妃高兴,却没想过以两人现在的关系,太妃又怎么可能给他这个献殷勤的机会。想到此,他突然有些心灰意冷。

泰常顿了下,道:"奴才这就去找工匠来做。"说着,收起了图纸,就要向外走去。

南昌王脑中灵光一闪,赶紧叫住泰常:"等等,泰常。"

泰常回身恭立。

"你设法让人将这份图纸送到冷宫里给武媚娘,让她献给皇后,这轮椅由皇后来做。"这样一来,太妃自然无法拒绝,皇后也讨了一个好,武媚娘从中得到的益处更不必说。能不能将武媚娘从冷宫里弄出来,就看这次机会了。

"是。"泰常没有多言,转身出门。

他素来如此,上面吩咐下来的,从来不多问,但却能办得极为妥贴。南昌王放下心来,倦意涌上,索性就歪在书房的榻上准备小憩一会儿。

瑞和进来收拾了碗筷,然后又默默退了出去,顺便带上了门。

第十四章

　　因为久别重逢,李治对武媚娘眷恋甚深。武媚娘一边极尽温柔曲意逢迎,一边大吹立李忠为太子有何好处的枕边风。加上王皇后不时提及,令李治颇为意动。但李治终究更喜爱聪慧过人的李素节,对萧淑妃也仍恩爱未减,因此一时难以取舍。

"那个混蛋真的是这样说?"南昌王勃然大怒。

殷浩费了好一番劲,又塞了不少银子,终于从仁寿宫的宫人那里挖出了内幕消息。原来某一日,南昌王本尊进宫去看老太妃,原本是好好的,甚至还留在那里进午膳,却因为在午膳时看到案上有一盘凉拌云芹而大发脾气。

南昌王本尊是不吃芹菜的,他受不了那个味儿,甚至于从来不允许面前出现芹菜的影子。以前太妃也很注意这一点,但自从李宇凡梦里占据这人身体之后,很多喜好都有所改变。李宇凡恰恰钟爱芹菜,觉得在吃过金馔玉肴之后,回头再吃一口清爽的素拌水芹,那绝对是一大享受。于是矛盾冲突发生了,首当其冲的就是老太妃。

大抵是本尊也感觉到了自己的身体被别人使用过,心里正不顺畅,此事连自己的亲生母亲也分辨不清,让他更为失望悲怒。就在太妃奇怪地问出他不是喜欢芹菜这句话时,立即引爆了他心中的愤懑,竟然脱口说出太妃不配做他的母亲,认贼为子的话。直气得太妃好几天都躺在床上缓不过气来。

听罢殷浩绘声绘色的叙述,南昌王又气又无奈。谁让他占据了人家的身体,但恰恰这又不是他能控制的,所以即使被本尊气得想杀人,还不能理直气壮地讨伐。

"是啊。"殷浩耸耸肩,想了想,然后伸出手指点着南昌王的胸口,道:"那个混蛋……就是这样说的。"果然是癔症了,连自己都骂。

南昌王"啪"地拍开他的手,想说不是自己,可是无论如何也说不出口,只能恨恨地甩袖而去。

殷浩看着他的背影,不由大大地叹口气。心想这王爷表面看着风光,其实也挺可怜的,有的时候连自己做过什么事得罪了什么人都不知道。

占了别人的身体,免不了就要承担起相应的责任。不能说那不是他做的，他就能不管，该怎么逍遥还怎么逍遥。也许有人可以这样，但李宇凡，现在的南昌王做不到。

他跪在仁寿宫外已经两个时辰了，拒绝了给他撑伞的内监，此时他几乎被纷落的雪覆成了一个雪人，身体早已僵冷得没了知觉。

"孩儿知错，请母妃责罚！"每当有侍婢或者内侍来劝他起身时，他说的就只有这句话。到后面已经是无意识的机械重复。

如果换成以前，南昌王绝对不认为自己会做出这样狗血的事。但是身处这个位置，这个时代，他才知道做起来也不是那么困难。就算是用苦肉计也罢，这一关他一定要过。反正这个身体就是那混蛋的，这也是那混蛋该受到的处罚，虽然难受的是他。

娘的，大丈夫能伸能屈，他就不信他挨不过去。已经渐渐开始涣散的意识中刚浮起这个念头，下一刻他人已经栽倒在雪地里。

耳边隐隐有人惊呼的声音，身体仿佛飘浮在了空中……只是这些已与他无关。他很累，脑子如同灌了铅般沉重，什么都无法再想，不用再想。

他终于可以真正无梦无识地好好睡一觉了。失去意识前，南昌王欣慰地想。

醒来时已经是五日后，睁开眼第一个看见的竟然是殷浩那张大脸以及有些发红的眼睛。见到他醒来，那小子竟然吓得叫了一声，而后伸过手就要来拍他，却又生生止在半空。

南昌王忍不住笑，却发现竟然连笑声都发不出来，更不用说话。

好在殷浩那小子自说自话的能耐极强，转眼就将他昏迷后这几日发生的事通报了一遍。

那日他晕倒在雪中之后，并没等内监回报太妃，一直跟在暗处的泰常先一步将他带回了王府。

得知这一点，南昌王不由暗赞泰常做得好。且不说自己不宜留在后宫之中养病，就算因为太妃的缘故留在了那里，也不过只是让太妃有些心疼而已，远没有这样默默离开让她来得牵挂担忧。

果然，殷浩说太妃得知后，开始还想装作若无其事的样子，但是连晚上都没熬到，便派人来打探他的消息了，甚至派了宫里的太医来给他医治。

那个时候他一直高烧不止。太医说如果烧退不下去,那么可能就再也醒不过来。太妃这时才真正慌了,若不是太医说此时他不宜再搬动,只怕早已被送入宫中去了。

这一发烧昏迷就是整整五日,连皇上都惊动了,更不用说他身边这些亲近的人,自是寝食难安。殷浩也通过春喜向金尚食请了假,专门跑到王府里来守着。

太妃第一次来看时,见他连说胡话都是认错,哭得都晕厥了过去,哪里还记得他曾经说过的那些混帐话。太妃本想就住在南昌王府里,还是贴身侍婢劝说这样会分散下人和大夫照看他的精力,她才不舍地离开。后面这几日几乎天天都要来一遭,今日也是才刚刚回去。

听到此,南昌王觉得有些心疼。可是若不这样,母子俩就算合好了,只怕心里也有一个疙瘩在那里,那样又有什么意思。

"你行啊,竟然连昏迷了都能知道什么该说什么不该说。"对于这一点,殷浩十万分的佩服。

南昌王苦笑。那哪是他能控制的啊,他根本毫无意识的好不好。只怕是真正在心里认定自己错了,才会这样心心念念地想要得到原谅,甚至于就算人事不知的时候也没忘记。

门吱地推开,一股冷风荡了进来,很快又被切断。

"王爷,可要喝水?"是泰常,他端着一个茶壶走进来,对于南昌王的苏醒似乎并不惊讶也无喜悦。他的声音有些嘶哑,像是病了一样。

南昌王还没回答,泰常已倒好水走过来,将他扶起,杯子端到他嘴边。

近了南昌王才发现,泰常看上去瘦了一圈,虽然仍打理得一丝不苟,眼中的血丝与脸上无法掩饰的疲态让人知道这几日他必然也没休息好。而最让人惊讶的是,他的嘴角竟然起了燎泡。

"王爷,你这侍卫真是没得说啊。"殷浩已在旁边道,"这些日子就是他在旁边不眠不休地伺候你,从不假手他人……"说到此,他是又羡慕又嫉妒,感叹自己身边怎么就没这么一个人。显然他将小葫芦完全忘记了。

南昌王心中愧疚,奈何说不出话,只能伸出手抓住泰常的肩膀,使劲捏了捏。

"这是奴……属下份内之事。"泰常唇角抿成一条直线,好一会儿才缓缓道。却终于将奴才二字换成了属下。

南昌王眼中露出欢喜之色，突然觉得这一场病真是生得值了，不仅让太妃去了心结，还让泰常终于敞开了心房，同时也让他看清了自己在这个世界所拥有的两份最珍贵的友情。

又养了好几天，南昌王这才算是能够四处走走，便是这样，都还要挨泰常控诉的眼刀。

得知他醒后当天，太妃就来过一次，抱着他又是哭又是拍打，当然没敢用劲，但也算发泄出了这段时间的担忧和恐惧。那一刻，南昌王觉得自己跟母妃的感情似乎又近了一层，心里自然是高兴的。

等完全好时，已是十日之后。难得的雪霁天晴，他收拾收拾，决定入宫请安。

他到的时候发现皇后竟然也在那里，屋中央还放着一辆制作精美的轮椅。南昌王一眼看到，心中了然，也不多言，先上前见过礼。

太妃让他到跟前，先拉着看了好一会儿，见他神采奕奕的，这才高兴起来。

"母妃，今日天气好，孩儿陪你出去走走吧。"他趁机道。

太妃腿脚不便，出行都是由人抬着，闻言不由皱起了眉头。她既不想拒绝大病初愈的儿子，却也不想走到哪里又由人抬到哪里。

像是知道她的顾虑，皇后趁机道："是啊。母妃，你何不试试这椅子呢？只要用人在后面推着就行了，可比人抬着舒适。"

原本皇后就是为了献椅而来，太后年纪大了，对于这新奇的东西总是有些顾忌，此时看到南昌王与皇后期盼的眼神，竟是不忍拒绝，只能点了点头。

当下南昌王亲自将太妃抱进轮椅中，将脚放好了，又在她腿上搭了一层貂皮薄毯，才推着人往寝宫外走去。在看到那貂皮薄毯的时候，南昌王想到了自己之前送给太妃的小锦貂，想问，却还是忍住了，怕太妃之前一气之下把小貂给宰了，若他问起，岂不是又要勾起不悦的回忆。

"貂儿好着呢。"仿佛看穿了他的心思，太妃状似漫不经心地道。

南昌王脸上不由自主露出了笑容，太妃便也笑了，皇后只好在旁边陪笑，虽然她并不知道两人在笑什么。

雪霁初晴，宫中大小道路上的雪已被铲净，路面干爽至极，而屋顶围墙以及草木之上却还残留着一片一片纯净的白雪，反射着日光，耀目至极。走到太掖池畔时，湖面尚飘浮着一层薄冰，透出湖底的幽蓝，衬着远处的素裹银山，连绵楼阁殿宇，当真是美不胜收。

太妃心情大好，忍不住赞道："这椅子当真好用，皇后，是你想出来的主意吗？"

"母妃喜欢就好。媳妇不敢居功，此乃由武氏所献之图营造而成。"王皇后连忙上前道。

"武氏？"太妃一时想不起武氏是谁。

"回母后，武氏就是因月下美人为民请命惹恼皇上而被打入上阳宫的武媚娘。"王皇后解释。

听到是武媚娘，太妃脸上的神色便淡了下来，没有接话，眼中隐隐流露出厌恶之色。

王皇后却像没看到一样，不紧不慢地道："母妃请看……"说着，从怀里拿出一张微旧的白色布帛递给太妃，"这是武氏在上阳宫听到母妃腿受伤的事之后殚精竭虑而成，又求刘公公传到媳妇手中，媳妇方能做成这轮椅呈与母妃。"

太妃随意瞟了眼，见帛上的线条是用暗红的血迹画成，不由有些动容，接了过来。"她倒是有心。"她道，虽然语气仍然淡淡的，却已有软化的迹象。

南昌王见到那图，也微微一惊，这才想起武媚娘在上阳宫中怎么可能有笔墨纸砚，若是将自己给她的那份图纸交给皇后，如今再递呈给太妃的话，被看出来，只怕救人不成反又是一番风波。幸好她聪明。

"母妃，你再看这个。"王皇后又拿出两件一看便知是由里衣裁出来的布帛来，递到太妃手中。

太妃摊开，发现上面密密麻麻地写满了小字，同样是用血书成，此时已经发黑。仔细看去，却是两份金刚经。太妃晚年无事，多时都在佛堂理佛，自然一眼便能看出。

"这是她交予你的？"她沉声问。

"回母后，并非由武氏交给媳妇。"王皇后笑道，"是前日轮椅做出来后，我见极其精妙，心中欢喜，便想起去看看她。结果正遇到她刚写完这个。"

太妃淡淡"嗯"了声，没有接话。王皇后只好自己继续道："这是她由指尖血书抄写而成。说原本只是想为太妃抄一份祈福，后来又听说南昌王病了，于是又抄了一份。她倒是自己收着，无意让人知道，没想到会让媳妇撞个正着，追问出来的。"

太妃听到此，终于动容。南昌王没接触过佛学，只是觉得用血抄写这么多字不易，武媚娘好心机，其他倒没多想。却听太妃道："难得她有这份心，叫她来仁寿宫吧。"等皇后答应去吩咐人的时候，她示意南昌王回转。"你大病初愈，还是少吹点冷风。"

"你们可知为何母妃要见那武氏？"回宫的路上，太妃谈兴忽起，笑问。

南昌王想，当然是因为她讨得了你的欢心，但这话却是不能说的，只好跟皇后一样道："儿愚钝，请母妃指点。"

太妃本来就有意说，自然不再卖关子，道："你们必知人之血一出即凝，若用指尖血书写需先刺破指尖，待之出血尚能开始书写。然而也许一字未成，血便已干涸，需要重新刺破指尖方能继续书写。这金刚经五千余字，书成两份，若那武媚真是用指尖血所成，当真不容易。"

听到此，南昌王和皇后都不由毛骨悚然，皇后这时才回想起武媚娘的手，似乎十指皆扎了起来。

"她只为我老太婆写倒也罢了。"太妃继续道，"可是她还为我儿也写了一份，只是这份心思，我便当拉她一把。"为人母者，历来是以孩子为先，太妃想起南昌王那几日躺在榻上人事不知的情景，不由又要落下泪来。

南昌王听到此，心里感动，也不顾皇后在旁，俯身一把抱住了太妃。

太妃伸手摸了摸他的头，脸上浮起慈爱的笑容。

武媚娘达到仁寿宫的时候，李治也被太妃唤了来。见到跪在地上的武媚娘，他大为惊讶，待看清她容颜憔悴，十指肿胀，伤痕累累，便又转为怜惜之情。奈何其已被打入冷宫，他不方便当着这许多人的面过于亲近。

太妃只需扫一眼武媚娘的手，便知皇后所言不虚，心里的那一分犹豫也终于消隐无踪。

"起来吧。"太妃看着武媚娘和蔼地道，"我对你过去或有所误会，今日方知你却是一个好人。"

武媚娘不知要如何回答，索性不接话，只是谢完恩起身后，便恭谨地垂首立于一旁。

"武媚你善解人意，又心思灵巧，不仅想出这车助我行动，还不辞辛苦书成两卷金刚经，我很是喜欢。"太妃继续道，然后话风一转，笑道："说吧，你想要什么奖赏，若是我能办到，必为你达成。"

听到这话，武媚娘欣喜若狂，心脏"怦怦"急跳。却还是竭力保持一脸的平静，从容跪下，"媚娘现在居于上阳宫内，是带罪之身，不敢要求。"

"哦？"太妃微笑，目光扫向坐于一旁的李治，"皇儿，你看这事……"

李治心动，忙陪笑道："一切但凭母妃作主。"说完此话，他的目光便控制不住地往武媚娘望去，却见她低垂着头，不由有些失落。

"既然皇儿如此说，那便容老婆子为武媚求一个情，让她出上阳宫，恢复才人身份吧。"太妃笑道。

"是。孩儿这就传旨！"李治心中大喜，显得有些迫不及待。

太妃"嗯"了一声，含笑不语。

武媚娘强捺心中狂喜，叩头谢恩。

王皇后和南昌王都不由松了口气。为这事折腾了这许久，总算成了。

当殷浩听到武媚娘的消息时，他正送点心回来。乍听到时，他几乎不敢相信自己的耳朵，等多问了两个人，确认无误后，不由大吼了两声，欢喜得手舞足蹈。

他欢天喜地地冲入尚食局，看到春喜正在空地上晒着萝卜干，忙跑了过去，激动兴奋地道："春喜姐！春喜姐！皇上恩典，媚娘从上阳宫里出来了！"

春喜没有看他，自顾做着手上的事，不冷不热地道："那又怎样？"

殷浩一愣，这时才察觉到春喜的情绪不对，想了想，问："哎呀，春喜姐，你还生我气呢。"

"我干什么生你气？我生你气干吗？你有哪里值得我生气的？走开，我不想理你，快点离开我的视线！"春喜连珠炮地道，眼眶却微微有些红了。

那个女人出来了,他便是这般开心,可是那与她何干,她干吗要高兴。

"别啊。"殷浩坏笑,他这时有了精神,缠起人来就不是那么好打发的了。"你不理我,我理你!"说着,还故意往春喜面前凑去。

春喜躲来躲去都躲不开,最后烦了,一把将殷浩推开,哪知力气使得大了,殷浩没站稳,竟然摔倒在地。他哎哟一声惨呼出声,见春喜无动于衷,不由大声嚷了起来:"春喜姐,你要怎么才能原谅我啊!"

"哼,你去死我就原谅你!"春喜随口道。她压根没想出殷浩什么时候得罪过自己,干么要口口声声让自己原谅,这不是找抽吗。

殷浩一怔,突然从怀里摸出一把匕首来,一脸从容就义的昂然:"好!只要春喜姐能原谅我,我殷浩死不足惜!"说着,竟真的拔出匕首猛然刺进自己的心脏,只剩柄露在外面。

春喜看到,不由尖叫一声,扑了过去。

"殷浩!殷浩!"她吓坏了,抱住殷浩只知道连声地喊。

"春喜姐,你这下……肯原谅我……了吗?"殷浩奄奄一息地倒在春喜怀里,满眼期待地问。

"我没生你气……"春喜焦急地道,"殷浩,你别死……只要你不死,让我干什么都行。"她一边说眼睛一边往四周探看,想叫人帮着找大夫来。

"春喜姐,你对我实在是太好了!"殷浩本来还是一副痛苦的样子,闻言突然一笑,拿开手,哪里有什么刺伤,却原来只是半截匕首,刃部全部缩进了柄里。

春喜傻傻地看着这一幕,而后,突然"哇"地一声哭了起来。

殷浩被吓了一跳,不知所措地道:"怎么了,春喜姐?你别吓我啊!"

"你……你这个人!太坏了!"春喜抽抽噎噎地说道,想到刚才那一幕,以及心中的害怕,她眼泪越掉越凶。

"哎,你别哭啊,我这都不知道该怎么办了!来,你打我吧,春喜姐,我这个人太坏了!"殷浩急得团团转,他要早知道有这样的结果,绝不敢乱吓人。

"谁要打你。"春喜背过身去,眼泪哗啦啦地淌着,仿佛没有止尽似的。

殷浩抓耳挠腮,又绕到春喜面前,小心翼翼地道:"那你说,怎么样都行!我请你喝酒成吗?管饱!"

春喜看着殷浩那副着急的样子，终于忍不住破涕为笑。

"真管饱？"

"真管饱！"殷浩保证，眼里满是焦急。

"好吧，我春喜大人有大量，不跟你这种小人计较了！"春喜掏出帕子擦干眼泪，只是眼睛还红红的，里面有着淡淡的忧伤。

殷浩终于松了口气，陪笑道："春喜姐你就是菩萨再世，仙女化身！怎么会跟我这样一个凡夫俗子计较呢。"他终于明白女人哭起来有多可怕了。

春喜再次被逗笑。

武媚娘得出上阳宫，又恢复武才人的身份，心中最感激的不是皇后，而是南昌王和殷浩。

因此当南昌王从仁寿宫回转时，在廊下遇到她时便不属于意外了。她是特地在那里等着，以便两人能同行一段路。因为邀他们到自己的寝宫作客终究有所不便，只能借这种机会表达自己的谢意了。

"武才人！"南昌王倒也没表现出讶异，笑着打招呼。

"媚娘多谢王爷相助。"武媚娘低声道，语气中是说不尽的感激与感慨。两人隔着两肩宽，中间可以容一人横冲直撞地走过，不过也是怕人传闲话罢了。她如今刚刚出冷宫，一举一动都不得不十分小心。

"武才人不必如此。不过是举手之劳而已……"说到此，南昌王突然想起那用血画的图与经书，心里不由佩服她的毅力。"说起来，还是才人你自己聪慧过人，竟然能想到另外用血和布再画一幅图。"

武媚娘惊讶地看向他，疑惑地道："那不是王爷你嘱咐的吗？"

"我没……"南昌王正想否认，突然想到这事是交给泰常做的，那么如果不是武媚娘自己想到，必然就是泰常提醒的。想到有这么一个得力的手下，他不由得意起来，但也没多说，而是转开了话题："对了，你怎么会想到抄经的？"还是用指尖血，这得要多大的勇气和耐痛力啊。

武媚娘微微一笑："送图纸给我的那个人同时给我留了一句话，他说才人在此无事，何不抄抄经书消磨时间？"她何等聪明，立即便明白了话里面想要传达的意思。结果太妃那份还没抄完，又听到南昌王大病，一为讨好太妃，再来也是出于感激的心理，所以又咬牙抄了一份。反正成败皆在此次，错过这次机会,又不知要熬到何时了。

南昌王一听那话的调调,除了出自泰常,还能有谁。他没想到泰常会亲自来办这件事,但不可否认,这件事办得相当完美。

"说起来,本王倒还要谢谢才人的那份祈福经书呢,否则说不定真去阎罗殿报道了。"南昌王笑道。且不说主意是谁出的,便是武媚娘这份忍耐力与整个过程中的机智应变,便是世人罕有的。

武媚娘闻言,不由妩媚一笑:"王爷说笑了。王爷福大命大,媚娘如此做,不过略尽心力而已……"

说话间,已至分道处。武媚娘停下,看着不远处的禁军,道:"媚娘希望还能与王爷有畅饮的机会。"说罢,欠身一礼,先行离开了。

南昌王看着她婀娜的背影渐渐消失于回廊尽处,而后转头看向蔚蓝的天空。

姐,你可是正在看着这一切?

武媚娘既出,第一个要对付的就是屡次陷害她的萧淑妃。而要打击萧淑妃,最好的莫过于让李忠成为太子。

因为久别重逢,李治对武媚娘眷恋甚深。武媚娘一边极尽温柔曲意逢迎,一边大吹立李忠为太子有何好处的枕边风。加上王皇后不时提及,令李治颇为意动。但李治终究更喜爱聪慧过人的李素节,对萧淑妃也仍恩爱未减,因此一时难以取舍。

最终这事传到皇太妃那里,皇太妃说不若我出两个题目考考他们,谁能答出便立谁为太子。皇太妃不过是与宫人说笑,哪知竟被李治听到,李治正被几个女人争太子一事闹得头痛不堪,当即拍案决定,此事便按太妃的意思解决。

这一来不仅几个女人傻眼,连太妃自己也有些傻眼。但皇帝金口既开,哪有收回的理。于是皇太妃不得已,只好担起挑选储君的重任,当下便出了第一道题。

南昌王得知题目的时候,发了好一会儿呆。然后,他转向了尚食局。既然殷浩那么想要帮助武媚娘,这次事怎么能漏掉他。

"什么?太妃亲自出题考两位皇子?"听到南昌王带来的消息,殷浩一脸的震惊。

南昌王点头，淡淡道："是啊，李忠和李素节这两位皇子，平日在太妃看来便是平分秋色，各有千秋。太妃就想利用一道题目，为两位皇子做个甄别。"

"谁能给出这道题的答案，谁就会被立为太子？"殷浩有点不相信立太子这样轻率。

"对！"南昌王给了他肯定的答复。

葫芦在旁听得一头雾水，好奇地问："那到底是什么题啊？"

"为夜明珠穿上金线！太妃曾得番邦大虞国进贡一对夜明珠，珠内有天然而生的曲折难辨的孔洞，御工坊中最巧手的工匠都无法为此珠穿上金线。太后现在却要让两位皇子来解开这道难题，真是难为人啊！"南昌王边说边比划，最后还不由发出一声感叹。

殷浩狐疑地看向他，总觉得自己方才似乎在他眼里看到了幸灾乐祸的光芒，但仔细看时，却又是一本正经，甚至还有些同情在里面。肯定是看错了。他甩了甩头，皱紧眉头，将心思转到那题目上去。

"连御工坊最巧手的工匠都无法做到，两位皇子自幼娇生惯养，这、这、这、这怎么可能做到啊？"葫芦抓耳挠腮，着急道："这可怎生是好啊？这题也未免太难了！师父，你想到什么办法没有啊？"

殷浩闻言直摇头，表示自己也没辙，然后他抬头看向南昌王。"王爷？"

南昌王对着他满眼的期待，不由撇嘴："看我干吗？我也没辙呀。再说了，不只咱们头疼，整个宫内上至皇上下至太监、宫女，个个无不埋头苦思！想着该如何才能达成太后的要求。这会儿宫中一片灯火通明，没人是歇着的！"

殷浩悻悻地别开脸，心道，我怎么没看出你在头疼啊。

"真不愧是皇太后，连题目都出得这么别出心裁！想得我这脑袋都快冒烟了！"抱头苦思了好一会儿，他几乎想要仰天长啸。

小葫芦见他苦闷的样子，忍不住道："师父，你别忙了吧！你的脑袋跟徒儿的脑袋实在没什么不同。"

殷浩闻言，一把揪住葫芦的耳朵，瞪眼嚷道："你竟敢小看为师！"

"哎唷……轻点儿，师父，轻点儿……"葫芦痛呼告饶，"徒儿是实话实说，师父别见怪！"

殷浩听得那个气啊，逞强道："好！为师偏就要想出个道理来！让你折服。"怎能让徒弟给看扁了。

南昌王笑眯眯地看着两人闹腾，闻言，于是煽风点火道："那得快啊！太后娘娘已把夜明珠给了两位皇子，明早就要两位皇子去见她。"

"什么？"殷浩大吃一惊，苦了脸："明早？这也太强人所难了吧。"

南昌王摸着下巴，靠向身后的墙壁。此时已是三春，到处一片花红柳绿，宫里的景致倒是不错，可惜他不能留下来过夜。是该回去的时候了。

想到此，他站起身掸了掸袍摆上的尘土，又拍了拍殷浩和小葫芦的肩，笑道："交给你们了。"然后就在殷浩与小葫芦的目瞪口呆中潇然而去。

南昌王漫步走在长安大街上，身后跟着泰常。今日他一时兴起，没骑马，就这样步行至宫中。回来自然便也只好慢悠悠地晃着。

此时已是傍晚，街上行人却并未减少。长安有几条大街是不执行宵禁的，其夜生活之丰富并不逊色于几千年后。不过他在现代属于宅男，在古代自然也不会一下子变得风流狂放起来。

他喜欢春天。长安春天的傍晚仿佛带上了一股浓郁而湿润的花香，风吹在脸上，轻柔如丝。

"泰常，那个题目你说他们能不能答出来？"他突然开口。声音不大，但知道泰常能听到。

"答不出才正常。"泰常淡淡应。

那么能答出就不正常了？南昌王窒了窒，而后叹息。是啊，那种问题，以这种长于深宫中养尊处优的小孩子怎么可能答得出来。只是答题的人并不是那两个小孩儿啊。

"那泰常你能做到么？"

这一回，泰常没有回答。

没有说不能，那就是能了，南昌王自己找了答案。连他自己都没发觉，自己似乎太过相信泰常的智慧通达了。又或许是，他太过了解泰常。

这个问题难吗？对于第一次听到的人来说，当然难。但是南昌王并不是第一次听说，他以前博览群书，曾经看到过与这道题相似的问题。所以在听到太妃提出时，他就有些傻眼。但是正如泰常说的，答不出才正常。所以他没想过帮他们。

"泰常，你会如何做？"他还是有些好奇泰常会有什么方法。

"丝线系于蚂蚁腰上，涂油脂使之光滑，将蚁放于孔中，以烟熏之。"泰常寥寥几句便道出了解决之法。

南昌王大奇，停下脚步，回头看向他："你如何会的？"

泰常抿紧唇，似乎不太愿意回答。但见南昌王目光炯炯，不得答案不罢休的样子，只好无奈地道："儿时玩过蚂蚁。"顿了顿，又道："把蚂蚁放进石头上的小孔，结果它又从另一个洞里爬了出来。"然后，便一直玩这个游戏，还把那个石头穿上了线。

南昌王无语。显然太妃那个让所有人埋头苦思的问题在这个人面前，其实并不是问题。

"所以，泰常你是不正常的。"沉默了半天，他冒出了这么一句话。

这一回轮到泰常无语了。这个问题讨论下去实在没有意义，他主动转开了话题。

"王爷，袁天罡的事已经查出来了。"虽然王爷有两个多月不正常，但是泰常并没停止过他吩咐下来的事。

"怎样？"南昌王继续往前走。暮色已经降临，等他们到王府，只怕天已经黑了。

"袁天罡与萧淑妃过从甚密，但是他们只在对付武媚一事上目标相同。一旦与武媚无关的事，袁天罡从不参与。"

"那你说袁天罡为什么要针对武媚娘？"南昌王沉吟道。

"属下未能查出。"

南昌王突然想到一个可能性，未待细想，便听到泰常继续道：

"袁天罡年少时曾在坊间论相维生，是个颇有名气的相士。有一次因得罪恶人，曾于王家避难，那时皇后尚待字闺中。"

南昌王一惊："你说袁天罡是想帮皇后？但要论得宠，谁也比不过萧淑妃，为何他反而与之……"他欲说同谋，却突然想起上次食物中毒之事。那时他就觉得奇怪，袁天罡似有意陷害萧淑妃，却又想不通是何原因，如今这样看来，倒是有些说得过去了。

见他似乎明白了,泰常便没多说。

"若是袁天罡和萧淑妃是这样的关系,倒是不足为惧。"南昌王喃喃道,说着,再次转头看向泰常,"你说他会相面,会不会是看出武媚对皇后的威胁远远大过萧淑妃,所以才自一开始便想害死她?"他会有此猜测,是因为知道历史。

泰常毫不避让地与自家王爷对视,仿佛想从他眼中看出什么,直到南昌王被他看得有些不安想要转开目光时,他才淡淡道:"武媚聪慧过人,能忍人之所不能忍,必然胜过萧淑妃。"

南昌王眼中露出讶色,没想到他能看得如此透彻。

第十五章

　　李淳风不由叹了口气，神色间有些无可奈何。南昌王却在寻思，袁天罡断断不敢当着所有人的面用毒药谋害皇上，那么这药是真的可缓解头痛，还是有其他不可言说的作用？李淳风又为何要这样防着袁天罡？也许他该找个机会弄一粒来，让人看看里面都有些什么成分。

为了帮武媚娘，殷浩不顾宫禁，拖着小葫芦悄悄地溜到了明月殿。

几个人坐在那里想了半天都想不出办法来。小葫芦受不了这种严肃而沉闷的气氛，忍不住开口道："师父，要我说，连咱们这么一群聪明人聚一块儿都想不出办法，那个萧淑妃就更别提了！我看不用担心！反正谁都答不出来，大不了平局，最后选谁当太子，还不是凭太妃一个高兴。"

殷浩看了眼眉头深锁的武媚娘，伸手一敲葫芦的脑袋："胡说八道。"

武顺见两人又要开始打闹，不由着急起来："快别乱扯一通了，赶紧想办法吧，明天一早两位皇子就要去面圣了。"

武媚娘叹口气，走了出去。

几个人对望一眼，武顺喊道："妹妹……"说着，就要追出去，却被殷浩拦住了。

"我去看看她。"

武顺见他已经起身，便也没与他相争。

武媚娘坐在院子石凳上，望着天空中的一轮明月发呆。空中花香隐隐，却融不了她的一腔愁绪。

殷浩拿着件披风走过去，默默披在她肩上，然后与她并肩而坐。

"媚娘，你别担心，咱们一定能想出办法的！"他劝道。

"嗯。"武媚娘紧了紧披风，然后才缓缓道："其实我不是担心这个。"

"哦？那为何情绪这么低落。"殷浩不解。

武媚娘将目光从月亮上挪开，放到院子里盛放的鲜花上，轻轻地道："我只是在想，若我此时已为皇上生下一个皇子，或许现在就不是为皇后娘娘的孩子想办法，我的孩子或许也有可能成为太子！"

殷浩心中一紧，正要说话，就见她摇了摇头，苦笑道："算了，说这些也没用。还是先想怎么解决问题吧！"说着，她扭头看向他，"殷大哥，说说看，你有没有一点可行的思路？"

两人相距这么近，近得他能看到她眼中闪烁着的熠熠亮光，能闻到她身上传来的幽幽体香。殷浩心跳突然开始加速，他慌忙转过脸装着欣赏夜色。

"天之大道，顺其自然，既然夜明珠中的空洞是天生而成，或许能穿过它的也需自然而生。我想是想到一个，只是……"他竭力保持住平稳的语调，同时也慢慢收敛住那不该有的心思。

"只是什么？"武媚娘听他说得头头是道，心中不由升起了些许希望。

"我想，无论孔洞弯曲成什么样子，流水总能穿过去。可这如何用流水把金线带过去，我就想不到了！"

"有道理……"武媚娘沉吟，隐隐若有所获，不由低下头仔细思索起来。

在他们脚边不远处，一群蚂蚁正忙碌地搬着家。她无意识地看着它们，脑子里却在努力想要抓住那飞速闪过的灵光。

"媚娘？"见她久不开口，殷浩不由有些奇怪，顺着她的目光往地上看去，"哦，可能要下雨，蚂蚁在挪窝了。莫看蝼蚁微小，有时反而比人有灵性得多。"

武媚娘突然眼神一亮："殷大哥，你有办法控制蚂蚁的走向吗？"

"这……"殷浩没想到她会突然问起这个问题，有一瞬间的诧异，但很快回过神来，"可以的，我小时玩得多，蚂蚁喜甜，只要把蜂蜜抹在前方，蚂蚁就会循着蜂蜜的香甜而去。"说完，他顿时反应过来，一拍大腿。"我知道你在想什么了！媚娘，你真聪明！"

武媚娘含笑不语，眼中是满满的自信。

次日，为了看热闹，南昌王早早就进了宫。

御花园里姹紫嫣红，蝴蝶翩跹，蜜蜂嗡嗡，十分的生机勃勃。然而等在那里的一群人却都是一脸倦容，还不得不打起精神来。

皇太妃腿早已好了，但毕竟年纪大了，怕再摔倒，所以还是坐着轮椅来的。见到众人的样子，她不由笑了起来。

"怎么大家都一脸疲惫啊？"说此话时，她还刻意看了眼自己的亲生儿子，见他神采奕奕，于是更加满意了。

"母妃，你出的这考题还真不易解，别说忠儿与节儿，就连孩儿也想不出来。"李治回道。

皇太妃微笑:"那是当然,不解难题,"说着,看向李忠与李素节两个小孩儿,"怎显得我大唐太子的能力呢?"

听到这句话,南昌王忍不住想吐槽,娘哎,皇兄刚刚才说他解不出来,那么你老是不是在说他没能力啊。

李治还没反应过来,就算他反应过来,只怕也唯有苦笑的份。

"母妃,这题目实在教人难以参透,要不要换一题呢?"他不无担忧地道。

"不成,考题既出,怎可反悔?更何况,立太子是何等重要之事,才智品性皆入众人目中,皇儿,你亦当如此,言行之间须多谨慎,方为万民之尊。"皇太妃摇头,一脸肃容,毫不犹豫地给驳了回去。

"是。谢母妃提点,孩儿自当谨记在心。"李治忙道,被教训了一顿,哪还敢再提换题之事。

皇太妃满意地点头,遂瞧向王皇后和淑妃:"好了,别耽搁了,你们可商量好由何人先来?"

王皇后正要上前,谁知竟被淑妃抢了先:"太妃,让我节儿先吧!"

皇太妃脸色微沉,淡淡道:"也好。"不按尊卑,不依长幼,这淑妃好教养!

萧淑妃没留意到太妃神色的微妙变化,回头看了眼自己的儿子。李素节走上前,一脸得意地举起手中夜明珠,那珠子竟真被金线贯穿了。

"孙儿做好了。"

王皇后和武媚娘大吃一惊,疑惑不解地对望一眼,显然猜不透萧淑妃是怎么做到的。南昌王怔了下,倒没多想。李治却是惊讶之后,大喜。

"节儿不愧是我皇族后裔,做得好!"他哈哈大笑道。

太妃仔细看了一眼珠子,又看了眼洋洋得意的孩子,不动声色地问:"节儿,你是如何做到的?"

"禀太妃娘娘,孙儿穿不进金线,左思右想,觉得应借助自然的力量,又见蚂蚁雨前搬家,便突然想到可以借用蚂蚁之力。于是孙儿将蜂蜜涂抹在夜明珠上孔洞的一边,又将金线拴在蚂蚁身上,蚂蚁觅着甜味便拉着金线穿过了夜明珠中九曲八弯的孔洞!"李素节朗声道,他小小年纪,如此脆生生地说出这一番道理来，既有趣却又着实让人吃惊。

李治不由拍手喊了声好。太妃"嗯"了一声，仍然是那副淡淡的神色，既不说好也不说不是。萧淑妃有些不满起来。

若说王皇后和武媚娘之前是大吃一惊的话，这时便是大惊失色了。这一番话，与他们昨日所想何其相似。不，不是相似，而是完全一样。就算萧淑妃穿过了珠子，难道想法以及灵感来源都一样吗？

"该忠儿了。"太妃不管他们私下里暗潮涌动，招手示意李忠上前。

忠儿拿着自己手中的夜明珠走上前，呈给太妃，"太妃娘娘，忠儿也将金线穿过去了。"他小声地道。

李治又喊了一声好。南昌王呆滞了，心想难道其实这并不是一道难题？好像每个人都会呀。

"你又是如何做到的呢？"太妃温和地问。

李忠却是一愣，胆小地喃喃道："忠儿也是用蚂蚁和蜂蜜……"

皇太妃眉微皱，但很快又松开，笑道："好，一样聪明伶俐，我大唐不愁千秋万代啊！"

李治高兴过后，又开始发愁了："这……母妃，没想到两位皇儿都解出了此题，这可如何来选？"

太妃微微一笑，从容道："那就再出一题。王公公，去把郑将军从边塞带回来的两匹汗血宝马和一匹小马驹给我带到这里来。"

王公公领命而去。其他人却疑惑起来，不知太妃葫芦里卖的什么药。

南昌王走过去，趁这个机会扶起太妃，在花园里慢慢地走动。他其实想借机打听打听内幕，不过周围每个人都张着耳朵，直到马牵来，他都没问成。

那是三匹体色银白的马，两匹已经成年，一匹还是小马驹。成年马体型饱满优美、头细颈高、四肢修长，步伐轻灵优雅，让人一见之下不由心生爱惜之情。南昌王看得双眼发光，恨不能弄一匹回去，虽然王府的马厩里已经有不少好马。但这个时代的好马就如好车，哪个男人会嫌多。

除他在打这马的主意外，其他人都在闭息静等太妃出题，至于马的好与坏哪里能跟那太子之位相比。

"这是郑将军从边塞带回来的两匹汗血宝马和一匹小马驹,忠儿、节儿,给你们各自三个时辰准备。"太妃的目光在众人脸上缓缓扫过,然后在南昌王脸上顿了一顿,方继续道:"我要你们猜一猜,这小马驹究竟是哪一匹汗血宝马所生!"

这话一出,众人脸上皆浮现苦思之色。

"好了,都各自回宫吧。我乏了,要去小憩一下,三个时辰后再来唤我。"太妃不可能在这里等上三个时辰,于是示意南昌王推着她回仁寿宫。

其他人赶紧恭送。

一路上鸟语莺啼,柳絮拂面,花香习习,太妃不由轻轻阖上了眼。

"母后。"南昌王忍了半天,这时终于得以开口。

"嗯?"太妃慵懒地应了一声。

"那马真不错。"回想起那马儿的轩昂之态,他就忍不住要流口水。汗血宝马啊!那可是传闻中日行千里,夜行八百的汗血宝马啊!

"唔。"太妃声音低细几不可闻,似乎已快要睡着。

见她不往下接话,南昌王只觉得仿佛有一只爪子在挠着心肺一样,却又不忍打扰老人的浅眠,于是只好强自捺下,弯腰给太妃将膝上的薄毯向上拉了一些,以免她着凉。

等他起身回到轮椅后面,太妃的唇角上浮起一抹浅笑。

殷浩正在自己屋里不安地走来走去,苦思了一夜,总是希望能有个好结局。

葫芦走了进来。殷浩赶紧迎上,急问:"情况怎么样了?"

葫芦一脸的沮丧,摇头道:"师父!别提了,那边出问题了!"

"出什么问题?"殷浩心中紧张起来,生怕听到什么噩耗。"不是都把金线穿过夜明珠了吗?"

"对啊。"葫芦大声道,而后又很快低落下去,"可谁知道,那个节儿皇子竟然和我们的做法完全一样,也是用蚂蚁。现在太妃无法断定,打算现场再出一题考他们呢!"

"你没打听错吧?怎么可能!"殷浩疑惑,能解决就算了,怎会连解决问题的方法都是一模一样。

葫芦撇嘴，有些无奈："哎，师父我骗你干吗，都是那群小太监告诉我的！他们亲眼看到的。"

殷浩立时急了，扯住小葫芦的衣襟问："那他们现在还在御花园吗？"

"哎，师父，你别这样，我喘不过气来了。"小葫芦连忙拍开殷浩的手，埋怨道："你再急也没用啊，他们现在在想第二道题，武才人去了皇后娘娘那里。"

殷浩松开手："那第二题是什么？"

"就是给小马驹找娘呀……"小葫芦得到自由，立即双手比划着将内容说了。

殷浩听得直皱眉头，烦躁地在屋里走了两步，而后一抓头发："不行，我要去看看……"话未说完，人已经跑了出去。

"师父、师父……"小葫芦没拉住，连唤两声，人早已跑得没影，他不由拍了一下自己的腿，哀号："我的师父喂，那可是在皇后娘娘那里啊！"虽是这样说，他还是不放心地随后追了去。万一要有个什么事，他也好在旁帮衬着，再不济，也好去找人求救。

出乎小葫芦意外的是，殷浩到了皇后寝宫，竟然被召了进去。

原来皇后此时正苦恼着，多一个人想就多一分机会，加上知道殷浩与武媚娘的关系，见他在外探头探脑，便主动将人喊了进去。这也是想收拢武媚娘的心，让她为自己全心全意地谋划。

小葫芦没进去，便蹲在外面等着。

"我觉得这个问题倒不算太难，只要分辨马匹毛色，与马驹比对，就可以猜出个十有八九了。"思索了一会儿，武顺笑道。

殷浩早已听过问题，此时又听武媚娘再对他重复了一遍，闻言，摇头："如果真像你说的那么简单，太妃就不会出这道题了。可惜我没看到那马长得什么样子。"

王皇后点头赞同："殷浩说得没错。本宫仔细打量过那两匹马，那两匹汗血宝马本是同株，毛色体态完全一致，单凭眼睛去看，根本无法区分！而且汗血烈马生性桀骜难驯，寻常人根本无法近身，这就更难当堂辨识了！"说着，她的目光满含希冀地看向武媚娘。

媚娘似乎想到了什么，却又兀自皱眉摇头。

"妹妹想到什么妙策了么？"王皇后忙问。

"倒是想到一个办法，可是……"武媚娘欲言又止。

王皇后急了，抓住武媚娘的手催促道："妹妹，没多少时间了，你就快说吧。"

武媚娘不好再迟疑，只能道："嗯……但凡生灵，必有灵性。母子之情，想来骏马也是有的。我想，若是用一支银针去刺那马驹，马驹的生母必是疼痛连心有所异动！这样子，就可以辨出来了！"

王皇后听罢大喜，赞道："太好了！就这么办。妹妹你实在是太聪慧了！忠儿，你听明白了吗？"

殷浩在旁边听得直皱眉，嘀咕道："这未免太毒辣了吧。"

李忠闻言赞同地点头，有些迟疑地道："是啊，母后，用针刺，小马驹会很痛的啊……"

王皇后正要斥责殷浩多嘴，就听武媚娘道："忠儿说的没错，这办法的确有些残忍……"然后，她妩媚一笑，招手对李忠道："忠儿，你过来，我告诉你……"

见她一副胸有成竹的样子，王皇后心中对殷浩的怨气微消，又升起好奇之心。

可惜李忠走上前之后，武媚娘只是附在他耳边悄声嘱咐，显然无意让其他人听到。这一来，不止是王皇后，连武顺和殷浩等人都忍不住好奇起来。

三个时辰后，天已近晚，落日余晖照在连绵的宫墙殿宇上，更衬得整个皇宫金碧辉煌，恢弘壮丽。

南昌王推着太妃来时，众人已经等在了那里。整整三个时辰，太妃不是休憩，就是诵经，又或者跟他说些闲话，竟然没让他找到机会提马的事。于是此时，就在众人神采奕奕的时候，他便显得有些无精打采。

"如何？都想到了吗。"太妃问。

李忠和李素节都点头。

"好，以防你们的小办法相互泄密，就一个一个来讲。还是节儿先吧，忠儿暂行回避。"太妃微笑，眼中露出期待之色。

李忠应声，与王皇后和武媚娘一起退下。

李素节骄傲地走上前，道："太妃娘娘，你来瞧……"说着，他拿出一根银针，走到小马驹旁边，在马驹身上狠狠地扎了一下。

小马驹吃痛，连连嘶叫挣扎。与此同时，远处两匹马中的一匹也跟着嘶叫起来，不安地在那里踏动四蹄，想要挣脱束缚。

"你干什么？"南昌王一惊，差点冲上去挥开李素节，却被太妃按住了手。

节儿的手指向那匹嘶叫着的汗血宝马，得意地道："禀太妃娘娘，马儿母子骨血相系，孙儿断定，这匹汗血宝马，正是这小马驹的生母！"

李治闻言连连点头，望向太妃。

南昌王直看得心痛不已，恨不得给那小子一巴掌。

太妃嗯了声，眉头微微皱了起来，淡淡道："先去吧。"然后对一旁侍候的内监道："去唤忠儿他们过来。"

萧淑妃见太妃竟是不为所动，连一点赞扬的意思也没有，不由暗自捏紧了手帕，拉着李素节退到了一旁。

王皇后武媚娘与李忠一同回来，见李治一脸的喜悦，心里不由升起不妙的感觉，暗忖难道那萧淑妃出了什么极好的法子。

"忠儿，你想到了什么辨识的办法？"太妃不动声色地看了眼她们的表情，问。

忠儿却站在那里，一言不发。

王皇后不由急了，轻推了他一下，催道："忠儿，太妃娘娘问你话呢，快说啊。"

忠儿摇了摇头，从身上拿出一根银针，轻轻道："太妃娘娘，忠儿本打算用这根银针刺小马驹，小马驹受痛一叫，生它的那匹汗血宝马自然就心疼它，会有所反应。可是……"

南昌王听得倒抽一口冷气，决心这次无论如何也不能让那小马驹挨刺了。

李治也大为惊讶："怎么又是一样的办法？"

此话一出，王皇后和武媚娘心中皆是一颤。就听太妃道："忠儿，你继续说，可是什么？"

李忠顿了一下，想到武媚娘昨日的嘱咐，于是道："可是忠儿不想这样做。忠儿觉得这样太过残忍了，用针刺小马驹，那它该有多痛啊！忠儿不想让小马驹痛。如果不刺小马驹就算输，忠儿愿意服输。"

好孩子啊！叔叔保证，这太子位一定是你的。南昌王听得直点头。至于那个保证，也不过是他从史书上得知的，这就是所谓的先见之明啊。

萧淑妃脸上露出得意的神色，心道，想得到太子之位，不够狠怎么能行。

王皇后被忠儿一席话气得差点晕倒，旁边的香筠赶紧伸手扶住她。李治心中犹豫，不由自主看向太妃，却见太妃脸上露出赞赏的微笑。

"好！忠儿，你做得好！为王之道，不在于利欲熏心，不在于贪享安乐，更不在于残暴戾咎！这道题，看似节儿先答对了，他的确辨出了那匹汗血宝马是谁的孩儿，但节儿的做法，不免戾气过重！只图求成，而无仁心！可我大唐，需要的是一位拥有仁心的君主！以仁治世，方能群臣拥戴；以仁治世，方能平定天下；以仁治世，方能百姓安和，永保我大唐江山千秋万世！忠儿的做法，才是真正的仁心之道！皇上，谁才是大唐未来的储君，你心里该有数了吧！"

李治恍然大悟，立即起身受教，"儿子知道了。朕决定立李忠为我大唐太子！"

原本以为胜券在握的萧淑妃闻言震惊，久久不能回神。

王皇后大喜，抓着身旁的武媚娘，感激得说不出话来。武媚娘轻声提醒："姐姐，快谢恩吧。"

王皇后这才反应过来，赶紧拉住李忠上前谢恩。

南昌王始终没找到机会开口讨马，虽然有所不甘，但想到以后机会有的是，也就不那么难耐了。他先去了一趟尚食局，不出意外地被殷浩拉着庆祝了一顿。他有时候觉得殷浩这小子真傻啊，只要跟武媚娘沾一点边的事，他都会赴汤蹈火。谁是太子跟他有什么关系呢，也值得他乐呵成这样。

从尚食局出来时夜已深，南昌王有随时出入禁宫的权力，倒没什么影响。天空又飘起了小雨，这春日细雨洒在身上，并不寒凉，反而清润得很。

不出意外，泰常拿着伞牵着马等在外面。

马蹄不急不徐地踏在润湿的街面上，发出"的的的的"的脆响，南昌王不由又想起了那汗血宝马。

"皇上决定立忠儿为太子。"

"两道题,他们完成的方式一模一样,只是后面一题,答的方式略有不同。若说这里面没有蹊跷,怎能让人相信。"

"今日在太后那里看见了三匹汗血宝马,那马神骏飞扬,若能骑之纵横驰骋,必是一件快事。"

南昌王已习惯对着一个沉默寡言的人自言自语。不回答也没关系,反正他知道身后的人是在听着的。而在他需要的时候,甚至还会提供最佳答案。

不过说到骏马的时候,他倒是没想过那人会回应,因此听到背后传来的话,还是有些惊讶。

"傍晚时,太妃让人送了一对母子汗血马到王府。"

南昌王忘记了自己还骑在马上,闻言倏然转身,差点从马背上栽下。幸好他身体本尊的骑术不错,晃悠了一下,险险维持了平衡。

"泰常,你说什么?"他不敢相信自己的耳朵。

泰常的唇角浮起一抹细不可察的笑意,淡淡道:"太妃将那对母子汗血马赐给了王爷。"

南昌王确定不是自己听错,不由大喜过望,呼啸一声,一夹马腹,马撒开蹄子,在黑沉沉的天街上飞驰起来。

泰常一扯缰绳,紧紧缀于后面。

接下来几日,南昌王都醉心于驯服那匹汗血烈马。日子过得飞快,转眼策立太子的大典就到了。无论甘心的不甘心的,明面上高兴暗里嫉妒的,到了这一刻,都不得不消了各种心思。

然而就在庆祝策立太子的宴会上,文武百官却听到一个让人惶惶不安的消息。

突厥来犯。虽然在太宗时期,就派李靖和李勣等人几乎灭了整个东突厥,但突厥骑兵的悍勇却牢牢地根植在了众臣的心中,如今听说他们卷土重来,怎能不慌。

御书房里,李治对着来禀报军情的苏定方大发脾气。余人静立一旁,噤若寒蝉。

"岂有此理！小小突厥，竟敢犯我大唐边境！苏将军，平日朕高官厚禄养着你！现在这点事都办不好！他突厥来犯，把他打回去不就成了？"

众臣相视一眼，均看见对方眼中的担忧。

"臣斗胆直言，恳请皇上恕罪！"苏定方不慌不忙地跪于地，凛然道。

"起来说话。"李治想起他的过往功劳，微微放缓了语气。

"回皇上，前些日子，百济来要兵援，为扬我大唐声威，皇上已经命臣派遣五万军队前去相助。岂料敌方久攻不下，数万军队也被拖在那里无法调回。我大唐虽号称有百万雄兵，但因地域广大，需同时由大量军队拱守数方。此外，近日东南，西南各方均有外族侵入，战事频频，大军均无法随时调遣！"苏定方从容而谈。

越说，其他人脸色变得越难看。

"现在还有多少军队可以调用？"李治脸色凝重起来。

"除皇城禁军外，在外的精锐军不足五万兵马。"

"突厥呢？"

"此次突厥应是谋划已久，集结所有兵力大举来犯，据臣推测，应不少于八万大军！"

"八万？"李治惊怒，"荒谬！父皇太宗皇帝，贞观三年曾命李靖率李勣、柴绍、薛万彻，统兵十万，分道出击，大破突厥，俘其颉利可汗，几乎灭尽突厥兵马！这才多久时日，怎么可能又有了八万兵马？大胆苏定方，你竟敢欺骗朕？"

"请皇上息怒！臣所言句句属实。"经此怒斥，苏定方丝毫不惧，昂然道。

李治定了定神，稍微压制住胸中火气，问："我五万军，他八万军，此战可有胜算？"

苏定方略略迟疑了一下，方道："突厥人擅骑射，来去如风，我军尚无克制之法，若是短兵相接，以五敌八，恐怕……恐怕无甚胜算！"

李治大怒："何时朕的兵力，已经弱到连一个小小的突厥，都打不败了！"说着，他身体突然一晃，不由以手按住头，"你们快给朕想办法！你们……"话未说完，他只觉一阵晕眩，几乎栽倒在地。

王公公赶紧上前扶住他，众臣大惊，急急上前。

"皇上，你怎么了？要不要紧？"王公公问。

"朕头很疼……"李治按住脑袋，疼得几乎说不出话来。

南昌王见状，也不由有些无措。他也有这头疼之疾，自然深知其中苦楚。就在这时，李淳风最先反应过来，忙喊道："快传御医！"

就在众人急成一团的时候，袁天罡突然踏步上前，从怀里掏出一个盒子，道："皇上，微臣这里有急用药丹，请先行服下，对头疼或有舒缓之效。"

就在他要把药丹塞给高宗时，李淳风心中一颤，赶紧阻止道："国师且慢，皇上乃万金之躯，岂可随意服药，还是等御医先行诊断才是。"

袁天罡脸上露出不悦之色，冷冷道："这药丹乃去除邪气恶风，就算无病之人吃了也有补养之效，太史令莫要疑神疑鬼，让皇上继续受头疼之苦。"

李淳风却并不退让，坚持道："药毒同源，国师这仙丹妙药还是留着自己用比较妥当！皇上就等御医来吧。"

南昌王本来听到袁天罡说得那么有效，还有些心动，想着如果李治吃了有效，自己定要找机会向他要两颗来吃吃。此时见李淳风如此反对，也不由起了疑心。

他这边狐疑着，那边袁天罡已经恼怒起来："太史令这话是什么意思？难道我会危害皇上不成？"

李治此时头疼得难受，听他们吵闹更是烦躁，不耐地道："别吵了！朕这头疼症已经是宿疾，只要能治好朕的头疼症，谁来治都行！袁爱卿，还不快把丹药给朕……"

"是。"袁天罡得到允许，不再理会李淳风，立即将药献了上去。

李淳风不由叹了口气，神色间有些无可奈何。南昌王却在寻思，袁天罡断断不敢当着所有人的面用毒药谋害皇上，那么这药是真的可缓解头痛，还是有其他不可言说的作用？李淳风又为何要这样防着袁天罡？也许他该找个机会弄一粒来，让人看看里面都有些什么成分。想到这儿，他自然而然便想到了泰常，而后失笑，若是这样下去，泰常恐怕要被自己给累死。

因为皇上头疾发作，此次会议不了了之，只是让各自回去思索解决突厥来犯之法。

关于战争，南昌王从来没想到它会发生在自己身边，自己所在的国土上。它们是遥远的，只是历史书上、电视剧以及电影里，甚至于是国际新闻中才会发生的事，因此当听闻突厥大兵来犯，李治为国内空虚抽调不出兵将抗敌而大怒头疾发作，所有人都忧心忡忡时，他有一种很不真实的感觉。

要打仗了吗？一直到回了王府，他还是有些恍惚。他只是一个文物研究者，他对战争没兴趣。他可以骑马，可以以剑与人相搏，但是大规模的战争……他想，自己能在这里面起什么作用呢？上战场杀敌吗？在这冷兵器时代，用刀箭将人的头颅一颗颗砍下来，又或者被人砍掉脑袋？

眼前浮起血肉横飞的场面，想到手中大刀砍进肉里的感觉，然后自己也"啊呀"一声被人刺穿肚子，连肠子也流了出来……南昌王不由打了个冷战。

南昌王这种可怕的幻想并未持续太久，至少还没到他能够适应、然后勇敢请令前去保家护国时就被果断了结了。

李治听从武媚娘的谏言，抽调皇城禁军五万，由苏定方亲自率领前往边关迎击突厥。于是，长安再次恢复了和平安定繁荣。至于战争和死亡，那是属于戍边将士的。那里远在关山之外，梦魂难到。

然而南昌王却再也不能像以往那样，没心没肺地白马金鞍闲踏春风了。

这个梦似乎越做越收拾不住，隐隐有往国仇家恨方面发展的趋势。这样是不行的，他告诉自己。太复杂了！

然而他没想到更复杂的还在后面等着他。

与南昌王受战争冲击而变得心思越来越沉重不同，殷浩还是一如既往地大大咧咧。或者是因为他在尚食局一方之地，没直接接触到朝政，又或者对于他来说，已然习惯前方打仗后方安居的生活，所以他并未受到影响。

他的生活很单纯，每天除了在尚食局做事外，便想尽办法逗武媚娘开心。李治知道他与武媚娘乃同乡，情同兄妹，加上他之前又是教坊使，为了让武媚娘高兴，也就对他出入明月殿之事睁一只眼闭一只眼。因此，在武媚娘心情不好的时候，又或者李治去别的妃嫔那里的时候，总是会找他过去说话解闷。

"话说早些年，有一家人，全家都是傻子。"天上月明如昼，殷浩手舞足蹈地敲着小鼓讲着一个笑话，武媚娘笑吟吟地侧倚在院中席上看着他。

"父亲叫儿子到集市上买只帽子,他说:我听说帽子是装头的,你去为我买帽子,必须容得下我的头。儿子呢,到了集市上,卖帽的把一种黑色的粗绸制的帽子给他看。因那帽子折叠着未打开,他认为装不下头,就没买。走遍所有铺子,足足花了一天时间也没买到。最后,来到买瓦器的店铺,看见大口的瓮,把它倒过来,刚好可以扣住头。他想:这才是帽子,就买了一口瓮回家。父亲将它扣在头上,一直遮没到颈部,眼睛再也看不到四周的东西了……"说着,他顺手拿起旁边的瓮套在自己头上,一副古里古怪的模样。

还没说完,武媚娘已经笑得前俯后仰,直不起腰来。

听到她笑,殷浩拿下瓮,故意板着脸继续道:"……每戴着它走路时,觉得它磨得鼻子疼痛,还觉得很气闷,但他认为帽子就应该这样,所以常常忍着痛戴着它。后来一直到鼻上生疮,脖子上长出老茧,也不肯脱下。只是每次戴上它,常常只能坐着而不敢行走了。"

武媚娘笑不可抑,一边抹着眼泪,一边喘息着道:"殷大哥,你讲笑话真好听,总能让我超脱而出,忘记宫中一切的不快……你放心,我一定会找个机会请皇上让你官复原职的……"

说到后面,她大概是又回想起刚才那个故事来,不由捂住肚子一边笑一边"哎哟哎哟"地喊肠子疼。

殷浩看着月光下她的脸蛋莹白如玉,此时笑起来,更是美艳不可方物,不由叹了口气。

"我不求官复原职,让我带你出宫去吧,不呆在宫里,就没那么多让你不快的事情了。我天天给你讲笑话,让你每天都快乐得像只小蝴蝶,翩翩飞舞。"

武媚娘缓缓坐直身,以手托着腮帮,微笑而从容地看着他:"现在你也可以天天给我讲笑话啊!"说着,嘿地笑了一声,道:"再讲一个故事吧,我最喜欢听你讲故事,你讲的故事里,总有很多道理!"

殷浩怔怔看着她明亮生辉的眼睛,心中不由一动,随之而来的,却是一股莫名的悲伤。

武媚娘看他神色突然黯淡下去,不由关切地问:"殷大哥,你怎么了?"

殷浩不想她担心,抹了把脸,打起精神恢复笑脸。

"没事,那……再给你讲个'己所不欲,勿施于人'的故事。"

武媚娘又仔细看了一眼他的神色,方"嗯"了一声。

"昔日有一夫妇,上奉老母亲,下有一子。老母亲常年病患加身,这对夫妇日日供养,逐渐生出厌烦。有一天晚上呢,两个人就悄悄地讨论着。妻子说,老母亲这病难以治愈,我们整天为她如此劳累太辛苦了,不如趁着晚上,用车子把她推到海边,扔进海里,也没人会知道,我们以后的日子可就轻松多了。丈夫连连点头……"殷浩肚子里故事很多,随手就能抓来一把。

听到此,武媚娘不由惊呼:"啊?他们不会真的把老母亲扔进海里吧?"

"你继续听我讲行吗……"殷浩被打断倒也不恼,只是笑着让她稍安勿躁,"话说有一天晚上,这对夫妇就用推车推着老母亲一直到了海边,正要将老母亲推进海里……"

武媚娘再次惊叫出声,但想到殷浩之前的话,忙又伸手捂住嘴。

殷浩被她可爱的表情逗笑了,继续道:"这时,突然他们的儿子跳了出来。儿子说,你们把奶奶扔进海里就行了,可一定要把车子拿回去啊!这时,夫妇就惊奇地问孩子,为什么要把车子拿回去?孩子说,二十年后,等我长大了,还要用这个车子载父母大人再来这里啊!"

武媚娘没料到会是这样,噗地一声笑出声来:"哈哈,这个妙!"

"所以说,言传身教,身大于言。己所不欲,勿施于人啊。好,故事讲完了。"殷浩一本正经地总结。

武媚娘听得意犹未尽,一边拍手一边道:"再讲一个,再讲一个!"

"还来啊?"殷浩登时苦了脸。

武顺站在屋檐下,看着这欢乐无忧的一幕,也不由扬起了唇角。他们谁也不知道这竟会是他们最后一次这样毫无隔阂地欢乐相处。明日之后,命运的齿轮即将开始将人推向最不想前往的方向。

第十六章

听到他这一番客套话,李淳风不由看向李治,李治会意,哈哈笑道:"国师与王子大可以在我大唐宫中多住一段时间。只要国师与王子喜欢,我可立即命尚食局日日变换花样,把我大唐各地名菜,轮番做与你们品尝!"

吐蕃请求和亲。

当那四名吐蕃使者走上金銮殿时,没有人知道他们打的是这个主意。他们以傲慢的态度将一封吐蕃王用羊皮亲手书成的国书呈给了李治。

李治原本还兴致高昂,谁知打开一看,却是越看越火,最终一把将那羊皮卷国书狠狠地摔在地上。

"吐蕃这等小国!现在也敢欺到我大唐头上了?"他恨声道。

众大臣见状都不由面面相觑,不敢发一言。南昌王这还是第一次看到外国来使,正在好奇地打量他们的穿着服饰,被李治的动作吓了一跳,心道那国书上写了什么,让皇上这么生气?莫不是又要打仗了?

不得不说,他如今对打仗敏感得很。他相信,如果一直在这个时代待下去,总有一天,他也会策马踏上沙场。

吐蕃使者看着被扔在地上的国书,互视一眼,有人想发怒,却被为首之人以眼神压制住了。

那为首者傲然道:"国书中所写,正是我尊贵的王最真挚的礼约。还请你多加思虑。我等千里而来,不想空手而归。"

"这还有什么好考虑的!"李治拍龙椅而起,厉声喝道:"简直就是荒天下之大谬!来人啊,把这几个蛮夷之人带下去,杖责五十,赶回吐蕃!"

吐蕃使者面色一变,为首者冷视着李治,语气中隐含着警告:"大唐的王,请以两国邦交为重!"

"邦交?"李治冷笑,"就凭你这封国书,朕就可以和你们吐蕃开战!哼!"说着一挥手,立即有御林军将那四个吐蕃使者拖了下去。

那吐蕃使者一边挣扎一边破口大骂,最后蹦出的几乎都是让人听不懂的吐蕃语,想来不是什么好话。

众臣来不及劝阻,互看一眼,袁天罡突然踏前一步,拱手问:"皇上,不知那吐蕃国书上究竟写了些什么？竟惹得龙颜大怒！"

南昌王好奇心大起，目光落在地上的羊皮卷上，恨不得走上前捡起来看看。显然其他人也与他抱着相同的心思，因此袁天罡一问，大殿上立即安静下来。

没有问还好，这一问李治立即气得脑仁发疼，手指着羊皮卷直哆嗦。

"哼！小小的吐蕃王，竟敢说想要他们的王子跟我大唐的妃嫔来和亲！还敢指名道姓！简直就是没有把我大唐放在眼里！"

此言一出，众皆哗然。不是公主，也不是宗室之女，而是皇帝的女人，这怎么行？无论是谁听到，都会觉得这吐蕃实在是欺人太甚。

"哦？"袁天罡得到答案，并未退下，而是继续问："竟会指名道姓？那敢问皇上，吐蕃国想要哪位妃子前去和亲？"

李治哼了一声，没有回答。

南昌王等了等，再也忍不住好奇，走上前拾起那羊皮国书。一看，大惊失声："什么？吐蕃王想要武才人？"

话一出口，他立即后悔了。抬头，正看到袁天罡脸上一现即逝的笑意，他心中突然升起非常不妙的感觉。

"你说什么！这个吐蕃王子向皇上要求娶媚娘？"殷浩听到南昌王的转述，不由惊讶地叫了出来。

事实上，这样的消息，南昌王怎么可能不在第一时间告诉殷浩。而为了省事，告诉的地点就选在了武媚娘的明月殿了。

小葫芦，殷浩，武媚娘，甚至还有柳儿和武顺，他们都在。当他们听到这个消息时，无一人不惊讶，武顺甚至有些担心。

"对，那国书是我亲眼所见。"南昌王点头。在看清国书的那一刻，他最先想到的是，那吐蕃王是存心来找碴好引起战争的吧。哪有人愿意将自己的女人拱手相送的？尤其这还是一国之君。

"可是师父，不说他为什么想娶，单单说这吐蕃人和咱们大唐远隔千里的，怎么会知道咱们大唐有武才人这个人啊？这就很奇怪！"小葫芦听得直犯糊涂，挠着头问。

"那国书上写了！好像是他们什么狗屁国师一次大祭祀时，从圣地找到了一块数万年前的石头,石头上竟刻着武才人名讳和一些奇奇怪怪的符号!那国师推断,这是他们吐蕃祖先留下的狗屁预言,告诉那吐蕃王说唯有娶了武才人,才可以使吐蕃国运昌盛!"南昌王撇嘴道。一想便知道是假的,这里面肯定有什么蹊跷。他突然想到袁天罡那不明意味的笑,心里微微一动,却又不能准确抓住关键所在。

"那皇上怎么说?"殷浩皱眉问。

"皇上当然气死了!让人把那吐蕃使者揍了五十棍,赶回吐蕃了!"

殷浩眉毛立即飞扬了起来,欢呼道:"皇上英明!"

南昌王叹气,淡淡道:"可是,我担心这件事不会那么简单就完结的!吐蕃使者走时,一脸忿忿的样子,说吐蕃王一定不会善罢甘休的。"其实就是想打仗吧!看来绕来绕去都是绕不过去的。

武媚娘听到此,心中不由一震,脸上露出担忧的神色。武顺不由握住了她的手,却不知要怎么安慰。

"为什么竟会有一块这样的石头?竟然要让吐蕃王子与我和亲?"她疑惑不解。

"媚娘,你别担心。我会帮你想办法的。我师父是玄术名家,我们这就去找他问问看?"殷浩道。

南昌王立即附和:"也对。问问看,有没有可能出现这样数万年前石头预言未来的奇事!如若不是,那或许,就是有人从中作怪了!"前面那句话不过是应付之辞,他基本已经肯定这事是有人作怪,只是无处入手查起。

殷浩点头赞同。说做就做,三人立即起身,告辞离开明月殿,去寻李淳风。

李淳风虽然是太史令,住的地方却很简朴,一间正房,两间侧厢,然后是一个厨房,再围了个小院子,看上去跟普通的平民没什么两样。屋内摆设也是以简单实用为主,没有丝毫奢华的物品在里面。

对于吐蕃来使的事他当然听说了,但见到两人来,还是有些意外。

"师父,你看这件事有可能吗?"殷浩将来意说了。

李淳风在屋内走了两步,最终停在窗前,看着院子里的一株已开过花结了青果的杏树,沉吟道:"其实为师也一直在为此事百般思虑,为师遍查典籍,也不曾见有过如此史例。即便那远古之石极通灵性,亦不可能预言精准到某地,某人!"

南昌王闻言,果断接道:"那就是有人作怪了!冲着武才人来的?"几万年前的石头它管你一个从兴起到衰亡不过两三百年的吐蕃兴不兴盛啊,还给你指个媳妇呢,哪有这么好的事。

他正想着,哪知李淳风又道:"不过这也说不通,吐蕃与我大唐远隔千里,那国师与武才人素昧平生,也没道理会跟她有何争端,何况如此兴师动众!此事甚为奇怪,容为师再想一想。你放心,为师会想办法的。"

"也许是媚娘美貌智慧兼备的名声已经远传番邦了呢。"殷浩道,对于武媚娘他总是如此盲目地相信着。

李淳风咳了一声,转过身没好气地瞪了他一眼,道:"美貌才智兼备的女子我大唐并不只武才人一个……"

他话还没说完,殷浩已理直气壮地道:"媚娘是独一无二的。"

李淳风被他气得没脾气了,连连挥手赶起了人:"是是是,我没什么好说的了,快走吧,别打扰我想问题。"

南昌王看着殷浩被赶得狼狈地往外逃窜,不由莞尔,对着李淳风一拱手道:"那本王也告辞了。"说完,又补上一句,"不知我大唐的国师与吐蕃国师是否有交情?"

说完,也不等李淳风回答,已先一步走出了屋子。殷浩在外面只看到他在跟自己的师父说话,却没听清楚,见他出来,忙赶上去问:"你跟我师父说什么?"

南昌王但笑不语。殷浩哪里肯罢休,一路走一路缠着追问。

李淳风看着他们的背影消失在院门,想起南昌王的话,不由微微锁起了眉头。

正如南昌王所担忧的那样,杖责并驱逐吐蕃使臣的事很快就见到了后果。就在众人为苏定方讨伐突厥首战告捷一事而欢欣鼓舞的时候,镇守西域的郑仁泰将军的副将马中俊带回了一个绝对算不上好的消息。

是时,南昌王袁天罡李淳风等人恰好都在。

马副将说吐蕃使节在大唐遭拒受辱之事已传遍西域,吐蕃王正在集结举国兵力，准备向大唐西界发难。

"蕞尔小国，能有何作为，让他发兵，朕倒要看它能有什么能耐！"李治听罢气得咳嗽起来，拍着龙椅道。

其他几人见状，都不由有些担心，齐声道："陛下保重龙体。"

李治挥了挥手，示意自己没事。就听马副将面带难色地道："皇上，今非昔比！那吐蕃国自松赞干布之后，大有作为，国力强盛，几乎为西域之首。而且，吐蕃一旦决意发兵，西域其他小国必将趁乱齐齐出击，届时西域逆军将逾十万人！非是我军目前驻守西域的五万人所能抵挡！边患既破，我河西、陇右等地必将不保！"

李治皱眉，不敢置信地道："小小一个吐蕃而已，怎会如此严重！"

马副将道："禀皇上，郑将军派我回朝，就是希望皇上能尽快调派大军，抵御吐蕃！"

听到又要调兵，李治心里清楚，不由着急地看向左右，一时没了主意。

南昌王不得不上前道："皇兄，突厥之战尚未完结，现今已无兵可调！"

"那，这要朕如何是好？"李治抚额。

马副将迟疑了一下，道："皇上，那吐蕃国王却是放出一句话。说是……只要我们同意让吐蕃王子迎娶武才人，他们便即刻收兵……"

李治愕然，靠倒在龙椅上。

一直没说话的袁天罡见状，出声道："皇上，由此可见，吐蕃本无战意，反而是想要与我大唐和亲。如果答应吐蕃国王，将武才人嫁给他们的王子，吐蕃必然会收兵。而且，如果我们与吐蕃和亲的消息传出去，那突厥应该也会受到威慑，定然会即刻收兵。那我大唐疆域，便可安然无事。"

他这一番分析入情入理，谁都知道怎么样才是最好的选择，李治虽然明白，却如何甘心。

"不行！无论如何都不能把媚娘嫁到吐蕃，朕绝不答应！"

南昌王冷哼一声，看着袁天罡道："若是有人想夺你妻妾，你不给他就来打你，是否袁大人就要乖乖将自己老婆送上呢？"

"你……"袁天罡大怒。南昌王却不给他说话的机会，转向李治道："皇兄说得对，如果接受胁迫将武才人嫁到吐蕃，这无疑是让周边诸国以为我大唐好欺，以后不只是吐蕃，连突厥和其他番邦蛮夷都来要求和亲，那我大唐岂不是要把所有妃嫔全都嫁出去？太荒唐了！"

袁天罡怒视着南昌王，南昌王回以冷眼，两人的目光在空中相交，互不退让。

这时李淳风站了出来，"皇上，微臣有一个提议。"

南昌王一番话说得李治心中大悦，语气缓和了许多："爱卿但说无妨。"

"依臣之见，可先行答应吐蕃王和亲之事，让他派王子前来迎娶……"李淳风道。

李治皱眉："这和袁卿家说的有何区别？"

"不，微臣之意，与国师截然不同。国师是真嫁，而微臣所提，则只是缓兵之计。"李淳风微笑。

"缓兵之计？"李治来了点兴趣。

"对，缓兵之计。"李淳风不慌不忙地道，"依微臣看来，突厥此时兵力弱于我军，定是骑虎难下。如果我们此时再放出消息，说我大唐要与吐蕃和亲，突厥定会感到受到威慑。敌弱我强，到时，我军便先行议和，突厥定是求之不得。突厥既和，苏将军就可以调动大军，前往西域与郑将军会和。届时以我强大兵力，何惧吐蕃进攻！"

"但这调兵之事，并非一两日便可完成。"马副将忍不住指出。

李淳风笑道："吐蕃王子既来我大唐，便在我们掌控之中，到时只需找借口将他拖延数十日，想必苏将军议和突厥，再调兵前往西域也足够了！"

马副将闻言点头，不再说话。

南昌王沉吟不语。李治已击掌叫好："好，太好了！不愧是朕的爱卿！这事，就按太史令说的去办！"

袁天罡见事情已定，面色不由阴沉下来。

"王爷说得甚好。若是应允这次和亲，那将是所有大唐男人的耻辱。"泰常第一次用这样肯定的语气回应一件事。

南昌王有些惊讶，而后因为那难得的赞扬而洋洋得意起来。

"是吧是吧，那袁天罡不知打的什么主意，竟然一力主张要把武媚娘送去吐蕃。见过坏的，没见过这么坏的。"

见他得意得有些忘形，泰常淡淡道："若是那突厥不肯议和，又当如何?"

南昌王仿佛被人当头泼了盆冷水,瞬间颓了下来。

"若是计划实施顺利的话,这个可能性虽然不大,但也并非没有。"他其实在李淳风提出这个意见时便考虑过这个问题,但那时为了堵住袁天罡的嘴,所以没提出来。"还有,那五万大军先是与突厥作战,后又长途跋涉,必然疲惫不堪。若是……"

"对方以逸待劳。若是交战,胜少败多。"泰常接道。

南昌王烦恼地抓了一把头发,突然站起身在书房里团团打转:"不行。武媚娘不能嫁,这仗最好也不要打。"真打起来,就算能赢,只怕也是赢得惨烈。

"怎么会闹出一场和亲的事呢……"他敲着自己的脑袋,怎么都想不通。历史上并没有相关记载啊,还是说这梦的发展跟历史会有很多不相符合?那这样的话,他以后不是更要提心吊胆起来?

见他烦成这样,泰常终于好心地提醒:"王爷,可要属下去查什么?"

"啊……"南昌王闻言蓦然停住,"查,一定要查……把事情的根源查出来,然后从根上给它掐掉。"

"是。"泰常应声,就要离去。

"等等。"南昌王茫然,"你要去查什么?"他好像还没说要从何处入手开始查起吧。

"当然是按王爷的盼咐,去查那灵石的来处,吐蕃国师的来历,以及吐蕃王子的喜恶。"泰常答,仿佛这些真都是南昌王说的一样。

经他这样一答,南昌王觉得原本乱成一团的头脑一下子清晰起来,不由叹道:"泰常,幸好有你。"

泰常弯腰行礼,而后无声退出。

南昌王看着他挺拔的背影,心想这么一个有能力的人怎么就给本尊那混蛋做了奴仆呢,真是可惜啊。不过也幸好他做了那人的奴仆,才轮得到自己使唤。

无论如何,这个人一定要留在身边,绝不能让本尊那家伙把人给折腾得没了。

春喜手中锅猛地一颠，锅里炒好的菜就飞了出来，她另一只手飞快地抓起盘子，一个漂亮的转身，菜便稳稳当当地落进了盘中。

殷浩几人在旁边看得连连喝彩，葫芦更是看直了眼，傻愣愣地道："春喜姐，你太厉害了。"

"简直就是厨神再世！"南昌王笑吟吟地附和。

"烧个菜烧得跟跳舞似的。"殷浩接道。

春喜被捧得得意起来，昂了昂下巴，弯眼笑："嘿，小意思，还有更棒的呢。来，你们先来尝尝看，这道翡翠白玉味道如何？"说着，她端着菜在众人面前一转，菜香四溢，引得人口中唾涎直分泌。

几个人纷纷拿起筷子夹了一块，放进嘴里。

春喜睁大眼睛，等着他们的评价。"怎么样？怎么样？"

殷浩嚼了两嚼咽下，而后突然叹了口气。春喜脸色微变："怎么了？不好吃？"

殷浩看她一副失落的样子，不由笑了起来："逗你玩呢！简直是太好吃了！没得说！"

春喜恼得用勺子敲了一下他的头，然后又转过去敲了一下葫芦的头。

"哎呀！"葫芦被敲得叫了起来，有些莫名其妙，"春喜姐，我师父乱来，你敲我干嘛？"

"哼！"春喜一抬小下巴，理所当然地道："谁让你是他徒弟。师父坏，徒弟就好不到哪儿去！"

"哎，这不公平……"葫芦委屈地嘀咕。

南昌王摸了摸他的头，转头对春喜赞道："春喜，你这菜烧得实在是美味。"说着，神色一转，变得严肃起来，"不过还得烧得更加美味才行！"

殷浩点了点头，解释道："对，已查出此次前来的是吐蕃的小王子。因是吐蕃赞普老来得子，尤其受那赞普溺爱。小王子说什么，赞普都按他想要的来。那小王子据说最爱品尝各种美食，这次来我大唐，就准备吃遍大唐美味！如果咱们天天能烧出不同的可口美味，就能留得他多待几天……"

"没错，多留一天小王子，就给我们的大军回防多争取一天，方能威慑吐蕃，保住武才人！"南昌王缓缓道。

春喜闻言笑了，大咧咧地拍了拍胸脯："放心吧，不就是做点好吃的菜吗？包在我春喜身上了！"

"春喜，全靠你了。"殷浩大喜，一把抓住春喜的手。

春喜脸"唰"地一下红了。小葫芦直看得眼珠子都快瞪出来了，恨不得一把扒下他师父的手，但是他却什么也不能做。

南昌王摇头，暗道，殷浩啊殷浩，你既然不喜欢春喜，又何必让她误会。

就在这时，尚食局的另一个小掌膳跑了进来，对春喜道："春喜姐！吐蕃王子到了！"

众人一怔，没想到说曹操曹操就到，这也太快了。

"到哪儿了？"南昌王问。

"已在前往太极殿的路上了。"那小掌膳道。

南昌王转头看向殷浩，"我去看看。"

"好！王爷，万事拜托了！"殷浩肃容道。

南昌王点了点头，转身而出。

那吐蕃国师论赞婆身形魁梧，高颧骨，面色黧黑，细长的双眼闪烁着如鹰枭般的光芒，脖子上还挂着一串由巴掌大的白色骷髅头组成的项链，让人一见之下心中寒气直冒。吐蕃王子米拉贡则生得黑黑胖胖，脸上的肉多得都堆在了一起，将眼睛挤得小小的，偏偏他还是个爱笑的主，这一来眼睛几乎随时看着都像是一条细缝。两人身后跟着一溜串二十几个侍卫，皆是体型剽悍，面貌粗犷之辈，一看便知不是易予的角色。

李治令人在麟德殿中排下盛宴招待这一行人，自己亲率众臣作陪，实在是给足了面子。

"王子和国师不远千里来我大唐，朕甚为欢喜，来，让我们共饮一杯，为两位洗去路途尘劳！"李治举杯笑道。

他说话的同时，南昌王一直在仔细留意吐蕃那几席人，当然没漏过吐蕃国师的目光在与袁天罡接触时曾经顿了一顿，两人脸上同时露出淡淡的微笑。若是旁人，只会当这是简单的礼仪来往，但南昌王心中早有怀疑，便发觉到他们看彼此的目光并不是陌生人之间会有的。他心中冷哼一声，侧身对旁边的李淳风耳语：

"哼，就是这小子想娶武才人？长的比殷浩还胖！"

话是这样说，但相比起吐蕃的国师，这吐蕃王子除了胖得吓人外，倒不会让人心生恶感。

李淳风唇角浮起微笑，道："嗯，不过此子面目祥和，应当不难对付。倒是那个国师论赞婆，目中透出凶戾之相，不是个容易打发的。"

两人悄语间，众臣随着李治举杯，他们连忙跟随。

吐蕃国师脸上隐隐有高傲之色，举杯相迎，而米拉贡似乎听不懂大唐话，毫无反应，目光只是紧紧盯着面前席上的菜肴，生怕它们飞了似的。论赞婆在席下拉了他一把，他茫然抬头，看到众人的动作，忙也呵呵笑着举起杯来。众人将杯中酒一饮而尽。

"论赞婆谨代表自己和王子谢过大唐的皇帝陛下。"论赞婆一手按胸，微微弯腰行了一礼。

米拉贡以及一众随从也都弯腰以礼。

"好！好！"李治哈哈大笑，示意开宴，"来来来，贵客远道而来，定要尝尝我大唐的美食佳肴。"

米拉贡似乎明白如果上面那位不发话，是不可能吃东西的，所以这一回目光一直紧盯着李治，见他似有开吃的意思，忙转过头叽里咕噜对论赞婆说了一串话，见论赞婆点头，不由大喜，挽起袖子，连筷子也不用，就这样抓起面前的食物大吃起来。

众臣见他吃相粗鲁不堪，不由都露出鄙夷之色。倒是南昌王见状，觉得有趣得很，心想这样吃东西，自然是香的，难怪长那么胖。

李淳风见米拉贡边吃边点头，偶尔还同论赞婆哼哼两句，看上去似乎很喜欢，于是笑道："为招待诸位贵客，这些菜肴均是皇上命尚食局精心准备，希望能合两位心意。"

论赞婆行了一个吐蕃礼道谢，说道："大唐重礼与好客之名早已遍传天下，今日一见，果然名副其实！大唐佳肴更是美味可口，只恨不能日日居于大唐，以之为食啊！"

听到他这一番客套话，李淳风不由看向李治，李治会意，哈哈笑道："国师与王子大可以在我大唐宫中多住一段时间。只要国师与王子喜欢，我可立即命尚食局日日变换花样，把我大唐各地名菜，轮番做与你们品尝！"

似乎对于吃有一种异乎寻常的敏感，米拉贡好像听明白了这句话，"腾"

地一下站起身来，高兴地拍手赞同。

"好……吃的美味，我要留……多点日子……"

听他口吐汉话，一直以为他不懂大唐语的南昌王登时有一种被雷劈中的感觉，搞了半天，这小子并不是听不懂大唐话啊。幸好还没和他私下相处，否则指不定闹出什么乌龙来。

论赞婆却脸色一变，叽里咕噜说了几句吐蕃话。那王子立即垮下肩膀，失望地坐下。

"在下谢过皇帝陛下的好意。不过在下同王子此番前来贵国，只望能尽快接到武媚娘回我吐蕃复命。敢问皇帝陛下，我等何时能见到武媚娘？"论赞婆道。

李治一愣，李淳风忙起身道："此事容后再说，来，国师大人，让我们为大唐与吐蕃永久交好共饮一杯！"

对于这个冠冕堂皇的理由，论赞婆不好推拒，于是只好暂时撇开那个问题，端起了酒杯。接下来，仿佛是故意要让他没机会提起武媚娘之事似的，众臣开始轮番找理由向他敬酒。

一轮下来，也不知那论赞婆喝了多少，反正看上去并没显露出醉态，让人不由怀疑起是大唐的酒不够劲，还是他偷工减料了。李治在这段时间内一直在思索武媚娘的事，此时开口道："我大唐后宫佳丽三千，难道你吐蕃真的非要武媚娘？"

南昌王听到此话，不由大皱眉头。

"不敢让皇帝陛下费心，我们王子只要娶武媚娘。"论赞婆的目标很明确也很坚定。

李治沉默下来，手抬起，按揉额角。

"国师大人，听说是你找到一块数万年前的石头，上面刻着示意娶武媚娘的图案，所以吐蕃国王才决定要娶武才人，是吗？"李淳风忙道。

"不错，远古之石如此预示，实乃天意。"论赞婆仿佛没听出李淳风话中的试探之意，理直气壮地道。

"在下却以为，这恐怕不是天意，只是一点小小的道法，这其中，或许另有文章。"李淳风笑道。

闻言，一直将自己当成隐形人的袁天罡眼睛不由微眯，眸中精光闪现。

论赞婆大怒，站起身："李大人，你说这话是什么意思？是说我赞普愚笨，被人用小把戏骗得团团转吗？"

南昌王见他一副气急败坏的样子，不由失笑，暗道难不成这就是所谓的越心虚喊得越大声。

李淳风见他笑，不由摇头，慢条斯理地道："李淳风不敢，只是想要提醒国师，别被有心人利用，堕入陷阱而不自知。"

"不必多言，我们赞普已经决定的事，就不会再更改。我以为皇帝陛下已经做好了决定！难道你想反悔吗？"论赞婆似乎也察觉了自己的失态，冷哼一声，又坐了下来，目光扫过殿上大唐文武官员，力持冷静地道："据在下所知，武媚娘乃先帝才人，回宫后并无封号，皇帝大人却自称武媚娘是你的后宫嫔妃。皇上此举，可真让在下猜想不透啊……"

说到此，他面露轻笑，颇有轻视意味。

李治面色铁青，想要发作，却又不能，只气得头一阵一阵地晕眩，不得不闭了闭眼。

"况且，选择迎娶武媚娘，我们赞普自有自己的理由，希望大唐皇上能顾及天下百姓的安危，答应这门亲事，否则……"论赞婆继续道，说到后面，已渐有威胁之意。

此话一出，全场皆愕然，没想到他竟如此嚣张。专注于美食的米拉贡竟然也察觉到了空气中的异样气氛，一边吮着手上的油脂，一边抬起头来。

李治何曾受过这种气，就想让人将这一群吐蕃人押下。南昌王见状不对，赶紧大笑着站起身，对论赞婆道："国师不必动怒。在下南昌王，敬王子与国师大人一杯！"

论赞婆知不能将人逼得太紧，趁此机会，将话题结束。

"好！"他举杯与南昌王为礼，两人对饮而尽。

手上仍拿着酒杯，南昌王道："国师大人，皇上已经答应将武才人嫁到贵国，只是我中土数千年来自成一套礼法，凡事必依礼法而行，否则便会受世人唾弃。武才人远嫁吐蕃，更需要依礼而为，以彰显我大唐之治！希望国师大人能够入乡随俗！"

"这点倒是早有耳闻……"听他言语客气有礼，论赞婆态度也稍为和缓，"只要皇帝陛下答应嫁出武媚娘，我们一切按照汉人的礼节，绝不怠慢！"

他此言一出，除了袁天罡外，殿上众人皆松了口气。

事情既然说定，没过多久，李治让众臣相陪吐蕃使臣，自己便先行离开了，同时还叫走了李淳风和南昌王两人。

三人一进御书房，李治就大笑起来，拍着南昌王的肩膀道："今日亏得十五弟及时解围，还说得那番邦点头答许随我们的礼法。"

李淳风点头赞同道："这样一来，我们就大可以用礼法来拖延时间。"

"找个最复杂的礼法！时间拖得越长越好！"李治恨恨地道，显然在殿上被气得不轻，正好趁此机会报复一番。

南昌王沉吟道："反正那吐蕃人也不知道，我们大可以编纂一份！"

李治连说两声好，而后像是想到什么，有些迟疑地道："你们说，这吐蕃王子现在宫中，朕随时可以将他扣押！如若用这王子做人质，可否逼得吐蕃退兵？"

李淳风一听不对，赶紧打消他的念头："微臣认为，不可冒这个险。番邦之人，行事诡异，如若此举反倒激怒了他们，引发战事，时局对我大唐不利！"

李治虽然有些不甘，但好在他容易听进人劝谏，想了想，点头。当即传旨，命让翰林院考究古礼，连夜做出一份和亲礼法，越繁琐复杂越好。

因此当次日论赞婆拿到那一卷写满了字的礼法长卷时，惊得大叫起来。

"什么？要四十九天，才能行完礼法！"他瞠目结舌。

送礼法来的是给他留下极好印象的南昌王。南昌王顺带拉了殷浩一同前往，让他见一见想跟他抢武媚娘的人长什么样。

闻言，南昌王脸上露出无奈之色："是啊，国师请看！"说着，他和殷浩一人拉着卷轴的一边展开，只见那写着礼法规矩的卷轴长之又长，足足在屋里绕了几圈。

米拉贡像个孩子样，看着卷轴觉得好玩，乐得直拍手。殷浩不由得在心中大大鄙视了他一番：就这么傻乎乎的一个玩意儿，还想娶媚娘，做梦去吧。

"这和亲礼法字字有记载，句句有考究！"南昌王还在给论赞婆解说。

殷浩听到，精神一振，接道："对，从浴香焚礼拜祭先祖开始，共有……一千八百零二十四项，单只这浴香一项，便有浴面、浴发、浴颈、浴臂、浴手、浴背、浴肩、浴腰、浴臀、浴腿、浴膝、浴足十二个步骤，每个步骤宫女八人、太监两人，共需宫女九十六名，太监二十四名，最少也得三日！所有项目加在一起，最少也要七七四十九天才能完成！"

"当真如此繁琐？"论赞婆听得着急起来。

南昌王和殷浩狠狠点着头。殷浩叹气，表示出自己也很无奈的意思，"哎，也不知道祖宗是如何造出这等礼法的！"

对于长相越敦厚的人越会骗人这一点，论赞婆是深以为然的，因此殷浩一开口，他就不由犯疑："这……"

"国师大人昨天已经答应要依我大唐礼法行事，莫不是想要出尔反尔？"南昌王见状，笑道。他语气虽然不急不忙，但里面的质问却不容人忽略。

论赞婆一愣，这时改口自然是不行的，只好道："那，那倒没有……"

"好，那就这么定了，这份和亲礼法就留给国师你仔细看看！"南昌王就此拍案定下，然后以眼示意殷浩赶紧走，"我等就此告辞。"

两人一转过身，便再也掩饰不住脸上的笑意。至于背后传来的卷轴落地的声音，不过是又给他们多添加了一份可谈的笑料罢了。

第十七章

接下来几天,南昌王都在往尚食局跑,一边在旁边帮点小忙,一边思索要怎么让泰常摆脱另外一个南昌王获得自由。对于这个梦,他一点把握都没有,万一哪天又突然消失了,倒霉的肯定是还给南昌王当奴才的泰常。

两人出了四方馆,又骑马走出老远,才"噗"地一声捧腹大笑起来,直笑得差点从马上栽下来。

"看那番子目瞪口呆想反悔又说不出口的样子我就要忍不住了,偏偏你还能装出一副道貌岸然的样子跟他客套……"殷浩笑得整个人都趴在了马背上,指着南昌王道。

南昌王抹了把眼角笑出来的泪,发现两人已经成为大街上瞩目的焦点,想到形象问题,他勉强撑直了腰,忍笑道:"那能怎么办,人家一看就不相信。要不是你念叨着要看看那个王子长什么样,我能让你这就会坏事的家伙一道去吗?"

"我什么时候就会坏事了啊?你怎么跟金……"殷浩想说金尚食,却一念到这名字就打了个哆嗦,于是咕噜了一声绕了过去,"你看我刚才说得多溜,要没我啊,说不定那国师才不相信你一个合亲礼法会弄出那么几大圈纸来……"说到这儿,他不由啧啧了两声,赞叹佩服道:"翰林院的人果然不是吃素的啊。"

"那当然。"南昌王露出一副与有荣焉的表情,然后想到自己刚拿到礼法卷轴时的震撼感觉,不由又笑了出来,"我煌煌大唐那可是人才辈出啊。"连一千多年后文明高度发达之际都还有无数的人向往渴慕着这个时代,可见这个时代的影响力有多大。

在这一点上,殷浩是无比的认同,然后便也得意洋洋起来。"总要让这些蛮子知道我大唐不是好欺的!"

说到这个问题,南昌王沉默下来。看着四周繁荣安定的景象,再思及如果战祸弥烧至此,心里突然如同火煎。

历史已经与他所熟知的不同了,那么会不会再战火四起,这也成了一个未知数。他无法再如初来时那样冷眼旁观,以为武媚娘能顺利登上皇后的位置,一切都不会有问题。若是朝廷不稳,他将无法置身事外,因为,他也是这大唐的子民。

想到此,他一扯马缰绳,对殷浩道:"我有事先回王府。你去叮嘱春喜,要她尽展手段,务必让那王子吃得乐不思蜀,实在不行,让金尚食出马。"声音未落,马已扬蹄而起,绝尘而去。

"什么事这么急匆匆的……"殷浩咕哝,然后才慢悠悠地回答,"知道了。春喜一个就够了……一定不会让金尚食出马的。"说着,调转马头,往宫门的方向走去。

南昌王一路快马回到王府,见到门房就问泰常,门房说泰常在马厩。

"难道养马还养起瘾了?"南昌王自言自语,说着,挥退了上前来接马的人,自己牵着马往马厩的方向走去。

在他走远之后,门房与刚才来牵马的小厮嘀咕:"王爷真是宠信泰常啊,看这一刻都离不了。"

"那是,你不知道,泰常生病后,王爷还急得亲自去看哪……"

两人一边说,眼里一边露出羡慕的神色。

南昌王当然听不到了。要是他听到……那就听到呗,这本来就是事实。要得王爷的宠信,那也得有能力才行,整天碎嘴有什么用?

他一路穿过花园,拂花穿柳,马鬃上沾了几片嫩黄的花瓣。回头看看这华丽的王府,这么大的地盘,吃穿不愁,整天还能骑着马到处游玩,烦的时候还能进山打猎……这样的生活,又怎么是寸土寸金生活忙碌的现代所能比的。要不是家人不在这边,他还真不想回去了。

当然,那是不可能的。梦终究是梦,怎么可能不醒?南昌王有些遗憾地叹了口气,转过回廊,出了月洞门,宽阔的马场出现在眼前。

马厩在马场旁边,以方便遛马。马场里是细绒的绿草,周边围着高大的榆、杨、枫等树,此时已经郁郁葱葱。

泰常正带着那两匹汗血母子马在场子上遛圈。说到这汗血马,南昌王开始本来是自己在驯的,不过自被战争的事影响了心情,他就整日皇宫王府地两头跑,再没精力来做这事了。于是,自然而然又是泰常来接手。

泰常远远看到南昌王,忙一夹母马的腹,飞驰过来。眼看着那马转瞬就要来到近前,南昌王却懒得动一下,果然就见那马鼻在快要触到人脸时,倏然停住。

"这马爱炫耀!"泰常从马上翻身而下,无奈地摸摸马头,放开了缰绳,让它自由活动。然后才转向南昌王,躬身为礼,"泰常见过王爷!"

南昌王"嗯"了声,心道那哪是马爱炫耀,根本就是你泰常想考验你家王爷的应变能力和沉稳度吧!别以为我没看到你眼里的笑意。

自从他那次消失了两个月又回来后,这泰常便不再如以前那样死硬呆板,开始变得会开玩笑了。当然,他那种玩笑,不是常人能明白的就是了。对于这一点,南昌王是乐见其成的。相较于没有感情的奴仆,他更愿意多一个朋友。

泰常伸手接过他手中的马,牵向马厩。

南昌王跟在后面,见他拿出桶子与刷子来,开始给马洗刷身体。对于自己亲自来此,并未多问。

"那国师与袁天罡似乎是相识。"南昌王早已习惯,遇到一个闷葫芦,除了自己主动开口,还能怎么办?

"属下已经让人将四方馆监视起来。"泰常一边刷马一边道。那马显然很享受这个过程,老老实实地站在那里,除了偶尔低头嚼食两口青草,一动也不动。

"办得好。"南昌王毫不吝啬自己的赞赏,"你说,论赞婆会否被那一大篇礼法逼急,恼羞成怒,就要这样带着人离开?"

泰常摇了摇头:"除非他得知这是拖延之计!"

听到此,南昌王心中一凛,若那论赞婆真与袁天罡有旧,会不会从袁天罡那里得知此事。只是,"那袁天罡终究是大唐人,不至于做出引起两国战火,动摇大唐国本的事吧?"他不是很肯定地道。

泰常直起腰,与他对视一眼,没有在这事上发表意见。

南昌王在原地来回踱了两步,突然道:"你能否找到精通丹药的人?"若袁天罡心怀叵测,也许能从丹药上窥得一点蛛丝马迹。

泰常知他想做什么,上次袁天罡给皇上服药时,他回来就说过想试试的话。

"属下正派人在寻找。王爷可先问问李淳风。"

经他一提醒,南昌王不由一拍脑门:"对啊!"他怎么把这人给忘了。不过他得先找皇上讨得丹药才行。

"行了行了,这马都快被你刷掉一层皮了,走,陪我去尚食局看看他们事办得如何。"

泰常应了声是,然后把刷子交给马房的马夫,让他接着。又去将两匹汗血宝马牵回马厩,这才跟南昌王一道出门。

到达尚食局的时候,厨房里正忙成一团。春喜掌勺,旁边殷浩小葫芦以及几个杂役都在帮忙,见到南昌王都只是匆匆行了一礼,便各自忙自己的去了。

南昌王看着旁边长案上已经摆上的一系列色香味俱全的精致菜肴,不由皱了下眉头。

"那米拉贡是个藏……吐蕃蛮人,能吃得惯这样精细的东西?"他侧头对泰常嘀咕,差点失口说成藏族人。"别落了个牛嚼牡丹。"

"新鲜!"泰常回得简单。

一旁殷浩听到两人的交谈,想要回话,又怕春喜听到,于是从厨房钻了出来,小声地道:"管他是不是牛嚼牡丹,只要他啃嚼,那就行。"

此言有理!南昌王点头。

这时一个小掌膳走了进来,手中端着洗净的上好生肉和青菜,"春喜姐,菜和肉我都按你吩咐的挑过了。"

那小掌膳声音柔软轻细,听在耳中便如春风拂过人心尖子,南昌王不由仔细看了两眼。见她杏眼樱唇,竟是一个美人胚子,不由眼睛一亮,拉过殷浩来咬耳朵。

"这是谁呀,怎么以前没见过。你们尚食局又不是教坊,怎么也尽出美人?"

殷浩扫了一眼,不怎么在意地道:"美吗?一般吧。是林小剩,也是掌膳,薛尚食的手下,来帮春喜的忙。"他的眼里只有武媚娘,别的女人在他看来都没太大差别。

南昌王知道他这一点,也懒得理他。目光又在林小剩身上转了两转,这才移开。

那林小剩将肉菜放下,就要离开,却被春喜叫住。

"哎,小剩,你先别走。我今天要烧很多特别的菜,你还得给我帮个手!"

"好,春喜姐。"林小剩回答,留了下来。那声音柔柔软软的,直听得南昌王心里熨贴至极,暗忖自己以后要找老婆的话,一定要找个声音是这样的,不看人,只是听着就舒服。

"你帮我把这几样菜先搭配好……"春喜还在那一边忙一边嘱咐林小剩。

林小剩应了,便低着头安安静静在做事。

南昌王在外面看着,突然扭过头对泰常说:"泰常,你还没娶妻吧?"相处这么久,他现在才想起这一点,实在是把这人的存在看得太过理所当然了。

泰常第一次不知自家王爷打的什么主意,但仍老实地摇头。

"那有没有相中的?"南昌王又问。这一回,连殷浩都留上心。

泰常心中警惕起来,隐隐猜到他要干什么了,沉吟了一下道:"十年前,泰常犯了过失,王爷大怒将泰常贬为奴隶,勒令终身不得娶妻。王爷忘了?"他缓缓道,语气中并无抱怨之意,而是陈述事实。

南昌王张嘴,半天说不出话。他想问你犯了什么过失,那个混蛋竟然下这样没人性的命令。这不是明摆着要让人做一辈子狗,且孤独终老么?但是他没敢问。泰常会这样详细地说起过往,只怕已经怀疑他与另一个南昌王不是同一个人了。

殷浩同样听得目瞪口呆,然后转过脸看着南昌王,欲言又止,好一会儿才迸出:"王爷你真狠毒!"

又背黑锅了。南昌王欲哭无泪,真想摇着殷浩那大胖呆咆哮,那不是我啊!不是我啊!

殷浩却露出一脸不屑与你这种小人为伍的神情,跳进厨房,笑嘻嘻地问春喜:"春喜姐,今天做了什么菜招呼那个吐蕃王子啊?"

南昌王觉得自己有些无法面对泰常,只好揉了揉脸,重振精神,对着里面喊道:"一定要变花样啊,变着法子给他吃,吃到他流连忘返,咱们就赢了。"

小葫芦不乐意了,大声道:"春喜姐做的菜,哪怕就是烧青菜,那也是天下间的美味！"

南昌王正找不到地方发泄郁闷，闻言不由伸手狠狠地敲了他脑门一下。小葫芦捂头，委屈地撇嘴。

春喜却听得很开心，笑眯眯地道："葫芦，就你嘴甜！一会儿赏你两罐蜂蜜回去喝。"

葫芦立即忘记委屈，高兴起来："谢春喜姐！"

春喜转头对殷浩和南昌王招手，示意他们进去。"你们来瞧……"她指着满长桌的菜道："今天做的，这叫数字宴！"

"数字宴？"南昌王好奇。

殷浩急忙接口："我听说过，我听说过，就是每道菜名上都有一个数字，合起来十道菜，正是寓意十全十美！"

"嘿，算你识货，不愧是给皇上报过两天菜名的人。"春喜点头。

"那是！"殷浩得意洋洋地扫了眼孤陋寡闻的王爷。王爷给了他一声冷哼。

小葫芦撇嘴："师父，你说了跟没说一样，这些菜到底叫什么名字啊？"

殷浩见他拆自己的台子，瞪了他一眼，没好气地道："你问我，我问谁啊？"

南昌王乐得哈哈大笑。

春喜也笑了，指着桌上的菜，道："这些菜，依次名为一品天香、二度梅开、三色龙凤、四宝锦绣、五彩果味、六君闹市、七星北斗、八仙聚宴、九转乾坤、十全十美！"

葫芦听得口水直流，惊叹道："这光听菜名就馋死人了！"

殷浩突然叹了口气，神情变得严肃起来："春喜姐，这些天就多辛苦你了。那吐蕃国师无处下手，唯独吐蕃王子贪享美食，你一定得想着办法，每天做出不同的菜色，用这美味把他侍奉得好好的。否则，万一他们突然要走，我们就麻烦了！拖的日子越久，等大军回防，我们就有谈判的筹码了！"

听到这话，南昌王不由自主看了眼泰常，见他仍沉默如同隐形人般跟在自己身后，心中愧疚之余，又有些安心。

春喜点头："放心吧，整个尚食局都会全力以赴的！"

"对，还有我们呢，我们都会一起帮忙的！"殷浩笑道。

葫芦嘿地一声笑了出来，"师父，就你那不入流的厨艺，别帮倒忙就成了！"都进厨房学做菜快半年了，竟然一点长进也没有，还说帮忙。

殷浩见他又揭自己的短，不由急了，曲指"啵"地一下敲在他头上。

"哎哟，疼死了！怎么又打我？"小葫芦抱头直跳脚，怎么走到哪里都挨打啊。

"没大没小的，打你就是教你！让你记住谁是师父，谁是徒弟！"殷浩没好气地道。

众人看着这一对活宝，不由都笑了，气氛终于变得轻松下来。

接下来几天，南昌王都在往尚食局跑，一边在旁边帮点小忙，一边思索要怎么让泰常摆脱另外一个南昌王获得自由。对于这个梦，他一点把握都没有，万一哪天又突然消失了，倒霉的肯定是还给南昌王当奴才的泰常。

苏定方传来了消息，说突厥答应议和，这个消息让上上下下欢欣鼓舞成一片。只是有点小意外，就是那米拉贡并非一日三餐，而是一日十餐，似乎除了睡他就只剩下吃了，也不知他都装在了哪里。这样一来，春喜以及尚食局一干人几乎整日都忙个马不停蹄。是人都会累！

连着数日下来，春喜终于吃不消了。当林小剩又搬了一堆菜和肉进来，对春喜道"春喜姐，这是今天准备的新鲜菜跟肉！"时，所有人都颓了。

葫芦瞥了一眼那些菜和肉，干呕了一声："小剩姐啊小剩姐！麻烦你赶紧把这些菜跟肉拿走，别放我跟前。天天做菜，看见菜我就想吐！"

殷浩敲了葫芦脑袋一下，"别添乱了！还不够烦啊！"话是这么说，其实他自己也有相同的感觉。

春喜突然啊地大叫一声，一拍桌子，"我是做不出来了！我所有所有的菜式花样全都做了一遍了！"

南昌王叹道："哎，那个吐蕃王子真是太能吃了！原本打算一天三餐，他现在一天能吃十餐。"

"对啊，他想吃多少餐我们也得供着他。就这还不够！你们知道他今天跟我说什么吗？"殷浩恨恨地道。

"说什么？"春喜问。

殷浩咳了一声，然后学着米拉贡的样子和腔调，道："好吃！汉人的菜，好吃！我想，住到你们厨房去，就可以吃更多好吃的了。"

看着他那样子，再联想到米拉贡的形象，南昌王和葫芦都忍不住笑了起来。

"什么？"春喜却大惊失色，"他还想住到尚食局里来？天啊，谁来救救我吧！"

南昌王很有些无奈："哎，你说吧，刚开始怕他吃不惯，现在是他太爱吃了，怕没花样给他吃。"

他不开口还好，这一开口，殷浩立即盯上了他。

"王爷，你见多识广，能不能想几道没人吃过的特别的菜让春喜去烧？"

春喜听得直点头。

"对对对！只要王爷能说给我听，我就做得出来。"

"让我想想……"南昌王苦恼了，他玩着手上的扳指，从厨房走到外面，然后仰头看着飘着几朵云絮的天空。接着，脑中灵光一闪，兴奋起来："对了！可以做西餐给他吃啊。"

西餐？另外三个人一脸迷茫。

南昌王胸前围起了围裙，挽起袖子，开始在厨房里忙碌起来。

殷浩、春喜和葫芦跟在他身边，纳闷地看着。

南昌王不理他们，自顾搅拌着碗里面的蔬菜沙拉。他与冰荷同住，一般都是冰荷下厨，但他自己兴致来时，也会做一些。冰荷喜欢西餐，经常做，他看久了自然也就会了。

"醋来！"他头也不抬地喊。

林小剩递过醋。

"糖来！"

春喜递过糖。

又搅拌了几下，然后……

"好了！"

春喜和林小剩满腹疑虑地看着，春喜道："这能行吗？"

林小剩点头："对啊，都是生的能行吗？"或者说，她们其实想说这能吃吗？

"放心，肯定行！你尝尝。"南昌王笑道。

春喜夹起一筷，试探地放进嘴里，而后眼睛一亮："恩恩，很好吃啊！"

南昌王见得到认同，于是放下沙拉，转身到了一块铁板面前，夹起一块腌制好的牛肉，放到了铁板上。尚食局没有铁板，这还是他让人去现找的。

"给他来个七分熟……"他自己在那里嘀咕。

"肉不做熟这能吃吗？"葫芦怀疑地问。

"这你就不懂了，七分熟的牛排，外焦里嫩，红中透粉，那是肉中极品。"南昌道，说着，转头问："哎，我要的葡萄酒准备好了吗？"

正说着，殷浩就抱着一大坛葡萄酒摇摇晃晃走了进来。

"酒来了！王爷，这就是你要的葡萄酒了！"

"葡萄酒？"春喜不解，"葡萄酒不是西域来的吗？那吐蕃王子在西域天天都喝得到啦，有什么特别啊？"

"酒配不同的菜，喝起来就是完全不同的味道。"南昌王道，一边将煎好的牛排盛上盘，"行了。春喜、小剩，等会儿由你们把东西送到御花园。"

他吩咐完，便取下了围裙，整理好衣服，带着殷浩和葫芦先一步离开，准备验收成果。

夜晚的御花园，月光倾泻而下，蝉鸣声声，花影绰绰，一张铺着金丝桌布的桌子，上面放着一个小花瓶，瓶中插着几支鲜花。桌上放着精致的餐具，正中间还用精致的小碗盛了水，水面飘着两个小扁蜡烛。

吐蕃王子坐在餐桌前，摸摸餐具，摸摸花瓶，看上去十分喜欢。

"王子，让你久等了！"南昌王带着殷浩和葫芦走了过来。

"你们，不是叫我，来吃好吃的吗？好吃的在哪里？"米拉贡左看右看，都没看见他们手上端着东西，不由有些急。他等了这么久，已经饿得不行了，结果人来了，食物却没来。

"王子别着急！我们今天给你准备了最特别的美食，你一定没吃过！"殷浩安抚道。

一听到"特别""美食"几个字，米拉贡两眼不由放光，"啊，真的吗？"

"当然。"南昌王微笑，说着，拍了拍手掌。

掌音落，春喜和小剩端着菜走了进来。两人身段窈窕，姿容秀美，在这月光下袅袅娜娜地走出来，让人几疑是御花园中的花妖幻化而成。

可惜米拉贡的注意力全放在了美食上，对此毫无所觉，倒让葫芦看得眼睛发直。

米拉贡好奇地看着端上来的食物，一个盘子里是沙拉，红红绿绿的，美不胜收，一个盘子里是牛排，上面撒着黄色的花瓣。

南昌王指着沙拉道："王子，这道菜叫满园春色关不住……"然后，又指向牛排，"这道则叫着满城尽带黄金甲。"说完，连他自己都忍不住佩服自己，真是太有才了，比什么沙拉啊牛排啊好听不知多少倍去。

"哇，好看，好看的！"米拉贡大赞。

"真不愧是南昌王，不就是个沙拉、牛排嘛，竟然有了这么好听的名字。"春喜悄然退到一边，对殷浩小声道。

"哼！要不他是王爷呢！"殷浩不以为然。

这边南昌王让人将葡萄酒倒进米拉贡面前的夜光杯中，继续忽悠："王子，这是你们西域来的上等葡萄酒。怎么样，离家以后，好久没喝了吧，来，回忆一下家的味道。"

米拉贡显然很喜欢葡萄酒，不由吸了吸鼻子，呵呵笑道："葡萄酒，家里的，好喝！"

"那王子你慢用。我等先告退了！"南昌王缓缓吁出一口气，心想今天终于熬过去了。

米拉贡先是傻傻地看着众人离开，而后突然反应过来，忙着急地喊住他们："国师又不在，你们都走了，谁陪我吃？"

南昌王等人一愣，心道好嘛，还要人陪你吃，你一天吃十几顿，谁吃得下啊。虽是这样想，事实却是，他们对视一眼，而后齐齐将手指向落在最后面的林小剩。

"她。"

林小剩大吃一惊，指向自己："我？"

众人重重点头，不等她拒绝，一溜烟全跑了。

林小剩性子温柔得近乎软弱，此时无法，只好乖乖地退了回去。

四人走过回廊拐角，停了下来。

"王爷，你这办法能成吗？这些饭菜他会喜欢吗？"殷浩频频回望，不太踏实地问。

"放心吧，肯定行！"南昌王看上去信心满满地道，实际心里也有些发虚，这口味的问题谁能保证啊，有人喜欢西餐，当然也会有很多人不喜欢。

"让小剩陪着王子，行不行啊？"春喜则是在担心另一件事。她也知林小剩的性格，其实现在有些后悔刚才将其推出去了。

"当然了。"南昌王扬眉，双手负手，长吟道："葡萄美酒，月下美人，鲜花烛光，春色无边啊！"

"王爷……"其他三人无奈。

"好，好，不说了，你们自己看吧。"南昌王举起双手，然后微一侧头示意大家偷窥。

花园里，米拉贡透过桌子上的花望向对面的少女，她白皙秀丽的小脸上因为害羞而染上了一层酡红，比眼前的鲜花还好看。他心中不由一动，咽了口唾沫，突然觉得有些呼吸困难，赶紧低下头，笨拙地用筷子夹起已切好的牛排放到嘴里。

"哇，好吃！"他赞道，一抬头，发现林小剩呆呆地坐在那儿没动，忙伸手招呼她："哎，你快吃啊！怎么不吃？很好吃的哎！这个，你尝尝这个！"不知道为何，他的大唐话突然顺溜了很多。

林小剩不好意思地拿起筷子，吃了一口，然后点头："嗯，是很好吃……"

米拉贡看着她秀气的样子，眼睛差一点又发直，嘿嘿笑道："我早说了嘛！对了，你，什么名字？你叫？"他懊恼，怎么偏偏这一句话说不好呢。

林小剩有些害羞，微微低下了头，雪白的颈子因这个动作显得更加修长美好。"回王子话，我姓林，娘给我起名叫狗剩，尚食局大家都叫我小剩……"

米拉贡目不转睛地看着她，自己突然也害羞起来，只是他肤色偏黑，不是很看得出来。

"狗……剩，狗剩，很美的名字……"他脸红低吟，不知道为什么，只是喊着这少女的名字,便让他心跳快得不得了。

"啊?"林小剩惊讶,"哦……你是第一个这么说的人。"要知道她为了这名字,不知道被笑了多少次,此时听到人说很美,而且看上去还是真心实意地赞美,心里也不由有些欢喜,因此对米拉贡的好感增加了很多。

米拉贡抓了抓头,嘿嘿傻笑。

偷看的四人全部笑喷出来,而后又警觉地捂住嘴,怕米拉贡和林小剩听到尴尬,赶紧跑得远了些,这才放声大笑起来。

"哎哟喂,这可笑死我了!我不行了。"葫芦靠着墙抱着肚子直往下哧溜,一边笑一边还学:"狗……剩,狗剩,很美的名字……啊哈哈哈哈……"他捶着地笑得爬不起来。

其他三人也笑得直觉得肠子都要抽筋了,突然觉得这王子其实挺有趣的。

"得,只要这王子吃得开心就好。"殷浩笑道,终于放下心来。

南昌王心中一动,回头看着两人的方向,若有所思。

就在众人费尽心思想要留下吐蕃王子,并为见到成效而欢欣不已的时候,却突然传来两个坏消息,直将所有人都打了个措手不及。

本来已经答应要议和的突厥突然出尔反尔,不肯再议和,而且态度坚决。另一方面,论赞婆突然态度强硬地要求三日之内必须带武媚娘走,否则就是两国开战。

南昌王正与尚食局的众人分享前一夜的成功喜悦,便被紧急召去了两仪殿。

是时,已有好几个大臣到了,包括袁天罡。南昌王进去时,李治正紧皱着眉头,听着大臣们的劝谏。见到他来,眼中亮光一闪,但很快便黯淡下来。显然想到事情到了这个时候,任谁也想不出更好的主意来。

"若是虚张声势也就罢了,可只怕万一啊!"

"是啊皇上!军情紧迫,按郑仁泰将军发来的军报,吐蕃兵已是蠢蠢欲动,可能随时都会跟我军交战!可目前咱大唐的兵力仍被牵制在突厥战场!根本无法调兵应付吐蕃啊!"

"皇上，那个吐蕃国师已经说了，如果三天内我们还不答应送走武才人的话，他就立刻要出兵了！真的到了那时，就算我们再想送武才人，也将于事无补了！"

众臣你一言我一语，全是主张要送走武媚娘，李治听得脑袋都要炸开了，于是看向南昌王，"十五弟，你来就好了。与突厥的议和失败，论婆赞又逼着三天之内要带走媚娘，你可有何对策？"

"皇上，此事万万不可！这吐蕃王胆大妄为，连皇上的妃子都敢动，若让他得逞，只怕我大唐声威将毁于一旦。皇上千万不能让步。"南昌王拱手道，想到泰常的话，心中不由对这些高官厚禄养尊处优的文臣鄙夷到了极点。

李治闭上眼睛，苦恼地思索着。

李淳风见状，忙道："皇上，若让武才人嫁至吐蕃和亲，万一吐蕃出尔反尔，仍派兵来犯，那皇上岂不是赔了夫人又折兵！"

李治眉头刚微微松动，袁天罡开口了："然，若武才人不嫁，吐蕃来犯，天下苍生定会血流成河，平民百姓们也要为此承受无妄之灾！最后皇上只会落得天下人口实，连武才人亦会被冠上红颜祸水的骂名！"

南昌王在一旁听得心里一阵恶心，只觉得见过不要脸的，没见过这么不要脸的。他心中冷笑，脸上却作出奉承貌："想不到袁大人如此慈悲，胸怀天下苍生，本王真是佩服！佩服啊佩服！"

袁天罡脸上的怒气一闪即逝，而后变成淡淡的微笑。

"皇上，为我大唐江山千秋万代，一定要送走武媚娘啊……请皇上三思……"

众臣突然纷纷拜倒于地，齐声道。唯独南昌王和李淳风仍站在那里，却无可奈何。南昌王看着地上这些满嘴冠冕堂皇实则只为自己利益考虑的大臣，心中一片茫然。那一刻，他突然有些明白了李治的感受，那种无可奈何满腔悲愤的感受。

无精打采地走到尚食局，看到在里面焦躁地走来走去的殷浩与陪在他旁边满脸无奈的小葫芦，南昌王犹豫了一下，转身就要离开，却被眼尖的小葫芦看到，喊了起来。没有办法，他只好又走了进去。

"王爷，怎么样？"殷浩着急地问。

南昌王叹了口气，摇头，"那个袁天罡，带着满朝文武一起劝谏皇上，只差以死相胁了！"说到后面，他几乎是咬牙切齿的。

"那皇上怎么说？"殷浩一愣。

"皇上……皇上还能说什么？"南昌王苦笑，再次回想起在两仪殿那一幕，他就觉得满腔愤懑无法平息。

"那可要怎么办才好？"殷浩惊慌失措地后退一步，喃喃道。

小葫芦见到他们发愁，想要劝却不知从何劝起，正心中暗急，李淳风走了进来。他看到南昌王也在这里，愣了一下。殷浩一见到他，立即精神一振。

"师父，你来的正好。你快想想办法啊，再这么下去，媚娘十有八九要被送到吐蕃去了。"

李淳风肃容道："别着急，为师近日都在调查，发现吐蕃国求娶媚娘和亲之事，其中或许有一个巨大的阴谋。为师打算即刻动身，亲自去一趟吐蕃。"

南昌王听得心中一动，"可是与袁……"他话未说完，就被李淳风使眼色打断了。他心中豁然敞亮，那一刻，对袁天罡简直恨不得食之肉饮之血。

"师父，要不要徒儿跟师父一同前往？"殷浩没注意到两人间的暗中交流，问道。

"不必了，你们留在宫中静观其变，为师有什么消息会差人回来告诉你们的。"李淳风道，说完冲南昌王一抱拳，转身飘然而去。

"师父你万事小心啊！"殷浩在后面喊。

"真希望师公这次去吐蕃能够找到破解阴谋的有力证据。"小葫芦不无期望地道。

"哎，但愿如此，怕就怕等师父找到证据的时候，媚娘连堂都拜完了！"殷浩却没他那么乐观，有些颓丧地道。

南昌王无声地叹口气，拍了拍他肩。暗自发誓，无论如何他都不会让武媚娘嫁到吐蕃，哪怕违抗圣旨，哪怕真要打仗。他记得泰常说过，那不只是皇上一个人的耻辱，而是大唐所有男人的耻辱。

殷浩在明月宫外犹豫了很久，看见武媚娘坐在月下，柳儿劝了好几次都不肯进去歇息，显然在等待着什么人。他知道，她等待的那个人绝不是自己。

他原本想就这样隔远看看，然后转头回去，却又抵不住她的一声叹息。就在她起身欲要回房时，他走了进去。

"是皇上来了么？"听到她如此问，看到她在看清是自己时眼中流露出的失望，他的心突然剧烈地拧痛起来。

"殷大哥？"武媚娘微讶，"这么晚，你怎么来了？"

殷浩略略打起精神，看着她道："媚娘，我来是想跟你说，我师父查到了一些线索，说这次的和亲事件是个阴谋。"除了这个，他又有什么理由来看她呢。

"阴谋？"武媚娘一怔，"到底是怎么回事？"

"具体的情况我也不是很清楚，但是师父他已经前往吐蕃去查探情况了，一有消息就会通知我们的！"殷浩道，看着武媚娘的眼中藏着压抑过的深情，"放心吧，媚娘，你别担心，一定不会有事的。"

武媚娘轻叹口气，低声道："但愿如此吧。"而后，语气突然一转，问："殷大哥，你觉得，我该不该去吐蕃？"

"什么？"殷浩一惊，不悦地问："你怎么会有这种想法？"他的心突然有些慌。

武媚娘微微一笑，抬头看向天上的月亮，莹润光滑的下巴映着月色，如玉质般动人。

"我一直在想，你曾为我讲过舍弃小我而从大我的故事。我固然是舍不得大唐，舍不得皇上和你们这帮生死至交的朋友。但若吐蕃真的挥兵东至，我大唐千千万万百姓势必都将遭异族侵害，流离失所。与天下黎民百姓的性命比起来，我一个人的牺牲，又算什么呢？"说着，她转头看向殷浩，"殷大哥，你说，对不对？"

殷浩正看她看得出神，闻言，脸上闪过一抹赤红，忙微微别开了脸，不自在地道："媚娘，你总是这么善良……你也该为自己想想！总之，我殷浩一定会想尽办法让你留在大唐的！"说到最后一句，他已回眼正视武媚娘，语气中是不容置疑的坚定。

"殷大哥……"武媚娘心中感动，眼眶有些发红，却仍浅笑道："不管结果如何，媚娘此生能够有你这个好大哥，真的无憾了！"

好大哥……

殷浩心中苦涩难言，却还得以笑相应，然而垂在袖中的手却已紧紧地握成了拳。

第十八章

"国师,咱们就明人不说暗话,你与我们大唐国师袁天罡是什么关系,你自己心里清楚。是他要你帮他故意制造预言,欺骗你们的赞普,让你们王子娶我大唐的武才人,本王说的没错吧?"南昌王神色从容地道。

"是有人在突厥军队里散播流言,说大唐不会与吐蕃和亲,跟突厥议和只是想将大唐军队调集,先攻打吐蕃,而后,再灭突厥。"泰常汇报近日取得的情报。

南昌王靠坐在席上,伸手按住额头,尽管努力压制心中的愤怒,却仍然能感觉到手气得在轻微地颤抖。

"除了他,还有谁?若不是那姓袁的……我将头摘下来给他踢!"他咬牙道。

"王爷……"泰常看他脸色十分难看,不由有些担忧。

"我没事。"南昌王闭着眼摇头,"泰常,能拿出证据吗?"

"不能。无法深入突厥军中找出散播流言之人。"泰常沉声道。

南昌王吐出一口气,心里的郁闷却没有丝毫减轻,"还有别的消息吗?"

"论赞婆与袁天罡曾同师学艺。"泰常再次扔下一个惊雷。

"什么?"南昌王蓦然睁开眼,坐了起来。

"十多年前,袁天罡在王家避难后,曾在术老门下学艺,而论赞婆是术老的大弟子。"将这个根源查出来,当真费了不少的劲。

"那、那……"南昌王想说,那是不是就能当着皇上的面指证说此次武媚娘之事,以及吐蕃欲动兵戈之事都是由袁天罡挑起的。

"就算挑明,且不说皇上信否,只是吐蕃的问题仍无法解决。或者,反而会逼使他铤而走险。"泰常沉着地分析。那个他,自然是指袁天罡。既然他能影响突厥的人,又能牵引吐蕃,逼急了,只怕会闹个鱼死网破。何况,只是以一个师兄师弟的关系就说他通敌叛国,又怎能让世人信服?

南昌王握紧拳,发泄地在案上狠狠捶了一下,"这只老狐狸!"袁天罡行事之缜密,竟然让人捉不住丝毫把柄。不知道倒还罢了,知道却不能拿他怎么样,这才是最憋屈的。

"李淳风去吐蕃了，你可让我们的人与他配合。"他突然想起这事，叮嘱道。

"是。"

"泰常，你准备准备，只怕很快你就能重返沙场了。"南昌王眯眼，低沉而坚定地道："不只是你……还有我。"

泰常眼中露出一抹讶色。

南昌王跳下马，将缰绳扔给伺马的人，然后疾步走向御书房。

御书房里，李治正在那里愤怒地来回踱步，见到南昌王走来，方才停下。

"皇兄这么急召臣弟前来，是否有紧急军情要商议？"南昌王连礼也没行，直接问。他正跟泰常在商量若是战争发生，要如何应变的事，就接到李治传召，着他立即入宫。

李治将手中奏折递给他，道："你自己看。"

南昌王接过奏折，略一扫过，赫然抬起头："吐蕃大军竟然侵入我国边境？为何会如此？他们的王子不是尚在我们大唐？"虽然他已做好战争爆发的心理准备，但却不是在这种情况下。

"朕也不清楚，所以已经传了吐蕃国师前来询问。"李治摇头，他脸色有些发白，显然身体不太舒服。

两人正静默无语的时候，论赞婆到了。

李治冷哼一声，厉声道："论赞婆，你们竟敢背信弃义派兵犯我大唐？"

论赞婆却并不惊恐，从容一笑，道："这叫未雨绸缪。我吐蕃大军只是集结在边关而已，只要皇帝陛下遵守诺言，让我吐蕃王子迎娶武媚娘，我国自然不会对大唐有任何行动。"

"你……论赞婆，你竟然威胁朕！"李治勃然大怒，就要冲向论赞婆。

"皇兄……"南昌王赶紧拦住他。

论赞婆走到了李治面前，挑衅地看着他，语带嘲讽地道："皇帝陛下，你应该不会为了一个女人，要断绝了大唐与吐蕃多年的友好关系，令大唐国民陷入战火之中吧？"

李治瞪着论赞婆，眼中几欲冒火，却无言以对。

南昌王冷笑，眸色转寒，紧盯着论赞婆，"论赞婆，做人别太嚣张！战与不战，你都先要搞清楚你现在脚是踩在谁的地盘上。本王虽无能，取个把首级却是不在话下的……"

论赞婆一凛。就在此时，一个女子的声音突然传了进来。

"不用争了！"

武媚娘一身华服，缓慢而坚定地走了进来。

"皇上，媚娘愿替皇上解忧，远嫁吐蕃！"

南昌王脸色一变，却没说话。

"媚娘……你……"李治不敢相信地看着武媚娘。

"皇上不用再说，臣妾心意已决。不能为了臣妾一个女子，陷大唐子民于水深火热，更置皇上于不义！"武媚娘淡淡地道。

见此，论赞婆立即恢复了一副恭敬的态度："大唐皇妃果然深明大义，愿我吐蕃与大唐世代交好！"

"媚娘……朕……"李治眼中隐有泪光闪现，却无法说出话来。

南昌王抿紧唇，背转过身去。事已至此，他还能说什么？

李宇凡猛地醒了过来，他一个骨碌坐起，茫然看了眼四周，发现是在自己的床上。

昨晚睡时忘了拉窗帘，清晨的阳光穿过玻璃照在人身上，暖暖的，并不灼人。看来时间还早，他抬起手腕看了下表。

六点半。日期只比睡前往后推了一天，看来他只是和平常一样睡了一个晚上而已。

抓了抓修剪得极短的头发，回想梦中发生的一切，竟有一种不该在这个关键时刻醒来的想法。就这样醒了，他觉得自己就像是一个逃兵，心里很是愧疚。

"等等……"他脑子里灵光乍现，"怎么总会在梦境中遇到危机的节点醒来？上上次是太宗死武媚娘入感业寺，上次是武媚娘进冷宫，这次又是武媚娘将被送往吐蕃……难道……"他若有所悟，登时恨不得再躺回去重睡，继续回到梦中，以验证自己的猜想。但是休息一夜后，精神已养足，是无论如何也睡不着的，何况大刚还在等着他去换班。

叹了口气，他起身洗漱，又换好衣服，将笔记本带在身上，然后出了门。他想趁醒的时候上网查查资料，看看唐高宗时期与吐蕃的关系究竟如何，武媚娘是不是有过和亲这么一段。也许这一段历史被隐藏了呢，只能看野史了。他心中多少还是抱着希望，希望自己的梦与历史的发展一致，那样他就不用整日患得患失了。

在路上买了早点，然后打车到了医院。走到冰荷的病房门外时，看到大刚正面色凝重地跟护士在讲着什么事情。

护士走后，大刚抬头看到他，不由一愣。"你来了？"

"嗯。给！"李宇凡走进去，将手中买的早点拿给大刚，随口问道："你跟护士在说什么？脸色这么难看。"

"没……没什么。"大刚顿了一下。

李宇凡原本还没怎么在意，此时听他语气不对，不由回过头来。

"是不是我姐有什么事？"

"啊？"大刚欲言又止，"她……没事啊……她很好！"

李宇凡见他吞吞吐吐，不由急了，厉声喝道："快说！我姐怎么了？"

大刚怔怔地看着他片刻，不敢说话，最终低下了头，不敢面对他。

李宇凡心中一慌，转身跑出了病房。

大刚抬起头来，脸上布满担忧。

医生值班室中，李冰荷的主治医生将两张 X 片放在阅片的灯箱上，然后指给李宇凡看上面右侧大脑里的病灶。

李宇凡看着那团扩大的阴影，不敢置信："怎么会突然变得这么严重？"

"你姐姐脑中的瘀血肿块原本只是局限于左侧颞叶前部，没想到这几天突然产生大范围扩散。如果短期之内她还醒不过来，或许就会有生命危险。"医生语气凝重地道。

李宇凡喉结滚动了一下，语气艰涩地问："那，我们还能够做什么吗？"

医生摇了摇头，"我们会尽力将病情控制，但是……你们家属也请做好心理准备。"

李宇凡不知自己是怎么回到病房的，等他回过神时，发现自己正坐在李冰荷的病床前。李冰荷静静地睡着，恬静而安详。

大刚提着盒饭推门进来，走到李宇凡身边，拍了拍他的肩，递给他一份。

"别想了，先吃点东西吧。"他顿了下，又道："你姐姐要是醒了，看到你这副样子，一定会很难过的。"

李宇凡苦笑，"姐姐这个样子，我哪里还有胃口吃东西。"他目光落在冰荷的脸上，皱眉思索起来。难道自己之前的想法是不对的，梦与姐姐是否醒来其实完全不相干？

"你那个梦境里面，唐朝的事情进行到哪一步了？"大刚打开盒饭，一边吃一边问。

"武媚娘要被送出皇宫，嫁给吐蕃王子和亲去了。"李宇凡想着事，漫不经心地回答。

"什么？"大刚夹着一筷炒豆芽顿在了空中，惊愕地道："嫁给吐蕃王子和亲？这不可能吧，这些日子我一直在有空的时候看武则天一生的历史，可从来没有记载过武则天会嫁去吐蕃啊？"

李宇凡这时才回过神来，点了点头，"我也记得是这样的。武媚娘要是去了吐蕃，日后还怎么可能在大唐称帝，建立武氏霸业！"说到此，他皱眉思索，"莫非我在梦境中改变了历史的走向？还是……"他身体突然一震，"我试图用这梦境唤醒姐姐，难道是因为我的失败，才使得姐姐病情恶化？"

想起自己在梦里的愤怒与无奈，他相信李冰荷若与他做的是同一个梦，必然也会产生相同的情绪。那么是不是这种无法宣泄的情绪导致她的病情恶化？

大刚听得一头雾水。

"我一定要尽快回到梦中去！"李宇凡赫地站起身，然后走向沙发。

大刚呆呆看着他，心想再继续这样下去，自己的工作只怕也该没了。

李宇凡入睡前最后一刻，他告诉自己，要回到他梦醒离开的那一天。

南昌王觉得自己似乎打了个盹儿，睁开眼发现自己正坐在马背上。街上行人熙来攘往，仍是一片太平景象。回头，泰常骑着马跟在后面。他稍稍有些心安。

"泰常，今天是什么日子？"他开口问。

"六月十七。"泰常淡淡道。

应该是自己离开的那一天……南昌王仍有些不放心，迟疑了一下，想要再问，却又不太好出口。难道让他问今年是哪一年吗？

"永徽三年。"泰常又补充道。

是同一年同一天。幸好！幸好！南昌王拍了拍胸口，真正放下心来，看看天色，大约是自己离开皇宫的时候。南昌王正庆幸着，突然意识到一个问题，瞬间僵住。

"泰常，我刚才……"有做什么奇怪的事吗？否则问他日子，他怎么会连年份和月份都答了。

"王爷似乎累了，刚才在马上打了个盹儿。"泰常解释。

"是吗？"南昌王仍有些狐疑，只是除了泰常，再没人知道答案。

"是。"泰常点头。

南昌王没有再问。不管如何，没人再受到伤害就行。然后，他精神蓦然一振，隐隐地感到自己似乎能控制住入梦的时间。

上次入梦前曾经想希望武媚已经出冷宫，结果就醒在她出冷宫前的一段时间。这一次他刻意想了下，要回到离开前的同一天，如今也如愿了。也许，也许这梦并非不可控的。或者他不能控制梦发展的方向，但什么时候入梦，什么时候醒来，已有迹可循。

想通此点，他原本还有些沉闷的胸口蓦然一松。

"泰常，武媚娘已决定嫁入吐蕃。"他开始说正事。"我决定去护送她一程。"

泰常沉默。

"你拿着我的腰牌先去安排一下，我不打算过玉门关。"南昌王眯眼越过雄厚的城墙看向天际，轻声道。于这皇城之中，他无法违抗圣旨以及文武百官的意愿，但若是出了长安，如何做却全取决于他。

"是。"泰常沉声应。

天际，雄关巍峨，黄沙漠漠。

一杯新丰酒，一抔长安土，武媚娘离开了自己浮浮沉沉十几年的长安城，离开了皇宫。

南昌王主动请缨护送，而最应该来送别的人——李治却没出现。武媚娘掀起马车窗帘频频回首，直到长安化成天边的一道黑影，却最终也没看到日夜挂念的熟悉人影，她终于失望地放下了手。

南昌王骑在马上，面无表情地看着前面米拉贡围着林小剩一会儿大唐话一会儿吐蕃语叽里咕噜地说个不停，林小剩虽然有些害羞地半低着头，但仍能看得出她并不厌烦。

这米拉贡竟然说路上没吃的不行，硬要带着林小剩在路上给他做好吃的。哼，路上没好吃的不行，那他是怎么来大唐的？明明是醉翁之意不在酒。想送一再赠一，想得倒美！

正在南昌王咬牙切齿的时候，身后马蹄急响，护送的兵将回望，只见一骑绝尘而来。近了，才看清竟然是气喘吁吁的殷浩，而他胯下的马也同他一样呼呼地喷着热气，双腿直打颤。

扫了一眼被他压得快要支撑不住的马儿，南昌王眼里闪过同情的光芒。

"给他换一匹马。"南昌王转头吩咐随行侍卫，然后才问殷浩："你怎么来了？"

"我当然要来。"殷浩一边呼哧呼哧地下马再上马，一边回答。等坐稳了，才继续道："媚娘去到哪里我就去哪里。我说过要保护她的。"

对于这一点，南昌王罕见地没剩他几句，只是问："小葫芦呢？"

殷浩挠了挠头，脸上带了些许愧疚："他在尚食局好好的，我不想让他跟着去那塞外苦寒之地。"

"所以，你是偷偷溜来的？葫芦不知道，春喜也不知道。"南昌王几乎是肯定地道。

殷浩嘿嘿一笑，没有反驳，便是默认了。

南昌王叹了口气，没有再说什么。

武媚娘见到殷浩，心里自然是高兴的，但更多的还是感动。那个时候，她突然领悟到，这一生如果谁会对她不离不弃的话，那只有殷浩。只可惜，她想要的却是另一个人的不离不弃。

千里跋涉，略过途中的辛苦与种种小状况，送亲的队伍终于快要抵达玉门关。这时，武媚娘突然生起病来，南昌王不肯让论婆赞就这样带人出关，坚持要等武媚娘养好病。论婆赞见出关在即，他吐蕃大军正踞于关外两国边境，觉得不会有什么大问题，不想在这个时候还与南昌王起冲突，平白害了自己和王子，便也答应了。

因此送亲队伍在边塞小城辛城停了下来，住于驿馆之中。对此，其他人倒还罢了，米拉贡却是欢喜的，他似乎并不想就这么离开大唐。当然，这一点总是由不得他的。

武媚娘当然没生病，不过是南昌王暗中授意她这么做，她虽然不明白他葫芦里卖的什么药，但心里还是升起了一丝希望。

至于南昌王，他在等。等李淳风的消息，也在等泰常的消息。

在驿馆中连着住了两日，到得第三日上午，殷浩已有些耐不住心里的苦闷，蹲在驿馆院子里看蚂蚁觅食。

"想什么呢？"南昌王透过自己房间的窗子看到，于是走了出去，蹲在他身边，问。

"媚娘这病应该是太过忧郁悲愁所致，她一定很不想去吐蕃，都怪我……怪我没能力保护她。"殷浩一边说一边敲打自己的脑袋。

为了不让论婆赞起疑，武媚娘生病的事，只有南昌王知道，连殷浩和柳儿都没告诉。见殷浩这样自责，南昌王心有不忍，抬手制止了他自虐的动作。

"不是你的错，你看这事连皇上都没办法……"

殷浩像是没听到他的话，继续喃喃道："王爷，你看媚娘闷闷不乐的样子。这一路走来，我就没见她笑过。未来在吐蕃的日子那么长，她可要怎么过才好啊。不然我们想想办法，把媚娘救回去吧。"

南昌王张了张嘴，很想告诉眼前苦恼不已的男人，他是绝不会让武媚娘嫁到吐蕃的。但是终究还是忍了下来，时机未到，这殷浩又是个嘴里没把门的家伙，万一泄露点风声出去，只怕要前功尽弃。

就在两人各怀心思的时候，驿馆官员来报，说有人想见南昌王。南昌王心中一动，让他赶紧将人带进来。

来人一身劲装，风尘仆仆，不是泰常是谁。

"王爷！"泰常施礼。

南昌王大喜，上前一把抓住他，想要说话，看了眼左右，又勉强忍住，然后一手抓泰常，一手抓殷浩将他们带入了自己的房间。关上门后，在殷浩一脸茫然的表情中，泰常将一封书信和一个包裹递给了南昌王。

"属下遇到太史令，这是太史令让转交给王爷的。"

听到是自己的师父，殷浩立时精神一振，凑到了南昌王身边，希望看清是什么东西。

南昌王打开信，两人眼睛越看越亮，未等看完，殷浩已一把打开包袱，露出一块青玉色的石头来。

"好！好！"南昌王连声道好。

"另外，吐蕃大军粮草被烧，不日必将退兵。"泰常又带来了一个好消息。

南昌王与殷浩对望一眼，大喜过望，激动得冲上去狠狠地抱了泰常一把，又在他背上重重拍了两下。

"泰常，你是怎么做到的？"好一会儿，他才稍稍平复下激动的情绪，两眼发亮地问。

"属下用王爷的令牌向郑将军借了五百人马，趁对方防守松懈，潜至其大军后方，烧之。"泰常平静得像是在说一件微不足道的事，但寥寥几句话的经历中，却隐含着旁人无法想象的凶险。

"辛苦你了，泰常。"南昌王拍了一下泰常的肩膀，无法表达自己心中的感动与骄傲。感动于眼前之人无论做了多大的事，也从不居功，骄傲自然便是骄傲于这么有能力的人是自己的手下。

泰常似乎也感受到了他心中的喜悦，脸上的表情变得比平时要柔和许多。

"那我们是不是就可以不用和亲，直接把媚娘带回去了？"殷浩最关心的是这一点。想到吐蕃大军即将退去，那自然不用受他们威胁，继续将武媚娘送出去。

南昌王看了泰常一眼，沉吟片刻，道："他们只是暂时因粮草匮乏退去。若和亲的事处理不好，让他们心有怀恨，只怕还会引起灾祸。如今我们既然掌握了先机，自当将事情处理得更加妥善方好。"

"那……难道还要让媚娘嫁过去？"殷浩急了。

就在这时，泰常突然道："属下查得，吐蕃小王子害怕鬼怪之物。"

听到此话,南昌王灵机一动,有了主意。

米拉贡在房间里坐得无聊。离开了大唐皇宫,他再也没办法一天十几餐地吃了,虽然不至于饿,但真的很无聊。林小剩也不是时时陪在他身边,他只能坐在这里撩起袖子,看蚊子落在上面,然后再狠狠地拍下。

也许,还是快点回家得好。正当他这么想的时候,林小剩敲门进来了。

一见林小剩,米拉贡眼睛就亮了起来,仿佛看到美食一样。

"怎么没有牛排啊,你不是说做牛排给我吃吗?"当他看到她两手空空的,眼神立刻又黯淡了下去。

"王子别急,牛排已经做好了,而且还特别做了很多更好吃的东西,只是未来王妃想邀请你一起去她的房间用膳,所以已经把好吃的送到她那里去了。"林小剩安抚他道。她声音温柔,就是脾气再暴躁的人听了也没办法继续生气。

"真的吗?"米拉贡一听有吃的,立即坐不住了,拉着小剩就往门外走去,"快走快走!"

外面天已经黑了下来。林小剩将米拉贡送到武媚娘的房前,道:"王子,您先进去吧,我还有很多好吃的东西没做好,现在就去准备!"

听她还要做好吃的,米拉贡也不缠她,反而催促道:"好啊好啊,你快去!"

看着她离开后,他推门走进武媚娘的房间。

武媚娘穿着一身鲜红的衣服背对着她坐在梳妆台前。屋里的摆设除了多了张梳妆台外,与他的房间并没什么区别,但是莫名的,米拉贡总是感觉着气氛有些不对,让他胳膊上的汗毛悄悄立了起来。

听到他进来,武媚娘也没转过身,而是慢慢地梳着长发。

米拉贡不自觉地打了个寒战,问:"王妃,你,你在做什么?"

武媚娘没答理他,仍在幽幽地梳着长发。

米拉贡已经有些害怕,但他还是鼓起勇气问:"好吃的东西呢?"

武媚娘仍然没答,而她面前的烛火却突然晃动起来。

米拉贡诧异地四下看看,"那我自己找了啊!"他的目光落在屋中间一个袋子上。

"好吃的东西，是放在这个袋子里吗？"他有些奇怪，但仍走了过去。

刚一打开袋子，就见里面团着十几条蛇，正嘶嘶地对他吐着信子。

"啊！蛇……"米拉贡大叫一声，扔下袋子，抬起头仓皇地看向武媚娘。

这时武媚娘转过了头来，幽幽地道："你看，我美吗？"

转过头的女人脸上竟没有五官，鬼怪一般阴森恐怖。油灯的光晃动得更加厉害了。

米拉贡被吓得"噔噔噔"连退数步，眼泪鼻涕都流了出来，看着武媚娘尖叫了一句吐蕃话，便晕倒在了地上。

这时，油灯的光终于不再晃动。

媚娘走上前用手捅了捅米拉贡，见他不动，这才一抹脸，拿下了一张人皮面具。木柜阴影的一角，负责以掌风催动蜡烛的泰常闪了出来，开始收拾从袋子里滑出的蛇。

门打开，南昌王和殷浩走了进来。

"果然把这小吐蕃给吓晕了！"殷浩蹲下身拨弄着比自己还胖的米拉贡，道。

武媚娘低头看着手中的人皮面具，若有所思地问："王爷怎么会想到这招的呢？"

南昌王但笑不语，心里却在想，那是当然，想当年看《画皮》的时候，我都给吓个半死，更不用说这个本来就害怕鬼怪的吐蕃王子了。

米拉贡睁开眼睛醒了过来，他茫然看了眼四周，而后突然"啊"地大叫一声坐了起来。

"有魔鬼啊……"

论赞婆冲了进来，看到米拉贡缩在床角，不由有些担忧："魔鬼……什么魔鬼？王子，你怎么了？"

米拉贡一看到论赞婆，如遇救星，一下子扑过去抓住他的袖子，惊恐地喊道："国师，国师，我不要娶那个武媚娘！她是魔鬼的化身！把她送回去！快把她送走！"

论赞婆一脸迷惑，"王子你在说什么，我不明白！"

"国师，你相信我，那个武媚娘真的是魔鬼的化身，我不要娶她！"生怕论赞婆不相信，米拉贡紧紧攀着他的袖子，几乎都快爬到他身上了。

听到不娶两个字，论赞婆大怒，一把拎起米拉贡的衣襟，"这不可能！我们好不容易才把她从大唐带出来。为了我们吐蕃国的兴旺昌盛，王子你必须娶她！"

"不行，不行！我们不要带她回吐蕃。你快点把她赶走，否则我叫父王贬掉你的国师之职！"米拉贡即便是被衣襟勒得很难受，还是连连摇头，坚决不肯。

"你！你这个蠢……"论赞婆大怒，正想破口大骂，武媚娘走了进来。

"国师，王子他没事吧？"武媚娘脸上尽是关切之色，加上姿容艳绝，怎么看都无法与丑恶的魔鬼联想在一起。

但是米拉贡一见她，立即吓得躲在了论赞婆的背后。

"就是她，她就是魔鬼啊！让她出去！快让她出去！"他肥胖的身体哆哆嗦嗦地抖成一团。

"王子，您看清楚，她不是什么魔鬼，她是您未来的王妃啊！"论赞婆心中开始生起不耐，想要将米拉贡从背后扯出来仔细看看。

他不拉还好，一拉米拉贡立即大叫起来："她是！她是！"一边叫着，一边以与他那体型完全不相称的速度飞快跳下床冲出了房间。

论赞婆怕他出事，赶紧招了两个随从，让他们跟上去。

这边正乱成一团的时候，南昌王走了进来，惊讶地问："国师，王子这是怎么了？"

论赞婆一看到他头就犯疼，但仍忍不住气怒，质问道："王爷，昨晚究竟发生了什么事，王子为什么会晕倒在王妃房里……"

"等等，先别这么叫，武才人现在与王子还没成亲。"南昌王抬手打断，对论赞婆脸上的怒气视若无睹，微笑道："至于王子为什么会昏迷在武才人的房中，我还想问你呢。是不是你们王子有什么奇怪的病症？你们若是隐瞒，不仅害了我们武才人，恐怕还会损害两国邦交。"

论赞婆被他气得差点晕厥过去，心里又有些奇怪，觉得他的态度似乎有恃无恐，一点也不像之前那样忍气吞声。

"武媚娘，你坦白告诉我，昨晚在你房中究竟发生了何事？"论赞婆决定不理南昌王，转过头去问武媚娘。

武媚娘微微一笑,"这种事,还是你们男人自己谈论吧,我一个小女子就不掺合了。"说着,盈盈一礼,出了米拉贡的房间。

论赞婆被这两人异于平常的行径弄得有些不安,目光再次转向南昌王,打定主意若他再不说,自己便立即要求起程出关。

这一次,南昌王没让他失望,将一个包袱打开递到他面前。

论赞婆一眼扫过去,心中不由打了个突,却偏还要硬装着若无其事的样子,"王爷这是何意?"

"何意?"南昌王笑了,"难道国师不认识此石吗?这不就是你呈献给你们尊贵的王的那块能够预言未来的石头吗?"

"我不明白你说什么。"论赞婆的手在袖中捏紧,强忍着将青石击碎的冲动。

"国师,咱们就明人不说暗话,你与我们大唐国师袁天罡是什么关系,你自己心里清楚。是他要你帮他故意制造预言,欺骗你们的赞普,让你们王子娶我大唐的武才人,本王说的没错吧?"南昌王神色从容地道。

"我不认识什么袁天罡!王爷可不要乱说啊!"论赞婆心中一惊,却决不肯认帐。

"啧!啧!"南昌王连连摇头,"国师这样就太无情了。你在我大唐长安呆了那么久,怎么说袁天罡也是我大唐的国师,你竟然完全不放在眼里?本王可是看着那袁天罡一直在向你抛媚眼啊!"

被他这不伦不类的话说得一窒,论赞婆知道自己失了方寸,否认得过了。

"王爷你这回说错了,国师这是嘴上否认,人家心里面可是惦记着呢。"这时殷浩哈哈大笑着走了进来,"看看这是什么?"

说着,他将一个花纹古朴的紫檀木盒子扔给了南昌王。

南昌王打开,里面是一块黑色的石头。他扫了一眼,责备殷浩:"人家的私下定情之物,你怎么能随便乱拿呢。"说着,也不盖上盒子,就这样彬彬有礼地递给论赞婆,"国师,这是你的吧。殷浩这小子不懂事,你大人大量,原谅则个。"

论赞婆接过一看,不由惊怒交加,"大胆!你……你们竟然去本国师的房间里面偷东西!"

"原来果然是国师的啊。"南昌王一笑,而后神色倏变,冷冷道:"这九天玄铁,天下仅有一块,我皇将它赏赐给了袁天罡。你既有这块九天玄铁,还敢说你不认识袁天罡?莫不成,是偷来的?"

"哼,就算认识又怎样?"论赞婆见遮掩不住,索性承认。

"也不会怎么样。"殷浩嘿嘿地笑了两声,"不过就是通敌叛国,故意制造谣言,蛊惑赞普,引起两国交战。这几条罪状,我想你们赞普若是知道,也够摘掉你脑袋的了!"

"你们瞎说什么!"论赞婆脸色剧变。

"别人不清楚,你还不清楚吗?我师父远赴吐蕃,几日来明察暗访,你不就是从鬼蜮黑市的雕刻圣手木图木那里,让他在这石头上做出了天然生成一般的刻字和图案。"殷浩好心地解释。

论赞婆听到这里,已是颓然。

"你们……你们怎么可能找到木图木!"他低声喃喃,无法置信。

南昌王笑,"有钱有人,什么事办不到。"语罢,向殷浩使个眼色,两人齐齐逼上。

论赞婆惊吓地倒退两步,却又有所不甘地问:"你们,到底想要什么?"

"不想要什么,只要你让武媚娘跟我们回大唐!"殷浩道,终于提到这个他心心念念想着的问题,激动得声音都有些发抖。

"不可能。大王已经相信了我,如果我没带武媚娘回去,我必然也是死罪。"论赞婆苦笑。如今势成骑虎,他突然有些恨起袁天罡陷他于此左右不是的境地来。

殷浩和南昌王见他软化,不由对视一笑。

"这个我们王爷已经为你想好,只需找个女孩替代武媚娘不就行了。"殷浩提点。

"可是王子认识武媚娘……"论赞婆还在垂死挣扎。随来的侍卫是他的人,他倒是不惧,何况他也有办法让他们无法说出来。但是对于米拉贡他可没办法。

"自然是要让王子也满意就是了。"南昌王笑。

驿馆外,林小剩蹲在米拉贡面前,轻声细语地逗他说着话。也许是外面青天白日，也许是林小剩的安抚起了作用，米拉贡心里的恐惧终于渐渐消去，眼睛又开始眯成了一条缝。林小剩松了口气，也不由微笑起来。昨日吓唬他，她也有份，心里总是有些过意不去，看到他怕成那样，甚至还有些心疼。

这个人虽然胖胖的，却没坏心眼，对她也好。她喜欢看他一边吃她做的东西一边用古里古怪的腔调千篇一律地说着好吃，她喜欢跟他在一起。想到此，她的眼神越来越温柔。南昌王说让她代替武才人跟他回吐蕃，她知道自己是愿意的。反正家里也没有人了，到哪里还不是一样，只要有人真心惦记着就好。

"小……剩？"一只胖乎乎的手抓住了她放在膝上的手，米拉贡被她眼中的温柔蛊惑得忘记了羞涩与害怕，只是知道想要与眼前的少女更亲近一些。

林小剩脸不由红了，却没抽出手来。

随着南昌王和殷浩一同出来的论赞婆看到这一幕，虽然有些无奈，但总算也松了口气。然而等到南昌王将他们平安地送出关，回到吐蕃，听到大军粮草被烧尽的消息，那一刻，他才真正地庆幸自己没有与南昌王他们闹翻。显然，无论自己同不同意，他们都是不会放人的。

第十九章

　　为了庆贺武媚娘晋升昭仪,皇上赐宴御花园,君臣同乐。届时,武媚娘还打算献舞一曲以答谢皇上。南昌王和殷浩自然都受邀参加。不过,在宴会之日,两人却收到武媚娘传来的消息,说武顺不见了。

去的时候拖拖延延，回的时候则是快马加鞭。不一日，众人再次回到离开不久的长安。当踩在以为终身都不可能再踏足的长安土地上，武媚娘终于喜极而泣。看着眼前越来越近的宫殿，她的眼中闪烁出坚定的光芒。既然回到这里，她的命运就再也容不得别人摆布。

将武媚娘送进宫中时，李治还在萧淑妃那里。听到通传，几乎是连滚带爬地跌下床，连鞋子都没来得及穿好，便跑了出去。萧淑妃连声喊都没喊住，还是王公公抱着衣服提着鞋子追在后面，一边跑一边伺候着他勉强穿好。

两人见面，自然又是一场且喜且悲难舍难分的倾诉，直让回来复命的南昌王和殷浩等到太阳升上正空。殷浩擅自离开尚食局，自然是来请罪的，否则这宫中他就没法呆下去了。

好不容易等到两人来到御书房，南昌王将此次行程大致交待了一遍，李治听得眉飞色舞，龙心大悦，连声说好。在说到泰常烧吐蕃的粮草，南昌王犹豫了一下，还是选择没说。他不知道泰常是怎么想的，若是泰常想在仕途上发展，他自然有的是机会举荐他，只是未来数十年，历史上的武则天会逐渐对李氏宗族进行大肆清扫，他不敢保证自己能避过。以泰常跟他的渊源，只怕也会受到牵连，加上南昌王这个本尊还是一个不可预料的变数，泰常现在被自己推出去，也不知是祸是福。他决定，还是回去问过泰常以后再做决定。

"好！你们做得很好，朕重重有赏！"李治击掌喝道，只字不提殷浩擅离职守的事。

"谢皇上恩典。"南昌王和殷浩对望一眼，均看到对方眼中有如释重负的感觉。

"还有，朕不想在此事上再重蹈覆辙，决定把媚娘封为昭仪，并赐金凤

307

簪一枚。"李治继续道。这是在听到武媚娘离开之后，他辗转反侧数夜一直在懊悔的事。如今得以弥补，不能不说是一件幸事。

因此当他话音方落，王公公已经端出了一支金凤钗。

武媚娘赶紧谢恩，心里喜悲掺半，喜的是自己终于摆脱妾身未明的尴尬处境，悲的却是为了这一天所承受的种种委屈和压力。

接过凤钗，她却没立即起身，而是继续道："皇上，媚娘有个不情之请，不知当讲不当讲。"

"媚娘但说无妨。"李治心情极好，是最好说话的时候。

"皇上，媚娘这次能够平安归来，殷浩功不可没，尚食局那个地方，实在不能令他一展长才，皇上可否赏赐他官复原职呢？"武媚娘低着头道。

"是啊，皇兄，你早已将那无用的教坊使罢免了，如今教坊使的位置尚空着，殷浩本无大过，该罚的也罚过了，何不让他回去？"南昌王闻言，立即附和。

"这……"李治看了看两人，犹豫了一下，当即同意："好，殷浩，朕念在你这次立下大功，就抵消掉你曾经的罪过，还回你的教坊司去当教坊使吧！"

殷浩闻言大喜，当即跪下谢恩。兜兜转转近三年，他终于又要回到自己本该在的位置上了。

"行了，你们也辛苦了，都回去休息吧。"李治看着风尘仆仆的几人道。

南昌王心中一动，上前一步道："皇兄，袁天罡当如何处置？"通敌叛国，挑唆外族进犯大唐，这些罪状哪一条也够他死上一百次了。

李治沉默了一下，淡淡道："此事朕自有主张，十五弟，你旅途劳累，且去歇着吧。"

见他似不欲再谈，南昌王迷惑不解，与殷浩和武媚娘对望一眼，发现他们也是一头雾水，却不好再说，只好告退。

殷浩站在尚食局门前探头探脑，就是不太敢走进去。他怕看到葫芦指责的眼神，也怕被春喜揪着耳朵大骂，更怕运气不好遇到金尚食，那么小命估计要赔掉了。

但是伸头是一刀，缩头也是一刀，他总是不能避而不见的。因此咬咬牙，又给自己鼓了半天气，直看得路过的人露出看怪物的眼神，他才昂首挺胸地踏进尚食局。

葫芦不在，只有春喜站在厨房里发呆。殷浩稍稍松了口气，一个一个地解决总比两个一起来好得多。

"春喜姐！"他故意装出一副像什么事都没发生过的样子，大咧咧地喊了一声。

春喜被吓了一跳，倏地转过身。

"殷浩？"在看清眼前的人时，她大惊，下意识地揉了揉眼睛，以为是自己花了眼。

"哈哈，没错，是我啊，春喜姐！"殷浩干笑，心其实一直是提着的。

"你不是走了吗？"春喜不敢置信地问。

"嘿嘿，我这不是回来了嘛！"见她似乎并没有发作的迹象，殷浩慢慢地将心放下。

"殷浩，你真的回来了。"春喜还是有些不敢相信。自从发现他不告而别之后，她眼前就经常浮现他在厨房晃荡以及跟小葫芦打闹的样子，偶尔还会产生听到他笑的错觉，仿佛下一刻就会出现在她面前似的。如今真人站在面前，让她像是在做梦一样。

"是啊，真回来了！那还有假，不止我回来了，我还把媚娘带回来了呢！你听我慢慢给你讲啊，我们这趟可传奇了！"殷浩开始得意了，准备大大地将此行好好炫耀一番。

春喜却突然流下了眼泪。

殷浩一惊，心里有些慌，嘴里却故意道："春喜姐，你怎么了？看见我这么激动？"

"去去去，别臭美，我刚切葱姜，手忘记洗了！"春喜一边抹眼泪一边回话，"殷浩，你这去大漠，风没把你吹走，沙子没把你吃死啊！哎，等等，你这穿的是……教坊使的衣服？"

"嘿嘿，是啊，春喜姐，皇上说我这次立功了，恩准我官复原职，我是来给你报喜的！"见她没事了，殷浩又恢复了嘻皮笑脸的样子。

"呦……奴婢拜见教坊使！"春喜作势欲拜。

殷浩赶紧拦着，"春喜姐，你就别拿我寻开心了，我哪儿受得起啊。"

309

"知道就好！"春喜哪里是真心拜，要殷浩真让她拜下去，铁定死得很惨。

笑闹罢，殷浩这才正色道："春喜姐，这段日子，要多谢你的照顾了！"不得不说，能遇上春喜，是他和小葫芦进尚食局最大的幸运。

"跟我还说这种话，还真拿我当外人了？"春喜没好气地白了他一眼，见他挠头干笑，不由也破涕为笑。而后突然想起一事，忙问道："对了，小剩呢？"

当初那米拉贡死活要带着小剩给他在路上烧菜，也不知那人脑子里都装的什么，明明一直给他烧菜的是自己嘛。

"小剩啊，跟着那个吐蕃王子米拉贡去吐蕃了！"想到两人在一起的和睦画面，殷浩突然有些羡慕。

"什么？"春喜一惊。

怕她误会，殷浩赶紧解释："春喜姐，你别急呀！我跟你说，小剩是真和那吐蕃王子情投意合才去的，现在啊估计已经成了吐蕃的王妃了！"

"王妃？"春喜又惊又喜，还有些说不出的古怪感觉，"哎呀，真没想到啊，我们大唐尚食局的小厨娘，现在竟成了王妃！"只是想到米拉贡胖得像座小山的身体，她又有些担心。而后再看看眼前同样胖的殷浩，不由疑惑起来，难道厨娘都喜欢胖子？

"是啊，其实当不当王妃不重要，重要的是，小剩找到了自己的幸福！"提及这事，殷浩还是会不由自主地感到自豪。

"嗯，说得对！"春喜赞同。

两人对望一眼，不经而同想到自己想要却得不到的幸福，瞬间都黯然下来。

想到李治的态度，南昌王心中既纳闷不解，又极为不安。但是他心中还有另外一件事挂着，因此在见到泰常时，并没先和他谈及此事。

洗去一身风尘，借着头发尚湿无法入睡的机会，他让人在树荫下设了卧席，一边纳凉，一边跟泰常说话。

"泰常，这个给你。"他将在屋内找到的装有卖身契的盒子递给泰常。

泰常并没有立即接。

"我说过你不是奴才。"南昌王道,"你收着,撕了也罢,烧了也罢,别留着。"这个东西,让身契主人自己处理比较妥当。

泰常沉默地收下盒子,既没道谢,也没离开。

"你若愿意,便还是跟以前一样。若是想走……"南昌王没有说下去,说实话,他是舍不得泰常的,但是泰常是一个能力超卓的人,给他当奴仆实在是屈才了。想了想,他还是道:"你再跟着我一段时间吧。"在这段时间,自己再想办法给他慢慢铺平后路,务必让南昌王本尊再也拿他没办法。

"嗯。"泰常终于出声。

南昌王总觉得泰常有些不高兴,但这个人喜怒都不表现出来,让人实在难捉准情绪。

"你烧吐蕃粮草一事,我并没回禀皇上……若是你想在仕途发展,我可为你举荐。"他继续道。此次之事,泰常立了大功,自己却向皇上隐瞒了下来,怎么都要跟他说一声。

"那是属下份内之事。"泰常仍然恭敬一如往常,顿了顿,又道:"属下并不想做官。"

听到这话,南昌王不知为何松了口气,又有些好奇:"那你想做什么?去边关守国护边?"

泰常摇头,脸上露出淡淡的笑意:"游侠江湖。"

南昌王呆了。想想眼前男人仗剑江湖,笑傲风月,驰骋不羁的样子,不由心驰神往起来,"那等……等……"说到等什么的时候,他却语窒了,是等姐姐清醒,还是武则天当皇上?这个梦会做到何时,他也是不知道的。可是他真的很想像小说里的侠客一样游遍天下。叹了口气,他有些颓丧地低喃:"我也想跟你一起去。"

泰常没有接话,南昌王自己又振作起来,笑道:"那我一定要赏你很多很多的阿堵物,要不游侠就很可怜了。"

"好。"泰常竟然没拒绝,脸上还露出了比较明显的笑。只是他笑得少,此时真正笑起来,颇有些僵硬。即便如此,仍让南昌王欢喜至极。

说完这些,南昌王将心思转到李治对袁天罡一事之上,不由微皱了眉头,将事情跟泰常说过后,问:"你说,皇上是怎么想的?"

"我这就去查。"泰常没有说任何没把握的猜测,只是淡淡道。

听出他在称谓上的改变，南昌王在微一失落之后，更多的是感到高兴。这个人再也不是南昌王的奴仆，而是他李宇凡的朋友，这是他一直想要做到的。终究还是让他做到了。

"这事不急。你先休息几天。"他道，说罢，困意涌上，索性就这样躺在席上睡下。

此时已是七月初，夏日炎炎，这树下却极为荫凉，加上湖中荷花送香，凉风习习，当真惬意至极。很快他就迷糊了过去，朦朦胧胧中，似乎有什么轻轻搭在身上，他也没醒过来。

为了庆贺武媚娘晋升昭仪，皇上赐宴御花园，君臣同乐。届时，武媚娘还打算献舞一曲以答谢皇上。南昌王和殷浩自然都受邀参加。不过，在宴会之日，两人却收到武媚娘传来的消息，说武顺不见了。

当初武媚娘出嫁吐蕃时，曾将武顺托付给王皇后照顾。哪知回来后，王皇后却告诉她，武顺在她离开的次日便不见了人影，怎么找都没找到。为此，武媚娘大为着急，这才想到托两人帮忙。

两人接到消息，便开始派人四处查找，然而直到宴会开始之前，也没丝毫线索。不得已，两人只好先到明月殿告知武媚娘。

武媚娘正在厅中忧心忡忡地等着，见两人并肩而来，急忙迎上。

"怎么样了？"

"我们到处问过了，这几天都没人见过你姐姐。"殷浩道。

"怎么会？"武媚娘皱眉，疑思难解，"皇后娘娘也差人回家问过，我姐姐根本没回家啊！"

"这就奇了，可是李大人那边我也查过，他说没有你姐的出宫记录。"殷浩心中隐隐不安起来，却在看到武媚娘担忧的表情后，而将心里的猜想咽了下去。

"既然武顺没出宫记录，那么她就应该还在宫里。"南昌王却不管那么多，直接道。

"根据皇后娘娘的说法，我离开皇宫那天晚上，我姐来我寝宫收拾东西……"武媚娘心中一紧，勉强自己冷静下来回忆，"但第二天，皇后娘娘竟看见萧淑妃与皇上在我的寝宫里，但是，就是没有我姐姐的踪影……"

听罢，南昌王沉吟道："这么说来，此事有可能是萧淑妃在搞鬼……"

武媚娘一惊，这是最坏的结果，无论如何，她也不愿将武顺跟萧淑妃想到一起，那后果太可怕了。

"那不会是萧淑妃将我姐姐藏起来了吧？"她有些艰难地问出这个可能性。

"媚娘你说得对，绝对有可能。萧淑妃一直视你为宫中最大的敌人，她故意将你姐藏起来，目的就是想用你姐姐来要挟你！"殷浩的想法很直接。

"那为什么这么久也没听她流露出一点要挟的意思？"武媚娘迟疑地问。

殷浩语塞。南昌王却没回答，只是道："武顺没有出宫，整个皇宫又找遍了，唯一能将你姐藏起来的地方，就是萧淑妃的寝宫！"

"王爷说得对，萧淑妃的房间，我们倒是从来没有机会去那里查探过！"殷浩赶紧点头赞同。

武媚娘咬了咬牙，果断地道："既然这样，我们就要潜进萧淑妃寝宫查清楚！无论如何，我一定要找到我姐姐！"

"但是听寻儿说，淑妃娘娘并不打算去参加宴会。"一直在旁边听着的柳儿突然道。她和寻儿是同乡，平时关系极好，私下总会无意探知对方娘娘的情况。

三人闻言皱眉。片刻之后，南昌王道："我会去找皇兄，定要让那萧淑妃离开寝宫。"顿了顿，又看向殷浩，"到时，我和武昭仪去参加宴会，殷浩你就趁机去萧淑妃房间查看！"

殷浩正要点头，哪知武媚娘却先一步否决。

"不行。"

"为何？"南昌王不解。

"殷大哥身为教坊使，如此重大宴会，他不在场，太明显了。"武媚娘道。

"可殷浩若是不去，那谁去？"南昌王问，他想到了泰常，正想开口，就听武媚娘道：

"我！"

"什么？"南昌王和殷浩两人同惊。

武媚娘点头，镇定自若地道："到时，王爷、殷大哥你们先去参加宴会，我就趁机进淑妃寝宫查看。"

"你还要献舞呢，怎么可能不在场？"殷浩皱眉，并不赞同。

"我已经想好了，到时就让柳儿前去告诉皇上，说我准备好的头花不小心坏了，必须等新的头花带到，我才能去献舞。趁拖延住的这段时间，就够我探查淑妃寝宫了！"武媚娘显然心中已有定计，是听不进旁人的劝说了。"而且，即便不小心被人发现，我去淑妃寝宫，还可以解释。如果是殷大哥被发现，必然是重罪！所以，还是我去吧！"

见她如此，南昌王便将要出口的话咽了下去。顶多让泰常在暗中照应着罢，泰常还是在她面前越少露脸越好。连南昌王自己都没察觉，他虽然一直在帮助武媚娘，却也一直在防着她。

最终，李治亲自出马，将萧淑妃叫去了宴会。武媚娘走到萧淑妃的寝宫，发现宫里并没什么人。大概是主子不在，都躲去偷懒了。

她小心翼翼地推开寝宫的门，张望了一下，没看见人，便迅速地闪进去，又回身将门关上。然而她找遍所有房间，却并没看见武顺，心里不由失望至极。

"莫非姐姐真的不在这里？"她自言自语，又不放心地四下找了找，却还是没有，正要放弃离开，突然听到一声轻响自左侧墙壁的方向传来，仿佛是什么东西砸在墙上。

她心中一紧，赶紧找地方躲起来，等了一会儿，却并没见人进来。心中奇怪，于是循声走向那堵墙。

那堵墙因为前面并无什么摆设，可一眼望尽，她之前只是看看并没靠近。现在走得近了，便隐隐听到似乎有什么声响自那里传来，再近些，竟可听出是人的呜咽声。只是太过细微，若不是留心，必然要忽略过去。

她心跳快起来，手心开始冒汗。

侧耳贴到墙上，那啜泣之声便越发明显起来。

"姐姐？"拍了拍墙，她轻唤，却没回应。

在墙上摸索半天，又看了两旁，最终武媚娘的目光落在墙角的一盏半人高的青铜灯上。她走过去，并没抱多大希望，谁知一转之下，墙壁竟然真的裂开一道暗格。她大喜，赶紧推开里面的门，冲了进去。

暗室里面空荡荡的，并没有床榻箱柜等物。就在暗室的角落里，一个身影缩在那里，正在嘤嘤地低泣，听到有人进来，立即止了声。

武媚娘心口紧绷，几乎不敢呼吸，但即便心里如何祈祷，仍让她看清了那人。

不正是众人苦苦寻找的武顺？

武顺被绳索绑着，浑身血迹斑斑，见有人靠近，立即瑟瑟发起抖来。武媚娘艰涩地咽了口唾沫，走得近了，发现武顺手上仍在不断地汩汩流出血来，她的身旁扔着一些破碎的瓷片。

"姐姐？"武媚娘觉得自己也在发抖，几乎不敢去碰眼前的人。

闻声，武顺怯怯地抬起头，脸上布满害怕和惊恐。

"姐姐……"武媚娘回过神，紧走两步来到武顺面前蹲下，拿出自己的帛帕为她包住手腕上正在流血的伤口，又解开绳索。

"姐姐，你怎么受了这么多伤？"她一边将绳索从武顺身上扒下来，一边问，"到底是怎么回事？"

武顺只是哆嗦着不回答，武媚娘伸手欲拉她的手，她却像是受到极大的惊吓般，抖着身子，挥舞着双手嚷道："你别过来……别过来啊……我什么都不会说的……你别过来……"

"姐姐，你不会说什么？"武媚娘放柔声音问。

"你别过来！我什么都不会说的！"武顺却像是没听进她的话，自顾重复着相同的话。

看到武顺这副失了心神的样子，武媚娘既心痛又不忍，霎时红了眼眶。

"姐姐，你到底怎么了？你不认得我了吗？我是媚娘呀！"她微微提高声音喝道，希望能唤醒武顺。

也许是严厉的喝声起了效果，武顺闻言一怔，愣愣地回望着她。

"姐姐……"武媚娘忍不住垂下泪来。

"媚……媚娘……"武顺缓缓伸出手，似是想要拭去武媚娘脸上的泪痕。

武媚娘急忙伸出手，一把握住那伸到眼前的手，轻轻地道："姐姐，是我啊，是媚娘回来找你了。"

就在此时，武顺却突然用力甩开武媚娘的手，甚至还推了她一把。武媚娘跌坐在地，惊愕地喊道："姐姐？"

"你不是媚娘！媚娘被皇上送去吐蕃了，你不是媚娘！别骗我了！"武顺厉声道。

见她如此，一股强烈的无力感弥漫全身，武媚娘手伸到空中，顿住，却在下一刻突然扑过去抱住了武顺，心中悲怒交集。

"姐姐，你为什么会变成这样？谁把你伤成这样的？是不是萧淑妃？"

武顺被她激烈的举动吓住，一把推开她，站起身就想跑，然而却牵扯满身的伤，痛得脚下一个踉跄，又跌倒在地。

"姐姐！"武媚娘赶紧上前想要去扶。

武顺却躲开她，翻身跪在地上，惊恐地猛磕头。

"淑妃娘娘，武顺不敢了！我不敢了！你饶了我呀……"

武媚娘震惊地看着这一幕，望着眼前卑微的武顺，听清她口中的话，心痛愤恨得似要裂开，眼里的泪水止也止不住。

而武顺依旧是猛磕着头，嘴里喃喃着："淑妃娘娘，武顺知错，我不敢了……真的不敢了……"

"姐姐……"武媚娘失神地低唤。

"不敢了……我不敢了……"

武媚娘缓缓地伸出手，拉住她，不让她再磕下去。

"姐姐……"武媚娘眼前已经一片模糊，什么也看不清，嘴里却幽幽地唤："兔儿。"

一直对她的呼唤和抚慰置若罔闻的武顺突然身体一震，笨拙地抬起头，怔怔地问："你……你叫我什么？"

"兔儿。"武媚娘凄怆地重复。

武顺闻言，原本满脸的惊惧竟缓缓转为温柔的灿笑，脸上漾出一个久违的温暖神情："你叫我兔儿……你知道我的乳名……"她伸手抓住武媚娘的手，武媚娘立即紧紧回握。

"姐姐，你看清楚，我是媚娘呀，是你的亲妹妹，我当然知道你的乳名。"

武顺恍惚的眼神突然变得晶亮起来，直视着眼前的媚娘，语气清醒地问："你……你真的是媚娘？"

"是！是我，姐姐，是我啊。"武媚娘闻言急急点头。

武顺上下打量武媚娘,表情仍带着些许不安。

武媚娘伸手拭去脸上泪水,打起精神露出一个勉强的笑容,柔声道:"姐姐,媚娘先背你回去好不好?"

武顺心虚又茫然地摇摇头,喃喃道:"不成……不能回去呀……我没有脸回去……我不回去……"

"好好好,咱们不回去……"武媚娘不明白她的意思,只能先附和,"那我先扶你去找御医,好吗?"

武顺见她神色温柔,先是有些不安,接着,才缓缓地点头。

武媚娘弯下身,把武顺的手勾在自己的肩颈,扶起她,然后咬牙走出萧淑妃的寝宫。

一路无阻。

两人缓慢地走在宫殿的长廊上。

"姐姐,你再忍忍。"武媚娘柔声安抚。

"嗯。"武顺乖顺地应。

虽然扶得有些吃力,但是看到姐姐情绪总算平复下来,人也清醒了,武媚娘还是露出了欣慰的神情。

"姐姐,这几天都发生了什么事,能不能跟妹妹说?"她问。

武顺沉默了许久,不知是在回忆,还是没听到。就在武媚娘以为她不会回答的时候,却听她幽幽地道:"媚娘,姐姐这肮脏的身子,往后要如何面对夫君还有我的一双儿女呢?"

武媚娘一惊:"姐姐,究竟发生了何事?"

武顺露出一个苦涩难堪的笑,低声道:"那天你走后,我在你寝宫收拾东西。皇上,皇上他喝醉了酒,竟把我压在了床上……"说完这话的同时,她手腕上的帛帕突然松脱,鲜血又开始顺着垂下的手慢慢淌下,一点一点滴在走廊上。

武媚娘正为刚听到的事实而处于震惊中,并未察觉。

"皇上毁我名节,这事却给萧淑妃撞到,她威胁我,说要将这件事情讲出来!那我还有何面目回乡,有何面目见我家人!"武顺继续道,脸上是哀莫大于心死的表情。

武媚娘恨得直咬牙,"萧淑妃!我一定不会饶过你的!姐姐,我们先去找御医医好你。你放心,妹妹一定会替你讨回公道!"

武顺心中百转千回,突然柔声对武媚娘道:"媚娘,以后你一个人在宫里,务必要好好照顾自己,知道吗?"

"姐姐,你别这样说话,我害怕……"武媚娘心里涌起不祥的感觉,但仍坚持得到答案,"你告诉我,你伤成这样,是淑妃干的吗?"

武顺越来越虚弱,眼神已经开始涣散,好一会儿才点了点头,断断续续地道:"记着,无论如何,一定要小心萧淑妃……这个女人蛇蝎心肠,什么事情都做得出来……"

"萧淑妃!"武媚娘咬牙,"姐姐,你放心,我一定不会放过她的……"

她话音尚未落下,武顺突然瘫倒,拉扯得武媚娘也跌坐在地。武媚娘心中一惊,慌忙察看武顺的情况:"姐姐?怎么了?"

武顺温柔地看了媚娘一眼,露出一个虚弱的浅笑:"没事……姐姐只是想……想睡一会儿……"语罢,缓缓地阖上眼。

"姐姐,你……"武媚娘心中惊疑不定,正想问,一低头看见武顺手腕边一滩触目惊心的鲜血。她一凛,小心翼翼地抬起手,想要去探武顺的呼吸,却又不敢。

"姐姐?姐姐?"她低唤。

武顺却再也回答不了她。

柳儿找到武媚娘的时候,正看到她抱着武顺在离萧淑妃寝宫不远的走廊上低泣。

"昭仪娘娘!皇上催你快去赴宴……"她隔着老远就喊。

武媚娘突然抬起头,木然地淡扫了她一眼,她心中一紧,不敢再说。

武媚娘忍住悲伤,不舍地摸了摸武顺的脸,满眸柔情:"姐姐,你一路走好……"

柳儿大吃一惊,这时才知道武顺死了,不由问:"娘娘,怎么会这样的,她,她为什么伤得那么重?"

武媚娘神色瞬间变得冷酷,斩钉截铁地道:"姐姐,你放心,我武媚娘发誓,姐姐所受的苦,我一定会从萧淑妃身上加倍讨回来,至死方休!"

看着目光冷峻无情的武媚娘，柳儿突然觉得一阵陌生，心里有些害怕起来，怯怯地问："娘娘，这究竟是怎么回事啊……是萧淑妃吗？我们快去找皇上告发她吧！"

武媚娘摇头："我们没有证据。姐姐已经死了，无法与萧淑妃对证。萧淑妃一定会推得一干二净……再说，我也不想违背姐姐的遗愿，让她名节受损！"

"可是，娘娘……"

武媚娘将武顺的尸身轻轻放在地上，语气出奇地冷静："柳儿，你替我将姐姐尸首运出宫安葬，别让人发现了。"说着，站起身，"我还得赶去大殿赴宴。"

"是……"柳儿刚应，突然注意到武媚娘肩上的血迹，惊道："娘娘，你的衣裳……"

媚娘闻言侧首一看，微怔，而后竟伸指沾了一抹没有凝固的鲜血，缓缓地抹在唇上。

"这是姐姐的血啊……"她喃喃，然后抬头微微一笑，"今夜可是我的大日子，姐姐会在天上看着我，我不会让她失望的……"

柳儿惊恐地看着这一幕，直到武媚娘离开，她才开始发抖。

回头，看到地上的尸体，心里惧意更甚，无论如何也不敢上前去挪动。就在这时，一个人影从廊道另一头迅速地奔了过来，吓得她差点叫起来。

泰常伸手一把捂住她的嘴，正想敲晕她，却突然看清她的长相，知道是武媚娘的贴身侍女，于是又放开了手。

这时他才注意到地上的尸体，在走廊宫灯的照射下，发出惨白的颜色。他愣了一下，没想到自己只是帮武媚娘扫除留下的痕迹追过来的人这点工夫，竟然人就没了。

"要做什么？"他开口问。这个侍女会在这里，自然是受武媚娘叮嘱处理尸体。

从边塞回来的途中，柳儿也是见过泰常的，知他是南昌王的侍卫，这才放下心来。

"葬……出宫安葬。"她结结巴巴地开口。

泰常点了下头，一把捞起尸体，几个起落已消失在黑暗之中，只留下淡淡一句话。

"把血迹弄干净。"

柳儿惊愕地看着他消失的方向,半天反应不过来,直到一阵凉风吹过来,她才打了个哆嗦,回过神。

第二十章

萧淑妃寝宫闹鬼一事在宫里传得沸沸扬扬，为此，她还特地去找皇上哭诉，皇上不得不答应让袁天罡去给她看看。即便如此，她还是不放心，去寺里上了香，然而一回到寝宫，竟然又见到房中床面地上都洒满了鲜血，直吓得她将当职的未当职的宫人全部处罚了个遍。

就在众人等得快要不耐烦的时候，王公公终于来报，说是武昭仪到。

李治脸上露出喜色，忙挥手让殷浩撤去在场的舞伎。殷浩一听，立即知道武媚娘来了，也不由精神一振，赶紧拍拍手。乐声嘎然而止，舞伎依次退下。

盛装打扮的武媚娘摇曳生姿地走进来，仪态万千，许多人眼中都露出惊艳的神色。唯独萧淑妃冷眼看着，不以为然。

入座接受众人的恭贺之后，她才对李治道："皇上，臣妾不才，愿献舞一曲，以谢皇上恩典。"

李治当然是大喜应允，目光落向王公公。王公公会意，转身走了，片刻之后端出一盆半人高的血珊瑚。

在众臣惊讶的赞叹声中，李治得意地笑道："这盆血珊瑚可是朕相当宝贝的珍品啊，但为了回馈媚娘今晚献舞，所以朕特地拿出来给大伙瞧瞧，让大伙开开眼界。"

萧淑妃听得心中不悦，开口道："这东西美则美矣，不过……"她叹了口气，欲言又止。

这一来反而勾起了李治的好奇心。

"不过什么？"

见他的注意力落在自己身上，萧淑妃妩媚一笑，道："不过皇上只因为武昭仪献舞，就拿了这珍宝出来与人欣赏，可是等舞跳完了，血珊瑚还不是又要收回库房里头……臣妾只是为此觉得有些可惜罢了……"

"喔？"李治沉吟，认真思索起她的话来。

王皇后冷笑道："不然淑妃你还想如何啊？"

萧淑妃仿佛没听到她语气中的挖苦，对着李治笑道："臣妾倒是有个提议，既然武昭仪要献舞，不如臣妾也献上一舞，要是谁跳得好，皇上就将这珍贵的血珊瑚赏赐给得胜者，如此一来，血珊瑚不是更具意义？"

王皇后不以为然，语含酸气地道："意义本宫是看不出，妹妹想较劲儿的意图倒是浓厚得很！"

李治拧着眉，犹豫不决。这时武媚娘开口了。

"皇上，臣妾认为淑妃娘娘所言甚是！"

此话一出，众人皆露出愕然之色，而其中尤以萧淑妃与袁天罡最甚。殷浩和南昌王知道她之前是去哪里了，此时看着她，总觉得有哪里不对劲，但一时却又想不出来。

"媚娘，这表示你同意要与淑妃竞舞相争这血珊瑚？"李治问，对此事渐渐提起了兴趣。

"是。"武媚娘颔首，"皇上，要是胜出者能得此血珊瑚，来日皇上想欣赏珍宝，就去找拥有这盆血珊瑚之人，这么一来，代表拥有此血珊瑚者，亦是皇上最珍宠的妃子，如此想来，的确更符和珍宝的价值。"

李治听得心中大悦，不再犹豫，当即点头应好。

直到这一刻，武媚娘自进入宴会场所之后，第一次将目光落在萧淑妃身上。萧淑妃也正好看过来，却被她眼中流露出的浓烈恨意和冷酷看得心中一寒。没等她多想，音乐响了起来。

彩带飞舞旋腾，如云若霞，似龙戏波，似凤翱翔，两个绝色女子在场中空地上尽展所能，舞姿曼妙，看得所有人目眩神迷。

突然，武媚娘的彩带划过萧淑妃的脸。萧淑妃脸上闪过不快，不甘示弱，也用彩带回击，然而却都被武媚娘巧妙避过。

殷浩看着这一幕，越来越纳闷，低声问旁边的南昌王："她们是在跳舞吗？我看怎么有几分比武意味？"

南昌王笑了笑，意味深长地道："看来，只能说这曲舞是波涛汹涌，充满着恩怨情仇啊……"

两人这边说笑着，那边萧淑妃已被武媚娘的彩带打得狼狈不堪，乱了节奏。武媚娘开始旋舞起来，她闭着眼，仰面朝天，脸上一片平静。而后，她睁开眼，突然出一手，彩带飞出，打在萧淑妃身上。萧淑妃疼痛难当，不甘地想要还击，却因为武媚娘早有准备闪过，反而绊住了自己，"扑通"一下摔倒在地。

这突如其来的一幕让正专心欣赏舞蹈的众臣瞠目结舌,而后,渐渐有人或转过脸或低下头或以袖掩面,窃笑起来。

殷浩和南昌王对视一眼,想要笑,却又隐隐觉得不对,眼里都不由浮起担忧之色。

"娘娘,承让了。"武媚娘走上去,似好意地想要扶萧淑妃,但动作极慢。

萧淑妃对她怒目而视,自己爬了起来,恨恨地不发一语。

李治干咳一声,使了个眼色示意人上去扶萧淑妃回席,自己则击掌喝彩。

"哈哈哈,舞得好啊!媚娘,这血珊瑚朕就赏给你了。"

"谢皇上!"武媚娘上前盈盈一礼,而后道:"不过媚娘明白这珍宝乃出自南海岛屿当地的贡品,得之不易,所以媚娘想要回赠给皇上,象征在媚娘心中,皇上比任何奇珍异宝都来得重要与可贵。"

李治闻言龙心大悦,哈哈笑道:"媚娘你真是体贴,体贴极了,难怪朕会这么疼你。"

武媚娘回以温柔深情的微笑。

殷浩看到,神色不由一黯。南昌王伸手拍了拍他的肩,什么也没说。这种事,说什么都没用。

就在这时,王皇后开口了,她笑道:"妹妹,你善解人意替皇上省了一份大礼,不过本宫也准备了一样贺礼,这回你就非收下不可了。"说着,侧身唤道:"香筠。"

香筠端着一个托盘走来,盘上盖着一层红布。

"你舞艺出众,配这礼物是再好不过了。"

闻言,众人皆露出好奇之色。

只见香筠走近媚娘,掀开红布,上面竟是摆着一双绣工精美的绣花鞋。

武媚娘一怔,不知想到了什么,豆大的泪珠夺眶而出。

没想到她会是这反应,所有人都呆了。王皇后更是困惑不已,柔声问道:"妹妹,你怎么流泪啦?这鞋有什么不对劲吗?"

武媚娘闻言回神,连忙道:"不是,是妹妹一时感动,所以忍不住流下眼泪,谢谢姐姐的礼物,妹妹很喜欢。"

王皇后安心地一笑,"喜欢就好。"

而殷浩和南昌王却都皱起了眉,暗忖究竟发生了什么事,让她今晚如此反常?

李治见到武媚娘的反应,却是很高兴,赞道:"瞧瞧,武昭仪的心还真是水做的,这点小事就这样感动。"然后转头看向萧淑妃,"淑妃,朕送过你这么多礼物,也不见你曾如此感动落泪过呀?"

萧淑妃一愣,心道怎么又绕到自己身上来了。

武媚娘闻言,连忙抹抹泪水,说道:"皇上,臣妾怎能跟淑妃娘娘比呢,娘娘贵为金枝玉叶,早看惯了珍宝,就怕臣妾这番失态举动,成了大惊小怪,让大伙见笑了。"

李治听得大乐,哈哈笑道:"媚娘,你虽人在宫中,却不失天真,你这才不叫失态,而是难能可贵的真情流露,朕就是欣赏你这点!"

"谢皇上赞誉。"武媚娘微笑,并不恃宠而骄。

李治正想要再说点什么,突然伸手揉了揉额头。

"皇上还好吗?"武媚娘见状,担忧地问。

"朕突然间感觉有点头疼。"李治皱眉道。

"可要宣御医?"武媚娘问。

"免了免了,朕回去休息一下就好。"李治摇了摇头,然后转向袁天罡,"袁爱卿,你再拿些丹药给朕吧!"

"是。"袁天罡脸上飞快地闪过一抹得意。

武媚娘有些不安,再劝道:"皇上,还是找御医比较妥当吧?"

"不了,上回服过袁爱卿的丹药还挺有效的。"李治道,说着站起身欲离开,"袁爱卿,快随朕走吧!"

萧淑妃凑上去扶住他,道:"皇上,让臣妾陪你回去。"

李治不耐地甩开她,"不必,朕头痛得很,想一个人静一静。"说着,率先离席。袁天罡紧跟于后。

众人忙起身恭送。

南昌王面无表情地看着两人离去的背影,神色莫测。

明月殿中,南昌王和殷浩终于知道武媚娘为何会如此反常了。虽然有些难受,但当猜到武顺在萧淑妃那里时,他们就没抱太乐观的想法。如今听到,也并不意外,只是有些担心武媚娘。

这个时候劝慰的话是无法说的,两人只好沉默着,心知与萧淑妃之间再无缓和的可能。

"我绝对不会轻易放过萧淑妃!"武媚娘恨恨地道。

"难道你已经有了什么计划,可以揭穿她?"殷浩讶然。

"没有……"武媚娘摇头,手紧握成拳,"但至少我知道姐姐是被萧淑妃虐待至疯、至死的,单凭这一点,我就一定会让她血债血还……"

看着她脸上露出从未有过的深沉表情,殷浩和南昌王都是一惊。

"媚娘,你想干嘛?你可别乱来啊。"殷浩劝道,"萧淑妃固然可恨,可是你不能被仇恨给蒙蔽了,你姐姐的事,咱们再慢慢想法子给她教训。"

"教训?"武媚娘自嘲地一笑,"殷浩,你知不知道,姐姐的死,是萧淑妃给我最沉重、最惨痛的教训?"说着,她语气一转,变得肃杀,"不,我不需要给她教训,我只要让她知道,什么叫……求生不能,求死不得!"

南昌王心中一寒,眼前仿佛浮现出一个女人被砍去四肢然后泡在酒坛里的情景,他打了个哆嗦,无法再待,起身告辞。

站在武顺的墓前,南昌王上了香,烧了纸钱,又拜了两拜。

这里依山傍水,林翠木秀,可观日落云海,却是个安眠的好地方。

"属下失职,请王爷责罚!"泰常在他身后道。

南昌王直起身,眯眼看着远方的日落。离昨晚,竟然又过了一天。梦里梦外,这时间其实也没差。

"不关你事。"他摇了摇头,缓缓道:"她活不了。"她被李治碰过,怎么活得了。武媚娘一心要找萧淑妃报仇,为何却对李治一丝恨意也无,甚至还能在昨夜与之眉目传情?

武顺被李治强暴的事并不是武媚娘告诉他们的,而是泰常由萧淑妃的贴身侍女寻儿那里逼问出来的,顺带也逼问出了这些日子发生的详情。说起来,莫怪乎武媚娘后来会那样对萧淑妃,事实上她自己也不是个省油的灯,手段的毒辣程度两人其实也是可以相比肩的。只不过是成王败寇罢了。

他谈不上对谁更有好感,只是因为姐姐,才不得不跟武媚娘站在了一条阵线上。

"你说，她是真的不知道那包扎伤口的帛帕掉了吗？"他突然问。

泰常没有回。

"你看到她在暗室里时，是虚弱到快要死亡的样子？"南昌王再问。

"尚不至于。"泰常回。

是啊，尚不至于。南昌王相信这一点，更确切地说，他相信泰常。若不是泰常觉得武顺性命无虞，又怎会分神去做别的事。然而，当他将那摊子收拾干净回转时，看到的却是一具尸体。武媚娘为什么要让柳儿将尸体拿出宫外埋葬，不让任何人知道，甚至以她的身份为之举办一个葬礼都做不到？她拿不到萧淑妃的把柄倒也罢了，为何还要为她遮掩？若说是因为不想毁她名节，她不说，萧淑妃敢提吗？

"你一定很奇怪，我明明时时防着她，却还要帮着她。"他轻轻一笑，语气中充满了无可奈何。

"王爷必然有自己的理由。"泰常沉声道。没有疑问，只是理所当然。

"是啊。是有……"南昌王看向天际，想着仍昏迷不醒的姐姐，"或许有一天，我会告诉你。"

语罢，他发了一会儿呆，然后无声地叹口气，转身离开。

"晚了。回吧！"

泰常如影子般跟在他身后，不远不近，不问不离。

萧淑妃正躺在床上睡着，突然有细微的吱呀声传进耳中，一股冷风灌了进来。她打了个寒战，惊醒过来。

"咳咳咳……"她微微蜷缩起身体，难受地咳了一阵，声音干涩地喊，"寻儿……寻儿……帮我倒杯热水来…咳……"

然而并没有回声，四下一片安静。她这时才算彻底清醒过来，一边披衣起身，一边不悦地道："这丫头跑哪去了……咳……真是的……"

双脚有些绵软地往外走去，突觉眼角余影一闪，不由转头看去。只见窗户不知何时被打开了，窗外隐约有宫灯的光芒传进来，并无一人。

她定了定神，走到外厅，而后倏然止步，一把捂住嘴掩住到口的惊叫，惊恐地看着眼前的一切，眼睛几乎瞪到极致。

只见大厅到处都写着血红的"死"字,有的甚至还有血在往下滑落。

"寻儿,寻儿!"萧淑妃呼吸困难地唤了两声,不敢大声,像是怕惊扰了什么。就在此时,一股夜风突然从门外灌了进来,蜡烛剧烈摇动了几下,扑地一下熄了,只剩下一缕白烟还在缓缓冒着。

萧淑妃惊叫一声,向着敞开的门冲了出去。站在走廊上,惊魂未定,就听到耳边有人在叫。

"还我命来……"那声音凄厉骇人,如同冤鬼索命。

萧淑妃转脸看去,就见一个身着武顺衣服,披头散发,满身血迹的女子站在不远处幽恨怨毒地看着她。宫灯的光芒照在她脸上,但见其面目模糊,还隐隐泛着一层青白,夜风狂作,带着惊人的呼啸声,刮得女子破衣猎猎作响,发丝飞舞,将她的脸掩了大半。

"萧……淑……妃……"那女子缓缓走近。

萧淑妃被吓得浑身打颤,脚软无力,一步一步艰难地往后拖动。

就见那女子越来越近,原本飘渺得转眼就会消失在夜风中的声音突然转厉,如同催命厉鬼:"拿命来!"说话的同时,她伸出手来。

"啊!你别过来,你别过来!"萧淑妃面色惨白地直往后退去,却不小心脚下一滑,往后倒去,"砰"地一下头撞在墙壁上,晕了过去。

那女子脸上露出一个阴沉的笑,一步步走近,就要伸出手去掐萧淑妃,一双手突然紧紧地抓住了她的肩膀。她惊愕地回望。

"跟我走。"抓住她的人不顾她的挣扎,将她强行带离了萧淑妃的寝宫。

就在此时,寻儿端着一锅煲好的汤走来,看见萧淑妃倒在走廊上,不由大惊,一把扔掉汤,冲上去扶起了她。

"娘娘,娘娘!你没事吧?"她着急地问。

萧淑妃悠悠醒转,而后尖叫出声:"鬼啊……鬼啊!走开,走开!"一边说一边使劲想要推开寻儿。

"娘娘,是我啊!我是寻儿啊!到底怎么回事啊?"寻儿连忙道。

"鬼!武顺变成了鬼!"萧淑妃惊恐地睁圆了眼,喃喃道:"她来找我索命了!找我索命了……"

"你干什么?"武媚娘不高兴地想要挣脱殷浩的钳制。

殷浩捂住她的嘴,躲过一队巡逻的队伍,躲躲闪闪地回到明月宫,将门关上,这才放开她。

"媚娘,你到底在干什么!"他问。

武媚娘一把拿下脸上的人皮面具,冷着脸,不悦地道:"你跟踪我?"

"对不起……"殷浩急忙道歉,而后话风一转,"但若非这样的话,你刚才当场就要给寻儿抓住了。"他满脸的不安和担忧,无辜地看着武媚娘。

即便如此,武媚娘神色仍没有太大好转,心中愤恨难解地道:"就算给抓到,我也不在乎了!我姐姐被萧淑妃给害死,这股怨气我怎么能吞得下去!"

"媚娘,你不能这样……"殷浩眼中充满了忧虑,企图劝说。

"殷浩,换成是你的姐姐被人害得如此惨死,"武媚娘没等他说完,抢白道:"你能装作若无其事吗?"说到后面,她几乎是咬牙切齿了。

听出她语气中的悲愤不甘,殷浩愕然之余,也不由有些软化。

"我……可是媚娘……"

"你不是我,你不明白我心里面的痛苦。只要想到姐姐临死前的样子,我就想杀了萧淑妃!"武媚娘说着此话的时候,眼中透出让殷浩觉得分外陌生的寒光。

"媚娘……"殷浩心神一震。

"别说了!"武媚娘目光冷峻地回望着殷浩,一字一字冷硬地道:"别再对我说教!这些话我再也不想听了!"

殷浩错愕,无法再开口。

殷浩转回内教坊,那南昌王现在有闲的时候自然不是跑尚食局,而是去内教坊了。两边隔得不远不近,习惯就好。

"什么?"听罢殷浩说完前一夜发生的事,南昌王惊愕不已。"真的假的?武昭仪昨晚真这么搞萧淑妃?"

殷浩垂头丧气地点了点头,无力地道:"是啊,无论我怎么劝媚娘,她都听不进去……"

南昌王抿紧唇,觉得这武媚娘未免太过不智了。

"唉……烦死了……"殷浩搔搔头,苦恼不已。

南昌王看着他的样子，不由同情不已，觉得这个男人真是为武媚娘操碎了心。同时，也感到有些棘手，按武媚娘这样搞法，别又闹出什么事来，害到她自己，进而连累得姐姐的病情继续恶化。

"我知道你不好受。"他伸出手拍了拍殷浩的肩，安慰道。

殷浩苦笑，强打起精神，"我没什么，媚娘才真的是难受，失去了姐姐，她的心比谁都痛苦……"

南昌王点了点头，忍住没将自己的想法说出来。对于殷浩来说，不知道那些会更好。

"你……这段时间多陪陪她吧。"

殷浩叹了口气，"我现在管着内教坊，只怕……就怕在照看不到她的时候，她出什么事。像昨晚……"顿了顿，他压下心里的后怕，"昨晚如果我不在，她若被寻儿发现，今日哪还能看到她。"

南昌王沉默，好一会儿才不甘不愿地道："我会尽量照应着。"说到后面，他禁不住叹了口气。似乎这闹鬼一出，还是自己教给她的。

金尚食说殷浩是丧门星投胎，他以前还一直认同，此时才赫然发现，其实真正的麻烦精是武媚娘。

萧淑妃寝宫闹鬼一事在宫里传得沸沸扬扬，为此，她还特地去找皇上哭诉，皇上不得不答应让袁天罡去给她看看。即便如此，她还是不放心，去寺里上了香，然而一回到寝宫，竟然又见到房中床面地上都洒满了鲜血，直吓得她将当职的未当职的宫人全部处罚了个遍。

此事未了，另外一桩事又起。

长安城街头到处散落着写着奇怪内容的书页，人们议论纷纷，一段时间内都在讨论研究里面想要表达的意思。内廷中当然也不例外。

李治看过此书页之后，甚至还做了一场恶梦，梦到一个戴着狰狞面具的女人拿匕首刺向他。为此，本来就有头痛之疾的他变得更加心神不宁了。

南昌王拿着那书页看了看，上面的内容他自然是熟悉的，以前研究唐朝历史的时候，怎么会漏过李淳风的《推背图》。不错，他现在手上拿着的就是《推背图》里面关于武氏的一张。

"日月当空，照临下土，扑朔迷离，不文亦武……"他喃喃念着，然后看向殷浩。"这不就是《推背图》吗？这些书卷是从哪来的？"

殷浩摇摇头："不知道，我走在路上看到大伙儿都在讨论呐！就怕是有心人在街头巷尾发送这些书卷，现下搞得百姓人心惶惶。"

南昌王笑了下，淡淡道："这也不是常人能解读的。"顿了顿，他问："殷浩，我问你，宫里有谁知道《推背图》是你师父所著一事？"

"根本没别人知道。"殷浩疑惑地看向南昌王，"你该不会认为这些书卷是我师父散发的吧？"

南昌王撇了撇嘴："那是你说的。"

殷浩语塞，无奈地挠挠头，这才指着纸页上写的东西道："不过，这些推背图是谁所散发已经不是重点，重点是这书卷写着的，都是对未来时局的大胆预言。"

南昌王点点头，表示认同。

"有理。看看这……日月当空……不文亦武……武……日月为明，明空……"他一边装出不明白其中意思的样子断断续续地分析，一边留心着殷浩的反应，果见其身体蓦然一震，似有所悟。

"明空？"殷浩惊愕，"武？明空……那不是媚娘吗？难道这些书卷都是针对媚娘的？"

聪明！南昌王暗暗点头，而后慢条斯理地道："看来大事不妙啊。"

"不行，我得快去找师父问问看！"殷浩再也坐不住，站起身匆匆离去。

看着他离去的背影，南昌王叹口气，散发出这东西，也不知那人安的什么心。以为靠这个就能害死武媚娘吗？只怕反而要引发她更大的野心，得不偿失啊。

为了自己可悲的未来，他再叹了口气，然后站起身，慢悠悠地晃向王府。

殷浩赶到李淳风家的时候，远远看到李淳风正要上马出去。他连忙边喊边跑了过去。

"师父、师父……"

李淳风凝目，看到自己徒儿拖着一身肥肉颤微微辛苦地跑过来，将抬起的腿又放落地上。

"殷浩，你怎么跑来了，有事吗？为师还得赶着进宫面圣呢！"他目光落在殷浩布满汗水的脸上，温和地问，心里却在想，这孩子要再这样胖下去可不行。

"师父，徒儿真的有要紧事。你看……"殷浩苦着脸喘着气道，然后拿出画着《推背图》的纸页递了过去。

李淳风疑惑地接过一看，微惊："哪里来的？"

"现在街上到处都捡得到，满城已经传得沸沸扬扬了！"

李淳风还给他，神色淡淡，"此乃天命，有何问题？"

殷浩忙问："师父……徒儿愚昧，想请问师父，所谓天命，是否意味真的不能改变了？"

"既曰天命，大势是改变不的了，但是吾人可以权宜利用，趋吉避凶，独善其身。"李淳风从容道，神色间不经意流露出看透一切的通达。

"因此依师父所见，天命如此，凡夫俗子是改变不了的了？"殷浩再问。

"无可改变。"

"那……"殷浩迟疑了一下，才道："要是有人想违抗天命，横加干预、改变未来，那么事情的发展，也许会对大唐的未来更加不利，是吗？"

李淳风看了他一眼，心中隐隐猜到了什么，但仍耐心地回答："你的'也许'两字，用得很对。对于天下大势来说，只有因果必然，没有所谓的有利无利，也许短时间有利，长时间又不利，也许对帝王不利，但却对天下苍生有利，要看你站在预言的哪一方去思量罢了。不过你别忘了，既然这个女武有这样的天命，就算有人想阻挡，也阻挡不了……"

"也许是阻挡不了，但过程中却怕会波及许多无辜的性命。"殷浩不屈不挠地道。

"你特地来找为师，到底想说什么？"李淳风开始不耐烦了。他还急着进宫，哪里有功夫跟他在这里说什么天命人和的。

殷浩嗫嚅了一下，才道："徒儿想问的是……有没有办法可以帮这名女武？"

李淳风正要转过身，闻言停下了动作，奇道："难道你知道，这名女武是谁吗？"

殷浩摇头，认真地道："不管是谁，徒儿是怕武媚娘会因此受到牵连。"

就知道这小子除了武媚娘,不会再有其他事。李淳风摸了摸山羊须,沉吟:"嗯,女武女武,不管是谁,看到这两个字,都会往武媚娘身上想,但有时预言只是一种象征,未必真有其人。若是有心人藉此操弄,说要为国除害未必,但株连无辜却很容易。"这《推背图》只有他与袁天罡知道,如今泄露出来,除了那个人,不作第二人想。那人究竟想做什么?以他的道行,难道还不明白天道不可违吗?

"没错没错!这正是徒儿所担心的!"殷浩听得直点头。

李淳风脸色一变,不是很情愿地道:"办法有是有,可是救她一命便需以另一命去换,这事儿为师不能答应!"

"那徒儿愿以自身性命交换!"殷浩毫不犹豫地接道。

李淳风冷冷看着他半晌,"你不是命定之人,就算用上你的一条命,为师也没有办法救武媚娘。你还是死了这条心吧!"说着,背过身就要上马。突听身后扑通一声,回头,竟见殷浩跪在了地上,不由一愣。

"师父……你若不答应,徒儿就……徒儿就在这里当场自刎!"

见他一个五大三粗的汉子马上就要掉下泪来,李淳风不由叹了口气,"殷浩,你又何苦处处为武媚娘打算?"

"我与媚娘自小一起长大,情同兄妹,我断不能眼睁睁看她被奸人所害,师父,求你帮媚娘避过这一劫吧!"殷浩眼眶里充满眼泪,苦苦哀求。

"唉……真是拿你没办法……"李淳风仰头看向无云的天空,脸上浮起一抹歉疚,"好吧!既然有人要逆天,我身为太史令也该将大唐的命运扭转回正道……殷浩,你起来吧!"

殷浩大喜,这才一边用袖子擦着眼泪,一边爬了起来。

"什么?你说袁天罡在给皇上炼长生不老药?"南昌王刚一回到王府,就听到泰常回报,不由大吃一惊。

自从对袁天罡开始怀疑之后,他们就将袁宅监视了起来。前几天,李治竟然在武媚娘的陪伴下亲临国师府,询问长生不老药的炼制情况。据说,还拿一只狗做过试验,先将狗弄死后,再喂以初炼成的药丸,片刻之后那狗竟然又活过来了。

"起死回生?"南昌王直听得瞠目结舌,连连摇头,"不可能。这不可能……怎么可能?"哪里真有死透了再回魂的,要能这么干,秦皇汉武也都不会死了,哪里还能轮到李家坐这个皇帝。虽然医学上是有假死的事,可那是千中无一的,而且那是假死啊,不是死透了。

对于这一点,泰常不予置评。他还在继续查,查那只死狗哪里去了。正如南昌王一样,他也并不相信这世上有长生不老药,尤其炼制药的那个人还是袁天罡。

"武媚在萧淑妃的寝宫里洒鸡血,袁天罡去验看过,必然看出了其中古怪。接着晚上便让其弟子阿光四处洒《推背图》。"泰常面无表情地陈述。

天天有人监视袁宅,截不住那信鸽,难道连那么大一个人半夜偷偷摸摸地从里面出来,四处乱扔东西都看不到,那么这暗哨也不必留着了。

听到这个消息,南昌王倒并不意外,他想不出除了袁天罡外,谁还能做这么损人不利己的事。回想以往种种,袁天罡显然一直是在针对着武媚娘,却看不出他能从中得到什么利益。如今看到《推背图》,那么也许可以推测,他是因为这个原因来对付武媚娘的。但是,若说他是为了大唐,那么又为何竟不顾大唐安稳,煽动吐蕃以及突厥与大唐交战。若不是为了大唐,谁做皇帝与他又有什么相干?

南昌王怎么都想不出个所以然来,想得头都痛了,欲站起身出去透透气,却突然一阵晕眩,身体一晃便要往前栽倒。

泰常眼疾手快,迅速扶住了他。

"王爷?"

南昌王稳了稳神,待那种头痛欲裂的感觉稍稍减轻,才抓住泰常的手臂,苦笑道:"老毛病。我终于明白皇兄为何要吃袁天罡的药了。"他不过是稍费点神便会发作,何况每天都政事缠身的李治了。

"我去找大夫。"泰常想将南昌王扶到榻上去。

南昌王闭了闭眼,摆手,"不必,我出去吹吹风,不想这些糟心事就好了。"

泰常服侍他这许久,也知他的脾气,当下不勉强,但仍小心翼翼地扶着他走向花园。

"明日我去找皇上,也要两粒那止痛的药丸来。"清风透心,吹散了郁结的烦闷,南昌王稍稍好些,便又有心思说笑了。

"王爷不可……"泰常正想说不可吃那药,却见南昌王哈哈一笑,道:"一粒给李淳风,一粒就交给你了。"

泰常默然,知道自己虽然处处小心,却还是被自家王爷给捉弄了。

御书房中,李治正为《推背图》一事找来袁天罡和李淳风商讨对策。自看到这《推背图》之后他就一直心神不宁,若再不解决此事,只怕便要日日难以安寝了。

"这可是真的?"点着《推背图》,他问这两位自己最宠信的大臣。

"是。"袁天罡与李淳风同时恭声应。当然是真的,这是他们俩用卦一起推卜出来的,若说不是,岂不是打自己耳光。

"什么?真有女主要兴起?"李治脸上露出惊疑之色。

两人再次点头。

李治震惊之后,脸上浮起愁容:"那么两位爱卿,可知此人现在何处?"

闻言,袁天罡立知时机到了,当即上前拱手道:"启禀皇上,经微臣一番推算,发现这个女人如今身在这皇宫之中,已成皇上的眷属。不出三十年,她便会取代皇上,代掌皇上的大好河山,而且……而且……"

"而且什么?"李治不由站起了身。

"微臣不敢说。"袁天罡垂眼作惶恐状。

李治不悦,"都什么时候了,袁爱卿但说无妨。"

袁天罡深吸口气,一副豁出去的样子:"而且这女人将会诛杀李唐皇室的子孙……"

若是南昌王在此,必然会异常震惊,震惊于袁天罡的料事如神。不过他不在,所以对于这个人,他便只有满满的厌恶与不解。

李治也很震惊,他震惊的是自己宗室子孙的悲惨下场。

"什么?这……这……"他既怒且急,浑身直颤抖,目光落向李淳风,希望能从其口中听到不一样的说法。

李淳风却没直接回答他,而是看向袁天罡:"袁大人,你不是擅长观气炼丹?何时也会相人论命了?"

袁天罡一扫之前的惶恐样,傲然道:"医书卜筮,天文地理,道理相连,本官略知一二,不过是尽我所能,照实说罢了。李大人是太史令,专擅观星象，知天命，想来此时心中必有盘算。"

"是啊，李爱卿，你总该有办法吧？"李治终于镇定下来，接道。

李淳风神色间透出些许犹豫："这……事关重大，微臣亦不敢妄下断语。"

"皇上，李大人说得不错，事关重大，但正因如此，皇上更应当机立断，宁可错杀三千，不可使一人漏网……"袁天罡趁机道。

李淳风心中一凛，暗道不好，若他再不表态，只怕袁天罡会借机株连，拔除异己。正思忖间，就听袁天罡继续道："预言书上写，不文亦武，也许这名谋逆的女子姓武？微臣认为，应该依宫人名册，逐一清点，微臣以为皇上应当将凡是姓武的、姓文的，还有跟文、武沾边的，都通通杀掉，永绝后患！"

"这……"李治心地仁厚，闻言听到要因为一个预言而牵连如此多的人，不由有些犹豫。

李淳风不敢再犹豫，赶紧道："不，皇上，为了几句预言而滥杀无辜，有伤天子圣明，还请皇上三思。"

袁天罡立即针锋相对："李大人此言差矣！这是为了皇上安危着想，为了大唐江山着想，正是圣明天子所为，《推背图》的预言，仍要解决，李大人也推测出这样的结果，那么便请李大人将那人找出来，否则皇上寝食难安，日夜提心吊胆。"

李治看向李淳风，眼含期待。

"是啊，李爱卿，这事你推辞不得，可得帮帮朕……"

李淳风知若再推脱，此事必然会落到袁天罡的身上，到时只怕再难善了，不得已只能恭身应喏。

出了御书房，李淳风直奔内教坊。殷浩正等得心急，一见他前来，立即迎了上去。

"师父，《推背图》的事情怎么样了？皇上怎么说？"

"袁天罡硬要说《推背图》中昭示之人会祸乱大唐江山，极力劝谏皇上把这个人找出来杀掉！而且皇上还派我负责找出这个人来！"李淳风皱眉道。

"那不会影响到媚娘吧？"殷浩关心的只有这件事。

"你别管了，为师自有安排。"李淳风道，说着，转身就走。他来这就是为了告诉殷浩一个确切的消息，以免他担心。

哪知他刚走出几步，殷浩忍不住又冲了上去，一把抓住他的袖子，哀求道："师父！徒儿与媚娘从小一起长大，情同手足，徒儿实在不想见到她出事！徒儿……"

想到即将要因为那个女人而牵累一个无辜之人，李淳风心情正不好，见这徒弟整日为了那个女人什么都不管不顾，心里突然烦躁起来。一把挥开他的手，冷冷道："为师知道了！"语罢，大步而去。

殷浩看了看自己被挥开的手，又抬头看向李淳风越走越远的背影，脸上渐渐浮起不安担忧之色。